Milena'ya Mektuplar

Franz Kafka

Çeviri
Murat İbrahim Çelebi

PANAMA

Milena'ya Mektuplar

Franz Kafka

Panama Yayın No: 127

ISBN: 978-605-5143-61-9

Genel Yayın Yönetmeni
Mustafa Demirer

Çeviri
Murat İbrahim Çelebi

Kapak Tasarımı
Leyla Çelik

Baskı-Cilt: Ayrıntı Matbaası
Sertifika No: 13987
Yayıncı Sertifika No: 18439

Panama Yayıncılık
Dr. Mediha Eldem Sokak
No: 60/2 Kızılay/ANKARA
Tel-Fax: (0.312) 432 14 89
www.panamayayincilik.com
info@panamayayincilik.com

Milena'ya Mektuplar

Franz Kafka

Dr. Murat İbrahim Çelebi, 1968'de Tokat'ta doğdu. Gazi Üniversitesi Uluslararası İlişkiler Bölümünü bitirdi. 1993 yılında Ankara Üniversitesi, 1999 yılında da Fairleigh Dickinson Üniversitesi'nden (ABD) yüksek lisans derecesi aldıktan sonra, 2010 yılında Gazi Üniversitesi'nde doktorasını yaptı. Halen kamu görevlisi olarak çalışmaktadır.

Franz Kafka, o dönem Avusturya-Macaristan İmparatorluğu topraklarında yer alan Prag'da, 1883 yılında doğdu. Prag'da aksesuar ve küçük eşya satan bir dükkân işleten babası Hermann ve annesi Julie Kafka, oğullarına Habsburg Hanedanı'nın başı İmparator Franz Josef'in adını verdiler. Beş kardeşi daha olan Kafka'nın iki erkek kardeşi çok küçük yaşlarda öldü, kendisinden çok daha uzun yaşayan üç kız kardeşi ise II. Dünya Savaşı esnasında Nazi kamplarında öldüler.

Yahudi ve anne tarafından Alman kökenli olan Kafka, eğitimini Alman okullarında ve Almanca olarak aldı. İki hafta süreyle kimya okuluna gittikten sonra hukuk okumaya karar verdi ve 1906 yılında Prag'daki Alman Üniversitesi'nden hukuk diploması aldı, bir yıllık zorunlu uygulama döneminden sonra merkezi Trieste'de bulunan İş Kazaları Sigorta Şirketi'nin Prag Bürosu'nda çalışmaya başladı.

İş yoğunluğu nedeniyle gecelerini edebiyat çalışmalarına ayırdı ve ilk defa bu dönemde uykusuzluk, halsizlik sorunları başgösterdi, ardından gürültüye karşı hassasiyeti oluştu. Yaşadığı bu sorunlar ve çalışmalarına zaman ayıramaması nedeniyle çalıştığı yerden ayrılarak yine bir sigorta şirketi olan İşçi Kaza Sigorta Kurumu'na geçti.

Bununla birlikte yaşadığı sağlık sorunları devam etti, 1913 yılında tedavi gördü, bundan birkaç yıl sonra şiddetli başağrısı ve sinir bozukluğu kaynaklı bir depresyon geçirdi. 1917 yılında vücudunda verem hastalığının ilk belirtileri görülmeye başladı ama hayatı boyunca bu hastalığı kabul etmeyip bunun psikolojik bir rahatsızlık olduğunu savundu. Hastalığı nedeniyle çalıştığı sigorta kurumundan 1922 yılında emekli oldu.

"Dönüşüm" ve "Dava"yı yazdığı 1912 yılında, kendisinden dört yaş küçük, Berlin'de yaşayan Felice Bauer ile tanıştı. Kafka beş yıl süreyle yazıştığı Felice ile iki defa nişanlandı, bu beş yıllık dönem içerisinde Kafka ve Felice on yedi kez bir araya gelip yüz yüze görüştüler. 1917 yılında mektuplaşmaları ve ilişkileri son buldu. 1919 yılında tanıştığı yirmi sekiz yaşındaki Julie Wohryzeck ile kısa bir nişanlılık dönemi yaşadıktan sonra çevirmen ve gazeteci Milena Jesenská ile tanışınca Julie'den ayrıldı.

Viyana'da yaşayan Milena ile Kafka arasında yaklaşık iki senelik etkileyici bir mektup aşkı yaşandı. Bu arada Kafka'nın durumu günden güne ağırlaştı, 1923 yılında Berlin'e yerleşti, burada son günlerini beraber geçireceği yirmi beş yaşındaki Dora Dymant ile tanıştı. Tedavi için hayatının son dönemini çeşitli klinik ve sanatoryumlarda geçiren Kafka, 3 Haziran 1924'te öldü.

Anadili olan Almanca dışında; Fransızca, İtalyanca, Çekçe ve Eski İbranice'yi konuşabilen Kafka, yakın arkadaşı Max Brod'dan, ölümünden sonra geride bıraktığı yedi öykü kitabının, üç tamamlanmamış romanının, günlüklerinin, el yazısı metinlerinin yakılmasını istemiş, Max Brod ise Kafka'nın bu vasiyetini yerine getirmeyerek, hayattayken hiçbir kitabı basılmayan yazarın yaşamının ve eserlerinin dünya tarafından tanınmasını sağlamıştır.

Milena Jesenská, 10 Ağustos 1896 yılında Prag'da doğdu. Muhafazakâr bir Çek milliyetçisi, meşhur bir diş hekimi, üniversite hocası ve Prag'ın ileri gelen isimlerinden birisi olan babası Jan Jesesnky ile ilişkileri her zaman gergin oldu, annesi Milena Hejzlarova uzun süre hasta yattıktan sonra Milena on üç yaşındayken öldü.

Milena üç yaşındayken doğan erkek kardeşinin hemen ölmesi nedeniyle ailenin tek çocuğudur. Prag'daki, Avusturya-Macaristan İmparatorluğu'nun ilk kız okullarından olan Minevra'da liseyi bitirdikten sonra babasının isteğiyle başladığı tıp fakültesini ve akabinde konservatuar eğitimini hemen bıraktı. Anne figürünün eksikliği ve babasının para vermek dışındaki ilgisizliği nedeniyle bu dönemi uyuşturucu kullanıp, ufak tefek hırsızlıklar yaparak ve babasından öç almak adına ölçüsüzce para harcayarak savruk bir hayatla geçirdi.

Milena'nın edebiyat ve entelektüel çevreye ilgisi, o dönem Prag'da Alman-Yahudi kökenli Max Brod, Will Haas, Franz Werfer, Franz Kafka gibi yazarların düzenli olarak toplandıkları Arco Cafe'ye yönelmesine neden oldu. Gençliği, güzelliği, sıcakkanlılığı, anarşist yapısı ve cüretkârlığı ile etrafında bir çekim merkezi oluşturan Milena, kendisi yazar olmamasına rağmen geniş bir edebi birikimi bulunan ve Arco Cafe çevresinde oldukça popüler olan, banka memuru Yahudi kökenli Ernst Pollak'a aşık oldu, ondan hamile kaldı ve daha sonra bebeğini aldırdı. Yaşadığı bu çılgın hayatın babasının içinde bulunduğu Prag sosyetesinin diline düşmesi ve Yahudileri sevmeyen babasına rağmen sevgilisiyle ilişkisini sürdürmekteki kararlılığı, Milena'nın babası tarafından Veleslavin'de bir sanatoryuma kapatılmasına yol açtı.

Haziran 1917'den Mart 1918'e kadar kaldığı bu yerde, gizli gizli Pollak'la görüşmeye devam etti, buradan çıkar çıkmaz da Ernst Pollak ile evlendi ve eşiyle birlikte Viyana'ya yerleşti. Yaptığı bu evlilik babasıyla zaten zayıf olan tüm bağlarının kopmasına ve babasının maddi desteğinin kesilmesine yol açtı.

Viyana'daki ilk yılları zayıf Almancası, burada arkadaş çevresinin olmaması, kocası Ernst'in hemen hemen gördüğü her kadınla kendisini aldatması üzerine büyük mutsuzluk içerisinde geçti, ruhsal bunalım yaşadı, uyuşturucu kullandı, bu arada kocasının sorumsuz hayatı nedeniyle yaşadığı maddi sıkıntılar onu birçok işte çalışmaya zorladı; Çekçe ders verdi, hatta tren istasyonunda hamallık bile yaptı.

Daha sonra Viyana'dan, *Tribuna, Narodini Listy* gibi Çek gazetelerine başta moda ve dekorasyon yazıları olmak üzere makaleler yazmaya başladı, birçok meşhur yazarın eserlerini çevirdi, bu durum maddi ve manevi olarak yaşadığı kötü dönemden kurtulmasını sağladı. Bu esnada eserlerini Çekçe'ye çevirdiği Franz Kafka ile mektuplaşmaları zamanla aşka dönüştü, mektup aşkları iki yıl sürdü.

Kafka'nın ölümünden sonra kocasından ayrılarak önce Dresden'de bir süre komünist olan Kont Xavier Schaffgotsch ile birlikte yaşadı. Schaffgotsch'dan ayrıldıktan sonra Prag'a yerleşti ve 1926 yılında mimar Jaromír Krejcar ile evlendi ve kızı Jana doğdu. Bozulan sağlığı ve sağ dizinde yaşadığı sakatlık onu morfin bağımlısı yaptı, gazetecilik kariyeri gerilemeye başladı, 1933 yılında kocasından boşandı.

Bu dönemde Prag'da komünist partiye kaydolup aktif rol aldı ama daha sonra parti içindeki uygulamalara ve Sovyetler Birliği'nin politikalarına karşı duruşu nedeniyle partiden ayrılmak zorunda kaldı. 1939 yılında II. Dünya Savaşı'nın başlaması ve Almanlar'ın Prag'ı işgal etmesi sonrasında, Çek yeraltı hareketine katıldı, özellikle Yahudi kökenli birçok edebiyatçı, sanatçı ve önde gelen insanın güvenle ülke dışına çıkarılmasına yardımcı oldu. Ancak bu faaliyetleri nedeniyle 1940 yılında yakalanarak Ravensbrück'deki toplama kampına gönderildi ve 17 Mayıs 1944 tarihinde burada öldü.

Milena, Kafka'nın mektuplarının yayınlanmasıyla "Kafka'nın Aşkı" olarak dünyaca üne kavuştu. Kafka'nın aşkı olarak meşhur olması rağmen Milena, gazetecilikteki başarısı, II. Dünya Savaşı'nda Naziler'e karşı direnişi ve renkli kişiliğiyle tanınan birisidir.

Bir tanesi kızı Jana Cerna tarafından olmak üzere hakkında yazılmış üç kitap ile 1971 yılında çevrilmiş bir film bulunmaktadır. Ayrıca, genç gazetecilerin çalışmalarını teşvik etmek amacıyla Viyana'da adına "Milena Jesenská Gazetecilik Bursu" oluşturulmuştur.

Çevirmenin Önsözü

1919 yılında Milena'nın Viyana'dan Prag'a yaptığı bir seyahat sırasında, Prag'ta bir kafede tesadüfen tanıştıkları zaman, Milena yirmi üç, Kafka otuz altı yaşındadır. Milena Viyana'ya döndükten sonra Kafka'ya mektup yazarak eserlerini Çekçe'ye çevirmek istediğini belirtir, Kafka buna olumlu yanıt verir. Yaklaşık bir sene sonra Kafka çalıştığı şirketten aldığı izinle rahatsızlığına çare bulmak amacıyla gittiği Meran'dan Milena'ya tekrar yazar ve hemen Milena'dan mektubuna cevap gelir. Böylece yaklaşık iki yıl yoğun bir şekilde süren, dünya edebiyat tarihine geçecek mektup aşkının ilk adımları atılır. Mektuplaşmalarının başlangıcında Kafka, Julie Wohryzeck ile nişanlıdır, hatta gönülsüz bir evlilik hazırlığı içindedir. Diğer yanda Milena da Ernst Pollak ile evlidir. Bir süre sonra, Kafka Milena'ya karşı beslediği duygular nedeniyle Julie'den ayrılır.

İlk mektuplarda, Kafka için Milena'ya yazmak ve ondan yanıt almak hayatının en önemli ve anlamlı anlarıdır, bazı günler birden fazla mektup gönderir. Milena hayatının o kadar ayrılmaz bir parçası haline gelir ki gönderdiği mektup aralığı saatlere düşer. Milena'nın mektubunun ne zaman geleceğini, onun mektuplarının ne zaman eline geçeceğini, postada kaybolan mektupları titiz bir şekilde takip eder. Belki bir araya gelmelerinin imkânsız kılan engellerden, belki de aralarındaki mesafeden dolayı aşkları giderek büyür. Kafka ve Milena mektuplaştıkları dönem içerisinde, biri 29 Haziran-4 Temmuz 1920 tarihleri arasında Viyana'da ve ikincisi bundan altı hafta sonra Gmünd'de olmak üzere iki kez bir araya gelirler. Mektuplaşmalarının sona ermesinden sonra Milena, Kafka'yı hastalığı döneminde bir kez daha Viyana yakınlarında kaldığı sanatoryumda ziyaret eder.

Eleştirmen ve okuyucular tarafından görkemli olarak nitelendirilen romanlarında gözlenen çaresizlik, korku, dünyaya yabancılık, güvensizlik, yaşanan kararsızlıkların izlerine yazarın mektuplarında da sık sık rastlanmaktadır. Yazıştıkları ilk dönemlerde Milena'nın mektupları Kafka'ya güç ve ilham vermiş, bu durum eserlerine de olumlu yönde yansımıştır. Ancak mektuplaşmalarının son dönemlerinde, Milena'nın mektupları Kafka'ya ıstırap kaynağı olmuş, yarattığı huzursuzluk ve uykusuzluk nedeniyle hastalığının seyrini olumsuz yönde etkilemiştir. Mektupla başlayan aşk yine mektupla sona ermiştir.

Milena ve Kafka, yaşları, karakteri ve bulundukları mekânlar farklı olsa da, yaşadıkları yerde kendilerini yabancı hissetmeleri, despot babalarıyla olumsuz ilişkileri, eşleri ve sevgilileri ile duygusal olarak yaşadıkları tatminsizlikler gibi birçok ortak noktaya sahiptir. Diğer yandan, Milena, keskin zekâsı, çevirmenliği, gazete yazarlığı, o dönemin edebiyat çevrelerinde tanınan bir kişi olması gibi özellikleri nedeniyle Kafka'nın hayatına girmiş diğer kadınlardan daha farklı ve özel bir yere sahiptir. Kafka, yazdığı mektupların birçoğunda Milena'nın yaptığı çeviri ve yazılarına değinir, Milena'ya eleştiri, övgü ve yönlendirmelerde bulunur.

Kafka'nın mektupları okunurken o dönemin siyasal ve ekonomik koşulları da gözönünde bulundurulmalıdır. Kafka ve Milena'nın yaşadığı topraklar I. Dünya Savaşı öncesinde birçok halkı, farklı kültürleri ve farklı dilleri barındıran Avusturya-Macaristan İmparatorluğu'nun parçasıdır. Doğduğunda Avusturya-Macaristan İmparatorluğu'nun vatandaşı olan Kafka aynı yerde ama farklı bir ülkede, Çekoslovakya vatandaşı olarak ölmüştür. Savaş sonrasında imparatorluklar parçalanmış, yerlerini irili ufaklı birçok yeni ulus-devleti almış, ekonomik koşulların zorlaşması ve yüksek enflasyon günlük hayatın parçası olmuştur. Doğal olarak bu döneme has zorluklar, örneğin sınır kasabası Gmünd'de buluşmak için gerekli olan vize ve pasaportla ilgili yaşanan sorunlar, ekonomik sıkıntı çeken Milena'nın hamallık yapması, Kafka'nın Berlin'de geçirdiği son yıllarında yüksek enflasyon nedeniyle fiyatları sürekli artan gazeteleri satın alamaması mektuplarda ağırlıklı olarak kendini hissettirmiştir.

Milena'nın mektuplarının kendi isteği çerçevesinde yok edilmiş olması nedeniyle kitapta sadece Kafka'nın mektupları yer almaktadır. Bununla birlikte ekler bölümünde Milena'nın, Kafka'nın yakın dostu Max Brod'a 1920-1924 yılları arasında yazdığı sekiz mektup bulunmaktadır. Sınırlı sayıda olmalarına ve başka bir kişiye yazılmalarına rağmen bu mektuplar, Kafka'nın mektuplarında geçen birçok konuyla ilgili açıklamalara yer vermeleri, Milena'nın Kafka'nın nasıl bir karaktere sahip olduğuyla ilgili düşüncelerini, onun Kafka'ya karşı beslediği duyguları yansıtması bakımından önemlidir.

Milena, Kafka'nın kendisine gönderdiği mektupları, Kafka'nın daha önce yazıştığı (1912-1917) Felice Bauer'in yaptığının aksine parayla bir yayıncıya satmayı düşünmemiş, onları yıllarca saklamıştır. Almanların II. Dünya Savaşı'nın başlangıcında Çekoslovakya'yı işgali sırasında güvende olmalarını sağlamak ve daha sonra geri almak kaydıyla, mektupların bazı bölümlerini mürekkeple karalayarak Kafka'nın dostu Willy Haas'a emanet etmiş, ancak Milena 1944 yılında ölünce mektuplar Willy Haas'ta kalmıştır. II Dünya Savaşı sırasında Çekoslovakya dışına kaçan Haas onları akrabalarına bırakmış ve savaş bittikten sonra geri almıştır. Mektupları ayırıp derleyen Haas; Kafka ve Milena'nın eğer yaşasalardı mektupların yayınlanmasına karşı çıkmayacaklarına inanarak, 1952 yılında mektupları kitap olarak yayınlamıştır. Öte yandan, Haas tarafından yayınlanan ilk baskıda, mektuplarda yer alan bazı isimlerle ilgili satırlar halen yaşamakta olan bu kişilere zarar verebileceği düşüncesiyle çıkartılmıştır. Mektupların daha sonra yayınlanan baskılarında çıkarılan bu bölümlerin bir kısmı eklenmiştir.

İlerleyen sayfalarda, mektuplaşmanın o dönem insanları için önemine, mektupların başka insanların eline geçmesini engellemek için üzerlerine takma isimler yazmak, postaneden teslim almak gibi yöntemleri kullanmalarına ve mektupların hızlı ve güvenli bir şekilde alıcısına ulaştırılması için geliştirilen posta hizmetinin kusursuzluğuna şahit olacak, Kafka'nın ölümcül hastalığına bakış açısına, döneminin meşhur yazar hakkındaki düşüncelerine, kendine güvensizliğine, kıskançlıklarına, saflığına, alçak gönüllüğüne, korkularına kısacası tüm sırlarına vakıf olacaksınız.

Murat İbrahim ÇELEBİ

FRANZ KAFKA'DAN
MİLENA JESENSKÁ'YA
MEKTUPLAR

(1920-1923)

1920

MERAN[1] - UNTERMAIS, OTTOBURG PANSİYONU[2]

Sevgili Bayan Milena,

İki gün bir gecedir yağmakta olan yağmur, muhtemelen geçici olarak, biraz önce dindi. Yağmurun dinmesi geçici olsa bile, kutlanmaya değer bir an ve ben bu güzel anı size yazarak kutluyorum. Aslında yağmura katlanabilirim, sonuçta burası yabancı bir bölge, hadi itiraf edeyim sadece birazcık yabancı ama insana kendini iyi hissettiriyor. Eğer izlenimim doğruysa (açıkçası kısa ve yarısı sessizlikle geçen tek buluşmanın hatırası unutulamıyor), daha sonra ortaya çıkan olumsuz şartlara rağmen yabancı bir şehir olan Viyana'da bulunmaktan hoşnuttunuz. Ama yine de bu şekilde yabancı olmaktan mutlu musunuz? (Belki de bu hoşlanmamanız gerektiğini gösteren kötü bir işarettir.)

Burada gayet iyi yaşıyorum, bu fani beden daha fazla bakımı kaldıramaz, odamın dışındaki bahçeyle iç içe balkon, çiçek açan büyük sarmaşıklarla kaplı (buradaki bitki örtüsü bir garip, hava Prag'daki su birikintilerini donduracak kadar soğuduğu zaman balkonumun önünde çiçekler yavaş yavaş açmaya başlıyor). Üstelik bahsettiğim bahçe tamamıyla güneş alıyor (ya da son bir haftadır olduğu gibi

---

1 Meran ya da Merano, İtalya-Avusturya sınırında, İtalya toprakları içerisinde yer alan, ılıman iklimi ve kaplıcalarıyla meşhur bir kasaba.

2 Kafka, Meran'a nisan başında gelmiş ve bir müddet kalacak yer aradıktan sonra 8 Nisan 1920'de Ottoburg Pansiyonu'na yerleşmiştir.

tümüyle bulutlarla kaplı), kertenkele ve kuşlar, birbirine hiç benzemeyen bu hayvanlar beni ziyarete geliyor. Meran'da sizinle birlikte olmayı çok isterdim, kısa süre önce nefes alamadığınızı yazmıştınız, gerçek ve mecazi anlamı birbirine çok benzeyen bu durumun her ikisine de burada çözüm bulunabilir.

En iyi dileklerimle

F. Kafka

NİSAN 1920

Sevgili Bayan Milena,

Size önce Prag sonra da Meran'dan yazmıştım. Henüz bir cevap alamadım. Esasında yazdığım notlar öyle acil cevap gerektiren şeyler değildi. Eğer suskunluğunuz iyi olduğunuza dair bir gösterge ise, ki bu durumda insanda genellikle yazmaya karşı isteksizlik ortaya çıkar, o zaman kaygılanmama gerek yok. Diğer yandan, yazdıklarımla sizi bir şekilde kırmış olabileceğim ihtimali (tüm iyi niyetime rağmen böyle bir şey olduysa yazdıklarımı çok beceriksizce kaleme almışım demektir) veya daha da kötüsü, daha önce bahsettiğiniz huzurlu ortamın kaybolduğunu ve kötü anların tekrar başlamış olabileceğini düşünerek size yazıyorum. Eğer ilk yazdığım ihtimal gerçekse ne diyeceğimi bilmiyorum, her şey olabileceğini düşünürdüm ama böyle bir şeyle sizi kıracağım aklıma gelmezdi, ikinci ihtimal söz konusuysa bir tavsiyem yok -nasıl tavsiyede bulunabilirim ki?- ama basit bir sorum var: Neden bir müddet için Viyana dışına çıkmıyorsunuz? Sonuçta diğer bazıları gibi evsiz barksız değilsiniz. Bohemya'da biraz zaman geçirmek size biraz güç kazandırmaz mı? Eğer bilmediğim bazı nedenlerden dolayı Bohemya'ya gitmek istemiyorsanız, belki başka bir yer, muhtemelen Meran bile size iyi gelebilir. Ne dersiniz?

Şimdi şu iki şeyden birisini yapmanızı bekliyorum: Ya "Merak etmeyin, iyiyim" anlamına gelen sessizliğinizi sürdürmenizi ya da birkaç satır yazmanızı.

Saygılarımla, Kafka

Sanırım yüzünüzle ilgili tüm ayrıntıları hatırlayamıyorum. Yalnızca aklımda kalan kafedeki masalar arasından geçerken yürüyüş şekliniz, görünüşünüz, kıyafetiniz.

MERAN, NİSAN 1920

Sevgili Bayan Milena,

Viyana'nın o kasvetli ortamı içerisinde çeviri[3] ile boğuşuyorsunuz. Her nedense bu durum beni üzüyor ve utandırıyor. Herhalde Wolff'tan[4] bir mektup almış olmalısınız, bir süre önce size böyle bir mektup yazacağından en azından bana bahsetmişti. Bir katalogda benim tarafımdan yazıldığı belirtilen "Katiller" başlıklı öykü benim değil, bir yanlış anlama var, ama yazılanların en iyisi olduğu düşünüldüğüne göre belki de benimdir.

Son iki mektubunuzdan anlaşıldığı kadarıyla artık tümüyle endişe ve üzüntüden kurtulmuş görünüyorsunuz, bu durum herhalde kocanız[5] için de geçerli, ikiniz için de bunu çok istiyorum. Yıllar öncesinden bir pazar günü öğleden sonrasını hatırlıyorum, Franzensquai'daki evlerin duvarını takip ederek dolaşıyordum, birden bana doğru gelen kocanıza rastladım -kuşkusuz ikimizde kendi tarzımızda kafa ütüleme ustasıyız-, aynen o da benim gibi dola-

---

3 Milena, Kafka'nın bitiremediği romanı "Amerika"nın ilk bölümü olan 'Bir Köy Hekimi'ni çeviriyordu. Çeviri metni 22 Nisan 1920'de *Kmen* dergisinde yayınlandı.

4 Kurt Wolff (1887-1963), Kafka'nın yayıncısı. Muhtemelen Kafka'nın çalışmalarını Çekçe'ye çevirmesi ile ilgili Wolff tarafından Milena'ya yazılan mektuptan bahsediyor.

5 Ernst Pollak (1886-1947), Milena'yla Mart 1918'de evlenmiştir. 1938'den sonra soyadını Çekçe yazılışıyla Polak olarak kullanmıştır.

şıyordu. Daha sonra beraber mi dolaştık veya birbirimizin yanından geçip gittik mi hiç hatırlamıyorum ama bu iki ihtimal arasında farkın pek önemi de yok. Bu artık geçmiş ve geçmişin derinliklerinde de kalmalı. Evde durumlar nasıl?

Saygılarımla, Kafka

MERAN, NİSAN 1920

Akciğerleriniz, öyle mi? Bütün gün boyunca kafamın içinde dönüp durdu, başka bir şey düşünemedim. Hastalık beni ürküttüğü için değil; büyük ihtimalle hastalığınız hafif bir vaka gibi görünüyor ama ağır bir akciğer hastalığı olsa bile (Batı Avrupa'dakilerin yarısı az ya da çok problemli ciğerlere sahiptir) üç yıllık tecrübeme dayanarak hastalığın bana kötülükten çok iyiliğinin dokunduğunu söyleyebilirim. Benim rahatsızlığım yaklaşık üç yıl önce, bir gece yarısı şiddetli bir kanama ile başladı. Böyle bir durumla karşılaşan herkes gibi telaşlandım ve doğal olarak biraz da korktum, hemen kalktım (sonradan öğrendim ki böyle bir durumda yatakta kalmak gerekirmiş), pencereye gittim, dışarı sarktım, lavaboya kadar yürüdüm, odada dolaştım, kanama hiç durmadı. Ama çok da mutsuz değildim, neredeyse uykusuz geçen üç-dört yıllık süre içerisinde kanama durduğu zaman tekrar uyuyabileceğime yavaş yavaş inanmaya başlamıştım. Gerçekten de kanama bir gece durdu (o günden bu yana da bir daha hiç olmadı) ve o gece deliksiz uyudum. Ertesi sabah hizmetçi geldi (o dönem Schönbrunn Sarayı yakınlarında bir evim vardı), çok iyi, çok sadık birisi olmasına rağmen fazlasıyla açık sözlü bir kızdı. Kanı gördü ve "Doktor çok uzun yaşamayacaksınız diyor" dedi. Buna rağmen kendimi her zamankinden daha iyi hissediyordum, önce ofise gittim, doktora ancak o gün öğleden sonra uğradım. Hikâyenin bundan sonrasında pek fazla anlatılabilecek bir şey yok. Sadece şunu söylemek istiyorum: Beni endişelendiren hastalığınız değil (özellikle hafızamı yoklamak için kendimi zorladığım anlarda bütün o narinliğinizin altında bir köylü kızının sağlamlığını görüyorum ve şu sonuca varıyorum: Hayır, siz hasta değilsiniz, bu sadece bir uyarı ama kesinlikle bir akciğer hastalığı değil), gerçekten bu değil beni korkutan, asıl endişelendiren bu rahatsızlığın ortaya çıkmasına tesir eden sebebin ne olduğu. Mektubunuzda yer alan "parasızım", "çay ve elma", "2'den 8'e kadar" gibi yüz yüze konuşulması gereken, anlayamadığım diğer hususların üzerinde şimdilik durmadığımı belirtmeliyim. Bunları geçiyorum (tabii ki sadece bu mektupta geçiyorum, yoksa bu konuları dikkate almamam mümkün değil) ve hastalığın bendeki durumuyla ilgili olarak oluşturduğum[6] ve daha birçok kişinin hastalığına uyan açıklamaya geri dönüyorum. Anlayacağınız üzere beynim, üzerine binen acı ve endişeyi artık kaldıramayacak duruma gelmişti. Bana şöyle diyordu: "Ben bırakıyorum, ama eğer burada mevcut yapının bütün olarak sürdürülmesini isteyen birisi varsa, o zaman bazı şeylerin yolunda gidebilmesi için bu yükü paylaşmalı." İşte burada kaybedecek çok şeyi olmadığı için akciğerim göreve talip oldu. Beynim ve akciğerim arasında ben farkında olmadan gerçekleşen bu müzakereler oldukça çetin geçmiştir herhalde.

Şimdi ne yapacaksınız? Belki birazcık bakımla hiçbir şeyiniz kalmayacak. Sizi seven herkesin birazcık ilgiye ihtiyacınız olduğunu anlaması gerekir, bu en önemli husus, gerisi sadece teferruat. Başka bir yolu var mı? Söylediğim gibi tabi ki yok, şaka yapmıyorum, şaka yapacak havada da değilim, siz sağlıklı ve yeni bir hayat tarzı benimsediğinizi bana bildirinceye kadar da bu havada olamayacağım.

Son mektubunuzu okuduktan sonra neden Viyana'dan bir süreliğine de olsa ayrılmadığınızı sormuyorum, artık

---

6 Kafka, akciğer hastalığını, bazı evlilik denemeleriyle ilgili yaşadığı sıkıntıları nedeniyle psikolojik olarak görüyordu (Kafka'nın Günlükleri, 15 Eylül 1917).

anlıyorum, ama Viyana yakınlarında da tedavi ve bakım imkânları olan çok güzel yerler var. Bahsedeceğim daha önemli bir konu olmadığı için bugün sadece bu konu hakkında yazacağım. Beni hem utandıran, üzen hem de sevindiren *Kmen*'de[7] yayınlanan eserimle ilgili teşekkürüm dahil olmak üzere diğer her şeyi yarına bırakıyorum. Ama durun, yazacağım bir konu daha var: Uykunuzdan bir dakikayı bile çeviriler için feda ederseniz, bana hiç değer vermediğinizi addedeceğim. Eğer bu durum bir şekilde mahkemeye intikal ederse, soruşturma dahi yapılmadan hemen karar verilecektir: Uyumamasına o sebep oldu. Bu suç için tamamıyla haklı olarak cezalandırılacağım. Yani uykunuzdan kısarak çeviri yapmamanızı söylerken, bunu aynı zamanda kendi iyiliğim için de istiyorum.

7 Kafka'nın Milena tarafından Çekçe'ye çevrilen "Stroker-Ateşçi" isimli öyküsünün yayınlandığı 1920'li yıllarda faaliyet gösteren edebiyat dergisi.

MERAN, NİSAN 1920 SONU

Sevgili Bayan Milena, bugün başka şeylerden bahsetmek isterdim ama yapamıyorum. Hastalığınızı çok ciddiye alsaydım farklı konulardan bahsederdim, ama bahçenin herhangi bir yerinde, yarı gölgede bir şezlong, elinizin altında on bardak süt hazır olsa diyorum. Böyle bir imkân şimdi yaz ortasında, -açlığınız ya da bir sorununuz olmasa dahi- Viyana'da bile sağlanabilir. Acaba mümkün değil mi, bu imkânı size temin edecek kimse yok mu? Doktorun görüşü nedir?

Büyük zarfın içerisinden çıkan tercüme metinleriyle karşılaşınca neredeyse hüsrana uğradım. Sizinle ilgili bir şeyler duymayı umuyordum, o aşina olduğum eski mezardan gelen ses değildi beklediğim. Neden aramıza girdi ki? Ama zaten bizi bir araya getiren, aracı olan oydu. Diğer yandan, bu kadar zahmetli bir işi üstlenmenize anlam veremesem de, Çek dilinde yapılmasını imkânsız bulduğum, sizin doğal, zarif yeteneğinizle tercüme yaparken her bir kelimeye gösterdiğiniz sadakate hayranım. Almanca ve Çekçe bu kadar birbirine yakın mı? Her ne olursa olsun, hikâye çok kötü, bunu size çok kolay bir şekilde kanıtlayabilirim sevgili Bayan Milena, ama bu durumda hikâyeye karşı duyduğum nefretim daha da artacaktır. Benim dünyaya bakış açımı birazcık daraltsa da doğal olarak sizin öyküyü beğenmiş olmanız onu değerli kılıyor. Bu konu üzerinde daha fazla durmayayım artık. Wolff size "Bir Köy

Hekimi"ni[8] gönderecek, ona yazdım.

Çekçe anlıyorum elbette. Birçok kere size neden bana Çekçe yazmadığınızı sormayı düşündüm. Sakın Almanca'ya hâkim olmadığınızı ima ettiğimi düşünmeyin. Çoğu zaman şaşırılacak seviyede hâkimsiniz, takıldığınız zamanlarda ise Almanca önünüzde gönüllü olarak diz çöküyor ki, özellikle de bu durum çok etkileyici, bir Alman'ın istemeye bile cesaret edemeyeceği, bir Alman'ın bu kadar asaletli yazamayacağı bir özellik. Ama ben Çekçe yazdıklarınızı okumak isterdim, çünkü bu kendi diliniz, çünkü Milena'nın mükemmelliği burada fark edilebilecekken (çevirileriniz bunu kanıtlıyor), burada sadece Viyanalı Milena veya kendini Viyana'da yaşamaya hazırlayan Milena mevcut. Lütfen Çekçe yazın. Bahsettiğiniz yazı dizilerini de bekliyorum. Alelade olsalar bile gönderin, ne kadar okudunuz bilmiyorum ama sonuçta siz benim hikâyemi tüm sıradanlığına rağmen sabırla okudunuz. Aynısını belki ben de yapabilirim, ama eğer yapamazsam en azından kafamdaki en iyi algıyla okumayı bırakırım.

Nişanlılık[9] durumumu soruyorsunuz. İki defa nişanlandım (aslına bakarsanız üç kere, aynı kızla iki defa nişanlanmıştım) ve üç defa evliliğin kıyısından sadece birkaç gün kala döndüm. Birincisi tamamen bitti (hatta yeniden evlendiğini ve küçük bir oğlu olduğunu duydum), ikincisi bir evlilik ihtimali olmadan hâlâ devam ediyor, aslında devam etmiyor, daha doğrusu iki tarafın özverisi ile bağımsız bir hayat sürüyor. Genel olarak, burada veya başka bir yerde olsun erkeklerin daha çok acı çektiklerini anladım,

---

8 Kafka'nın 1918 yılında yayınlanan ve on üç öyküden oluşan "Bir Köy Hekimi" adlı kitabı.

9 Kafka, Felice Bauer'le (1887-1960, başka bir yerde "Berlin'de mektuplaştığım kişi" diye bahsetmiştir.) Mayıs 1914 ve Temmuz 1917 tarihlerinde olmak üzere iki kere nişanlandı. Kafka ayrıca 1919 sonbaharında Praglı Julie Wohryzek (1891-1939) ile de nişanlandı.

başka bir deyişle erkeklerin bu konularda dayanma gücü daha az. Ama kadınlar daima suçsuz oldukları halde acı çekerler, bir şey yapamamaktan doğan bir acı çekme değil, kelimenin tam anlamıyla gerçekten acı çektikleri içindir. Aslında bu konuların üzerinde durmak da gereksiz.

Bu adeta cehennemde bir tek kazanı devirmek için uğraşmaya benziyor. İlk denemede başaramazsınız, ikici denemede başarılı olsanız bile kazandan akan akkorla yanarsınız ve cehennem hâlâ tüm görkemiyle varlığını sürdürmeye devam eder. Sorunu daha farklı bir yaklaşımla ele almak gerekir.

Her halükârda, derhal bahçede uzanın ve hastalığınızın gerçek bir hastalık olmadığını dikkate alarak, mümkün olduğu kadar tadını çıkarmaya bakın. Gerçekten keyiflidir.

Franz K.

MERAN, NİSAN-MAYIS 1920

Mektubumdaki satırlardan siz anlamadan önce ben hemen en baştan söyleyeyim: Yaklaşık on dört gündür giderek artan bir uykusuzluk çekiyorum ama beni kaygılandıran bir durum değil, zaman zaman böyle günler yaşanır. Gerçek sebebine ek olarak birçok gerekçeyle de açıklanır (komik ama Baedeker'e göre bunun sebebi Meran'ın havası bile olabilirmiş). Bu sebepler çok zor belirlense bile, insanı bir kütük kadar hissiz ve ormandaki vahşi bir hayvan kadar huzursuz yapabiliyor.

Ama benim için olumlu bir tarafı da var. Huzur içinde uyumuşsunuz, ama bir şekilde tuhaflık varmış gibi, dün keyifsizsiniz ama buna rağmen gece iyi bir uyku çekmişsiniz gibi. Geceleri uykum kaçtığı zaman artık ne olacağını biliyor ve bunu kabulleniyorum. Uykusuzluğa karşı direnmek aptallık olur, uyku varlıkların en masumu ve uykusuz insan da en günahkâr olanıdır.

Bir de siz bu uykusuz adama son mektubunuzda teşekkür ediyorsunuz. Durumdan bihaber, yabancı birisi mektubunuzu okusaydı, "Acayip bir adam bu! Dağları yerinden oynatmış olmalı!" derdi. Ama gerçekte bu adam hiçbir şey yapmadı (yazmak haricinde), parmağını bile oynatmadı, sadece süt ve iyi gıdalarla besleniyor, arada sırada önüne çay ve elma geliyor, her şeyi kendi haline bırakıyor, dağlarla da uğraşmıyor.

Dostoyevski'nin ilk başarısının hikâyesini[10] biliyor musunuz? İçinde birçok şey barındırır, ama benim burada

[10] Dostoyevski bu hikâyeyi günlüğünde biraz daha farklı anlatır:

kendisini anmamın sebebi ünlü birinin ismini kullanarak anlatmak daha kolay olduğu içindir, yoksa kapı komşusunun veya daha yakındaki bir kişinin öyküsü de aynı derecede önemlidir. Zaten hikâyeyi ve kahramanlarının isimlerini de tam hatırlayamıyorum. Dost., ilk romanı "İnsancıklar"ı yazarken, arkadaşı, edebiyatçı Grigoriyev'le[11] aynı evde yaşıyorlarmış. Arkadaşı masanın üzerinde her gün biriken müsveddeleri görmüş ancak taslak bitene kadar elini dahi sürmemiş. Daha sonra romanı okumuş, çok hoşuna gitmiş ve D.'ye hiçbir şey söylemeden o dönemin ünlü eleştirmeni Nekrasov'a[12] götürmüş. O gece saat 3'te D.'nin kapısı çalınmış. Gr. ve N. gelmişler, hemen içeri girerek, öpüp sarılmışlar D.'ye. Dostoyevski'yi o ana kadar tanımayan Nekrasov ona "Rusya'nın umudu" demiş, birkaç saat daha ağırlıklı olarak roman üzerinde sohbet ettikten sonra sabaha doğru evden ayrılmışlar. O geceyi daima hayatının en mutlu gecesi olarak anlatan D., pencereye yaslanarak ayrılışlarını seyretmiş ve kendini tutamayarak ağlamış. O andaki hissiyatı, nerede yazıldığını unuttum ama aşağı yukarı şöyle bir şeydi: "Mükemmel insanlar. Ne kadar soylu ve asiller! Bense ne kadar bayağıyım. İçimi görebilselerdi. Onlara söylesem bile bana inanmazlar." D.'nin sonradan onları taklit etmeye yeltendiği sadece bir abartıdan ibaret, sadece yenilmez olduğunu düşünen gençliğin uydurması ve burada sona eren hikâyemde yeri yok. Bu

---

"Bundan sonra hiç uyuyabilir miydim? Ne büyük sevinç -böyle başarı. Hepsinden önemlisi, benim için hoş bir andı, hâlâ çok iyi bir şekilde hatırlıyorum: Bir insan başarılı olduğu zaman, tamam, insan onu över, karşılaşınca kutlar ama bu ikisi sabahın dördünde beni uyandırmak için geldiler, bu uykudan daha önemli! Ah, bu çok güzel! İşte bunları düşünmüştüm, nasıl uyuyabilirdim ki?" Bu olayı, Grigorovich de anılarında anlatır. Bu anılar, Kafka'da da bulunan Dostoyevski'nin mektuplarının toplandığı kitabın eklerinde yayınlanmıştır.

[11] Rus şair, yazar Dimitry Vasiliyevich Grigorovich, 1822-1900 yılları arasında yaşamıştır.

[12] Rus şair, yazar, eleştirmen ve yayıncı, Nikolai Alekseyevich Nekrasov.

hikâyenin gizemini çözebiliyor musunuz sevgili Bayan Milena? Mantığınıza sığmayacak nedenlerini kavrayabiliyor musunuz? Kanımca şöyle: Gr. ve Nekr., genelleyecek olursak Dost.'tan daha asil değiller ama D.'nin de o gece istemediği ve özel durumlar için pek işe yaramayan genellemeyi bir kenara bırakalım şimdi, sadece Dost'un söylediklerine konsantre olalım. Gr. ve N.'nin gerçekten harika ama D.'nin kötü, son derece aşağılık biri olduğuna, asla Gr. ve N. gibi insanların yanına dahi yaklaşamayacağına, hak etmediği çok büyük iyiliklerin karşılığını hiçbir zaman ödeyemeyeceğine ikna olursunuz. Pencereden erişilmez olduklarını belli ederek yürüyüp gidişlerini görebilirsiniz. Maalesef, bu hikâyenin içeriği Dostoyevski'nin azametli ismi karşısında anlamsız kalmıştır.

Uykusuzluğum beni nerelere götürdü? Çok iyi anlatılmayan hiçbir şeye, eminim.

Franz K.

MERAN, MAYIS 1920

Sevgili Bayan Milena, sadece birkaç kelime, yarın size tekrar yazacağım, bugün sadece kendimi düşünerek, kendim için bir şeyler yapmak, mektubunuzun üzerimde yarattığı etkiyi giderebilmek için yazıyorum, aksi takdirde gece ve gündüz baskısını üzerimde hissedeceğim. Çok sıradışı bir insansınız Bayan Milena, Viyana'da yaşıyorsunuz, ıvır zıvır bir sürü şeyle uğraşıyorsunuz ve tüm bunların arasında başka insanlar için, örneğin ben kendimi iyi hissetmediğim ve bir gece önceye oranla biraz daha az uyuduğum için üzülecek vakti buluyorsunuz. Bu konuda buradaki üç kız arkadaşımın (üç kız kardeş, en büyüğü beş yaşında) bakış açıları daha mantıklı, kendilerine bir kötülüğüm olmamasına rağmen nehir kenarında olsak da olmasak da her fırsatta beni suya atmaya çalışıyorlar. Yetişkinler çocukları bu şekilde tehdit ettiklerinde ise doğal olarak bu şaka yapmak, sevgilerini göstermek amaçlıdır ve hemen hemen şu anlamdadır: Hadi bakalım şimdi eğlence olsun diye gerçekleşmesi en imkânsız şeyi söyleyelim. Ama çocuklar her şeyi çok ciddiye alır ve imkânsızlık nedir bilmezler, herhangi bir şeyi yaparken on kez başarısız olsalar da on birinci denemede başarılı olacaklarına inanırlar ve daha önceki on denemenin başarısız olduğunun farkında bile değildirler. Söylem ve eylemleri, bir yetişkinin zekâsı ile birleştirilirse çocuklar oldukça ürpertici olabilirler. Sadece öpüp sarılmayı düşündüğünüz dört yaşındaki, küçücük göbekli ama bir ayı kadar güçlü ufaklık, sağ ve sol yanında ona eşlik eden kız kardeşleri ile birlikte saldırıya geçtiği zaman, üstelik arkanızda yaslandığınız korkuluk geri gitmenizi engelliyorsa ve samimi görünümlü baba ve iyi huylu, sevimli, şişmanca anne (dördüncü çocuğun bebek arabasının önünde beklerken) yardım etmek akıllarından geçmeksizin bu duruma uzaktan gülümserse, artık gerçekten sonunuz gelmiş demektir ve nasıl kaçıp kurtulacağınızı bilmek mümkün değildir. Ortada bariz bir neden yokken, duyarlı ya da sezgileri güçlü olduğunu düşündüğüm bu çocuklar, beni çok az tanımalarına, mektuplaşmalarımızdan haberdar olamamalarına rağmen, belki beni fazlalık olarak gördükleri için düşürmeye çalıştılar.

Son mektubumda yazdığım "iyi anlatılmayan" kelimeler sizi korkutmasın. Sık sık tekrar eden uykusuzluk geçirdiğim dönemlerinden birisiydi. Sürekli olarak bana sizi çağrıştıran bu hikâyeyi yazmak zorundaydım ama bitirdikten sonra, sağ ve sol şakağımı kaplayan ağrıyla artık ne yazdığımın farkında değildim. Ayrıca, balkonda otururken, size yazmak istediğim şeyler kafamda netleşmemişken tek yapabildiğim temel duygularımdan bahsetmekti ki şimdi de yaptığım bundan farklı değil.

Kısa öykülerden oluşan "Bir Köy Hekimi" isimli son kitabım dışındaki bilinen bütün yazdıklarım sizde var. "Bir Köy Hekimi"ni de Wolff gönderecek size, bu konuda bir hafta önce kendisine yazmıştım. Şu anda basılan hiçbir şey olmadığı gibi ne yazabileceğim hakkında bir fikrim de yok. Kitaplar ve tercümeleriyle ilgili ne isterseniz yapabilirsiniz, benim için fark etmez, ne yazık ki benim için artık değerleri yok, keşke olsaydı, onları kontrolünüze bırakarak size olan inancımı gösterebilirdim. Diğer yandan, "Ateşçi" ile ilgili benden istediğiniz bazı notlarla küçük de olsa katkı sağlamam beni sevindirir. "Ateşçi", kişinin içten gelen bilgeliğiyle, en kötüsünün gerçek başarısızlıklarla karşılaşmak değil, bir zamanlar başarı olduğunu algıladığı başarısızlıklarla yüz yüze gelmesini, yaşamını yeniden gözden geçirmesini sağlayan, bir nevi cehennem azabıyla tanışmasıdır.

Tüm bunlara rağmen yazmak iyi hissettiriyor, balkonda mektubunuzu okuduğum iki saat öncesine oranla daha sakinim. Orda uzanırken, bir adım ötemde ters dönmüş bir böcek çaresizce yüz üstü dönmeye uğraşıyordu. Seve seve yardım edebilirdim, tek yapmam gerek bir adım atıp küçük bir dokunuşla onu çevirmekti, çok kolaydı ama mektubunuz yüzünden ihmal ettim, ayağa kalkacak halim de yoktu ki bir anda bir kertenkele beni hayata döndürdü. Kertenkele çırpınması duran böceğe doğru yaklaşıyordu, bunun bir rastlantı değil can çekişme, ender olarak görülebilecek bir hayvan ölümü sahnesi olduğunu düşünüyordum ki böceğin üzerinden geçen kertenkele onu yüz üstü çevirdi, böcek orada biraz daha ölü gibi hareketsiz durdu, sonra sanki hiçbir şey olmamış gibi evin duvarına tırmanmaya başladı. Böceğin kurtulması bir şekilde bana da cesaret verdi, kalktım biraz süt içtim ve size yazdım.

Franz K.

İşte notlar:[13]

Sütun 1 satır 2 burada *fakir* kelimesinin ikincil anlamı var: Acınacak halde ama herhangi bir duygusallık vurgusu içermeyen, Karl'ın ailesine duyduğu şefkati de göstermeyen bir acıma belki *ubozi*.

1-9 *freie Lüfte*[14] birazcık daha büyük ama burası için muhtemelen başka bir alternatif yok.

---

[13] "Ateşçi"nin ilk iki paragrafına dair Kafka'nın yorumları.

[14] Açık havalar.

1-17 *z dobre nálady a ponevadz byl silny chlapec*[15] tamamen çıkarılmalı.

Hayır, önce mektubu göndereyim, notları yarın yollarım, zaten çok kısalar sayfalar dolusu değil. Çevirinizdeki aslına uygunluğa hayret ediyorum, neredeyse hiç yanlış ifade yok ki olsa bile zaten hissedilmezdi ama esasen çevirilerinizde sağlam ve keskin bir anlatım da var. Çekler'in, çevirinizin en beğendiğim yönü olan (hikâyenin çevirisi için değil kendim için) aslına bağlılığı için sizi eleştirip eleştirmeyeceklerini bilmiyorum ama, benim Çekçe'yle ilgili taraflı hislerime -benim de Çekçe bilgim var- tamamıyla hitap ediyor. Eğer bu konu ile ilgili olarak birisi sizi eleştirecek olursa benim minnettarlığımı hatırlayarak kırgınlığınızı bastırın.

---

15 Mizah duygusuna sahip, güçlü bir çocuk olduğu için.

MERAN, MAYIS 1920

Sevgili Bayan Milena, (evet, bu başlangıç şekli sıkıcı olmaya başlamasına rağmen, bu belirsiz dünyada hasta bir insanın kendini yaslayabileceği bir dayanak gibi, ama bu dayanaklardan da sıkılmanız hastalığın geçtiği anlamına gelmiyor) ben Almanlar'ın arasında hiç yaşamadım fakat Almanca ana[16] dilim, bana doğal geliyor, buna rağmen Çek dilini daha içten buluyorum ve bu nedenle de yazdığınız mektuplar belirsizlikleri ortadan kaldırıyor. Sizi çok net görebiliyorum; bedeninizin, ellerinizin hareketleri çok çabuk, kararlı, sanki sizinle yüz yüzeyim, gözlerimi yüzünüze bakmak için kaldırdığım zaman, mektubunuzun ortasında -neler söylüyorum- yangın başlıyor ve ben ateşten başka bir şey göremiyorum.

İnsanda yaşamınızla ilgili belirlediğiniz kurallara uyma isteği doğuyor. Doğal olarak bağlı olduğunuz kurallar nedeniyle size acınmamasını istemeniz normaldir ancak kuralların konma nedeni sadece gurur ve kibirden başka bir şey değildir ("Bedelini ödeyen benim"). Bununla birlikte, kurallarınızın değerlendirilmesine yönelik olarak belirttiğiniz örnekler tartışılamayacak kadar kesin, bundan sonrasında sadece eliniz öpülür. Ben kendi açımdan tabii ki kurallarınıza inanıyorum ama onların yaşamınız boyunca üzerinize kâbus gibi çökerek, eğilip bükülmeden, yaşamınızı düzenleyeceğine inanmıyorum, bu da bir anlayış elbet

---

16 Burada ana, gerçek anlamıyla anne olarak kullanılmıştır, zira Kafka'nın annesi Julie Almanca konuşurken, babası Hermann Çekçe konuşuyordu.

ama gideceğiniz yolun bir kısmında uygulanacak bir anlayış ama yol uçsuz bucaksız.

Bütün bunlardan bağımsız olarak sizi yaşadığınız o cehennem gibi fırının içerisinde görmek sınırları belirli insan zekâsı için çok ürkütücü. Şu an için sadece kendimden bahsedeyim. Eğer tüm her şeyi bir okul ödevi gibi değerlendirirsek bana üç şekilde davranabilirdiniz. Örneğin bana kendinizle ilgili herhangi bir şeyden bahsetmekten kaçınırdınız ama o zaman beni sizi tanıma mutluluğundan, hatta bu mutluluktan daha muazzam olan kendimi bunun için deneme fırsatından mahrum bırakmış olurdunuz. Tabi kendinizi benden uzak tutmanıza izin vermezdim. Ardından bazı şeyleri benden saklayabilir veya onları farklı gösterebilirdiniz, aslında bugün de yapabilirsiniz ama belli etmesem de bugünkü koşullarda hemen anlarım ve iki kat daha fazla üzülürüm. Yani bunu da yapmanıza izin vermezdim. Geriye üçüncü seçenek kalıyor: Biraz kendinizi kurtarmak için çalışmak. Aslına bakarsanız bu durum gelen mektuplarınızdan küçük de olsa bir ihtimal olarak görünüyor. Sık sık istikrar ve sakinlikten bahsediyorsunuz, çoğu kez de -sadece şu an için de olsa- diğer şeylerden ve son dönemde, mutlak dehşet.

Sağlınız hakkında söyledikleriniz (benim sağlığım iyi, sadece dağ havası nedeniyle iyi uyuyamıyorum) beni tatmin etmiyor. Doktorun teşhisini doğru bulmuyorum, aslında ne doğru ne de yanlış diyebiliriz, ama bu konuda yalnızca sizin tavrınız nasıl yorumlanması gerektiğini belirleyebilir. Doktorlar haliyle aptallar, aslında insanlardan daha fazla aptal değiller, istekleri çok saçma, onların eline teslim olduğunuz zaman daha aptallaşacaklarını hesaba katmanız gerekir. Ama şu anki durumunuzda doktorun sizden istedikleri ne aptalca ne de yapılması imkânsız olan şeyler. Her şeye rağmen asıl imkânsız olan sizin kesinlikle hasta olmadığınız ve olmayacağınız gerçeği. Asıl önemli soru doktorla konuştuktan sona hayatınız nasıl değişti?

Ama şimdi lütfen birkaç soru daha sormama izin verin: Neden ve ne kadar süredir parasızsınız? Akrabalarınızla bağlantınız sürüyor mu? (Bence sürdürmelisiniz, daha önce bana size düzenli olarak paket gönderen birisinin adresini vermiştiniz, artık paket gönderilmiyor mu?) Daha önce yazdığınız üzere Viyana'da birçok kişiyle görüşüyorken neden şimdi kimseyle görüşmüyorsunuz?

Bana yazı dizilerinizi[17] göndermek istemiyorsunuz, belli ki kafamda sizin için çizmiş olduğum resmin içine onları doğru yerleştirebileceğim konusunda bana güvenmiyorsunuz. Bu konuda şimdi kızdım size ama, kalbimin bir köşesinde sizin için küçük bir kırgınlığın bulunması dengeyi sağlayacağı için neyse ki bu kızgınlık olumsuz bir durum değil.

Franz K.

---

[17] Ocak 1920 tarihinden başlayarak Milena Prag'daki dergilerde, özellikle *Tribuna* ve *Narodni Listy* için yazıyordu. Yazıları genellikle Viyana'da yaşayan insanlar, yaşam, dostluk, evlilik vb. gibi konular üzerindeki izlenimlerini aktarıyordu. Yazılarında kendi adının yanı sıra M., M.P., J.S., A.X. Nessey, A.X.N. ve Nessey gibi takma isimler kullanıyordu, Mart 1920'den sonra evlilik soyadı Pollak'ı kullanmayı bırakmıştır.

MERAN, 29 MAYIS 1920

Sevgili Bayan Milena, günler o kadar kısa ki, sizinle ve önemsiz birkaç ufak işle hemen bitiveriyor. Gerçek Milena'ya yazmak için neredeyse hiç zaman kalmıyor ama daha gerçek olanı bütün gün buradaydı; odamda, balkonda, bulutların arasında.

Son mektubunuzdaki canlılık, neşe, kaygısızlık nereden kaynaklanıyor acaba? Bir şeyler mi değişti? Ben mi yanılıyorum yoksa yazdıklarınızı mı yanlış yorumluyorum? Yoksa kendiniz gibi diğer şeyleri de kontrol altına mı aldınız? Anlatın, nedir?

Mektubunuzun başlangıcında bir hâkimin hüküm verme edası var, bunu samimi olarak söylüyorum. "Çok iyi anlatılmayan" kavramında daha önce söylediklerinizde olduğu gibi "veya tam olarak doğru değil" ile ilgili eleştirinizde de haklısınız, bu apaçık ortada. Yazdığım kadar fazla ve sonsuz bir üzüntü içinde olsaydım, şu an şezlongda oturuyor olmaz, tüm engellere rağmen ne yapıp eder hemen ertesi gün kapınızın önüne dikilirdim. Samimiyetin gereği budur, şimdi yazdıklarım da dahil gerisi sadece boş laf. Ama eğer bu içimde yatan duyguya bir çağrıysa sessizce duruyor, eli kolu bağlı onun.

Sözünü ettiğiniz (tutkuyla ve gözleriniz bağlanmış bir şekilde) komik insanlardan, örneğin şu meraklı olandan ve diğerlerinden hâlâ sıkılmadınız mı? Artık bir karar vermelisiniz sonuçta kararları daima kadınlar verir (Paris hakkındaki efsane[18] bu iddiamı biraz çürütse de sonuçta Paris hangi tanrıçanın en güçlü olduğu konusunda karar verir). Yaptıkları soytarılık önemli değil, gelip geçici bu soytarılık döneminden sonra tamamıyla ağırbaşlı ve iyi olabilirler, sizi bu insanlara bağlayan bu umut mu? Kimse yargıcın gizli düşüncelerini bildiğini iddia edemez ama bana öyle geliyor ki siz bu insanların soytarılıklarını görmezden geliyorsunuz, anlayışla karşılıyorsunuz, seviyorsunuz ve sevginizle onları yüceltiyorsunuz. Soytarılıkları, efendilerinin tam ortadan değil de yolun durumuna göre ne taraftan yürüyorsa, sağdan veya dümdüz yürürken bir köpeğin zigzag yaparak koşmasından başka bir şey değildir. Her halükârda sevginizin bazı nedenleri olmalı, kesinlikle buna inanıyorum (sadece size sormaktan kendimi alamıyorum ve garipsiyorum) ve bu bana ofisimde çalışan bir görevlinin bu durumu doğrulayan sözlerini hatırlatıyor. Birkaç yıl

---

[18] Kral Peleus ile deniz perisi Thetis'in evlenme merasimine kavga tanrıçası Eris, üzerinde "en güzele" yazılı altından bir elmayı, şölenin yapıldığı salonun ortasına bırakır. Kudret tanrıçası Hera, zekâ tanrıçası Pallas Athena ve aşk tanrıçası Afrodit elmaya sahip olmakta ısrar ederler. Her üçü de tanrı Zeus'a giderek, onun hakemlik yapmasını isterler. Tanrı Zeus, hakemliği bir ölümlünün yapması gerektiğini söyleyerek onları Paris'e gönderir. Paris tanrıçalardan hangisini en güzel bulursa elmayı ona verecektir, her üç tanrıça da birbirinden güzeldir, Paris ne yapacağını şaşırır. Tanrıçalar karar vermesini kolaylaştırmak için Paris'e rüşvet teklif ederler. Hera kendisine kudret vaat ederek, Paris'i Avrupa ve Asya'nın en güçlü kralı yapmayı teklif eder. Athena kendisini dünyanın en zeki kralı yapmayı ve Yunanistan'la yapılacak bir savaşta kendisine zafer vaat eder. Afrodit ise dünyanın en güzel kadınını Paris'e teklif eder. Paris'in hiçbir şeyde gözü yoktur, en güzel kadın benim olsun diye düşünüp, altın elmayı Afrodit'e verir. Bu işe çok bozulan Athena ile Hera, Troya'nın yıkımı için planlar yaparlar. Afrodit ise verdiği sözü yerine getirmek için Paris'in, Yunanistan'daki Sparta şehrine gitmesini sağlar, o sırada dünyanın en güzel kadını Sparta Kralı Menelaos'un karısı Güzel Helen'dir. Menelaos, Paris'e dilediği kadar sarayında kalabileceğini söyler ve ona güvenerek karısı ile Paris'i sarayda yalnız bırakıp Girit'e gider. Menelaos'un Girit'te olmasından yararlanan Paris, Helen'i Troya'ya kaçırır, Girit'ten dönen Menelaos karısını geri almak için Troya'ya savaş açar.

önce küçük bir kayıkla kürek çekmek için sık sık Moldau'ya[19] gider, nehrin yukarısına kadar küreklere asılır, sonra sandalın içersinde sırt üstü uzanarak akıntıyla köprünün altından geçerdim.

Epey zayıf olduğum için köprüden çok komik görünüyordum herhalde. Yukarıda bahsettiğim görevli beni bu şekilde sırt üstü yatmış köprünün altından geçerken görüp komikliğimle ilgili izlenimlerini şöyle anlattı: "Sanki kıyamet günü öncesi, tabutların kapakları açılmış ama hareket etmeyen ölü bedenler uzanmış gibi" görünüyormuş.

*

Kısa bir gezintiye çıktım (daha önce bahsettiğim ama gerçekleştirmeyi başaramadığım şu uzun seyahat değil) ve neredeyse üç gündür (tatlı) yorgunluk nedeniyle adeta hiçbir şey yapamadım, yazı bile yazamadım. Tekrar tekrar mektubunuzu, makalelerinizi okudum, öyle güzel yazıyorsunuz ki sözleriniz sadece bir şeyler ifade etmiyor, insana yol gösteriyor ve bu yolu takip ettikçe insanı mutluluktan mutluluğa sürüklüyor, ta ki ilerlemeyeceğini fark ettiği sinir ve karmaşa içerisinde bir labirentin içinde dönüp durduğu o parlak noktaya ulaşıncaya kadar. Her halükârda bunları yazan sıradan bir yazar değil. Okuduktan sonra en az size olan inancım kadar yazılarınıza da var artık. Çek dilinde bildiğim tek müziksel dil (sınırlı bilgim dahilinde) Bozena Nemcova'nınki,[20] buradaki dilin müziği biraz farklı ama bu müziksel dil Nemcova'da var olan kararlılık, tutku, neşe ve parlak zekâyı yansıtmaktadır. Bu son birkaç yılda yapılan çalışmanın sonucu mu yoksa daha önce yazdınız mı? Benim gereksiz bir şekilde taraflı olduğumu söyleyebi-

---

[19] Çek Cumhuriyeti'nin en uzun nehir olan Vlatava Nehri.

[20] "Babicka" (Büyükanne) romanının yazarı, ünlü Çek yazar.

lirsiniz ve bu konuda haklısınız, taraflıyım ama yalnızca (düzgün olmayan, gazetenin bozucu etkisinin olduğu) metinlerde ilk önce göremediğim fakat daha sonra yakaladığım şeyler konusunda taraflıyım. Ama yine de iki parça metnin beni yanıltmasıyla sizin olduğunu düşündüğüm uyduruk moda makalelerinden değerlendirmelerimin üstünkörü olduğunu hemen anlayabilirsiniz. Kupürleri kardeşime göstermek amacıyla bir süre daha alıkoymayı çok isterdim ama bir an önce ihtiyacınız olduğu için onları da zarfa koydum, dahası kenarlarına bir takım hesaplamalar da karalanmış.

Açıkçası kocanız hakkında farklı düşünmüştüm. Kafe ortamında sakin, çok güvenilir, anlayışlı, olağanüstü kalender ama bu özelliklerini gölgede bırakmayacak derecede de esrarengiz görünmüştü. Ona daima saygı duymama rağmen daha iyi tanıma fırsatım olmadı, ama Max Brod[21] gibi kendisini çok önemseyen arkadaşlar vardı ki, kocanızı düşündüğüm her zaman Brod'un onunla ilgili övgüleri aklıma gelir. O dönem, kocanızın gittiği her kafede daima birileri tarafından aranmak gibi çok hoşuma giden tuhaf bir özelliği vardı. Herhalde telefonun yanında birileri sandalyeye oturmuş, aklına geldikçe kalkıp telefon ediyor, sonra da sandalyenin arka kısmını yastık olarak kullanıp orada yatıyordu. Bu benim çok iyi bildiğim bir durum herhalde bu nedenle bundan bahsediyorum.

Bu arada, Stasa[22] ve ona hak veriyorum, kendim elde edemediğim şeylere hak veririm, sadece içten içe Stasa'nın biraz daha haklı olduğunu düşünüyorum.

Franz K.

---

[21] Yazar, eleştirmen; Kafka'nın çok eski ve yakın arkadaşı (1884-1964).

[22] Stasa Jilovska -kızlık soyadı Prochazkova- (1898-1955), Milena'nın okul arkadaşı ve yakın dostu, gazeteci, editör ve çevirmen.

Acaba pazara kadar sizden mektup alabilir miyim, ne dersiniz? Mümkün herhalde. Ama mektuplar için bu saplantı biraz fazla. Bir mektup, bir tek haber yetmiyor mu? Tabii ki yeter, ama başımı arkaya yaslayıp mektupları yudumlamak, durmadan içmek istiyorum. Bunu bana açıklayın öğretmen Milena.

MERAN, 30 MAYIS 1920

Milena, insan doğasını ne kadar tanıyorsunuz? Bu konuda şüphelerim var, örneğin, Werfel[23] hakkında yazdığınız zaman ondan sadece sevgi ve sempatiyle bahsediyorsunuz ama tüm bu söylediklerinizi gözardı ederek şişman olduğu (onu sadece yanımdan geçerken görmeme rağmen bence bu haksız bir suçlama, her geçen yıl daha yakışıklı ve daha sempatik görünüyor) ile ilgili suçlamanıza bakılırsa bu sevgi anlayıştan uzak bir sevgiye benziyor. Şişman insanların güvenilir olduğunun farkında değil misiniz? Sadece bunun gibi kalın kaplarda her şey çok iyi pişebilir, sadece bu hava sahası kapitalistleri, tabi bir insan için ne kadar mümkün olabilirse, sadece o kadar sıkıntı ve deliliklerden korunarak işlerini yapabilirler. Bir zamanlar birinin söylediği gibi, onlar bu dünyaya faydalı olan eşsiz insanlardır, gerektiğinde kuzeyde ısıtır gerektiğinde güneyde gölge yaparlar (aslından tersi de söylenebilir, ama o zaman bu doğru olmaz). [...][24]

Sonra bir de Yahudi olma sorunu var. Belki şaka olarak belki de benim şu korkak Yahudiler'den biri olup olmadığımı anlamak için Yahudi olup olmadığımı soruyorsunuz, ama her halükârda bu konuda Praglı bir bayan olarak

23 Yazar Franz Werfel (1880-1945), o dönemde Viyana'da yaşıyordu. Ernst Pollak'la Prag'dan tanışıyordu. Milena zaman zaman yazılarını Çekçe'ye çevirmiştir.

24 Yaklaşık kırk kelime çıkarılmış.

Heine'nın karısı Mathilde kadar saf olamazsınız (belki hikâyeyi bilmiyorsunuzdur. Göründüğü kadarıyla size anlatacak önemli şeyler var gibi, ayrıca hikâyenin kendisinin değil ama anlatacak olmamın bir şekilde kendime zarar vereceğini düşünüyorum ama bir kez de olsa benden iyi bir şeyler duymalısınız. Alman Bohemyalı yazar olan Meissner[25] -Yahudi değil- hatıralarında anlatmıştı. Mathilde Almanlar'a karşı tavırlarıyla Meissner'i sürekli kızdırıyormuş: Ona göre Almanlar kötü niyetli ukala, kendini beğenmiş, dar görüşlü, saldırgan, kısacası dayanılmaz bir halkmış. Meissner bir gün dayanamamış ve şöyle cevap vermiş "Ama siz Almanlar'ı hiç tanımıyorsunuz ki, sonuçta Henry'nin burada görüştüğü Almanlar sadece gazeteciler, onların hepsi de Yahudi". Mathilde "Hayır abartıyorsunuz, onların bir ya da ikisi Yahudi'dir, örneğin Seiffert" deyince, Meissner "Hayır içlerinde tek Yahudi olmayan o" diye cevap vermiş. Mathilde şaşırarak, "Nasıl yani, şu uzun boylu, güçlü ve sarışın Jeitteles de mi Yahudi?" diye sormuş. Meissner "Kesinlikle!" diye cevap vermiş. "Bamberger de mi?" "Bambarger de." "Ya Arnstein?" "O da" demiş Meissner. Bu şekilde tüm tanıdıklarının isimlerini söyleyerek Yahudi olup olmadıklarını tartışmışlar. En sonunda Mathilde asabileşerek şöyle demiş: "Benimle dalga geçiyorsunuz, artık en sonunda Kohn'un da Yahudi olduğunu söyleyeceksiniz ama Kohn Henry'nin yeğeni aynı zamanda Luteryan'dır." Meissner söyleyecek hiçbir şey bulamayarak, susmuş). Göründüğü kadarıyla Yahudiler'den korkmuyorsunuz. Şehrimizde mevcut son iki Yahudi jenerasyonu dikkate alınırsa bu oldukça kahramanca bir davranış -dalga geçmiyorum- saf, temiz bir kız akrabalarına "Beni bırakın" deyip bu şehirlerden birisine taşınıyorsa bu Jan Dark'ın[26] köyünü terk etmesinden daha önemli bir şeydir.

---

25 Alfred Meissner (1822-1885) Alman liberal şiir akımının öncüsü.

26 Fransızların kadın kahramanı olup "Orleanslı Bakire" olarak da bilinir. İngiltere ile Fransa arasında yaşanan Yüzyıl Savaşları'nda, on yedi ya-

Diğer yandan, Yahudiler'i korkaklıkla itham edebilirsiniz, ama bu tür bir genelleme insan doğası hakkında gerçek değil teorik bilgiye sahip olduğunuzu gösterir. Teoride, çünkü ilk olarak, sizin daha önceki tanımlamanıza göre korkaklık kocanız için geçerli değil, ikinci olarak, benim tanıdığım birçok Yahudi için de geçerli değil, üçüncü olarak sadece birkaç kişi için geçerli, hem de benim gibi korkaklar için fazlasıyla geçerli. Burada en ilginç olan korkaklık suçlamasının genele uymamasıdır. Güvensiz duruşları, kendilerine olan güvensizlikleri, insanlara karşı güvensizlikleri nedenleriyle Yahudiler sadece ellerinde tuttukları, dişleriyle çiğnedikleri nesnelere sahip olabileceklerine inanırlarmış, dahası, ellerindeki bu fiziki varlıkların onlara yaşam hakkı verdiğine ve nihayetinde ellerindekileri bir kez kaybettikten sonrakendilerinden iyice uzaklaşan ve sonsuzluğa giden kayıplarını -asla- tekrar geri kazanamayacaklarına inanmışlardır. En beklenmedik yerden gelen tehlikeler Yahudiler'i tehdit eder ya da tehdit ve tehlikeyi bir kenara bırakıp tam olarak şunu söyleyebiliriz: Korkular onları korkutur. Sizle alakalı bir örnekle anlatayım. Bu konuda konuşmamak için söz verdiğim doğru (sizi çok az tanıdığım zamanlarda söz vermiştim) ama sizin için yeni bir şey değil ve sadece akrabaların sevgisini göstermek amacıyla, hatırlayamadığım için isim ve ayrıntı vermeden, şimdi hiç tereddütsüz anlatacağım. En küçük kız kardeşim[27] Hıristiyan bir Çek'le evlenecekti, evleneceği kişi sizin akrabalarınızdan birine Yahudi biriyle evlenme niyetinden bahsetmiş, bu kişi şöyle cevap vermiş: "Her

şındayken Tanrı'dan aldığına inandığı esinle Fransızlar'a zafer kazandırmıştır Daha sonra engizisyon mahkemesi tarafından yakılarak ölüme mahkûm edildikten yaklaşık 500 yıl sonra 1920'de Papa 15. Benediktus tarafından azize ilan edilmiştir.

[27] Asıl adı Ottilie olan Ottla (1892-1944) mektuptan yaklaşık üç ay sonra, ailesi ve akrabalarının itirazına rağmen Katolik ve Çek olan Dr. Josef David (1891-1962) ile evlendi, evliliğe sadece ağabeyi Franz Kafka destek verdi.

dinden insanla olur ama asla bir Yahudi ile evlenme! Milena'nın durumunu görmüyor musunuz?" vesaire vesaire. Tüm bunları anlatarak sizi nerelere götürdüm. Birazcık yönümü kaybettim ama bana eşlik ediyorsanız önemli değil, o zaman ikimiz de kaybolmuş oluruz. Çevirinizin en güzel yönü aslına sadık olması. (Haydi durmayın beni cezalandırın sadık sözcüğü için -biliyorum her şeyi yapabilirsiniz ama en iyi yaptığınız iş azarlamak herhalde, beni sürekli azarlayabilmeniz için sizin öğrenciniz olmak isterdim; sıramda oturup korkudan başımı eğmişim, siz yaptığım hataları bulduktan sonra, işaret parmağınızı sallayarak üzerime eğilmişsiniz. Böyle olurdu herhalde, değil mi?) Çevirinizin aslına bağlılığından bahsediyordum, evet aslına o kadar sadık ki sanki elinizden tutarak sizi hikâyenin karanlık, basık, pis, bitmek tükenmek bilmeyen dehlizlerinde (bu yüzden cümlelerim bu kadar uzun, bunu anlamadınız mı?) dolaştırıyormuşum gibi hissettiriyor. Bu sonsuz dehlizlerin (sadece iki ayda tamamladınız değil mi?) gün ışığına kavuşan çıkışında umarım gözden kaybolabilirim.

Bana mutluluk veren elimi dinlendirmem, bugünlük burada bırakmam için bir uyarı bu. Yarın size tekrar yazacağım ve neden Viyana'ya gelemeyeceğimi -gerekçelerimden detaylı olarak bahsederek- açıklayacağım ve bu konuda siz bana hak verene kadar rahat etmeyeceğim.

F.

Lütfen adresi biraz daha okunaklı yazın, mektubunuzu zarfın içerisine koyduktan sonra o artık sizin olmaktan çıkıp benim mülkiyetime girer ki başkalarının mülküne daha itinalı ve sorumlu davranmalısınız. İşte bu kadar. Yeri gelmişken, tam emin olmamakla birlikte mektuplarımdan birinin kaybolduğu izlenimine kapıldım. Yahudi korkaklığı işte! Mektupların elinize güvenli bir şekilde ulaşmış olmalarından korkacak yerde.

Aynı konuda aptalca bir şey daha söyleyeceğim, doğru olduğunu bildiğim şeyin beni incitecek olmasına rağmen söylemek istemem benim aptallığım. Daha da fazlası Milena hâlâ korkaklıktan söz ediyor ve göğsüme vurarak Çekçe'de ritmi ve söylemi çok benzer olan şu soruyu soruyor: *"Jste zid?"*[28] *"Jste"* kelimesinde yumruk daha güçlü vurmak için nasıl geri çekiliyor görmüyor musunuz? Ya sonrasında *"zid"* kelimesinde mükemmel bir şekilde vurmak için ileri atılmasını? Çek dilinin bu tür yan etkileri Almanlar'da sık sık görülür. Örneğin, bir keresinde nasıl olup da bir mektup yüzünden burada kaldığımı sormuş ve hemen kendi sorunuzu cevaplamıştınız: *"Nechdpu"*[29] Çekçe'deki tuhaf, sizin ağzınızdan çıksa bile çok yıkıcı, duygusuz, cansız, aç gözlü bir kelime, üstelik ceviz kıracağına benziyor. Kelimenin söylenebilmesi için çenenin üç kez çatırdaması gerekiyor; ilk hecede cevizi yakalamak için nafile bir hamle yapılıyor, ikinci hecede ağız kocaman açılıyor ve ceviz ancak ağzın içine sığıyor, en sonunda üçüncü hecede ceviz kırılabiliyor ama dişlerin durumunu tahmin edebiliyor musunuz? Özellikle son hamlede dudaklar karşısındaki insanın savunma yapmasını engelleyecek şekilde öyle bir kapanıyor ki benim şu an yaptığım gibi boş konuşanlar için aslında bu kapanış bazen çok iyi oluyor. Hemen akabinde boş konuşan kişi özür dilercesine şöyle der: "İnsanlar birazcık mutlu oldukları anlarda boş konuşabilirler."

Zaten bugün mektup gelmedi sizden. Ben ise size söylemek istediğim şeyi mektubun sonuna gelmeme rağmen halen söyleyemedim. Başka sefere. Yarın sizden bir şeyler

---

[28] "Yahudi misiniz?"

[29] "Anlamıyorum"

gelirse çok ama çok sevineceğim, kapıyı çarparak kapatmadan -tüm çarpılarak kapanan kapılar tiksindiricidir- önce sizden duyduğum son sözler çok korkunçtu.

F.

Bu üç hecenin Prag Saat Kulesi'nin üzerindeki üç havarinin hareketlerini gösteriyor olması muhtemeldir: Varış, görünüş ve hiddetle terk ediş.

MERAN, 31 MAYIS 1920
PAZARTESİ

Dün söz vermiş olduğum açıklama:

İstemiyorum, (Milena lütfen bana yardım edin! Söyleyebildiklerimden daha da fazlasını anlamaya çalışın.) istemiyorum (bu bir kekeleme değil) Viyana'ya gelmeyi, çünkü zihinsel strese katlanamıyorum. Benim ruh sağlığım bozuk, akciğerlerimdeki hastalık ruhsal hastalığımın dışa vurmasından başka bir şey değil. İlk nişanlılığımdan bu yana geçen son dört-beş senedir bu rahatsızlığı yaşıyorum (son mektubunuzda neden neşe dolu olduğunuzu daha önce anlayamamıştım, kavrayamamıştım; şimdi algılayabiliyorum, sürekli aklımdan çıkan sizin çok genç olduğunuz gerçeği, belki yirmi beşinizde bile değilsiniz, belki yirmi üç. Ben otuz yedi yaşındayım, neredeyse otuz sekiz, sizden hemen hemen bir kuşak daha yaşlıyım, uzun geceler ve başağrıları nedeniyle saçlarım ağarmaya başladı). Bu sarmaşık gibi yayılan uzun hikâyenin gerçekleriyle ilgili detayları önünüze sermek istemiyorum, hâlâ beni bir çocuk gibi korkutuyor ama bir çocuğun belleğinden silme yeteneğine sahip olmadığım için bu detayları hâlâ unutamıyorum. Yaşadığım üç nişanlılık sürecinin ortak özelliği, hepsinde tartışmasız ve kesin biçimde benim kusurlu olmamdır. Her iki kızın da mutsuz olmasına sebep oldum veburada sadece birincisinden bahsediyorum, ikincisi hakkında konuşamam, çok kırılgandır, herhangi nazikçe bir kelime bile korkunç bir hakaretmişçesine onu üzerdi. Benim daimi olarak mutlu, rahat, kararlı olmamı sağlayamadığı (eğer ondan istesem benim için kendini feda edebilirdi), ona defalarca ve gönüllü olarak söz vermeme rağmen beni evlenmeye ikna edemediği, onu umutsuzca sevmiş olmam gerçeğine karşın, evlilikten daha değerli bir tutku olmadığını bilmeme rağmen... onu anlıyorum. Neredeyse beş yıl boyunca ona hayatı kahrettim[30] (hayatı kendime kahrettim de diyebilirsiniz) neyse ki dayanıklıydı, Prusyalı[31]-Yahudi melezi olan, güçlü, yenilmez bir karışımdı. Ben o kadar dayanıklı değildim, o sadece acı çekiyor bense hem çekiyor hem de çektiriyordum.

*

Bu kadar, yeni başlamama rağmen daha fazla yazamam, daha fazla açıklayamayacağım; ruh sağlımın bozukluğunu, Viyana'ya gelememem hakkındaki diğer nedenlerimi anlatmam gerekmesine rağmen bir telgraf geldi şimdi: "Sekizinde Karsbald'da buluşalım,[32] cevabını yazılı olarak bildir." Gönderinin çok mütevazı, sakin ve makul bir kişi olduğunu bilmeme ve benim isteğimle olmasına rağmen telgraf kâğıdını açtığım zaman korkunç yüzle karşılaştığımı itiraf ediyorum. Hastalığım ile bağdaştıramayacağım için bunu artık açıklayamam. Ama şurası kesin: Pazartesi buradan ayrılıyorum. Ara ara telgrafa bakıyorum ve yazılanı

---

30 Kafka'nın 1912-1917 yılları arasında Felice Buer'e yazdığı ve 1967 yılında yayınlanan mektuplar onun evlilikle ilgili sıkıntısını göstermektedir. Mektuplaşmalarının son döneminde Kafka bu sıkıntıyı şöyle ifade eder "...başından beri, sürekli devam eden, belki de sonsuza kadar sürecek, herhangi bir masalda, herhangi bir kadın uğruna, benim senin için verdiğimden daha büyük ve daha ümitsiz bir mücadele verilmiş olduğuna inanmıyorum."

31 Tarihin değişik dönemlerinde değişik anlamlarda kullanılmış bir deyim olmakla birlikte en çok 1713-1867 yılları arasında kendisine Prusya Krallığı adını veren Alman Devleti anlamında kullanılır

32 Kafka'nın nişanlısı Julie Wohryzek'in 8 Haziran 1920'de Karlsbad'da Kafka'yla buluşmak istediğini belirten telgrafı.

zorlukla okuyabiliyorum, sanki üzerinde yazılanı silen bir gizli şifre var ve şöyle diyor: Viyana üzerinden git! Kesin bir emir ama bütün emirler gibi korkutucu değil. Bunu yapmayacağım, Münih üzerinden kısa yoldan gitmek varken iki katı uzunluktaki Linz yolunu seçmek ve yolu daha da uzatarak Viyana'ya geçmek çok anlamsız görünüyor. Bir deneme yapıyorum: Balkondaki serçe masamdan ona ekmek atmamı bekliyor. Ama ben ekmeği balkona atmak yerine hemen yakınımda, odanın ortasında yere bırakıyorum. Dışarıdaki serçe, yarı karanlıkta yaşamasını sağlayacak yemi görüyor, yem onun için aşırı derecede kışkırtıcı, silkiniyor, içeri girdi girecek ama içerisi karanlık ve ekmeğin yanında ben varım, bilinmeyen güç. Yine de eşiğin üzerinden atlıyor, birkaç küçük zıplamadan sonra daha fazla gitmeye cesaret edemiyor ve korkuyla birden uçuyor. Bu zavallı kuşta öyle bir yaşama gücü var ki biraz sonra durumu kontrol etmek için tekrar geri geliyor. Onu cesaretlendirmek için biraz ekmek kırıntısı döküyorum ama anlık bir hareketim -bilerek veya bilmeyerek- nedeniyle (gizli güçlerin işi) onu kaçırdığı için ekmeğini alamıyor.

Tatilim haziran ayının sonunda bitecek ve ben bir değişiklik yapıp taşra tarafında bir yerlere gitmek istiyorum, zaten burası çok sıcak olmaya başladı. O da gelmek istiyordu, şimdi orada buluşuruz herhalde, birkaç gün kalacağım, muhtemelen birkaç gün de Konstantinsbad'da[33] ailemin yanında kalırım ve sonra Prag'a geçerim. Bu seyahat planlarına şöyle bir göz atıyorum ve onları mevcut ruhsal durumumla karşılaştırınca, Napolyon Rusya Seferi'ni planlarken nasıl sonuçlanacağını bilseydi aynen benim gibi hissederdi diyorum.

---

[33] Konstantinovy Lazne, Çek Cumhuriyeti'nde, Pilsen şehrinin 40 km. batısında, kaplıcalarıyla meşhur küçük bir kasaba.

İlk mektubunuzu aldığım zaman -herhalde planlanan düğün tarihinden çok kısa süre önceydi- (mesela bu düğün planlarının hepsi bana ait işlerdi) çok mutlu olmuş ve ona göstermiştim. Sonra -hayır, daha fazla devam etmeyeceğim, bu mektubu da ikinci kez yırtmak istemiyorum, sizinle karakterlerimiz çok benzeşiyor ama benim sizin gibi elimin altında soba yok ve korkuyorum ki bu yarım kalan mektup kâğıtlarının birinin arkasını kullanıp o kıza[34] mektup olarak göndereceğime dair ibareler var.

Ama tüm bunların önemi yok, telgraf gelmemiş olsaydı bile Viyana'ya gelmeyecektim, tam tersine telgraf yolculuğum için lehte bir etken oldu. Kesinlikle gelmeyeceğim, ama herhangi bir şekilde kötü bir sürpriz yapıp da kendimi Viyana'da bulursam -hayır kesinlikle olmayacak- o zaman kahvaltı da akşam yemeği de istemem ama muhtemelen üzerinde bir müddet uzanabileceğim bir sedyeye ihtiyacım olacaktır.

Sağlıcakla kalın, benim için kolay bir hafta olmayacak.

F.

Eğer, Karlsbad'a yazmak isterseniz ama yok hayır, ben Prag'a gidince yazarsınız.

Ne kadar büyük okullarda ders veriyorsunuz[35], 200 mü, 50 mi öğrenci? Pencerenin yanındaki son sırada oturmak isterdim, bir saat için, sonra sizinle yapacağımız tüm sohbetlerden (zaten hiçbir zaman gerçekleşmeyecek), tüm seyahatlerden vazgeçerdim. Bu kadar yeter, bitmek bilmeyen bu beyaz kâğıtlar insanın gözünü yakıyor ve yaktıkça da daha fazla yazmaya neden oluyor.

---

[34] Kafka mektuplarında nişanlısı Julie Wohryzek'in adını yalnızca bir kez, o da adresini Milena'ya verirken kullanır.

[35] Milena, Viyana Ticaret ve Dil Okulu'nda Çekçe dersi veriyordu.

*

Yukarıdaki satırları yazarken öğleden sonraydı, şimdi saat neredeyse gecenin 11'i. Şu anda her şeyi elimden geldiğince düzenledim. Karlsbad'a gelemeyeceğimi bildirmek için Prag'a telgraf çektim, gitmeyiş sebebimi aklımın karışıklığı ile açıklayacağım: Bu bir bakıma doğru ama tutarlı değil, çünkü en başta bu akıl karışıklığım nedeniyle Karlsbad'a gitmek istemiştim. İşte böyle oynuyorum bir insan evladıyla. Ama başka çarem yok; Karlsbad'a gitseydim ne konuşabilirdim ne de susabilirdim, ya da daha doğrusu susarak konuşmuş olacaktım çünkü şu an tek bir kelimeden başka bir şey değilim. Şimdi kesin olan şu ki seyahatimi Viyana değil pazartesi günü Münih üzerinden yapacağım, belki Karlsbad veya Marienbad nereye gideceğimi bilmiyorum, ama her halükârda yalnız olacağım. Size yazabilirim ama mektuplarınız üç hafta süreyle, Prag'a dönene kadar alamayacağım.

[...][36]... her şeyi size uyacak şekilde yapmak için...

---

[36] Bu bölümde bazı kelimeler çıkarılmıştır.

MERAN, 1 HAZİRAN 1920
SALI

Şöyle bakıyorum: Mektup cumartesi günü yazılmış, arada pazar günü olmasına rağmen salı öğlen gelmiş ve o gün hizmetçi kızın elinden hemen kapılmış, ne kadar harika bir posta hizmeti. Ama benim pazartesi ayrılmam gerekiyor, bu güzel hizmetten mahrum kalacağım.

Benim için endişeleniyor olmanız büyük incelik, mektuplarımı beklediniz, evet, geçen hafta birkaç gün yazamadım ama cumartesiden bu yana her gün yazdım, yani bugünlerde elinize üç mektup geçecek ve mektupsuz kaldığınız günleri arayacaksınız. Kaygılarınızın hepsinde kesinlikle haklı olduğunu göreceksiniz, mesela, genel olarak size kızgın olduğum, mektuplarınızda yer alan birçok şeyden hoşlanmadığım, dergi makalelerinizin beni kızdırdığı gibi falan filan. Hayır, Milena tüm bunlardan korkmamalısınız, bunların aksi olursa korkmalısınız.

Mektubunuzu almak ve uykusuz bir kafayla cevap vermek zorunda olmak ne güzel. Ne yazacağımı bilmiyorum, yalnızca satırların arasında dolaşıyorum, gözlerinizin ışığı altında, güzel bir gün gibi hissettiren ağzınızın nefesinde, kafam hasta, yorgun ve hatta Münih'e gitmek üzere pazartesi yola çıkacak olsam bile ne olur ki, gün güzel ve dertsiz olduktan sonra.

Benim yüzümden mi nefes nefese eve koştunuz? Siz hasta değil miydiniz? Artık hastalığınız için endişelenmeme gerek yok mu? Eğer durum böyleyse endişelenmiyorum, -hayır aslında daha önce yaptığım gibi biraz abartıyorum- ama keşke burada benim gözetimimde olsanız, içtiğim sütle sizi beslesem, bahçeden esen temiz havadan aldığım nefesle size güç versem; hayır bütün bunlar yetmez, benden daha çok size zindelik vermeli.

Bazı nedenlerle pazartesi yola çıkamıyorum, biraz gecikeceğim. Ama aktarmasız olarak Prag'a gideceğim, Bozen-Münih-Prag arasında çalışan yeni bir tren hattı eklemişler. Bana birkaç satır karalamak isterseniz, yapabilirsiniz. Eğer bana ulaşmaz ise Prag'a yönlendirecekler.

Sağlıcakla kalın.

F

Ahmaklıkta üstümüze yok. Tibet hakkında bir kitap okuyorum, Tibet sınırında bir yerleşim alanının anlatıldığı bölümde yüreğim sıkıştı birden, oradaki köy öylesine umutsuz, harap, Viyana'dan uzak göründü ki gözüme. Ahmaklık derken Tibet'in Viyana'dan uzak olması fikrini kastediyorum. Gerçekten o kadar uzak mı?

MERAN, 2 HAZİRAN 1920
ÇARŞAMBA

Öğlen iki mektubunuz aynı anda ulaştı, bu mektuplar okunmak için değil ama birisi mektupların içine gömülsün ve aklını kaybetsin diye yazılmış. Ama insan aklının bir kısmını yitirdiyse, geri kalanının değerini anlamak ve mümkün olduğu kadar uzun süre korumak adına iyi bir şey bu. İşte bu nedenle, benim otuz sekiz Yahudi yılım sizin yirmi dört Hıristiyan yılınıza karşı şunları söylüyor şimdi:

Bu nasıl oluyor? Dünyanın bütün kanunları ve cennetin bütün polis güçleri nerede? Otuz sekiz yaşındasın ve bu yaşta olması gerekenden çok daha fazla yorgunsun. Daha doğrusu: Yorgun değilsin, tedirginsin, tehlikelerle dolu bu dünyada tek bir adım atmaya çekiniyorsun ki işte bu nedenle iki ayağını birden aynı anda yere basamıyorsun. Yorgun değilsin, aslında bu büyük tedirginliğin arkasından gelecek ağır tükenmişlikten ve Karlsplatz'daki akıl hastanesinin bahçesinde oturup, sadece gözlerini bir noktaya dikerek oturmaktan korkuyorsun (bir Yahudi'sin korku ve tedirginlik nedir bilirsin).

Tamam işte senin durumun bu. Kavgalar yaptın, bu süreçte bazı arkadaşlarını mutsuz, bazılarını mutlu ettin (zaten senin sadece seçkin, nazik dostların vardı hiç düşmanın bulunmuyordu), bu seni oyuncak tabanca görünce titreyen ödlek bir kişiliğe dönüştürdü ve şimdi kendini büyük savaşa katılmak üzere çağrılmış bir kişi gibi hissediyorsun. Bu biraz garip değil mi?

Ayrıca, hayatının en iyi döneminin, henüz kimseye anlatmadığın, yaklaşık iki yıl önce bir köyde geçirdiğin,[37] herkesle, her şeyle ilişkini kestiğin, içinden geldiği gibi davrandığın, mektupsuz, Berlin'le beş yıl süren yazışmaların olmadığı, hastalığının gölgesine sığındığın, hayatınla ilgili hiçbir şeyde değişiklik yapmak ihtiyacı duymadığın, karakterinin mevcut özelliklerini değiştirmek yerine ona daha sıkı sarılıp sağlamlaştırdığın sekiz aylık dönem olduğunu düşün (ağarmış saçların altındaki yüzün altı yaşından bu yana hiç değişmedi).

Maalesef son bir buçuk yılda bunların son olmadığını keşfettin, bundan daha kötüsü olamazdı (evlenelim diye durmadan uğraştığım geçen sonbaharı saymıyorum), başka birisini, iyi, sevecen, kendini sana adayacak kadar fedakâr bir kızı[38] daha fazla perişan edemezdin, çaresizlik diz boyu, dibe sürüklenirken bile.

Şimdi ise, yüreğine ve aklına aynı şekilde etki eden bir sesle Milena seni çağırıyor. Tabii ki Milena seni tanımıyor, duyduğu birkaç hikâye ve yazılan bazı mektuplar gözünü kör etmiş. Milena bir deniz gibi, içinde çok fazla su bulunduran bir deniz kadar güçlü, tüm gücüyle patlayan fakat bazen yanlış yola girip ölümü ya da uzaktaki ayı takip eden. O seni tanımıyor, gelmeni istemesi gerçeği anlamak istemesinden başka bir şey değil. Senin mevcut halini gördükten sonra gözlerinin açılacağından emin olabilirsin. Bundan çekindiğin için mi gitmek istemiyorsun hassas ruh, korktuğun tam olarak bu değil mi?

Ama şunu kabul edelim: Gitmemek için yüzlerce içsel nedenin var (gerçekten var) ve buna ilaveten bir de dışsal engelin var, şöyle ki Milena'nın kocasıyla konuşacak hatta

---

37 Kafka burada 1917 eylül ortasından, 1918 nisan sonuna kadar kız kardeşi Ottla ile birlikte Ziirau'da kalışından bahsediyor. Tüberküloza yakalandıktan sonra durumunun düzelmesi için buraya gitmişti.

38 Julie Wohryzek.

onu görecek halde değilsin, aynı şekilde kocası yanında olmadığı zaman Milena'yla görüşecek ve konuşacak durumun yok. Bütün bunlar çerçevesinde çelişen iki husus var:

Birincisi, geleceğini söylesen bile, kararsızlıktan değil sadece ısrar etmekten bıktığı için, doğal olarak artık Milena senin gelmeni istemeyebilir, gönlünce istediğin yere seyahat etmene seve seve, rahatça izin verecektir.

İkinci olarak, sadece Viyana'ya git! Milena sadece kapının açıldığı anı önemsiyor. Kapı tabi ki açılacak ama ya sonrasında? Sonrasında uzun boylu, zayıf bir adam belirecek kapıda yüzünde gülümsemeyle (hep böyle gülümser, bu huyunu yine sürekli gülümseyen yaşlı teyzesinden almış ama her ikisi de bunu bilerek değil utangaçlıkları nedeniyle yapıyor) kendisine gösterilen yere oturacak. Tören de böylece sona erecek çünkü adam güç bela bir-iki kelime edebilecek, çünkü konuşmaya mecali yok (dün buradaki yemek yediğim yeni arkadaşım bu sessiz adamın vejetaryen[39] yemekleri hakkında "kafanın çalışması için et yemenin gerekli olduğunu düşünüyorum" dedi), yine gücü yerinde olmadığı için mutlu bile olamayacak.

Gördüğünüz gibi Milena açık yüreklilikle konuşuyorum. Ama siz zaten çok akıllısınız, bu ana kadar zaten doğruyu (tümüyle, kayıtsız şartsız ve kelimesi kelimesine), ama çok açık yüreklilikle söylediğimi anladınız. Aslında tüm bunları anlatmadan çıkıp gelebilir ve sizi hemencecik büyüleyebilirdim. Ama bu şekilde davranmam benim açık kalpliliğimin ve zafiyetimin göstergesidir.

Burada on dört gün daha kalacağım, tedavi sonucundaki bu durumumla geri dönmeye utanıyor ve çekiniyorum. Evde ve iştekiler,[40] rahatsız edici ama benim buradan tamamıyla iyileşmiş olarak döneceğimi düşünüyorlar. So-

---

39 Kafka 1909 yılından itibaren vejetaryendi.

40 Kafka'nın 1908'den itibaren çalıştığı yarı özel, yarı kamu olan "İşçi Kaza Sigorta Kurumu".

ruları bir nevi işkence olacak: Ne kadar kilo alarak döndün? Halbuki ben kilo kaybediyorum. Para harcarken düşünme! (Cimriliğimi ima ederek) Halbuki pansiyonun parasını ödüyorum ama yemek yiyemiyorum. İşte bu tür şakalar.

Söylenecek daha çok şey var ama o zaman bu mektubu gönderemeyeceğim. Söylemek istediğim bir şey daha var: Eğer bu on dört günün sonunda, gelmemi cuma günü yaptığınız gibi kararlı bir şekilde isterseniz, o zaman gelirim.

F.

MERAN, 3 HAZİRAN 1920
PERŞEMBE

Gördüğünüz gibi Milena, sabah şezlonga uzanmışım, çıplağım, yarı gölgede yarı güneşte, hemen hemen uykusuz bir gece sonrasında; sürekli sizi düşünüyorken, uykum çok hafifken ve bugün sizin de yazdığınız gibi, "başıma konan bu talih kuşu" nedeniyle korkmuşken nasıl uyuyabilirim ki... Çelimsiz çocuklar olarak anlatılan peygamberlerin duyduğu korkudur bu (uzun zamandır veya hâlâ süren), kendilerine seslenen sesi duyar ama ürkerler, gitmeye gönülsüzdürler, ayak sürürler, beyinlerini ağrıtan bir korkuya kapılırlar, daha önce de sesler duydukları doğrudur ama bu sesteki korkutucu çınlamanın kaynağını -onların kulaklarının zayıflığından mı yoksa sesin kudretinden mi olduğunu- bilemezler, çocuk oldukları için sesin onları yendiğini ve bu korku nedeniyle sesin onlarda kökleştiğinin farkına varmazlar.

Fakat birçok kişi ses duyduğu için bu olanların hiçbirisi onların peygamber olduğu anlamına gelmez, dürüst olmak gerekirse peygamberliği hak edip etmedikleri bile şüphelidir ve kesin bir şekilde hak etmedikleri söylenebilir -işte iki mektubunuz geldiği zaman böylece uzanmış yatıyordum.

Milena, sanırım ortak bir özelliğimiz var: Öylesine korkak ve çekingeniz ki hemen hemen tüm mektuplar birbirinden farklı, her mektup bir önce gelen mektuptan hatta daha fazla yazılacak cevaptan çekiniyor. Sizin yaradılışınız bu şekilde değil, bu açıkça görülüyor, belki benim yaradılışım da böyle değil ama artık bu bende huy oldu, çaresiz olduğum zaman veya daha çok kızgın, söylemek gereksiz ama bir de korktuğum zamanlarda geçiyor.

Bazen sanki karşılıklı iki kapısı olan bir odadaymışız gibi hissediyorum, ikimiz de kendi kapı kolumuzu tutuyoruz ve birimizin göz kırpmasıyla diğeri hemen kendi kapısının arkasına geçmiş oluyor bile. Hele birisi diğerine bir söz söyleyecek olsa, diğeri kapıyı kapatmış ve çoktan gözden kaybolmuş oluyor. Birisi kapıyı tekrar açmak durumunda, çünkü bu kimsenin terk edemeyeceği bir oda. Birincisi diğerine benzemese bu kadar, sakin olabilse, diğeriyle ilgilenmiyormuş gibi davransa, o zaman odada yavaş yavaş düzeni sağlayacak. Ama bunun yerine o kapıda aynı şeyleri tekrar etmeyi sürdürüyor, hatta her ikisi de bazen aynı anda kapının arkasında duruyor ve güzelim oda boş kalıyor.

Bunun sonucunda üzüntü veren yanlış anlamalar ortaya çıkıyor. Milena, mektupların bazılarını her şekilde incelemenize rağmen hiçbir şey anlamadığınızdan dert yanıyorsunuz ama yanılmıyorsam bu mektuplar kesinlikle kendimi size çok yakın hissettiğim zamanlarda yazılmıştır. Benim ve sizin isteklerinize gem vurarak, ormanın derinliklerinde, rahatlık ve huzur bulduğum, ağaçların arasından gökyüzünü görebilmeniz dışında söylenecek hiçbir şeyin bulunmadığı belirtilmiştir, hepsi bu. Son bir saattir bu sözleri tekrar yazıyorum ve bunların arasında özenilmemiş tek bir söz bile yok. Ama bu durum en fazla bir an sürüyor, sonra uykusuz gecelerin borazanları çalmaya başlıyor gene.

Size nasıl geldiğimi dikkate alın Milena, otuz sekiz yıllık bir hayattan sonra (Yahudi olduğum için bu yılların toplamına bir bu kadar daha ekleyebilirsiniz) hiç beklemediğim anda, özellikle şimdi, böyle geç bir zamanda, umulmadık bir yol kavşağında sizi görüyorum Milena. İsyan edemem, içimdeki hiçbir şey de isyan edemez, binlerce saçma sapan şey de söyleyemem (bende fazlasıyla mevcut olan diğer saçmalıkları kastetmiyorum), ama sadece gözlerimin önündeki ayaklarınızı gördüğümde diz çöktüğümü ve onları okşadığımı bilirim.

Benden samimiyet beklemeyin Milena. Kimse benden, benim kendimden istediğimin daha fazlasını bekleyemez, beklese bile birçok şey kaçıp kurtuluyor elimden, belki her şeyi yitiriyorum. Bu oyun esnasında beni cesaretlendirme gayretleri beni cesaretlendirmiyor, aksine beni engelliyor durduruyor, birden bire her şey anlamsız hale geliyor ve kurban avcıya dönüşüyor. İşte böyle tehlikeli bir yoldayım Milena. Siz bir ağacın yanında duruyorsunuz, genç ve güzelsiniz, gözlerinizdeki ışıkla yeryüzündeki acıları dindiriyorsunuz. *Skatule skatule hejbejte se*[41] oynuyoruz, gölgelerin arasında bir ağaçtan diğerine sürünüyorum, yolun ortasındayım, bana seslenerek tehlikeleri hatırlatıyorsunuz, ürkek adımlarımdan kaygılanarak beni cesaretlendirmek istiyorsunuz, bana (bana!) oyunun ciddiyetini hatırlatıyorsunuz, başaramıyorum, düşüyorum, işte yerdeyim. Hem sizi hem de içimden gelen ürkünç sesleri aynı anda duyamam ama sesleri dinleyip ne söylediklerini, bu dünyada hiç kimseye karşı duymadığım güvenle sizinle paylaşabilirim.

F.

---

[41] Köşe kapmaca benzeri çocuk oyunu.

MERAN, 3 HAZİRAN 1920

Mektubunuzun gelişiyle hissettiğim mutluluk için teşekkür etmek, tümüyle değil ama bazı bölümleri korkunç mektubunuzu okuduktan sonra zor geliyor. Bugün bayram, normal postalar gelmezdi, ayrıca yarın, cuma günü sizden bir şeyler gelip gelmeyeceği de kuşkuluydu, kasvetli bir sessizlikti ama söz konusu siz olduğunuz için çok üzücü değildi. Son mektubunuzda o kadar kuvvetliydiniz ki size baktığımda sanki oturduğum sandalyemden tırmanan dağcıları seyrediyor, sanki buradan onları, karın ortasında tanımaya çalışıyor gibiydim. İşte tam bu arada mektubunuz geldi, öğlen yemeğinden önce, onu yanımda taşıdım, cebimden çıkarıp masanın üstüne koydum, sonra tekrar cebime koydum, aynen vücudumun bir parçası gibi, oyun oynayan çocukları izlerken duyulan haz gibi. O andan itibaren karşımda oturan general ve mühendisi (cana yakın, harika insanlar) görmüyordum, hatta neredeyse duymuyordum bile, bugün tekrar yemeye başladığım yemek (dün doğru dürüst hiçbir şey yemedim) de keyfimi bozmadı, yemekten sonra oynanan matematik oyununda kısa sonuçlar uzun çözümlerden daha net geliyordu bana, bu esnada açık pencereden görünen manzarada çam ağaçları, güneş, dağlar, köy ve hepsinden önemlisi bir Viyana havası vardı.

Sonra mektubunuzu dikkatli bir şekilde tekrar okudum, yani pazar günü yazdığınız mektubu, pazartesi günü yazdığınız mektubu okumayı yenisi gelene kadar erteliyorum, çünkü içeriğinde okumaya katlanamayacağım şeyler var, açıkça görülüyor ki henüz tam olarak iyileşememişim, ayrıca bu mektup güncelliğini de yitirdi gibi, hesaplarıma göre postada beş mektubum var, mektubun biri daha önce olduğu gibi kaybolsa veya taahhütlü mektupların ulaşımı gecikse bile en azında üç mektubun elinizde olması gerekir. Bu konuda sizden yegâne isteğim *bana hemen cevap yazmanız*, tek bir kelime bile yeterli ama bu öyle bir kelime olsun ki, pazartesi yazdığınız mektubunuzdaki sitemleri yok etsin ve o mektubu okunacak bir hale getirsin. Aklıma gelmişken o pazartesi günü tam da benim kendimi toparlamaya çalıştığım (sonuçsuz değildi) bir gündü.

Ve şimdi diğer mektuba gelelim. Ama biraz geç oldu artık, birçok kez vaatte bulunup geçiştirdiğim mühendise bugün gideceğime ve çocuklarının buraya getiremeyeceği kadar büyük resimlerini göreceğime dair kesin söz verdim. Adam benim yaşlarımda, Bavyeralı, imalatçı, entelektüel ama anlayışlı ve neşeli birisi. Beş çocuğu varmış ama sadece ikisi yaşıyormuş (fakat karısının durumu nedeniyle bir daha çocuk sahibi olamayacakmış), erkek on üç, kız on bir yaşında. Ne biçim bir dünya bu? Bu adam her şeye rağmen dengeyi bozmadan hayatta kalabiliyor. Hayır, Milena dengenin aleyhinde tek bir söz bile söylememelisiniz.

F.

Yarın tekrar yazarım. Ama ertesi güne kalırsa lütfen benden "nefret" etmeyin, lütfen yapmayın bunu.

*

Pazar günü yazdığınız mektubu tekrar okudum, ilk okuduğum zaman hissettiğimden daha da korkunçmuş meğer. Milena birisi yüzünüzü iki elinin arasına sıkıştırıp, doğruca gözlerinizin içine bakmalı ki bu kişinin gözlerinde kendinizi gördükten sonra bir daha yazdığınız şeyleri aklınızdan bile geçiremeyebilesiniz.

MERAN, 4 HAZİRAN 1920
CUMA

İlk olarak Milena şunu sorayım: Pazar günü içerisinde oturup yazdığınız ev nasıl bir yer? Büyük ve boş mu? Yalnız mısınız? Gündüz ve gece kimse yok mu?

Her halükârda güzel bir pazar öğleden sonrasında "simasını sadece yazılı mektup kâğıtlarından" tanıdığınız "yabancı" birisinin karşısında oturarak yalnız geçirmek sıkıcı olmalı. Ben çok daha iyi durumdayım. Benim odam çok küçük ama bu defa sizden kaçmış olan hakiki Milena burada ve inanın, onunla beraber olmak olağanüstü.

İşe yaramadığınızdan yakınıyorsunuz. Elbet her zaman böyle değildiniz, gelecekte de böyle olmayacaksınız. Bir cümle sizi ürkütmüş. *(Hangi vesileyle söylenmişti?)* Halbuki o cümle çok açıktı ve birçok kez de söylenmiş veya o anlamıyla düşünülmüştü. Başına bir bela gelen kişi acısını düşüncesizce en yakınındakilerden çıkarmaya çalışır (siz de böyle bir durumdan kendinizi kurtarmaya çalıştınız ve başarısız olunca kendinizi işe yaramaz hissettiniz. Böyle bir günahı işlemeyi kim ister ki? Bunu kimse başaramadı, mesela İsa bile yapamadı. Sadece şunu diyebildi: "Beni takip edin" ve sonra şu meşhur sözleri söyledi -ne yazık ki tamamen hatalı aktarıyorum: "Benim söylediklerime göre hareket edin, göreceksiniz bu sözler bir adamın değil Tanrı'nın sözleridir." Ama o da yalnızca kendisini takip edenlerin içindeki şeytanı çıkarabildi. Ve bunu sonsuza kadar yapamadı, onu takip etmeyi bıraktıklarında, o da etkisini yitirdi ve "işe yaramaz" oldu. Ama size hak verdiğim tek husus şu, o da şeytana yenik düştü.)

MERAN, 4 HAZİRAN 1920
CUMA

Bugün akşama doğru aslında ilk defa tek başıma uzun bir yürüyüş yaptım, çoğunlukla diğer insanlarla beraber yürürüm ya da bazen evde kalır dinlenirim. Ne güzel yermiş burası. Aman Tanrım Milena, keşke siz de burada olsaydınız, ah benim zavallı, akılsız kafam. Ama sizi özlediğimi söylersem yalan söylemiş olurum: Bu en kusursuz, en acı verici büyü, buradasınız, en az benim olduğum kadar buradasınız; ben neredeysem benim varlığımdan daha fazlasıyla siz de oradasınız. Şaka yapmıyorum. Kimi zaman gerçekten burada olduğunuzu, *beni* bulamadığınız zaman "Nerede bu adam? Meran'dayım diye yazmamış mıydı?" diye sorduğunuzu zannediyorum.

F.

Cevap olarak yazdığım iki mektubu aldınız mı?

MERAN, 5 HAZİRAN 1920
CUMARTESİ

Sürekli kendi kendime, içimde bulunduğum ruh hali dikkate alındığında size başka bir cevap verebilmemin mümkün olmadığını anlayıp anlamadığınızı sorup duruyorum. Aslında çok kibar, çok sahte ve abartılıydı. Gece-gündüz bu soruyu kendime soruyorum, mektubunuzu endişeyle bekleyerek, anlamsız bir şekilde sorguluyorum, sanki bir hafta boyunca bir çiviyi kayaya çakmakla görevlendirilmişim, üstelik hem çivi hem de çiviyi çakan benim. Milena.

*

Söylentiye göre -ben inanmıyorum- grev nedeniyle Tirol üzerinden yapılan tüm tren seferleri bu akşam duracakmış.

MERAN, 5 HAZİRAN 1920
CUMARTESİ

Mutluluk kaynağı mektubunuz geldi. Her şeyin ötesinden mektubunuzda önemli bir husus var: Ben Prag'a geldikten sonra artık bana bir daha yazamayabileceğinizi belirtmişsiniz. Her şeyden önce siz de dahil bütün dünya görsün diye bunu vurguluyorum Milena. İşte bir insan diğerine, ihtiyacı olduğunu bilmesine rağmen uzaktan da olsa böyle gözdağı veriyor. Üstelik bir de bu adama iyilik yapılıyormuş havası veriliyor.

Belki de bana yazmamakta haklısınız, mektubunuzdaki bazı bölümler böyle bir gereklilik olduğunu gösteriyor. Bunlarla ilgili verebileceğim bir cevap yok. Çok yüksekte olduğum, burada ciğerlerime çekebileceğim havanın çok az olduğu ve dinlenmem gerektiğiyle ilgili belirttiğiniz bölümler gayet iyi bildiğim ve üzerinde ciddiyetle durduğum konular.

F.

Yarın yazarım.

MERAN, 6 HAZİRAN 1920
PAZAR

Mektubunuzun iki sayfasını dolduran söylev, Milena yaralı kalbinizin derinlerinden geliyor (beni yaraladı diye yazmışsınız ve bunu ben yaptım, hem de size!) ve o kadar berrak ve gururla çınlıyor ki sanki kalbinize değil de çeliğe vurmuşum gibi geliyor, kalbiniz en belirgin olan şeyi istiyor ve üstelik beni de yanlış anlıyor (benim gülünç insanlarımın sizinkilerden bir farkı yok, hem ben ikiniz arasında ne zaman taraf tuttum? Hani nerede bu cümle? Nasıl böyle saçma bir fikri düşünebilirim? Evlilik, iş, cesaret, sadakat, saflık, özgürlük, kendini idare etme, doğruluk gibi en temel konular hakkında her ikinizden de kat be kat aşağıda ve bu konularda konuşmaktan bile acizken ben kimim ki sizi kınayabileyim. Size ne zaman somut bir yardım teklifinde bulunabildim? Böyle bir şey yapmaya cesaretim olsa dahi size gerçekten nasıl yardımım dokunabilir ki? Bu kadar soru yeter, yeraltında mışıl mışıl uyurken bunları ortaya çıkarmaya ne gerek var ki? Bunlar sıkıntı ve üzüntü verici şeyler, insanı da aynı yönde etkiliyorlar. İki saatlik yaşam iki sayfalık yazıdan daha iyidir diye emin olmayın yazı yoksuldur ama daha temizdir.) evet beni yanlış anlıyor ama gene de bana yöneltilmiş bir suçlama ve ben suçsuz değilim çünkü yukarıdaki soruların cevapları "hayır" ya da "hiçbir zaman" olduğu için suçsuz değilim.

Sonra eski düşmanım gece karşısında bana huzur veren o hoş telgrafınız geldi (mektubunuza rağmen huzurum gece bir noktadan sonra kaçarsa, bunun sorumlusu gecedir, siz değilsiniz. Yeryüzünün bu kısa geceleri o sonsuz geceyle ilgili insana fazlasıyla korku veriyor). Mektubunuzda tabii ki teselli edici harika bölümler olmasına rağmen bütün olarak baktığınızda tüm iki sayfadan öfke taşıyor, diğer yandan telgrafınız tamamıyla farklı, sanki mektuptan habersiz olarak yazılmış. Yine de telgrafınız için şunu söyleyebilirim: Her şeyi göz ardı edip Viyana'ya gelmiş olsaydım ve aynı konuşmayı (daha önce söylediğim gibi üzerimde etkisi oldu, beni üzdü, çok değil ama yeterince üzdü) yüzüme karşı yapmış olsaydınız -yapmasaydınız bile bu konular bir şekilde düşünülecek, bir bakışla, bir mimikle hissedilecek veya hatırlanacaktı- küçük bir üflemeyle bile boylu boyunca yere yığılırdım ve ne kadar iyi hemşire olursanız olun beni ayağa kaldıramazdınız. Belki böyle sonuçlanmasa, daha kötü şeyler de olabilirdi. Anlıyor musunuz Milena?

F.

MERAN, 10 HAZİRAN 1920
PERŞEMBE

Yalnızca şundan bahsetmek istiyorum bugün (ayrıca mektuplarınızı detaylı olarak okumadım henüz, bir sineğin ışığın etrafında döndüğü gibi ben de etrafında döndüm ve birçok kez de yandım. Bu arada anladığım kadarıyla iki ayrı mektup var, bir tanesi doyasıya içmek, diğeri ise korkutmak için yazılmış. İkinci daha sonra yazılmış olmalı herhalde).

Tanıdığınız birisine rastladığınızda ansızın 2x2 kaç eder diye sorarsanız, bu akıl hastalarına yönelik bir soru olur ama diğer yandan aynı soru ilkokula giden birisi için yerinde bir sorudur. Milena benim size sorumda hem akıl hastanesi hem de ilkokul olmak üzere her iki unsur da var -iyi ki okulla ilgili bir şeyler mevcut. Biri benimle yakınlaştığı zaman zorlanıyorum, mucizelere, iyiliklere nazaran insanların hatalarının daha fazla olduğunu düşünen tutumum (başka konular değil mesele ben olduğumda) nedeniyle arkadaşlıklarımı birçok kez bozdum (örneğin Weiss[42] ile olan arkadaşlığım). Yaşamın suları bu kadar çamurluyken ne demeye bu gibi şeylerle onu daha da kirletelim. Önümde gideceğim bir yolun uzandığını görüyorum, ne kadar uzak olduğunu biliyorum -muhtemelen ulaşamayacağım kadar uzak- sıradan bir bakışı hak etmek için bulunduğum yerden ayrılmalıyım, sıradan tek bir bakış (benim için böyle, başkaları için ne ifade ettiğini bilemem,

---

42 Kafka 1913'ten beri arkadaşı olan yazar Ernst Weiss'le (1882-1940) arasının bozulmasında suçun kendinde olduğunu düşünüyordu.

aslına bakarsınız bu alçak gönüllülük değil aksine kendini beğenmişlik) ki şu an elde ettim: Mektuplarınız Milena... Aradaki farkı nasıl açıklayabilirim. Bir adam yatağında pislik ve ölüm kokusu içinde yatmaktadır, tüm meleklerin en kutsalı ölüm meleği Azrail gelir ve onu şöyle bir süzer. Bu durumdaki adam bile ölümü kabul edebilir mi? Adam yatağının içine saklanarak sırtını döner, ölüm için cesareti yoktur. Kısacası, yazdıklarınıza inanmıyorum Milena ve beni buna kimse inandıramaz (o gece Dostoyevski'yi de kimse inandıramazdı ve zaten benim yaşamım tek geceden ibaret). Bu konuda ancak kendi kendimi ikna edebilirim, bunu yapabileceğimi hayal ediyorum (sizin şezlongda yatan adamı hayal ettiğiniz gibi) ama yapabileceğime kendim de inanmıyorum. Kısacası, sizin de farkına vardığınız gibi bu soru gülünç bir istek, aynen bir öğretmenin yorgunluk veya doğru cevap alma arzusuyla, öğrencisinin verdiği doğru cevap karşısında konuyu çok iyi bildiğini düşünerek kendini kandırması ama öğrencinin konuyu tesadüfî bir nedenle üstünkörü biliyor olması gibi bir durum. Aslında öğrencinin konuyu detaylı olarak bilmesi mümkün değildir çünkü detayları ancak öğretmenin anlatmasıyla öğrenebilir. Ama sızlanarak, şikâyet ederek, okşayarak, yalvararak, hayal ederek (son beş-altı mektup duruyor mu sakladınız mı; onlara bakın, tümü birbirine bağlı mektuplardır) ama sadece... -Neyse bu konuyu daha sonraya bırakalım.

*

Mektubunuza şöyle bir göz gezdirdiğimde şu kızdan da bahsettiğinizi gördüm. Hiç tereddütsüz, şu an çektiği acıyı bir kenara bırakırsak, bu kıza yapılabilecek en büyük iyiliği yaptınız siz. Benden başka türlü kurtulması mümkün değildi. Bir şekilde seziyordu ama benim gözümdeki sıcacık yeri (benim için korkunç olan ama onun umursamadığı) nasıl kazandığı hakkında hiçbir fikri yoktu. Hatırlıyorum: Wrschowitz'deki tek odalı bir dairede koltukta yan yana oturuyorduk (herhalde kasım ayıydı, daire bir hafta sonra bizim olacaktı), o kadar dertten sonra daireyi bulduğu için mutluydu, müstakbel kocası yanında oturuyordu (tekrar ediyorum, evlenme fikri benimdi, bunun için bastırıyordum, korkuyordu ve istememesine rağmen kabullenmişti ama sonunda o da bu fikre alıştı). Yüksek nabızla atan bir kalbin çarpıntılarından daha fazla sayıdaki detaylarıyla o sahneyi gözümde canlandırdığımda, insanların yapabileceği her türlü aldatmayı sezebileceğimi (bu durumda ben de aylarca aldatılmışım ama benimki tam bir kandırılma değildi, benim de başka sebeplerim vardı, açıkçası buna mantık evliliği denilebilirdi) ama her çeşidini derinlemesine anlayabileceğimi düşünüyor ve süt içtiğim bardağın kazara değil bilinçli olarak kırılarak, parçalarının gözlerime doğru geleceği korkusuyla dudaklarıma dahi götürmüyorum.

Bir soru: Hangi suçlarla itham ediliyorsunuz? Evet, ben insanları mutsuz ettim ama sürekli olarak beni suçlamadılar, sadece sessiz kaldılar, sanırım özünde beni suçlamadılar bile. Bu insanlar arasında sahip olduğum ayrıcalıklı bir özellik.

*

Bütün bunlar, sabah yataktan kalkarken aklıma gelen düşünce karşısında *çok önemsiz kalıyor.* Beni öylesine etkiledi ki bu düşünce, nasıl yıkandığımı ve giyindiğimi bilemedim, eğer gelen misafirim (diyet için etin gerekli olduğunu söyleyen avukat arkadaşım) beni ayıltmasaydı nasıl tıraş olduğumun da farkında olmayacaktım.

Kısaca durum şu: Kocanızdan bir müddet ayrılacaksınız, bu yeni bir durum değil, daha önce de olmuştu. Şu nedenlerle: Sizin hastalığınız, kocanızın asabiyeti (böylece o da rahatlar) ve son olarak Viyana'daki koşullar. Nereye gitmek istersiniz bilmiyorum, Bohemya'nın sakin bölgeleri sizin için iyi olabilir. En iyisi benim karışmamam ve ortalıkta gözükmemem herhalde. Ne kadar paraya ihtiyacınız varsa ben ödünç verebilirim (ödeme şartlarını konuşuruz). Bu işten benim kazancım en azından şu olacak: İşimi çok iyi yapacağım -bu arada yaptığım iş çok tuhaf, hayal bile edemeyeceğiniz kadar basit, sıradan, bana neden para ödüyorlar anlamıyorum. Bazı aylar benden aldığınız para yetmeyebilir ama eksik kalan miktarı siz kendiniz kolaylıkla temin edebilirsiniz herhalde. Şimdilik bu düşüncemi daha fazla savunmayacağım. Ayrıca bu durum sizin diğer düşüncelerimle ilgili değerlendirmelerinizin yerinde olup olmadığını gösterecek (buna değecek biliyorum).

Kafka

Şimdi yemek yeme konusunda yorumunuzu okuduğumu yazdım. Bu durumda önemli biri olacağımdan benim için bile yapılabilir -serçenin odamdaki ekmek kırıntılarını nasıl gagaladığı hakkındaki iki mektubu okuyorum: Korku içinde, pür dikkat etrafı kontrol ederken tüyleri tamamıyla kabarmış.

MERAN, 11 HAZİRAN 1920
CUMA

Bu dengesiz dünya azıcık da olsa ne zaman düzelecek? Gündüz bomboş kafayla etrafta dolaşıyorum -burada dağlarda hemen her yerde o kadar güzel harabeler var ki ben de onlar kadar güzel olmalıyım diye düşünüyorum- gece olunca da uyumak yerine yeni fikirler geliyor aklıma. Bu gün mesela dünkü önerime ilave olarak bir fikir daha geldi aklıma, daha önce belirttiğiniz gibi yazı şehir dışında Stasa ile beraber geçirebilirsiniz. Dün paranın bazı aylar yetmeyebileceği gibi aptalca bir şey yazdım, bu çok saçmaydı, her zaman yetecektir.

Salı sabah ve akşam gelen mektuplarınız önerimin ne kadar yerinde olduğunu teyit ediyor ama bu tesadüfî bir şey değil çünkü her açıdan ve her yönüyle uygun bir öneriydi. Eğer önerimde herhangi bir kötü niyet -ihtiyaca göre şekil değiştiren bu küçük şeytan nerede yok ki- varsa, her şeyi bırakacağım ki bu konuda kocanız bile bana güvenebilir. Abartmaya başlıyorum. Ama yinede güvenilir birisiyim. Ne şimdi ne de sonra sizi görmeyeceğim. Çok sevdiğiniz köy hayatını yaşayacaksınız (bu konuda birbirimize benziyoruz; gölü, ormanı, alçak tepeleriyle köy yaşamını ben de çok severim).

Mektuplarınızın etkisini hafife alıyorsunuz Milena. Pazartesi günü gelen mektubunuzu tamamını hâlâ okuyamadım (yalnız sizin için korkuyorum). Bu sabah tekrar denedim, hatta bir bölümünü okudum, gerçi benim teklifimden sonra bu mektuplar önemini yitirdi ama yine de sonuna kadar okumayı başaramadım. Diğer yandan salı günü gelen mektubunuz (bir de değişik bir kart vardı, bir kafede mi yazılmıştı o kart? -Werfel'le ilgili ithamlarınıza hâlâ cevap vermedim, yazdığınız birçok şeye yanıt veremiyorum, siz bu konuda benden çok daha iyisiniz, çok güzel bir şey bu) beni uykusuz bırakan pazartesi günkü mektubunuzun aksine bana fazlasıyla huzur ve güven verdi. Salı günü gelen mektubunuzun da dikenleri var elbette, vücuduma batan ve senin[43] yönettiğin dikenler -doğal olarak bu gerçek bir an, mutluluk ve acının birlikte yaşandığı bir an- ama senden gelen bir şeye nasıl katlanılmaz ki?

F.

Bir kez daha mektubunuzu zarfından çıkarıyorum, şurada bir yer var: Lütfen bana sen deyin -her zaman değil, bunu istemiyorum- bana şimdi bir kez daha sen deyin.

Eğer fırsatını bulursan ve itirazın yoksa, lütfen benim adıma Werfel'e güzel bir şeyler söyler misin? Maalesef bazı şeylere karşılık vermiyorsun artık, örneğin yazdıkların hakkındaki sorularıma. [...][44]

Son dönemde seninle ilgili bir rüya gördüm, uzun bir rüyaydı, fakat hemen hemen hiçbir şey kalmadı aklımda. Viyana'daydım, bu kısımla ilgili hiçbir şey hatırlamıyorum, sonra Prag'a geçtim, adresini unutmuşum, sadece sokak adresini değil şehir adını da, hiçbir şeyi hatırlamıyordum, bir tek Schreiber adı bir şekilde aklımda kalmış ama bununla da ne yapabilirdim ki? Yani seni tamamıyla kaybet-

---

43 Kafka ilk defa bu mektupta "siz" yerine "sen" kelimesini kullanmaya başlıyor ve bundan sonraki mektuplarında da sürekli olarak "sen" hitabını kullanmaya devam ediyor.

44 Yaklaşık dokuz kelime çıkarılmıştır.

miştim. Çaresizlik içindeyken her halükârda işe yaramayan -neden bilmiyorum- birkaç kurnazca teşebbüste bulundum. Onlardan bir tanesi aklımda kalmış. Bir zarfa M. Jesenská, altına da "Mektubun sahibine iletilmesini rica ediyorum, aksi takdirde Maliye Bakanlığı büyük kayba uğrayacak" yazmıştım. Böyle bir tehditle devletin tüm birimlerinin seni aramak için seferber olacağını umuyordum. Zekice değil mi? Bu yaptığım nedeniyle hakkımda kötü düşünme. Sadece rüyalarda bu tür fesat davranışlar sergiliyorum.

MERAN, 12 HAZİRAN 1920
CUMARTESİ

Milena beni biraz yanlış anlıyorsunuz, sizinle tamamen hemfikirim. Detaylara bile girmek istemiyorum. Viyana'ya gelip gelmeme konusunda bir şey söyleyemiyorum ama sanırım gelmeyeceğim. Daha önce gelmemek için birçok nedenim varken bugün sadece tek nedenim var, o da ruhsal direncim yok olacak, ikinci bir muhtemel neden de böylesi ikimiz için de en iyisi. Ama şunu da eklemeliyim, anlattığın koşullar çerçevesinde Prag'a gelseydin (bir insanı bekletmek) aynı şekilde (belki daha fazla) bu durum da direncimi azaltırdı.

Altı ayla ilgili[45] bana anlatmak istediklerini duymak istemem yeni bir şey değil. Korkunç bir şey olduğunu düşünüyorum, [...][46] korkunç şeyler geçirdiğine, hatta korkunç şeyler yaptığına inanıyorum, (yedi yıl önce hemen hemen her şeye dayanabildiğim halde) bu yaşadıklarının ben bir parçasına bile katlanamazdım. Böyle bir duruma ileride de katlanamam, iyi ama bütün bunların bir anlamı yok, benim için önemli olan yaşadıkların mı, tecrübelerin mi yoksa sen misin? Hikâyeyi bile duymadan seni çok iyi tanıyorum, kendimden bile fazla tanıyorum ama bu demek değil ki ellerim ne durumda bilmiyorum. Mektubun önerime karşı

[45] Muhtemelen Milena'nın Veleslavin Sanatoryumu'nda kaldığı dönemden bahsediliyor.

[46] Yaklaşık on beş kelime karalanmıştır.

değil tam tersine, *"çoğu zaman ne sana ne de ona değil sadece yalnızlığa götürecek üçüncü bir yolu bulmak istiyorum"* yazmışsın. Benim önerim de buydu, belki mektubunu benimkiyle aynı gün yazdın.

Tabii ki hastalık bu aşamaya geldiyse kocanı geçici de olsa bırakamazsın, ama daha önce belirttiğin üzere sonsuza kadar sürecek bir hastalık değil, birkaç ay sürecek demiştin, bir aydan fazlası geçti bile, bir ay sonra kısa süreliğine ayrılabilirsin. O zaman ağustos gelmiş olur veya en geç eylül olur. Yeri gelmişken itiraf edeyim, hemen okuyamadığım mektupların arasındakilerden birisi de senin mektubun ve arka arkaya dört kez okuyup hatmetsem bile hâlâ sana ne düşündüğümü söyleyemiyorum, en azından şimdilik söyleyemiyorum. Her halükârda yazdıklarımın doğru olduğunu düşünüyorum.

Senin

MERAN, 12 HAZİRAN 1920
YİNE CUMARTESİ

Bu mektup alışverişi artık sona ermeli Milena, insanı deliye döndürüyor, birbirimize ne yazdığımızı, ne cevap verdiğimizi bilmiyoruz ve sürekli bir tedirginlik içindeyiz. Çekçeni çok iyi anlıyorum, gülümsemeni de görüyorum, gülümsemen ve kelimelerin arasında mektuplarını didik didik ediyorum ama sonuçta tek bir kelime, benim temel özelliğim olan tek bir kelimeyi duyuyorum: Korku.

Çarşamba ve perşembe günlerinde sana gönderdiğim mektuplardan sonra hâlâ beni görmek isteyip istemediğinden emin değilim, sana olan düşkünlüğümü biliyorum (seni hiç görmesem bile, *bana aitsin*)[...][47] korkunun o muğlak bölgesine girmediği sürece bunun farkındayım ama senin bana olan düşkünlüğün hakkında bir fikrim yok ve bunun tek nedeni korku. Sen de beni tanımıyorsun Milena, bunu bir kez daha vurguluyorum.

Gördüğün gibi benimle ilgili tüm olan biten inanılmaz -dünyam çöküyor, kendini yeniliyor- bu durumdan nasıl kurtulacağını (yani kurtulacağımı) bekle ve gör. Çökmesine üzülmüyorum, zaten çökmüştü, üzüntüm kendini yeniden inşa etmesinden, üzüntüm güçsüzlüğümden, üzüntüm dünyaya gelmiş olmaktan, üzüntüm güneş ışığından.

---

[47] Yaklaşık on bir kelime çıkarılmıştır.

Nasıl devam edeceğiz böyle? Eğer mektuplarıma "evet" diyorsan, o zaman Viyana'da yaşamaya devam etmen imkânsız. Bugün senin mektuplarınla birlikte Max Brod'dan da bir mektup aldım, diğer konuların dışında şöyle bir şey yazmış:

"Tuhaf bir şey oldu, bu durumu sana bir fikir vermek amacıyla bildiriyorum. *Tribuna*'nın genç editörü Reiner[48] (çok zarif ve oldukça genç biri -belki 20 yaşında- olduğunu söylüyorlar) kendisini zehirlemiş. Zannederim sen Prag' dayken olmuş bu olay. Nedeni şimdi ortaya çıktı: Willy Haas'ın[49], Reiner'in karısıyla (kızlık soyadı Ambrozova, Milena Jesenská'nın arkadaşı) görünüşte platonik sınırlar içinde kalan bir ilişkisi olmuş. Hiç kimse yakalamamış veya buna benzer bir durum yaşanmamış ama kadın adama (kadını evliliklerinden çok daha önce tanıyormuş) söz ve davranışlarıyla öyle acı çektirmiş ki adam dayanamayıp bürosunda kendisini öldürmüş. Kadın sabah erkenden adamın gece mesaisinden neden eve gelmediğini anlamak için Haas'la birlikte ofisine gitmiş. Adam zaten hastaneye kaldırılmış ama onlar daha ulaşmadan ölmüş. Son sınavına hazırlanan Haas öğrenimini yarıda bırakmış, babasıyla arası bozulmuş ve şimdi Berlin'de bir sinema dergisini yönetiyormuş. Görünen o ki şimdi pek iyi durumda değil. Kadın da Berlin'de yaşıyor, evlenecekler herhalde. Bu korkunç hikâyeyi sana niye anlattım bilmiyorum. Belki aynı şeytan

---

48 Joseph Reiner (1898-1920), *Tribuna*'nın editörü. 19 Şubat 1920'de intihar etmiştir. Kafka'ya hayranlık duymasına rağmen onu şahsen tanımıyordu. Bununla beraber, Milena'nın okul arkadaşı ve yakın dostu olan Jarmilla'nın kocası olduğu için muhtemelen Milena ile tanışıyordu. Willt Haas bu olaydan ilk kez, anılarını anlattığı "Edebiyat Dünyası" (Münih, 1957) adlı kitabında bahseder (Kafka Reiner'den bahsederken Brod'un mektubunda hatalı olarak yazılan Rainer kelimesini kullanır).

49 Willy Haas (1891-1973), eleştirmen ve deneme yazarı. Franz Werfel, Ernst Pollak, Hans ve Franz Janowits kardeşlerin Prag edebiyat çevresinin önde gelen isimlerindendir. Haas ayrıca "Milena'ya Mektuplar" kitabının ilk editörüdür.

bize de acı çektiriyor ve hikâye bildiğimiz ve yaşadığımız bir hikâye."

Mektup için epey uzun oldu. Tekrar belirtiyorum, Viyana'da kalamazsın. Bir gün yakaladığım köstebeği şerbetçi otu bahçesine götürmüştüm. Onu yere bıraktığımda çılgın gibiydi, suya dalarcasına toprağın altına girdi ve kaybolup gitti. Bu hikâyeden de bu şekilde kaçmak gerekli.

Asıl konu bu değil Milena. bana göre sen bir kadın değilsin, sen küçük bir kızsın, senin içinde masum bir küçük kızdan başka bir şey yok ve senin gibi küçük bir kızın elini kirli, titreyen, pençe gibi, berbat, güvenilmez ve soğuk elimle hiç tutamam.

F.

Praglı mesajcı iyi bir plan değil. Sadece boş bir ev bulacaksın. Orası benim ofisim. Bu arada ben Altstadter Ring 3. kat, 6 numarada,[50] ellerimi yüzüme koymuş masamda oturuyor olacağım.

Hayır, sen de anlamıyorsun Milena, "Yahudi konusu" sadece gereksiz bir şakaydı.

---

[50] Kafka'nın annesi ve babasının evi, kendisinin de orada bir odası vardı.

MERAN, 13 HAZİRAN 1920
PAZAR

Bugün bazı konular belki çözülebilir Milena. (Ne kadar zengin, ağır bir isim, ağırlığı taşınmasını zorlaştırıyor, bu isim önce çok hoşuma gitmemiş, yolunu şaşırıp Bohemya'ya gelmiş, Çekçe'nin saldırısına uğramış bir Yunan veya Romalı ismi gibi gelmişti bana. Aksan rahatsız etse de isim, kolların üzerinde dünya ve yangından -hangi dünya ve yangın olduğunu bilmiyorum- kurtarılacak ve kollarına memnuniyetle, güvenle gömülecek duruş ve görünüş olarak mükemmel bir kadın gibi, bir tek "i" harfi üzerindeki güçlü vurgu olumsuzluğu hariç[51], ismin sıçrayıp kaçmıyor mu senden? Veya bu sıkıntılarınızdan mutluluğa uzanan bir sıçrama olabilir mi?)

İki tür mektup yazıyorsun, dolmakalem ve kurşunkalemle yazdıklarından bahsetmiyorum, gerçi kurşunkalemle yazdıkların kayda değer ve insanın dikkatini çekiyor ama çok büyük bir farklılığı yok diğerlerinden. Mesela, evinin krokisinin de bulunduğu son mektup kurşunkalemle yazılmış ve bundan her şekilde mutlu olmuştum. Görüyorsunuz Milena, huzurlu mektuplar beni mutlu ediyor (yaşım, tükenmişliğim ve tüm bunların ötesinde korkularım ve diğer taraftaysa gençliğin, canlılığın, cesaretin, anla beni Milena. Dünyayı terk etmek anlamına geldiği için korkularım daha da artıyor ve bu durum üzerimde baskı oluşturu-

---

51 Milena'nın isminde "Mi" vurgulanarak söylenir.

yor, baskı korkunun daha da fazlalaşmasına sebep oluyor ama senin cesaretin ilerlemeyi sağlıyor ve baskıyı azaltıyor bu da cesaretimi daha fazla artırıyor). Bu mektupların önünde sonsuz bir mutlulukla oturabilirim, o mektuplar yanan başım için yağmur taneleri gibidir. Ama ne zaman diğerlerinden daha fazla mutluluk vermesi gereken mektuplar gelse Milena, (güçsüzlüğüm nedeniyle mektuplardaki mutluluğa ulaşmak günler alıyor) hani şu ünlemlerle başlayan (sonuçta ben çok uzaktayım) bilmediğim korkunç şeylerle biten, o zaman alarm zillerinin titrediği gibi titriyorum, okuyamıyorum bu mektupları, doğal olarak daha sonra her halükârda okuyorum, su için kavrulan bir hayvanın su içmesi gibi okuyorum, sonra korku geliyor, hem de ne korku. Dünyadan tümüyle uzaklaşmak için titreyerek, altına girebileceğim bir mobilya arıyorum, mektubunla yarattığın fırtınanın pencereden uçup çıkması için dua ediyorum. Doğal olarak fırtınayı odamda zapt etmem mümkün değil. Mektuplarını Medusa'nın[52] o muhteşem başıyla yazmış olmalısın, saldırgan yılanlar kıvrılarak başında dolanırken ve daha vahşi korku yılanları benim başımdayken.

*

Çarşamba ve perşembe günü yazdığın mektuplarla ilgili. Çocukça (aslında Medusa'dan falan bahsederek çocukluk yapan benim) yaptığım bütün aptalca şakalarımı (nefretle) ciddiye alıyorsun, sadece seni biraz gülümsetmek istemiştim, korkudan birbirimizi yanlış anlıyoruz, lütfen beni Çekçe yazmaya zorlama, yazdıklarımda eleştirinin kırıntısı bile yoktu, tanıdığın Yahudiler (ben de dahil) hakkındaki iyi düşüncelerin nedeniyle seni eleştirebilirim

---

[52] Yunan mitolojisinde gözlerine bakanı taşa çevirdiğine inanılan, yılan saçlı, keskin dişli, dişi canavar.

-tabi başka şeyler de var eleştirebileceğim- bazı zamanlar tüm Yahudileri (kendimi de) toplayıp çamaşır dolabının çekmecesine tıkmak istiyorum. Biraz bekledikten sonra çekmeceyi hafifçe aralayıp boğulup boğulmadıklarına bakmak, eğer boğulmadılarsa çekmeceyi tekrar kapatıp, onlar boğulana kadar bu işi sürdürmek istiyorum. Konuşmanla ilgili söylediklerim çok ciddiydi (bu mektupta sürekli olarak Ernst[53]-ciddi- gündeme geliyor. Belki onu haksız yere yargılıyorum -bu konuda düşünemiyorum- ama aynı zamanda ona karşı hislerim çok güçlü ve gittikçe daha da güçleniyor, yaşam ve ölüm gibi. Keşke onunla konuşabilseydim. Ama ondan çekiniyorum, benden fazlasıyla üstün. Biliyorsun Milena, ona doğru atacağın bir adım seni bulunduğun seviyeden bir adım aşağı çekecektir ama bana doğru gelirsen uçuruma atlıyor olacaksın. Bunun farkında mısın? Asla, geçen mektubunda bahsettiğin yücelik bana değil sana uygun) -konuşmandan bahsediyorduk, o konuda sen de ciddiydin, yanılmadığıma eminim.

*

Hastalığından bahsetmişsin. Milena, ya yatmak zorunda kalırsan? Belki böylesi daha iyi olur. Aslında ben bunları şimdi yazarken bile belki sen şu an yatıyorsun. Ben bir ay önce daha sağlıklı bir adam değil miydim? Hasta olduğunuzu bilmek beni üzüyordu (üzülmekten başka bir şey yapamıyorum), artık değil, şimdi kendi hastalığım ve sağlığımı düşünüyorum ama her halükârda ikisi de sen demektir.

F.

---

53 Milena'nın kocasının adı Ernst olup bu kelime aynı zamanda "ağırbaşlı" anlamına gelmektedir.

Bugün sevdiğim mühendis arkadaşımla uykusuzluğa neden olan bu havadan biraz olsun uzaklaşmak için küçük bir gezintiye çıktım. Gittiğim yerden sana bir kart yazdım ama imzalayıp gönderemedim. Sana artık bir yabancıya yazar gibi yazamam.

Cuma günü yazdığın mektup çarşamba gününe kadar gelmedi, acele ve taahhütlü mektuplar normal mektuplardan daha uzun zamanda geliyor.

MERAN, 14 HAZİRAN 1920
PAZARTESİ

Uyanmadan biraz evvel, bu aynı zamanda uyuduktan biraz sonra demek oluyor, berbat, çok korkunç değil ama (ne güzel ki rüyaların etkisi hemen geçiyor) evet berbat bir rüya gördüm. Bu tür rüyalar bitmeden uyanılamayacağı için aslında uykumun birazını da bu rüyaya borçluyum, kendini kurtaramazsın bunlardan, bırakmazlar seni.

Viyana'dayım, şehir oraya seyahat edeceğim ihtimalini göz önünde bulundurarak kafamda canlandırdığım Viyana'ya çok benziyor (bu canlandırmada Viyana küçük, sessiz bir meydandan ibaret, meydanın bir yanında senin evin, karşı tarafından benim kaldığım otel, onun solunda Viyana'ya geldiğim West Tren İstasyonu, onun solunda da şehirden ayrıldığım Franz Josef Tren İstasyonu ve çok uygun bir şekilde kaldığım otelin alt katında bulunan bir vejetaryen lokantası, yemek yemiş olmak için değil sadece Prag'a döndüğümde yanımda biraz ağır bir vücut götürebilmek için. Bunlar rüyamla ilgili değiller, neden anlatıyorum ki sana? Herhalde rüyanın korkutucu etkisi hâlâ mevcut üzerimde). Aslında tam olarak bu şekilde değildi, gerçekten bir büyük şehirdi, akşama doğru ıslak, karanlık, inanılmaz bir trafik, benim kaldığım evi seninkinden ayıran uzun, dörtgen şeklinde bir park vardı.

Çabucak Viyana'ya gelmişim, sana ulaşmak üzere yola çıkmış olan mektuplarımdan (bu durum daha sonra bana çok sorun yarattı) daha önce ulaşmışım. Geleceğim konusunda senin bilgin var ve seninle buluşacağız. İyi ki (bir

müddet sonra hoşuma gitmedi) yalnız değilim, sanırım içlerinde bir kızın da olduğu küçük bir grupla beraberim ama haklarında pek fazla şey bilmiyorum, herhalde benim yardımcılarım. Biraz sessiz olsalardı, sürekli kendi aralarında konuşuyorlardı, büyük ihtimalle benim hakkımda konuşuyorlar, mırıldanmalarını işitebiliyorum, sinirleniyorum, hiçbir şey anlayamıyorum, zaten anlamak da istemiyorum. Evimin sağındaki kaldırımın köşesinde dikilerek senin evini gözlüyorum. Alçak, önünde basit ama çok güzel taştan avlusu olan bir villaydı.

Sonra kahvaltı vakti geldi, masa avluda kurulmuştu, kocanın gelişini, sağdaki bambu sandalyeye oturuşunu uzaktan izledim, hâlâ uykuluydu, kollarını uzatarak gerindi. Sonra sen geldin, seni tamamen görebileceğim şekilde masanın gerisine oturdun. Ama yine de seni tam göremedim, çok uzaktı, gerçi kocanın hatları daha belirgindi, neden olduğunu bilmiyorum ama beyaz mavimsi, süzülen bir hayalet gibisin. Sen de kollarını iki yana açtın ama gerinmek için değildi, daha çok törensel bir duruştu.

Kısa bir süre sonra akşamüstü oluyor, sen sokakta benimle birliktesin, kaldırımda ayakta duruyorsun, benim ayağım caddede, elini tutuyorum, kısa cümlelerle, delicesine, doludizgin bir sohbet başlıyor, bu sohbet hiç bitmiyor neredeyse rüyam bitene kadar sürüyor.

Konuştuklarımızı tekrarlayamam, aslında sadece ilk iki ve son iki cümleyi hatırlıyorum, arada konuşulanlar detaylı anlatılamayacak kadar ıstıraplı.

Selamlaşmak yerine yüzündeki bir ifade nedeniyle hemen "Beni daha farklı hayal etmiştin" dedim. Cevap olarak şunu söyledin: "Doğrusu daha alımlı olduğunu düşünmüştüm." (Aslında Viyana'ya has bir şeyler söyledin ama ne olduğunu unuttum.)

Bunlar ilk iki cümleydi (sırası gelmişken; müzik konusunda tanıdığım herkesten daha yeteneksiz olduğumu biliyor musun?) ama bu cümlelerle her şey belli olmuştu, daha fazla ne söylenebilirdi ki? Yine de diğer bir buluşma için konuşmaya başladık, sen muğlâk konuşmalar yaparken ben ısrarcı sorularla talepkâr tavrımı sürdürdüm.

O arada yanımdakiler Viyana'ya gelişimin diğer bir sebebinin de şehrin yakınlarındaki bir tarım okulunu ziyaret etmek olduğu açıklamasını yaparak araya girdiler, artık bunun içinde zaman ayırmak gerekiyor, durumuma üzülmüş olacaklar ki beni uzaklaştırmaya çalışmışlardı oradan. Bunu anlamama rağmen onlarla birlikte tren istasyonuna gittim, sanırım oradan ayrılmaya kalkmamın seni üzeceğini umuyordum. Hepimiz en yakındaki tren istasyonuna gittik ama okulun olduğu yerin adını hatırlamıyordum. Büyük tarife çizelgesinin önünde durduk, istasyon isimlerini parmaklarıyla tararlarken, sürekli bana isimleri söyleyip bu ya da başka bir istasyon olup olmadığını soruyorlardı ama hiçbirisi değildi.

Bu arada seni biraz incelemiştim, nasıl göründüğünü hiç umursamama rağmen sözlerin benim için önemliydi. Hayal ettiğim sana benzemiyordun, beklediğimden daha koyu tenli, ince yüzlüydün -tombul yanaklı hiç kimse bu kadar zalim olmaz zaten. (Acaba gerçekten zalim miydin?) Kıyafetini hiç beğenmedim, benimkiyle aynı kumaştan yapılmıştı ama erkeksi bir görünümü vardı. Sonra birden mektuplarından bir cümleyi hatırladım (şu dize: "yalnızca iki tane elbisem var buna rağmen çok hoş görünüyorum") ve sözlerin beni öyle etkiledi ki o andan itibaren giydiğin elbiseyi çok beğendim.

Ama o esnada sona yaklaştık, yanımdakiler hâlâ tarifeyi inceliyor, biz ise kenarda durmuş, konuşuyorduk. Konuşmanın son kısmı sanırım şöyleydi: Ertesi gün pazardı, pazar günü bana zaman ayırabileceğin düşüncesinde olmam seni inanılmaz derecede rahatsız ediyordu. Sonunda razı oldun ve kırk dakika ayırmaya çalışacağını söyledin.

Konuşmamamızdaki en can acıtan şey tabi ki kelimeler değil, kelimelerin altında yatanlardı, duygudan yoksun olmalarıydı ve sürekli olarak ima ettiğin "Gelmek istemiyorum. Buna rağmen gelirsem sana ne faydası olacak ki" şeklindeki tavrındı. Ama bana ayıracağın kırk dakikalık vaktin ne zaman olacağını öğrenemedim. Sen de bilmiyordun, bu konudaki tüm o görünen yapmacık uğraşına rağmen karar veremedin. En sonunda, "Herhalde bütün gün beklemeliyim" dedim. "Evet" diye cevap verip, arkanda seni bekleyen bir grup insana yüzünü döndün. Ama cevabından hiçbir şekilde gelmeyeceğin ve bana sadece seni bekleme ayrıcılığını bahşettiğin anlamı çıkıyordu. Kendi kendime kısık sesle "Beklemeyeceğim" dedim ve duymadığını ve artık şansım olmadığını düşünerek arkadan çaresizce bağırdım. Umurunda olmadı, önemsemiyordun beni artık. Perişan bir şekilde şehre geri döndüm.

*

Ama iki saat sonra, mektuplar, çiçekler, sevecenlik ve teselli geldi.

Senin F.

Milena, adres yine okunmuyor, Postane yeniden yazarak düzeltmiş. Benim ricamdan sonra gelen mektuptaki adres muhteşemdi, hepsi okunaklı olmayan farklı farklı yazı türlerinde oluşan, koleksiyoncular için güzel bir örnekti. Postacılarda benim gözlerim olsaydı sadece senin adresini okurlar ve diğerlerine bakmazlardı bile. Ama orası postane.

MERAN, 15 HAZİRAN 1920
SALI

Bu sabah seni yine rüyamda gördüm. Yan yana oturuyorduk ve beni itip çekiştiriyordun ama kızarak değil arkadaşça. Mutsuzdum, beni itip kaktığın için değil ama sana dilsiz bir kadın gibi davrandığım için, sesini duymazdan geldiğim için. Belki duymazdan gelmiyordum ama cevap veremiyordum. İlk rüyamdakinden daha perişan bir halde ayrıldım yanından.

Bu arada bir zamanlar birisinin evinde okuduğum bir şey geldi aklıma: "Sevgilim dünya üzerinden geçen bir ateş bir sütundur, beni şimdi sarmalıyor ama sardıklarına değil kendisini görenlere rehberlik eder."

Senin

(Artık adımı da yitiriyorum, zaman kısaldıkça kısaldı ve şimdi: Senin.)

MERAN, 20 HAZİRAN 1920
PAZAR

Seninle kısa bir yürüyüşten sonra... (Bunu yazmak ne kadar kolay: Seninle kısa bir yürüyüş. Utanmalıyım ve yazmayı bırakmalıyım çok basit olduğu için.)

Hikâyenin beni en fazla dehşete düşüren tarafı, aynı yırtıcı hayvanların öldürmeye eğilimli olmaları gibi, Yahudiler'in de siz Hıristiyanlar'a saldırmaya eğilimli olduklarına dair inançtır. Halbuki Yahudiler, hayvan olmadıkları, tam tersine çok bilinçli oldukları için, bu durum karşısında korkuya kapılırlar. Hikâyedeki her şeyi benden daha iyi anlasan bile, bu durumu tüm boyut ve kudretiyle algılaman mümkün değildir. Bu son olaylardan önce, tüm ülkelerin vatandaşlarının, din uğruna katletme fikrine nasıl kapılabildiklerini anlayamıyorum. (En fazla genel bir korku veya kıskançlık hissetmiş olabilirler ama şimdi hiç şüphe yok, Hilsner'in[54] işlediği suçu adım adım görebiliyoruz, kızcağızın o esnada ona sarılmış olması neyi değiştirir ki?) Ama diğer yandan şunu anlamıyorum, diğer insanlar Yahudi'nin bu süreçte kendini bıçaklamadan cinayet işleyebileceğine, öldürebileceğine nasıl inanıyorlar ki? -Bu olayda Hilsner'in yaptığı budur- Ama zaten diğer insanların bu konu hakkında düşünmeye ihtiyaçları yok ki.

---

[54] Kafka, "Hilsner Vakası" denilen olaydan bahsetmektedir. Bir Yahudi olan Leopold Hilsner, Nisan 1899 tarihinde Bohemya'nın Polna kasabası yakınlarında ölü bulunan Hıristiyan bir kızı dini sebeplerle öldürmekle suçlanmıştır. Dava o dönemlerde Yahudi karşıtlığının yayılmasına neden olmuştur.

Bir kez daha büyütüyorum, bunların tümü abartı. Hepsi abartı çünkü kurtuluş arayan insanlar kendilerini daima kadınların üzerine atıyorlar, kadınların Hıristiyan veya Yahudi olmaları hiçbir şey değiştirmiyor. Kızların masumiyetinden kastedilen şey, o her zamanki namus konusu değil, kurban edilememe masumiyeti, bedenlerinin korunmasıyla ilgili bir masumiyet olmalıdır.

Yazıyla ilgili söyleyebileceğim şeyler var ama sessizliğimi korumam daha iyi olacak -ilk olarak Haas hakkında çok az şey biliyorum (garip bir şekilde nişanımla ilgili en samimi kutlamayı ondan almama rağmen) ve diğerlerini hiç tanımıyorum, ayrıca bu konuya yapacağım yorumlarla dahil olursam seni kızdırabilirim, çünkü bu gerçekten senin kendi sorunun ve ayrıca burada kimse daha fazla bir şey yapamaz, ancak sadece tahminde bulunabilir.

(Karlsbad'da buluşmam gereken, telgrafım ve iki sayfalık karışık notum sonrasında mümkün olabildiğince gerçeği söylediğim o kızla[55] ilgili olarak beni haksız yere hâlâ eleştirmenden korkuyorum -kendince onu hiçbir şekilde övmemek için her zamankinden farklı davrandığımı düşünüyor. Eleştirilmem, hem de ağır bir biçimde eleştirilmem gerektiği için korkum daha da artıyor ama bana yapılacak eleştiri gerekçesi o kadar basit değil- bu durumda daha ağır olmalı, haklısın diyebilirsin ama kendime yakışmayan etkisiz bir eleştiridense hak ettiğim daha ağır bir eleştiriyi yeğlerim. Bu zor anlaşılır konuşmalarım için beni affet. Kendi kendime çözmem gereken bir mesele bu ve bunu yaparken seni sadece uzaktan görmeme izin var.

Max'a gelince, onu tam olarak değerlendirebilmek için kişisel olarak bir süre de olsa tanımak gerektiğini düşünüyorum. Ama tanıdıktan sonra da onu seviyor, hayran olu-

---

[55] Julie Wohryzek

yor, gurur duyuyor ve tabi ki ona yakınlık hissediyor insan. Ona karşı bu duyguları hissetmeyenler (iyi niyetli olmak kaydıyla) onu tanımıyor demektir.

F.

MERAN, 21 HAZİRAN 1920
PAZARTESİ

Haklısın, "çocuk, çocuk" kelimeleriyle ilgili eleştirini okuyunca -maalesef mektupları akşam geç saatte aldım ve sabah erkenden mühendisle Bozen'e kısa bir gezinti yapmayı planlıyorum- kendi kendime şöyle dedim: "Yeter, bu mektupları şimdi okuyamazsın, yarın sabah yola çıkmak istiyorsan biraz olsun uyuman gerekir." Biraz zaman geçtikten sonra tekrar okumaya başladım, demek istediğini algıladım, gerginliğim geçti ve rahatlamak için başımı kucağına koymak istedim -keşke burada olsaydın (fiziksel olarak burada bulunmanı kastetmiyorum). Bu kesinlikle bir hastalık belirtisi, değil mi? Ama bu kadar zamandan sonra artık seni tanıyorum ve "çocuk, çocuk" kelimelerinin kötü bir hitap şekli olmadığını düşünüyorum. Ben de şaka kaldırabilirim ama en küçük bir şeyi de tehdit gibi algılayabilirim. Eğer bana şu şekilde yazsaydın: "Dün mektubundaki 've'leri saydım, o kadar fazlaydı ki bana bu kadar 've' yazmaya nasıl cesaret edebilirsin?" ve ciddi bir ifade takınsaydın sana hakaret ettiğime ikna olurdum ve bu durum beni üzerdi. Herhalde seni gerçekten rahatsız ediyor, tespit etmek zor.

Şunu da unutmamalısın, şakayla ciddiyi ayırmak kolaydır, ama hayatımızı adadığımız, bizim için çok önemli insanlar söz konusu olduğu zaman ise o kadar kolay değildir, risk o kadar fazladır ki birden gözler her şeyi didik didik etmeye başlar ve bu noktadan sonra artık hiçbir şeyi ayırt edemez. Bu konuda en güçlü olduğunu düşündüğüm anda bile güçlü değildim. Örneğin ilkokulda, ufak tefek, zayıf, sivri burunlu, çukur yanaklı, birazcık sarı tenli ama katı, enerjik, eli maşalı aşçımız her sabah beni okula bırakırdı. Kleiner Bulvarı'nın Grosser Bulvarı'ndan ayrıldığı yerdeki bir evde oturuyorduk. Önce bulvarı geçiyor, sonra Tein Sokağı'na dönüp, kemerli kapıdan geçtikten sonra Et Pazarı Sokağı'na ve oradan Et Pazarı'na iniyorduk. Bir yıl boyunca her sabah aynı güzergâhı takip ettik. Dışarı çıkar çıkmaz aşçı evde ne kadar yaramaz olduğum konusunda beni öğretmenime şikâyet edeceğini söylerdi. Aslında o kadar kötü bir çocuk değildim ama dik kafalı, işe yaramayan, iç karartıcı, huysuz bir çocuktum ve tüm bunlar nedeniyle öğretmene şikâyet edebileceği bir şeyler daima mevcuttu. Bunun farkında olarak aşçının tehditlerini hafife almıyordum. Ama okul yolunun çok uzun olduğunu ve yolda birçok şeyin olabileceğini düşünür (yol inanılmaz uzun olduğu için böyle bir çocuk saçmalığından dolayı yavaş yavaş kaygı ve bir ölü ciddiyeti oluşmaya başladı), ayrıca Alt-stadter Bulvarı'ndayken, sadece evde herkese sözünü dinleten aşçının, dünyanın saygı duyduğu öğretmenle konuşmaya cesaret edebileceğine ikna olmazdım. Ama ne zaman bununla ilgili bir şey söylesem, aşçı, ince acımasız dudaklarıyla genellikle sert bir şekilde cevap verir, inanmak zorunda olmadığımı ama yine de öğretmene anlatacağını belirtirdi. Et Pazarı Sokağı girişine -benim için biraz tarihsel önemi de vardır- (senin çocukluğun hangi mahallede geçti) yaklaşırken tehditle ilgili korkum daha da artardı. Okul benim için bir kâbustu ve aşçı onu daha da çekilmez hale getirmeye çalışıyordu. Yalvarmaya başlardım, o kafasını iki yana sallardı, ben daha çok yalvardıkça tehlike daha da artardı. Yalvarmayı bırakıp özür dilerdim, beni sürüklerdi, onu aileme şikâyet etmekle tehdit ederdim, bana gülerdi, her şeye yapmaya gücü vardı, dükkân kapılarına, köşe taşlarına tutunur, beni affettiğini söyleyene kadar yerimden kımıldamayı reddeder, eteğinden çekiştirirdim (ben de ona zorluk çıkartırdım) ama beni sürüklemeye devam ederek bu yaptıklarımı da öğretmene anlatacağını söylerdi. Gecikirdik, Jacob Kilisesi'nin çanları saat 8'de çalmaya başlar, okul zili duyulur, diğer çocuklar koşmaya başlar, -geç kalmak hep en fazla korktuğum şey olmuştur- bizim de koşmamız gerekir ve bu esnada hep "söyleyecek, söylemeyecek" diye düşünüp dururdum. Asla söylemedi, bir kere bile söylemedi ama her zaman söyleme ihtimali mevcuttu, gitgide artan bir ihtimaldi ki dün söylemedim ama kesinlikle bugün söyleyeceğim diyerek sürekli bu tehdidi sürdürdü. Bazen, o kadar kızgın olurdu ki sokakta ayağını hiddetle yere vurur -gözünde canlandırsana Milena- ve kimi zaman orada kömür atan kadın bizi izlerdi. Ne kadar saçma değil mi Milena? Ve tüm aşçılar, tehditler, otuz sekiz yıldır soluduğum ve şimdi ciğerlerime yerleşmiş olan toz, her şeyimle sana aidim.

Ama sana tüm söylemek istediklerim bu kadar değil veya hiç olmazsa başka şekilde söylemeliyim ama geç oldu, yatabilmem için burada bırakmam lazım ama sana yazmayı bıraktığım için de uyuyamayacağım. Daha önce yaşadığım yılların olduğunu bilmek istiyorsan, altı ay kadar önce babama yazdığım ama henüz veremediğim devasa mektubu[56] sana gönderirim.

---

[56] Kafka babasına yazdığı, daha sonra annesi tarafından saklanan, el yazısı ile yüz sayfadan daha uzun mektuptan bahsediyor. Max Brod tarafından 1953 yılında Türkçeye "Babaya Mektup" ismiyle çevrilen kitapta yer almıştır.

Mektubuna yarın cevap vereceğim eğer gecikirsem öbür gün cevaplarım. Ailemi ziyaret etmek için Franzensbad'a gitmemeye karar verdiğimden burada birkaç gün daha fazla kalacağım, gerçi bu şekilde kolayca balkonda yatarak karar verme hakkına sahip olunmaz ama...

F.

Bir kez daha mektubun için teşekkür ederim.

MERAN, 23 HAZİRAN 1920
ÇARŞAMBA

Gerçeği söylemek zordur, çünkü tek gerçek vardır ama bu gerçek canlıdır ve bu yüzden oynak ve sürekli değişen bir görünüşü vardır (asla ve ne vesileyle olursa olsun güzel değildir, belki zaman zaman hoş olabilir). Eğer pazartesi gecesi sana cevap yazsaydım hiç de iyi olmayacaktı, yatakta işkence görüyormuşum gibi yatıyordum, bütün gece boyunca sana yazacağım cevabı planladım, sana yakındım, korkutarak seni kendimden uzaklaştırmaya çalıştım, kendime küfrettim (bu durum, gece mektubun çok geç elime geçmesi, gecenin o saatinde ağır sözler etmek için biraz hassas ve üzgün olmamdan kaynaklanıyordu). Sonra Bolzano'ya gitmek amacıyla sabah erkenden ayrılarak, Dolomit Dağları'nın[57] ilk halkasının karşısında yer alan, 1200 metre yükseklikteki Klobenstein'a gitmek üzere elektrikli trene bindim, katıksız soğuk havayı teneffüs ettim, aslında pek aklım başımda değildi. Bilahare dönüş yolunda sana yazdığım mektubu, bugün için bana çok sert gelmesine rağmen aşağıda aktarıyorum; zaman böylesine değişiyor işte.

Nihayet tek başınayım, mühendis Bolzano'da kaldı, ben geri dönüyorum. Orada olduğumu hissetmediğim için mühendis ve gittiğim yerin aramıza girmiş olması beni çok huzursuz etmedi. Dün gece sana yazarak ve sonrasında

[57] Dolomit Dağları, bugün İtalya'nın kuzeydoğusundadır. Alpler'in bir parçası olan dağların önemli bölümü İtalya'nın Belluno bölgesinde, diğer bölümleri Bolzano-Bozen ve Trento bölgelerinde yer alır.

seni yatakta düşünerek gece saat 12.30'a kadar zaman geçirdim, sonra sabah 6'ya kadar yatakta kaldım, zar zor şöyle bir kestirdim. Sonrasında yabancı birisinin diğer bir yabancıyı yataktan dürterek uyandırmasına benzer şekilde yataktan fırladım, bu gayet iyi oldu, aksi takdirde günü karamsarlık içerisinde Meran'da yazarak ve uyuklayarak geçirecektim. Bu seyahat esnasında kendimde olmamam ve seyahatin hafızamda yalnızca bulanık bir rüya gibi kalması önemli değil. Gece bu şekilde geçti çünkü mektubunla (tek başına fazla bir şey ifade etmeyen delici bakışların var, sonuçta sokakta koşuşturan insanlar bu tür bir bakış istiyorlar ama sende bu bakışların ötesini görebilecek güç var, önemli olan bu öteyi görebilme yeteneği ve sen kesinlikle bu yeteneğe sahipsin) bir gözü kapalı olarak uyuyan ve diğer gözüyle fırsatları takip eden eski şeytanları uyandırdın yine. Tabii ki bu ürkütücü bir durum ve beni soğuk terler içersinde bırakıyor (sana yemin ederim onlardan, elle tutulmayan güçlerden korkarım). Yine de iyi bir şey bu, onların var olduklarını bilmek ve yaptıkları dalavereleri görmek gayet sağlıklı. "Viyana'dan ayrılmalısın" telkinime yaptığın yorum pek doğru değil. O cümleyi öylesine yazmadım (yazdıklarının tümünü dikkate alarak yazdım, bu bağlamda olduğunu önceden hiç düşünmemiştim, o kadar kendimden geçmişim ki Viyana'dan hemen ayrılman en doğal şeymiş gibi göründü bana. Kocanı yaralayacak şey bana on kat, yüz kat daha fazla zarar verecek, beni parça parça edecektir; seninkinden farklı bir durum değil), maddi külfetinden de korkmadım (çok kazanmıyorum ama kazancım ikimize de rahatça yeter, tabi ki bir hastalık olmaması şartıyla) ayrıca düşünme ve kendimi ifade edebilme gücüm var olduğu sürece de açık yürekliyim (önceden de böyleydim ama bunun görünür olmasına sen yardımcı oldun. Korktuğum tek şey -gözlerimi fal taşı gibi açarak korkuyorum, bu korkuyla boğuluyorum, çaresizim- (korkumun büyüklüğü kadar derin uyusaydım şu an yaşamıyor olurdum) içimde kendime karşı kurduğum tuzak (babama yazdığım mektup bu konuyu daha iyi anlamana yardımcı olacaktır, gerçi başka amaca yönelik olduğu için tam yansıtmayabilir), bu tuzak benim büyük satranç oyununda, değil piyonun piyonu olmak, tam tersine, oyunun tüm kurallarına aykırı olarak ve bütün oyunu bozma pahasına vezirin yerini almak istememe dayanıyor -ben, piyonun piyonu, mevcut bile olmayan, oyunda yer almayan biri- belki sonra da şahın yerini ya da bütün tahtayı; ayrıca, gerçekten yapmak istediğim bu olsaydı, başka bir şekilde, daha az insanca bir yolla yapılabilirdi. Bu nedenle sana yapmış olduğum önerinin anlamı benim için senden daha fazla. Şu an itibariyle o teklif en gerçek, en mantıklı, beni koşulsuz olarak mutlu eden tek şey. Üstelik yapmak istediğim gerçekten bu olsaydı, bu başka bir yolla da yapılabilirdi, acımasız bir yöntemle bile olabilirdi. Bu nedenle sana yaptığım teklif, senden daha çok benim için anlam ifade ediyor. Şu anda o teklif gerçek, sağlam ve beni koşulsuz olarak mutlu kılan tek şey.

*

Dün böyleydi, örneğin bugün kesinlikle Viyana'ya geleceğim diyebilirim ama, bugün bugün olduğu, yarın da farklı bir gün olduğu için kendimi bu konuda serbest bırakacağım. Her halükârda sana sürpriz yapmayacağım ama gelirsem perşembeye de kalmam. Eğer gelirsem sana pnömatik[58] postayla mektup yollayacağım -senden başka kimseyi görmeyeceğim- buna eminim -ama salı gününden önce olmaz. Güney İstasyonu'na gelirim, dönerken hangi

[58] 19. yüzyılda büyük şehirlerde kullanılan, mektupların basınçlı hava ile borularla hızlı şekilde iletilmesini sağlayan bir sistemdir.

istasyonu kullanacağım henüz bilmiyorum, bu nedenle Güney İstasyonu'na yakın bir yerlerde kalırım. Güney İstasyonu'ndaki derslerini nerede verdiğini bilmemem ne kötü, seni saat 5'e kadar orada bekleyebilirdim (bunu herhalde daha önce şu cümleye yakın bir yerde bir masalda okumuş olmalıyım: Ve bundan sonra sonsuza dek mutlu yaşadılar). Bugün Viyana haritasına baktım, sadece bir odaya ihtiyacın olmasına rağmen böyle kocaman bir şehri inşa etmiş olmaları bir an için anlamsız geldi bana.

F.

Postrestant[59] mektupları Pollak adıyla göndermiş olabilirim.

[59] Postaneye gönderilen ve postaneden teslim alınan mektuplar.

MERAN, 24 HAZİRAN 1920
PERŞEMBE

İyi uyumuş birisine göre uykusuz birisi daha akıllı oluyor, dün biraz daha iyi uyumuşum ve hemen Viyana seyahatim ile ilgili o aptalca şeyleri yazmışım. Sonuçta bu yolculuk öyle basit, şakaya gelecek bir şey değil. Hiçbir şekilde sana sürpriz yapmayacağım, düşüncesi bile beni ürkütüyor. Evine de gelmeyeceğim. Benden perşembe gününe kadar pnömatik postayla bir mektup almazsan Prag'a gitmişim demektir. Bu arada, bana Batı İstasyonu'na ineceğim söylendi -dün herhalde Güney İstasyonu yazmıştımama bu konu önemsiz. Birazcık beceriksiz, kayıtsız ve zor seyahat eden biri olsam da üstesinden gelebilirim (iyi uyumuş olmam şartıyla), endişelenmene gerek yok, Viyana'ya giden trene binersem, sadece biniş biraz zor olur büyük ihtimalle Viyana'da trenden inerim. Şimdilik görüşmek üzere (illa Viyana'da görüşeceğiz diye bir kural yok, görüşme mektuplarla da olabilir).

F.

"Ropucha"[60] hoş -hoş ama çok güzel değil- çok güzel değil, hikâye kırkayak gibi, hikâye belirginleştikten sonra duruyor, hiçbir yere gitmiyor, geriye bile, ilk bölümün serbestliği hareketliliği yok oluyor. Ama bunu bir kenara

---

[60] Milena Kafka'ya, Avusturyalı yazar, çevirmen ve bankacı Gustav Meyrink'in "Kurbağa'nın Uçuşu" ((Keltba Ropuchy) adlı öyküsünün *Tribuna*'da yayınlanan çevirisini göndermişti.

bırakırsak, Milena J.'nin bir mektubu gibi okunuyor -ve eğer bu bir mektupsa cevap yazacağım.

Milena'ya gelirsek, ismin Almanlık veya Yahudilik'le hiçbir ilgisi yok. Çekçe'yi en iyi anlayan kişiler (Çek Yahudileri haricindekiler tabi) *Nase Rec*'deki[61] beyefendilerdir, en iyi ikinciler bu derginin okurları, üçüncüler de aboneleridir -ki bende bu abonelerden birisiyim. Bu sıfata sahip birisi olarak, Milena isminin Çekçe'yle tek alakasının Milenka'nın[62] kısaltılmış hali olduğunu bildiriyorum sana. Hoşuna gitsin veya gitmesin dil biliminin açıklamış olduğu budur.

---

[61] *Bizim Dil,* 1916 yılında yayınlanmaya başlayıp halen yayın hayatını devam ettiren Çek diline ilişkin makaleler içeren dergi.

[62] Sevgili, bir tane.

MERAN, 25 HAZİRAN 1920

Birbirimizi gerçekten yanlış anlamaya başlıyoruz Milena. Sana yardım etmeye çalıştığımı düşünüyorsun, ama ben aslında kendime yardım etmeye çalışıyorum. İlaveten, hatırladığım kadarıyla senden hiç uyku hapı istemedim.

*

Otto Gross'u[63] hemen hemen hiç tanımıyorum ama onda "komik" olan her şeyin ortasına dalma gibi temel bir özellik olduğunu gördüm. Arkadaşları ve akrabalarının şaşkın halleri. (Karısı, kayın biraderi, tuhaf bir şekilde valizlerin yanında sessizce duran, koyu kahve içip, meyve veya aklına gelen her şeyi yiyen küçük çocuk -eğer öyleyse yalnız bıraktıkları zaman yataktan düşmemesi gerekirdi- çarmıha gerilen İsa'nın altında duran havarilerinin içinde bulundukları ruh halini andırıyordu. O sırada, Budapeşte'ye kadar nişanlıma eşlik ettikten sonra Prag'a, hastalığıma ve kanamama geri dönüyordum. Gross, karısı ve kayınbiraderi, hepsi aynı gece trenine binmişlerdi. Kuh tüm gece boyunca şarkı söyledi, gürültü yaptı, her zamanki gibi bazen tutuk bazen taşkındı; kadın bir köşeye yaslanmış -sadece koridorda oturacak yer vardı- pisliğin içinde uyuyordu (Gross çok fazla ilgi gösterdi ama bir faydası olma-

---

[63] Kafka Prag'a dönerken psikanalist Otto Gross (1877-1920) ve onun kayınbiraderi edebiyatçı Anton Kuh (1881-1941) ile birlikte seyahat etmişti. Milena, uyuşturucu bağımlılığı ile ilişkilendirilen Otto Gross'un bu erken ölümünü Kafka'ya haber vermiş olmalı.

dı). Hemen hemen tüm gece boyunca Gross bana bir şeyler anlattı (kendine iğne yaptığı zamanlar hariç) en azından ben öyle düşündüm, çünkü anlattıklarından gerçekten hiçbir şey anlayamamıştım. İncil'den öğrenmiş olduğu benim bilmediğim bir bölümü gösterdi, doğrusu ödlekliğim ve bitkinliğim nedeniyle bilmediğimi söylemedim. Satır satır bu bölümle ilgili yorumları, yorumlarına yorum katması ve anlattıklarıyla ilgili sürekli onayımı istemesi bitmek tükenmek bilmedi. Ben gayriihtiyari başımla onaylarken o da yavaş yavaş gözlerimin önünde görünmez hale geliyordu. Aslında uyanık olsaydım da bir şey anlayacağımı zannetmiyordum -benim kavramam durgun ve yavaştır. Bu şekilde geceyi bitirdik. Ama diğer başka kesintiler de oldu. Arada sırada Gross ayağa kalkıyor başının üzerindeki bir nesneye tutunuyor, tamamıyla gevşeyene hatta uyuyana kadar trenle birlikte sallandıkça sallanıyordu. Prag'a ulaştığımızda onu inerken gördüm.

*

Müzik yeteneksizliği senin belirttiğin gibi belirgin bir talihsizlik değildir -zaten benim için değil, ben bunu atalarımdan miras aldım (babamın babası[64] Strakonitz yakınlarındaki bir köyde kasaptı, onun kestiği kadar çok et yemedim) ve bana tutunacak bir şeyler veriyor, bir şeylere bağlı olmak benim için çok önemli. Ama eğer talihsizlik ise uyuyamamak veya ağlayamamak gibi kesinlikle insani bir durum. Ne olursa olsun, müziksel yeteneği olan insanı anlamak hemen hemen müziğe yeteneği olmamakla benzer şeylerdir.

F.

---

[64] Jakob Kafka, Güney Bohemya'daki Strakonitz/Strakonice'de kasaplık yapıyordu.

Sonuç olarak, eğer Viyana'ya gelirsem sana telgraf çekeceğim veya postaneye mektup bırakacağım, salı veya çarşamba günü.

Tüm mektuplara pul yapıştırdığımdan eminim, zarfın üzerinden pullar alınmış, anlayamadın mı?

MERAN, 25 HAZİRAN 1920
CUMA AKŞAMI

Bu sabah yazdıklarım aptalcaydı ve şimdi senin sevgiyle dopdolu iki mektubun geldi. Onlara sözlü olarak cevap vereceğim, eğer benden veya çevremden kaynaklanan beklenmeyen bir şey olmadığı takdirde salı günü Viyana'da olacağım. Bugünden seni nerede bekleyeceğimi söylemem çok iyi olurdu aslında (sanırım salı günü tatil, sana telgraf veya pnömatik mektup yollayacağım postane kapalı olabilir) ama yer ismini sana söylersem, ben salı günü oraya gelene kadar üç gün üç gece boyunca oranın bomboş olacağını düşünmek beni boğabilir. Dünyanın herhangi bir yerinde benim ihtiyacımı karşılayabilecek kadar çok sabır var mıdır Milena? Bana salı günü söyle bunu.

F.

VİYANA, 29 HAZİRAN 1920

M. Jesenská
Viyana VIII
Restant Posta
Benno Sokağı-Josefstad Caddesi Postanesi

Bu mektup büyük ihtimalle 12'den önce elinde olmayacak ama şu an saat 10 olduğuna göre kesinlikle o saate kadar eline geçmeyecek. Bu nedenle yarın sabaha kadar görüşemeyeceğiz -belki böylesi daha iyi, çünkü şu an gerçekten Viyana'dayım, Güney İstasyonu'nda bir kafede oturuyorum (bu ne biçim bir kakao, bu nasıl bir pasta, bunlarla mı yaşıyorsun?) ama tam olarak burada değilim, iki gecedir uyumadım, Güney İstasyonu'nda garajın yanındaki Otel Riva'da kaldığım odada üçüncü gece uyuyabilecek miyim bilmiyorum. Çarşamba günü seni saat 10'da otelin önünde bekleyeceğimden başka yazacak bir şey gelmiyor aklıma. Milena lütfen, bana yandan veya arkadan yaklaşarak sürpriz yapma, söz veriyorum ben de yapmayacağım. Bugün mümkün olduğu kadar kimseye görünmeden herhalde biraz gezeceğim. Lerchenfelder Caddesi,[65] postane, Güney İstasyonu Lerch Caddesi hattını, kömür satan kadını vs.

Seninim.

---

[65] Milena ve Ernst Pollak Lerchenderfer Caddesi 113 numaralı evde yaşıyorlardı. Kafka Milena'ya yolladığı mektupları Benno Sokağı'nın Josefstad Caddesi ile kesiştiği köşedeki postaneye postrestrant olarak yolluyordu.

PRAG, 4 TEMMUZ 1920
PAZAR

Milena, Milena, Milena bugün başka bir şey yazamıyorum. Ama yazacağım. Bugün Milena, endişe, bitkinlik ve sensizlik var (sonuncusu yarın da olacak). Nasıl yorgun olmam? -Hasta bir adama yılın bir çeyreğinde tatil yapmak üzere söz veriyorlar sonra dört gün izin hakkı tanıyorlar,[66] hem de salı ve pazar günlerinin bir bölümü yok, sabah ve akşamları da kırpıyorlar. Tamamen iyileşmemem normal değil mi? Haksız mıyım Milena? (Bakımsız bir yatakta, mutlu bir yorgunlukla derin uykudayken, yavaşça, uyku mahmurluğuyla sağdan sola, dudaklarıma doğru dönüyorken sol kulağına fısıldıyorum bunları).

*

Yolculuk? Başlangıçta çok zahmetsizdi, peronda hiç gazete mevcut değildi. Hemen geri dönmek için bir neden ama sen orada değildin, tamam öyle olsun. Tekrar trene bindim, hareket ettik, gazetemi okumaya başladım, hâlâ bir sorun yok, bir süre sonra okumayı bıraktım ama *birden artık orda olmadığını algıladım*, aslında oradaydın ve varlığını tüm benliğimle hissettim ama buradaki varlığın beraber geçirdiğimiz o dört gündeki varlıktan çok farklıydı ve artık ben buna alışmak zorundayım. Tekrar gazeteme geri dön-

---

[66] Kafka bu dört günü Milena ile Viyana'da geçirmişti.

düm, "Bahr'ın Günlüğü"[67] Tuna nehri üzerinde, Grein'in yakınlarındaki Bad Kreuzen'in tasviri ile başlıyordu. Sonra tekrar okumayı bırakıp dışarı baktığımda bir tren geçiyordu ve vagonunda Grein yazılıydı. Bakışlarımı tekrar kompartımana çevirdim. Karşımdaki adam *Ndrodni Listy'*nin geçen pazar baskısını okuyordu, Ruzena Jesenská'nın yazısı gözüme çarpınca, gazeteyi istedim, şöyle bir göz gezdirdim, koltuğa bıraktım ve istasyondan ayrılırken yüzündeki ifadeyle orada oturdum. Peronda meydana gelen şey daha önce hiç şahit olmadığım sıra dışı bir görüntüydü: Bulutların etkisi olmaksızın güneş ışığı kendi kendine karardı.

Daha başka ne söyleyebilirim? Boğazım ve ellerime söz geçiremiyorum.

Seninim

Yolculuğun geri kalanının inanılmaz hikâyesine yarın devam edeceğim.

---

[67] Herman Bahr (1863-1934), yazar, oyun yazarı, eleştirmen. Günlüklerini 1920 yılında yayınlamıştır.

PRAG, 4 TEMMUZ 1920
PAZAR, BİRAZ SONRA

Sana ekte yolladığım mektubu bir kurye getirdi (lütfen hemen aç, Max'tan geleni de), ivedilikle cevap bekliyor, saat 9'da orada olacağımı bildirdim. Ne söylemem gerektiği gayet açık ama nasıl söyleyeceğimi bilmiyorum. Aman Tanrım, şayet evli olsaydım, eve gelseydim ve kurye yerine karşımda bir yatak bulsaydım, Viyana'ya giden bir yer altı geçidim olmadan saklanmam imkânsız olurdu. Bunu kendime, önümdeki zorlukların ne kadar kolay olduğuna inandırmak için söylüyorum.

Seninim

Bu mektubu[68] sana onun evinin önünde bir aşağı bir yukarı dolaşırken yanımda olman için gönderiyorum.

---

[68] Julie Wohryzek'in Kafka'ya yolladığı ve onu hemen aynı gün görmek istediğini belirten mektubu.

PRAG, 4-5TEMMUZ 1920
PAZAR, 11.30

3)
Hiç değilse numaralandırıyorum
Bu mektupları, birini bile
Kaybetmemen için, aynen
Benim seni kaybetmediğim gibi
O küçük parkta

Her şey çok açık olmasına ve benim de çok açık olarak anlatmama rağmen sonuç yok. Detaylara girmeyeceğim, sadece şunu söyleyeyim sana veya bana, kızgınlığını belli edecek tek söz bile etmedi. Hiç lafımı sakınmadım, sevecenlik bile göstermedim. Ona gerçeğe uygun olarak söyleyebildiğim tek şey, onunla benim aramda hiçbir şeyin değişmediği, değişmesinin de çok zor olduğu, sadece -yeter, bu iğrenç bir şey, ancak bir cellât yapabilir, ben değil. Bir tek şu var Milena, eğer ciddi bir şekilde hastalanırsa (çok kötü görünüyordu, tamamıyla ümitsizdi, yarın öğleden sonra onu tekrar görmem gerekiyor) -eğer hastalanırsa, eğer ona bir şey olursa artık yapabileceğim bir şey yok, zira ona sadece gerçeği söylemek zorundayım, bu yalnızca gerçek değil, gerçekten de öte bir şey, onun yanında dolaşırken senin içinde parçalandığımı (senle bütünleştiğimi veya sende dağıldığımı) hissediyorum- sonuç olarak, eğer bir şey olursa buraya gelmek zorundasın Milena.

F.

Ne kadar aptalca, aynı sıkıntı nedeniyle tabi ki gelemezsin.

*

Yarın babama yazdığım mektubu evine yollayacağım, lütfen iyi sakla, ileride bir gün gene babama vermek isteyebilirim. Şayet mümkünse başka birisinin okumasına izin verme. Okurken avukatların dalaverelerini kavramaya çalış, ne de olsa bir avukat mektubu bu. Ve okurken senin meşhur "bununla birlikte" sözünü aklından çıkartma.

*

PAZARTESİ SABAH

Sana bugün Fakir Çalgıcı'yı[69] gönderiyorum, benim için şu anda çok anlam ifade etmese de, bir zamanlar etmişti. Bilakis öylesine Viyana diliyle yazılmış, öylesine ahenksiz, iç karartıcı olduğu, Halk Bahçesi'nde bize baktığı için, (bize! Yanımda yürüyordun, bir düşünsene, yanımdaydın) öylesine bürokratik olduğu ve işini iyi yapan bir kızı sevdiği için.

---

69 Alman Avusturyalı tiyatro yazarı Franz Grillparzer'in (1791-1872) eseri.

PRAG, 5 TEMMUZ 1920
PAZARTESİ SABAHI

4) Önce cuma günü ilk yazdığın mektubu, hemen arkasından da cuma gecesi yazdığını aldım. İlk mektup oldukça hüzünlüydü -istasyondaki hüzünlü yüzün gibi- aslında mektubun içeriği hüzünlü değildi, mektubun eski, zamanının geçmiş olmasından kaynaklanıyordu: O ormanda, kenar sokaklarda yaptığımız yürüyüşler, gezintimiz. Asla, hiçbir zaman unutulmayacak birlikte yaptığımız o gezinti, taşlı yol boyunca aşağıdan yukarıya doğru o yaptığımız yürüyüş, akşam güneşi altında bulvardan geri dönüşümüz, asla silinmeyecek, yine de silinmeyeceğini söylemek aptalca bir şaka olurdu. Dokümanlar oraya buraya dağılmış vaziyetteler, okuduğum birkaç tane mektup, müdürle birbirimize gönderdiğimiz selamlaşma mesajları (hâlâ işsiz kalmamışım), diğer arkadaşlarımın gönderdikleri ve tüm bunlara eşlik eden kulağımdaki küçük çanın çınlaması: "O artık yanında değil", tabi bir de cennette bir yerlerde çalan daha büyük bir çan var. "Seni bırakmayacak" diyor ama küçük çanın çınlaması sürekli kulağımda. Ve bir de akşam mektubu, göğsümün soluk alıp verebilmek için nasıl bu kadar daralıp genişleyebildiğini anlayamıyorum, neden bu kadar uzaktasın anlayamıyorum.

Ama yine de şikâyet etmiyorum, tüm bunlar da şikâyet değil, zaten bana verdiğin söz var.

*

Şimdi yolculuğumun detaylarını anlatacağım, acaba sonrasında bana sen melek değilsin der misin? Avusturya vizemin süresinin iki ay önce hukuken (ve mecazi olarak) bittiğinin uzun süredir farkındaydım ama Meran'da transit geçişler için vizeye ihtiyacım olmadığını söylemişlerdi ve gerçekten Avusturya sınırını geçerken hiçbir sorunla karşılaşmamıştım. Sorun yaşamayınca Viyana'dayken bu sorunu ihmal ettim. Ama Gmünd pasaport kontrolündeki memur -genç ama katı birisi- hatayı hemen fark etti. Pasaport bir kenara koyuldu, ben hariç herkes pasaport kontrolünden geçti. Bu durum yeterince kötüydü (Sürekli olarak dikkatimi dağıtıyorlar, sonuçta döndükten sonraki ilk günüm, iş dedikodularını dinlemek zorunda değilim, en azından şu an, insanlar sürekli geliyorlar ve beni senden uzak tutmaya çalışıyorlar ama başaramayacaklar, hiç kimse hiçbir zaman, değil mi Milena?) İşte bu durumdaydım ama sonra sen devreye girdin. Bir sınır polisi -iyi niyetli, açık sözlü, Avusturyalı, alakalı, samimi- geldi, merdivenler ve koridorlarda refakat ederek beni başmüfettişliğe götürdü. İçeride pasaporttaki benzer bir eksiklik nedeniyle Romanyalı Yahudi bir kadın bekliyordu, oda Yahudiler'in koruyucu meleğinin, yani senin, dostane elçilerinden birisi. Ama karşıt güçler hâlâ daha güçlüydüler. İri yapılı komiser ve onun ufak tefek muavini (her ikisi de sarımtırak, zayıf, asık suratlı en azından o anda) pasaporta el koymuşlardı. Komiser "Viyana'ya dönün polis merkezinden vize alın" diyerek hemen kararını bildirdi. "Bu benim için çok kötü" diyerek üst üste tekrar etmekten başka hiçbir şey yapamadım. Müfettiş de kızgınlık ve biraz da kinaye ile "O sizin görüşünüz" diyerek birkaç kez cevabını tekrarladı. "Vizeyi telgrafla almak mümkün değil mi?" "Hayır." "Bütün masraflarını ödesem bile mi?" "Hayır." "Burada daha yetkili bir makam yok mu?" "Hayır." Sıkıntımı gören ve fevkalade bir şekilde sakin kalan kadın müfettişten en azından benim geçmeme izin vermesini rica etti. Güçlerin yetersiz Milena, beni bu şekilde kurtaramazsın. Pasaport kontrol noktasına kadar bütün yolu geri yürümek ve valizimi almak zorundayım, bugün buradan ayrılamayacağım konusunda şüphe yok. Şimdi müfettişin odasında hep beraber oturuyoruz, sınır polisinin biletlerin süresinin uzatılabileceğini söylemesi dışında beni teselli edebileceği fazla bir şey yok, müfettiş son sözünü söyleyip özel odasına geçti, sadece minyon yardımcısı orada kaldı. Düşünüyorum: Viyana'ya bir sonraki tren gece saat 10'da kalkıyor, Viyana'ya sabaha doğru saat 2.30'da ulaşıyor. Bütün vücudum hâlâ Riva Oteli'ndeki böceklerin ısırıklarıyla kaplı, acaba Franz Josef İstasyonu'ndaki otelim nasıl olacak? Ama odam olmayacağı için Lerchenfelder Caddesi'ne giderim (evet sabah saat 2.30'da) ve bir oda isterim (evet sabah 5'te). Ama her ne olursa olsun pazartesi günü vizeyi almam lazım (hemen alabilecek miyim yoksa salı gününe kadar beklemem mi gerekecek?), sonra senin evine gider, kapıda sana sürpriz yaparım. Aman Tanrım. Endişelerime burada ara veriyorum ama sonra devam ettiriyorum: Böyle bir gece ve yolculuk sonrasında kim bilir ne durumda olacağım, akşam tekrar on altı saatlik bir yolculuk için tekrar trene binmem gerekecek, Prag'a inince halim ne olacak, hastalığım için tekrar izin isteyince acaba müdür ne tepki verecek? Eminim tüm bunların olmasını istemezsin ama gerçekten ne istiyorsun bir bilsem? Başka yolu yok, bana biraz rahatlama sağlayacak çözüm olarak geceyi Gmünd'de geçirerek Viyana'ya hareket etmek için sabaha kadar beklemeyi düşünerek ve sonra tükenmiş bir şekilde, sessiz müfettiş yardımcısına sabah Viyana'ya gidecek tren olup olmadığını soruyorum. Sabah 5.30'da kalkıp 11'de Viyana'ya ulaşan bir tren var. Çok iyi, bu trene bineceğim, Romen kadın da benimle gelecek. Ama birdenbire konuşmanın yönü değişiyor, nasıl oldu bilmiyorum besbelli ki komiser yardımcısı bize yardım etmeye çalışıyor. Eğer geceyi Gmünd'de geçirirsek, ertesi sabah ofisinde yalnız olduğu zaman bizi gizlice Prag'a giden banliyö trene bindirecek ve öğleden sonra saat 4'te Prag'da olabilecektik. Ama müfettişe sabah Viyana'ya giden trene bineceğimizi söyleyecektik, mükemmel. Aslında kısmen mükemmel, çünkü hâlâ Prag'a telgraf çekmek zorundayım ama hiç yoktan iyidir. Müfettiş geliyor, Viyana'ya gidecek sabah treniyle ilgili oyunumuzu oynuyoruz, sonra müfettiş yardımcısı bizi gönderiyor, akşam planın geri kalan detaylarını konuşmak üzere kendisini ziyaret etmemiz gerekiyor. Benim gaflet içerisindeki zihnime göre tüm bunları sen sağlıyorsun ama aslında karşı güçlerin son saldırısı bu. Ve kadınla ben yavaş yavaş istasyondan ayrılıyoruz (bizi götürmesi beklenen tren hâlâ bekliyor, gümrük kontrolü uzun sürmüş). Şehir ne kadar uzaklıktaydı? Bir saat. Bir de bu var. Ama istasyonda iki tane otel olduğu ortaya çıktı, bunlardan birisine gideceğiz.

Otelin yanından geçen bir tren yolu var, tren yolundan karşıya geçmek zorundayız ve bir yük treni geliyor. Tren gelmeden rayları geçmek için acele ediyorum ama kadın beni arkamdan çekiyor ve beklemek zorunda kalıyoruz. Şansızlığımız hâlâ devam ediyor diye düşünüyoruz. Ama işte dönüm noktası olan bu bekleme anı olmasaydı pazar günü Prag'da olmayı başaramayacaktım. Batı İstasyonu'ndaki tüm otelleri bir aşağı bir yukarı dolaştığın gibi, cennetin bütün kapılarını aynı şekilde dolaşıp benim yolumu açıyorsun, zira senin temsilcin polis memuru epey uzaktan bize koşarak nefes nefese bağırdı: "Çabuk geri dönün, müfettiş geçmenize izin verdi!" Bu mümkün mü? Böyle durumlarda duygu yoğunluğundan insanın boğazı düğümleniyor. Polis memuruna bahşiş verebilmek için en az on kez yalvarmak durumunda kaldık. Ama şimdi geri dönüp, müfettişin ofisinden bagajlarımızı almalı, pasaport kontrolüne, sonra da gümrük kontrolüne yetişmeliyiz. Ama sen zaten bütün sorunları çözmüşsün; bagajımı artık taşıyamıyorum -şans eseri yanımda bir hamal beliriyor, pasaport kontrolünde büyük bir kalabalıkla karşılaşıyorum- polis benim için yolu açıyor, gümrükte kutu içindeki altın kol düğmelerimi kaybettim -bir görevli buluyor ve bana teslim ediyor. Trene biniyoruz ve hemen hareket ediyoruz, nihayet yüzümdeki ve göğsümdeki teri silebiliyorum. Daima benimle ol.

F.

PRAG, 5 TEMMUZ 1920
PAZARTESİ SABAHI

5) Galiba

Doğal olarak uyumam gerekiyor, gece saat 1, bu mektubu sana daha önce yazacaktım, ama kız ve kızla ilgili endişelerim nedeniyle daha önce görüşemediğim ama görüşmeyi çok arzu ettiğim Max geldi. Yaklaşık akşam saat 8.30'a kadar kızla birlikteydim, Max 9'da geleceğini söylemişti, saat 12.30'a kadar Max'la etrafta dolaştık. Düşün mektuplarımda o kadar açık olmasına rağmen bahsettiğim kişinin sen, sen, senin olduğunu -burada yazmaya biraz ara veriyorum- fark etmemiş, bugüne kadar adını bilmiyormuş (karısı mektupları okuyabilir diye düşündüğümden aslında adını açık açık yazmamıştım). Ve gelelim yalanlarımdan bir diğerine, ikincisi: bana bir defasında şok içerisinde Reiner mevzusunda ~~Mile~~ ("Max" yazacaktım ama Milena yazdım yanlışlıkla ve üstünü çizdim, beni bunun için kınama, beni bunun için kınama, çok üzgünüm, ağlamak istiyorum) Max'ın mektubunun bir uyarı olup olmadığı konusundaki düşüncemi sormuştun. Bir uyarı olduğunu düşünmemiş sadece metne eşlik eden bir müzik gibi değerlendirmiştim. Ama senin bu kadar korkuya kapıldığını görünce herhangi bir bağlantı olduğunu reddederek, kasıtlı olarak sana yalan söyledim (bir şeyler yapmam gerekiyordu, fare soyunun korkmuş bir üyesi kendi kendini kemirmeye başlamıştı). Gerçekte de hiçbir bağlantı olmadığı ortaya çıktı ama ben bunu bilmediğim için sana yalan söylemiş oldum.

Sayfa Sonu Notu: Her şeye rağmen, mutluluktan ölünebiliyorsa, o zaman kesinlikle bu şekilde öleceğim. Ayrıca, ölüm döşeğindeki birisi, mutluluk sayesinde hayata tutunabiliyorsa o zaman ben de hayatta kalacağım.

Kız konusunda ise, sana yazmasına izin vererek bana yüksek bir bedel ödetince tabi ki bugün daha iyiydi. Bunu yaptığım için üzgünüm. Bugün postaneden sana yolladığım telgraf seninle ilgili endişelerimi gösteriyordu: "Kız sana yazıyor, lütfen kibarca cevap yaz" ve -buraya "çok" yazmak isterdim- "sert olsun lütfen beni yüzüstü bırakma" Genel olarak bugün her şey daha iyiydi, gayet sakin bir şekilde bahsetmek için kendimi zorladım, kaygı verici bir ortam yoktu. Ama asıl mesele konuşulmaya başlayınca (Karlsplatz'da benim yanımdayken dakikalarca tüm vücudu titredi), söyleyebildiğim tek şey senin yanındayken her şeyin -her ne kadar değişmese bile- görünmez ve değersiz olduğuydu. Elimi koluma bağlayan son kozunu oynadı: "Seni bırakmam, ama sen beni gönderirsen o zaman giderim. Beni gönderecek misin?" (Bunları sana söylerken övünmek dışında başka kötü bir durum daha var, seni kaybetmekten korktuğum için yazıyorum. Seni kaybetmek korkusu bana neler yaptırmazdı ki. Ne kadar değişik türde korku türleri var gördün mü?) "Evet" diye cevap verdim. Bunun üzerine "Ama ben gerçekten de gidemem" dedi. Sonra zavallı kızcağız, bu durumu aklının hiç almadığını, senin kocanı sevdiğini ve buna rağmen gizlice hâlâ benimle görüşmeye devam ettiğin gibi boyundan büyük laflar etti. Dürüst olmak gerekirse, senin hakkında öyle kötü sözler söyledi ki bunun üzerine ona vurmak istedim, vurmalıydım da ama en azından içindeki kederi dökmesi için ona izin vermeliydim. Sana yazmak istediğini söyledi, bana birkaç gece uykusuna mal olacağını bilmeme rağmen onunla ilgili kaygılarım -ve sana olan sonsuz güvenim-nedeniyle kabul ettim.

Verdiğim iznin onu rahatlatmış olması açıkça beni rahatsız etti. Kibar ama sert ol, hatta kibarlıktan daha fazla sertlik göster, neler söylüyorum ben, ne yazarsan yaz en iyisini yazacağını biliyorum. Üzüntüsü nedeniyle sinsice bazı şeyler yazıp seni bana karşı kışkırtmasından korkmam sana karşı saygısızlık değil mi? Tabii ki saygısızlık ama bu korku tüm bütün bedenimi yiyip bitiriyorsa ne yapabilirim? Aslında sana mektup yazmasına izin vermemeliydim. Yarın tatil (Hus)[70] ve ben onunla tekrar buluşacağım, öğleden sonra onunla bir yere gitmem için çok yalvardı, eğer buluşursam bu hafta onun bir daha görmek zorunda kalmayacağımı söyledi. Eğer yollamadıysa belki onu mektup yazmaması için ikna edebilirim. Ama diğer yandan kendi kendime şöyle telkin ediyorum: Belki bir açıklama bekliyor, belki senin samimi ama etkili sözlerin onu tamamıyla sakinleştirecek, belki -şimdilik kafamdaki düşünceler bu yönde şekilleniyor- senin mektubundan önce her şeyi kabullenecek.

Franz

Sayfa Sonu Notu: Ona sana mektup yazması için izin vermemin diğer bir sebebi, bana gönderdiğin mektupları görmek istedi. Ama bunu yapamazdım.

---

[70] Çekoslovakya I. Cumhuriyet Dönemi'nde, Protestanlığın önemli isimlerinden Jan Hus'un Konstanz'da yakılmasını anmak amacıyla kutlanan resmi bayram.

PRAG, 6 TEMMUZ 1920
SALI SABAHI

Benim için biraz olumsuz bir durum: Yaşlı (Madrid'de yaşayan, gerçekten çok düşkün olduğum ve uzun süredir görmediğim) dayımın[71] yarın akşam geleceğini bildiren bir telgraf aldım. Olumsuz bir durum çünkü zamanımı alacak ve benim seni düşünmek ve solumak için, sahip olduğum tüm zamana her zamankinden bin kez daha fazla ihtiyacım var. Oturduğum yer beni rahatsız ediyor, geceler beni huzursuz ediyor, keşke daha farklı bir yerde olabilseydim. Birçok şeyin daha farklı olmasını, büronun da hiç mevcut olmamasını isterdim. Ama sanırım gelecekle ilgili isteklerim tamamıyla sana ait olan olduğu için yüzüme vurulmasını hak ediyorum.

*

Artık Laurin'e[72] gidebilir miyim? Örneğin Pick'i[73] tanıyor. Böylece Viyana'da olduğumun ortaya çıkmasını kolaylaştırmayacak mı? Bana bu konudaki düşünceni yaz.

*

Max, Pribram'ın[74] sanatoryumdaki durumuyla ilgili verdiğin haberden dolayı çok üzgün, daha önce onun için

---

[71] Alfred Löwy (1852-1923), Madrid'de demiryolları müdürüydü.
[72] Arne Laurin, (Arnost Lustig, 1889-1945) *Tribuna*'nın baş editörü.
[73] Otto Pick (1887-1940), şair, çevirmen, eleştirmen ve Kafka'nın arkadaşı.

yapmış olduğu şeyleri akılsızca bozduğu için suçluyor kendini. Üstelik şu an yetkililerle ilişkisi o kadar iyi ki gerekli olan her şeyi hiçbir zorlukla karşılaşmadan sağlayabilecek durumda. Senden Pribram'a yapılan haksızlıkla ilgili söylenebilecek şeyleri acil olarak özetlemeni rica ediyor. Fırsatın olduğu zaman mümkünse bu kısa özeti bana gönder (Rus'un adı Sprach).

*

Her nedense bu kalabalık dünyanın içerisinde bizi ama sadece bizi alakadar eden hususlar dışında başka hiçbir şey yazamıyorum. Bunlardan başka her şey bana yabancı. Yanlış! Yanlış! Ama başımı dizlerine koymuşum ve konuşamıyorum.

*

Viyana ağzımızda acı bir tat bıraktı, söyleyebilir miyim bunu? Ormanda, tepede -sanırım ikinci gündü- şöyle bir şey söylemiştin: "Salonda yapılan kavga fazla uzun sürmez." Ve şimdi Meran'a yolladığın son iki mektubunda hastalığını yazmışsın. Bu iki şey arasında çıkış yolunu nasıl bulacağım. Bunu kıskançlıkla söylemiyorum Milena, kıskanmıyorum. Ya dünya çok küçük veya bizler oldukça büyüğüz ve her halükârda tümüyle dolduruyoruz dünyayı. Kimi kıskanacağım ben?

---

[74] Avusturyalı ekonomist Larl Pribram (1887-1973) ve kardeşi Ewald Kafka'nın eski arkadaşlarıdır. Karl Veleslavin Sanatoryumu'ndan hasta olarak yatmıştır (Bkn. Milena'nın 21 Temmuz 1920 tarihli mektubu, sayfa 377).

PRAG, 6 TEMMUZ 1920
SALI AKŞAMI

7)

Görüyorsun Milena, mektubu ben kendi elimle gönderiyorum, içinde ne yazdığı konusunda da en ufak bir fikrim yok. Olay şu şekilde gelişti: Bu öğleden sonra saat 3.30'da onu evinin önünde bekleyeceğime söz vermiştim. Buharlı gemiyle gezecektik ama dün gece çok geç yattım ve hemen hemen hiç uyumadım ve bu nedenle sabah ona pnömatik postayla öğleden sonra uyumam gerektiğini ve saat 6'da gelebileceğimi bildiren mesaj yolladım. Telgraf veya mektubun garantisinin olmadığı, gecikebileceği tedirginliği ile "üzerinde tartışmadan mektubu Viyana'ya gönderme" diye ekledim. Fakat bu sabah erkenden mektubu yarım akılla yazmış -ne yazdığını da söyleyemiyor- ve hemen posta kutusuna atmış. Benim mektubumu alır almaz zavallı kızcağız panik içerisinde merkez postaneye koşuyor, bir şekilde mektubu durduruyor ve o sevinçle cebindeki bütün parayı posta görevlisine veriyor -sonradan verdiği paranın miktarını fark edince şok oluyor- ve akşam mektubu bana getiriyor. Şimdi ne yapmalıyım? Her şeye karşın, arzuladığım hızlı ve herkesi mutlu edecek çözüm bu mektuba ve senin vereceğin cevaba bağlı: İtiraf ediyorum saçma sapan bir beklenti ama tek umudum bu. Eğer mektubu şimdi açıp okursam birincisi ona öfkeleneceğim, sonra da mektubu sana göndermem mümkün olmayacak. Bu nedenle onu açmadan, tamamıyla senin ellerine bırakıyorum, tıpkı kendimi bu ellere bırakmış olduğum gibi.

Prag'da hava biraz kasvetli, henüz bir mektup da almadım, içim biraz daraldı. Elbette hemen bu mektubun cevabının gelmesi zaten imkânsız ama gel bunu kalbime anlat.

F.

Kızın Adresi
Julie Wohryzek
Prag II
Na Smeckach 6

PRAG, 6 TEMMUZ 1920
SALI DAHA SONRA

8)

Mektubu atmıştım ki hemen aklıma geldi: Senden bunu nasıl isteyebildim? Her şeyden önce, bu durum için uygun ve zorunlu şeyleri yapmak benim yükümlülüğüm iken hiç tanımadığın birisine böyle bir cevabı yazmak ve ona güvenmek imkânsız olmalı. Mektup ve telgraflar için beni affet Milena, senden ayrı olmanın ben de yarattığı tahribata ver, cevap yazmasan da hiçbir sorun yok. Başka bir çözüm bulacağım, bu konuyu dert etme. Ancak bu yürüyüşler beni bitap düşürdü, bugün Vysehrader Escarpment'ın yukarılarına kadar yürüdüm. Ayrıca dayım yarın geliyor, kendime ayıracak fazla vaktim olmayacak.

Hadi daha iyi mevzulardan bahsedeyim: Viyana'dayken çok güzel giyindiğin gün, her yönüyle benzersiz giyindiğin gün hangisiydi hatırlıyor musun? Hiç tartışmasız pazar günüydü.

PRAG, 7 TEMMUZ 1920
ÇARŞAMBA AKŞAMI

9)

Yeni evim[75] münasebetiyle çok alelacele birkaç cümle yazıyorum, alelacele çünkü saat 10'da Frankfurt'tan ailem, saat 12'de de Paris'ten dayım gelecek ve hepsi de kendilerini karşılamamı istiyor. Yeni bir ev, şöyle ki dayıma kalacak yer sağlayabilmek için şu an Marienbad'da olan kız kardeşimin boş evine taşındım. Boş ve geniş bir ev, ne kadar mükemmel, biraz cadde gürültülü ama bundan iyisi can sağlığı. Sana yazmak durumundayım Milena, çünkü sana yazdığım son mektuptaki şikâyetlerimden (en kötüsünü bu sabah utancımdan yırttım, düşün senden hâlâ haber alamadım, mektupların ulaşmadığını söylemek aptalca olur -posta hizmetiyle bir sorunum yok ki-) seninle ilgili şüphelerim olduğu, seni kaybetmekten korktuğum sonucuna varabilirsin. Hayır, seninle ilgili hiçbir şüphem yok. Sana güvenim tam olmasa bana bu kadar yakın olabilir miydin? Böyle hissetmemin nedeni kısa fiziksel birlikteliğimiz ve aniden birbirimizden ayrılmamızdı. (Neden pazar günü olmak zorundaydı? Neden saat 7'de? Neden bütün bunlar?) Bütün bu olan bitenler çok karmakarışık. Beni affet. Bu gece yatağına gittiğinde, benden sana iyi geceler dileği olarak ben ve benim tüm varlığım sana su gibi aksın ki ben çok mutlu hissedeyim.

---

[75] Kafka en büyük ablası Elli'nin evinde kalıyordu.

PRAG, 8 TEMMUZ 1920
PERŞEMBE SABAH ERKEN

10)

Cadde gürültülü, bir de üstüne karşı çaprazda devam eden bir inşaat var, tam karşımda Rus Kilisesi[76] değil, içi insanlarla dolu evler var. Ama yine de bir odada yalnız olmak yaşamak için vazgeçilmez bir unsursa, bir evde yalnız olmak *-şu an benim için geçici-* mutluluğun vazgeçilmez unsurudur (aslında unsurlarından birisidir çünkü yaşamıyorsam, huzur içerisinde barınabileceğim bir vatanım yoksa evin ne faydası var? -kökenini kimden aldığı belli olmayan iki tane parlak, mavi göz gibi). Ama görüldüğü üzere ev mutluluğumun bir parçası, her şey sessiz: Banyo, mutfak, salon, diğer üç oda -toplu yaşanan evlerdeki gibi gürültü, cinsel şehvet, bedenlerin ahlaksız talepleri, daha fazla bastırılamayan arzu ve istekler, her kuytu köşede, her mobilya arkasında uygunsuz, gelişi güzel şeylerin, yasak ilişkilerin yaşandığı, gayrimeşru çocukların dünyaya getirildiği, bütün bunların sürekli, vahşice, sabaha kadar, insanı nefessiz bırakan bir izdihamla her cumartesi yaşandığı gibi bir ev değil, senin mahallendeki sessiz, sakin pazar günlerinin yaşandığı yer gibi bir ev burası.

*

[76] Kafka'nın ailesinin evindeki odasının karşısında yer alan St. Nicholas Kilisesi.

Kız kardeşim bana kahvaltı getirmek için (ben zaten eve gideceğim için aslında hiç gerek yoktu) o kadar uzun yoldan gelmiş, beni gömüldüğüm bu mektup ve ıssızlıktan çekip çıkarmak için birkaç dakika zili çalmak zorunda kalmış.

Elbette ev sadece bana ait değil, yaz boyunca eniştem de duruma göre sürekli gidip gelecek.

PRAG, 8 TEMMUZ 1920
PERŞEMBE SABAH

11)

Sonunda mektubun geldi. Asıl konuyla ilgili alelacele bir şeyler yazıyorum, her şeye rağmen bu acele nedeniyle yapacağım hatalardan daha sonra pişman olabilirim ama yine de yazıyorum: Birbirimizden bağımsız olarak yaşadığımız ilişkiler sonucunda ortaya çıkan üçümüzün bu durumuyla ilgili bir durumla daha önce karşılaşmadım. Dolayısıyla bu konuyu diğer bazı olaylardan edindiğimiz tecrübeler ile daha sevimsiz hale getirmemeliyiz (iki kişi, üç kişi ile ilgili ölümler, eziyetler, ortadan yok olmalar). Onun (kocanın) arkadaşı değilim, bir arkadaşıma ihanet etmiş de değilim ama sıradan bir tanıdığı olduğum da söylenemez, tam tersine onunla sağlam bir bağım var ve bazı yönlerden bir arkadaştan da öteyim. Ne söylersen söyle onu seviyorsun bu nedenle sen de ona ihanet etmiş sayılmazsın, bir araya gelirsek ki geleceğiz (omuzlarına teşekkür ederim), o zaman bu başka bir boyutta, onun hükümranlık alanının dışında olacak. Bu nedenle, bu saklanması gereken sadece ikimize ait bir ilişki değil, azap, endişe, acı ve üzüntü kaynağı da değil -mektubun kısmen de olsa şu ana kadar keyfini sürdüğüm beraberliğimizin bana verdiği huzuru tamamıyla yok ederek, beni epey sarstı ve belki Meran'da yaşamış olduğum karışıklığın içerisine beni tekrar sürükleyecek, her ne kadar böyle bir karışıklığa girmemin önünde ciddi engeller olsa da. Üçümüzle alakalı gayet açık seçik-apaçık ve anlaşılır bir durum bu -sen bir süre daha sessizliğini sürdürsen bile. Ben de bütün ihtimalleri enine boyuna irdelemeye kesinlikle karşıyım (karşıyım çünkü sana sahibim ama yalnız olsaydım bu konuyu uzun uzun düşünmeme kimse engel olamazdı) çünkü bu şekilde irdelemekle insan gelecekte yapacağı savaşa bugünden giriyor -böyle yıkılmış bir temel istikbaldeki evin ağırlığına nasıl dayanacak?

Artık daha fazla bir şey söyleyemiyorum, üç gündür büroya geliyorum ama bir kelime bile yazamadım, belki şimdi yazmayı beceririm. Mektubu sana yazarken bu esnada Max uğradı, o konudan bahsetmeyerek sessizliğiyle güven verdi, kız kardeşim, ailem, kız, onun dışındaki herkes Linz üzerinden geldiğimi zannediyor.

F.

Sana biraz para gönderebilir miyim? Belki Laurin kanalıyla, ona, bana Viyana'dayken borç verdiğini söylerim, sana parayı tercüme ücretinle birlikte gönderir. Bu arada korkuyla ilgili olarak yazmaya söz verdiğin şey beni biraz korkutuyor.

PRAG, 9 TEMMUZ 1920
CUMA

Tüm bu yazışmalar bana faydasız görünüyor, gerçekten faydasız. Belki benim için yapılabilecek en iyi şey Viyana'ya gidip seni alıp getirmek. Sen istemesen bile bunu yapabilirim. Aslında birbirinden güzel sadece iki seçenek var, ya Prag'a geleceksin ya da Libesic'e. Eski Yahudi adetlerinden kalma güvensizlik beni dün Jilovski'ye[77] kadar götürdü, Libesec'e gitmeden hemen önce yakaladım onu, Satasa'ya yazdığım mektup elindeydi. Mükemmel bir insan, keyifli, dürüst, zeki, hemen koluna giriyor, her şeyi şevkle yapıyor, her şeye hazır, her konuda anlayışlı ve daha birçok niteliği var. Karısıyla birlikte önce Brno'ya Florian'ı[78] görmeye, oradan da senin yanına Viyana'ya gelmeyi düşünüyorlardı. Bugün öğleden sonra Prag'a geliyor, Stasa'nın cevabını getirecek, onunla 3'te buluşacağım, sana daha sonra telgraf çekerim. On birinci mektubumdaki saçmalıklardan dolayı beni bağışla, yırt at onları, şu an daha büyük ve daha güzel olan hakikatin zamanı. Şimdi korkulması gereken yegâne şey -bence-senin kocana olan sevgin. Mektubunda belirttiğin yeni vazife kesinlikle zor görünüyor ama sana olan yakınlığımın bana verdiği gücü göz ardı etme. Bu günlerde uyuyamıyorum ama dün akşam iki

---

77 Rudolf Jilovsky (1890-1954) Milena'nın arkadaşı Stasa'nın kocası. Kafka'nın Libesec'den kast ettiği Stasa'nın evini bulunduğu Libcice'dir.

78 Josef Florian (1873-1941), özellikle dinsel konulu eserlere ağırlık veren, meşhur bir yayıncıdır. 1929 yılında Ludvik Vrana ve Frantisek Pastor'un çevirisiyle Kafka'nın "Dönüşüm" adlı romanını Çekçe yayınlamıştır.

mektubunla karşılaştığım anda (tesadüfen Max da oradaydı, bu bence hiç de iyi olmadı, sonuçta benim için tamamıyla özel bir konu -ah zavallı Milena, kıskanç olmayan adamın kıskançlığa başlıyor) göre daha sakinim. Bugün yolladığın telgraf da bana bir şekilde güven verdi. Artık kocan için üzülüyorum -en azından şimdilik- ama çok abartılacak kadar değil. Çok büyük bir görev üstlendi, büyük bir bölümünü (belki tümünü) dürüstçe tamamladı ama artık daha fazlasını yapamaz gibi geliyor, gücü olmadığından değil (onunla karşılaştırıldığında benim ne gücüm var ki) bugüne kadar meydana gelen şeylerden çok yıprandığı için, altında çok ezildiği için ve böyle bir görevin gerektirdiği dikkati kaybettiği için. Belki de bu durum onun biraz soluk almasını sağlar. Neden ona yazmamalıyım?

PRAG, 9 TEMMUZ 1920
CUMA

Stasa'nın mektubuyla ilgili birkaç kelime yazmak istiyorum: Özünde çok nazik biri olan dayım şu an biraz huysuz ve beni bekliyor. Stasa'nın mektubu gerçekten çok samimi ve dostça ama küçük bir kusuru var, belki şekilsel bir kusur (bu tür kusurları olmayan mektupların daha samimi olduğunu vurgulamak istemiyorum, belki tam tersi geçerlidir), yani ya bir şeyler eksik ya da içinde gereksiz şekilde çok fazla şey var. Belki eşinden aldığı algılama becerisinden dolayıdır, zira eşi dün tesadüfen benimle aynı şekilde konuşmuştu, buna karşılık bugün dünkü güvensizliğim nedeniyle özür dilemek ve içimi biraz dökmek için gittiğimde, elimde Stasa'nın mektubu ve pazartesi günü Stasa ile randevumuzu bahane ederek, oldukça nazik bir şekilde beni geçiştirdi Ama ben niye gerçekten nazik bu insanlar aleyhinde konuşuyorum? Kıskançlık, evet tamamıyla kıskançlık, ama söz veriyorum seni bununla sıkmayacağım, kendimi, ama sadece kendimi. Yine de mektupta açıkça bir yanlış anlamanın olduğu görülüyor, sen bu konuda ne Stasa'nın tavsiyesini ne de onun kocanla konuşmasını istememiştin, senin en çok arzu ettiğin şey, bunlarla kıyaslanmayacak kadar önemli bir husus olan, onun senin yanında olmasıydı. Ben öyle hissettim. Para konusu da önemli değil, zaten dün kocasına anlattım. Pazartesi günü Stasa ile de konuşacağım (ayrıca Jilovksi'nin haklı bir gerekçesi var bugün, bir iş görüşmesinin ortasındaydı, Pittermann[79] ve Franc Futurista[80] da ile aynı masada oturuyor ve sabırsızlıkla yeni kabare ile ilgili toplantının başlamasını bekliyorlardı). Bana her şeyi yaptırabilecek Stasa'nın mektubundaki "Kafka ile yaşamak ifadesi" nedeniyle, eğer gerçekten dayım beklemiyor olsaydı bu mektubu yırtar ve yeni bir mektup yazardım.

Umarım senden bugün haber alırım. Elindekilerin kıymetini bilmeyen bir kapitalist gibiyim. Bu öğleden sonra ofiste, sonuçsuz olacağını bile bile senden haber gelip gelmediğini sorarken, ben ayrıldıktan kısa süre sonra Meran'a gelen mektubunu getirdiler (tesadüfen Pribram'dan gelen kart da vardı yanında) -okumak biraz tuhaf geldi.

Senin

---

79 E. A. Pitterman (1885-1936) ünlü oyuncu, tiyatro yönetmeni ve Jaroslav Hasek'in yakın arkadaşı.

80 Franc Futurista (1881-1947) asıl adı Frantisek Fiala yönetmen ve komedyen.

PRAG, 10 TEMMUZ 1920
CUMARTESİ

14)

Bu kötü bir durum: Önceki gün iç karartıcı iki mektubun geldi, dün sadece telgraf (gerçekten güven tazeleyici olmasına rağmen biraz kopuk kopuktu -tüm telgraflarda olduğu gibi), ama bugün hiçbir şey yok. Mektupların açıkçası ferahlatıcı değildi -aslında tam tersine- ve içinde hemen tekrar yazacağın belirtilmişti ama yazmadın. Ve iki gece önce de sana acele telgraf yolladım yanında ücreti ödenmiş cevap isteği vardı ki cevabın çoktan gelmiş olmalıydı. Gönderdiğim metni tekrar yazıyorum: "Yapılması gereken en doğru şeydi, sakin ol, evin burası, Jilovski ve eşi bir hafta içersinde Viyana'da olacaklar. Parayı nasıl göndereyim?" Ama bir cevap gelmedi. "Viyana'ya git" dedim kendi kendime. "Ama Milena bunu istemiyor, kesin kararlı bu konuda. Gidersen bir karar vermek durumunda kalır, seni istemiyor, üzgün ve şüpheleri var, bu nedenle Stasa'yı istiyor." Tüm bunlara rağmen gitmeliyim ama iyi hissetmiyorum. Yine de rahatım, oldukça rahatım, son yılarda hiç olmadığım kadar rahatım, buna rağmen gün içersinde ve geceleri on beş dakika arayla öksürüyorum. Belki Prag'ın havasına alışma dönemi, belki de seni tanımadan gözlerinin içine bakmadan önceki Meran'daki karmakarışık zamanların tesiri nedeniyledir.

Viyana'da hava ne kadar kapandı. Halbuki o dört gün süresince muhteşemdi. Ben burada oturmuş, yazmayı bırakmış, yüzüm ellerimdeyken orada benim için neler tezgâhlanıyor acaba?

F.

Sonra oturduğum sandalyeden pencereye ve yağan yağmura baktım ve birçok ihtimal olabileceğini düşündüm: Hasta olabilirdin, yorgun, yatakta olabilirdin, Bayan Kohler[81] bunu öğrenip bana bildirirdi, o zaman -ilginç bir şekilde en açık, en doğal olasılık- kapı açılacak ve sen geleceksin.

---

81 Milena'nın arkadaşı Bayan Kohler Viyana'da küçük bir pansiyon işletiyordu. Pollak çiftinin Prag'dan gelen arkadaşları genellikle bu pansiyonda kalıyordu.

PRAG, 12 TEMMUZ 1920
PAZARTESİ

15)

En hafif deyimiyle son iki gün korkunçtu. Ama şimdi fark ediyorum, senin hiçbir hatan yokmuş, hain bir şeytan perşembe gününden bu yana gönderdiğin tüm mektuplarını engellemiş. Cuma günü sadece telgrafını aldım, cumartesi ve pazar hiçbir şey gelmedi, bugün dört mektubun, perşembe, cuma, cumartesi hepsi birden geçti elime. Cevap vermek için çok yorgunum, aşktan, kederden, çaresizlikle cebelleşmekten o kadar yorgunum ki bu dört mektupta benim için neler kalmış, seçip ayırmaya hiç mecalim yok. İnsan iki gece ve gündüzü uykusuz, anlamsız kuruntularla geçirince bencilleşiyor. Ama yine de, köyde geçen yıllar hariç, son yedi yıl süresince olduğumdan daha az sarsılmış haldeyim -bu senin verdiğin yaşam gücünden kaynaklanıyor Ana Milena.

Her ne olursa olsun, perşembe gecesi göndermiş olduğum yıldırım telgrafa neden cevap alamadığıma hâlâ aklım ermiyor. Sonra Bayan Kohler'e de telgraf çektim, ondan da cevap gelmedi. Kocana yazdığımı düşünerek ürkme, buna zaten hevesli değilim. Hevesli olduğum tek şey Viyana'ya gelmek ama gelmemle ilgili itirazın, pasaport problemi, büro, öksürük, yorgunluk, kız kardeşimin düğünü (perşembe günü) gibi sorunlar olmasaydı bile gene de gelmezdim. Her halükârda, cumartesi ve pazar öğleden sonralarını burada böylesine geçirmektense Viyana'ya gitmek daha iyi olurdu. Cumartesi günü dayımla, biraz Max'la öylesine dolaştım ve her iki saate bir mektup olup olmadığını sormak için ofise gidip geldim. Akşamları daha iyiydi; Laurin'e gittim, seninle ilgili olumsuz bir haber almamıştı, mektubundan da bahsetti, memnun oldum, sonra *Neue Freie Presse*'den Kisch'i[82] aradı. O da seninle ilgili bir şey duymadığını, ama sorup -kocandan değil- bu gece geri arayacağını söyledi. Böylece Laurin'in yanında oturdum, onunla konuşmak kolay ve zevkli olmamasına rağmen, sık sık adını işiterek ona minnettar oldum. Gerçekten çocuk gibi, pek de zeki olmayan bir çocuk gibi -kendini övüyor, yalan söylüyor, çocuk gibi rol yapıyor, onu dinlerken insan sinsi ve çok ileri derecede güvensiz olduğunu düşünüyor. Özellikle iş şefkat, anlayış ve yardımseverlik konusuna geldiğinde, bir çocuk gibi değil de yetişkin, ciddi birisi gibi davranıyor. Bu çelişkiden kurtulabilmek mümkün değil, kendi kendime "Bir kere daha, bir kere daha adını duymak istiyorum" deyip durmasaydım, çoktan orayı terk etmiş olurdum. Düğünü (salı günü) hakkında da aynı tarzda konuştu.

Sayfa Sonu Notu: Seviye konusunu yanlış anladın, bu anlamda söylememiştim, sana daha sonra açıklayacağım.

Pazar günü daha da kötüydü. Aslında mezarlığa gitmek istemiştim, bu gayet iyi bir fikirdi ama bütün sabahı yatakta geçirdim, öğleden sonra daha önce hiç ziyaret etmediğim kız kardeşimin kayınvalidesine gitmem gerekiyordu. Saat 6 oldu. Telgraf gelip gelmediğini sormak için ofise geri döndüm. Gelen bir şey yoktu. Şimdi ne yapabilirim bu saatte. Jilovski'nin aceleyle (telaş içersindeydi) pazartesi günü Stasa'nın Wagner Operası'na gideceğinden bahsettiği aklıma geldiği için tiyatrolarda neler oynuyor

[82] Paul Kisch (1843-1944) Kafka'nın okuldan sınıf arkadaşı.

afişlerine göz attım. Gösteri 6'da başlıyormuş ama 6'da randevumuz vardı. Kötü oldu. Şimdi ne yapmalıyım? Bari gidip Obsygasse'deki evi kontrol edeyim. Etraf sesiz, ne giren var ne de çıkan, önce evin önünde sonra sokağın karşısında biraz bekledim, hiçbir şey yok -bu tür evler kendilerini seyredenlerden çok daha akıllı evlerdir. Şimdi ne olacak? Daha önce Dobre Dilo'nun[83] sergilendiği Lucerno Binası'na gittim. Sergi artık orada değildi. Belki Stasa'nın evine gidebilirim, bu saatte evde olmadığından eminim. Sessiz, güzel bir ev, arkada küçük bir bahçesi var. Ön kapıda bir asma kilit olduğu için zili çekinmeden çalabilirim. Sadece Jilovski ve Stasa isimlerini bildiğimi göstermek için aşağıda bina kapıcısıyla kısa bir konuşma; ama maalesef Milena'nın adını veremiyorum. Bundan sonra ne yapacağım? Şimdi en saçma olanı geliyor. Uzun yıllardır gitmediğim Cafe Arco'ya[84] seni tanıyan birilerini bulmak için gittim. Şanslıydım, kimse yoktu ve hemen oradan ayrılabildim. Artık böyle pazarlar olmasın Milena.

F.

Sayfa Sonu Notu: Dün yazamadım, Viyana'daki her şey bana çok karanlık geldi.

---

83 Josef Florian tarafından yayınlanan kitap dizisi.

84 Franz Werfel, Willy Haas, Ernst Pollak ve kısa bir süre için Max Brod gibi edebiyatçıların uğrak yeri olan Prag'daki meşhur kafe. Kafka da zaman zaman kafeye uğrardı.

PRAG, 13 TEMMUZ 1920
SALI BİRAZ SONRA

17)

Cumartesi günü yazdığın mektuptan çok yorgun olduğun anlaşılıyordu. Bu mektupla ilgili söylenecek çok şey var bu kadar yorgun bir insana bir şey söyleyemeyeceğim -ben de yorgunum. Doğrusunu söylemek gerekirse, Viyana'dan döndüğümden beri ilk defa kafam bu kadar karışık ve ağrıyor. Sana bir şey söylemeyeceğim, sadece seni koltuğa oturtuyorum. (Benim için yeterince iyi şeyler yapmadığını söylüyorsun ama benimle birlikte olmandan ve önünde oturmama izin vermenden daha güzel bir şey, daha büyük bir onur var mı?) Şimdi seni koltuğa oturtuyorum, burada olmanın, benim olmanın mutluluğunu sözlerle gözlerle, ellerle ve zavallı kalbimle nasıl ifade edeceğimi bilmiyorum. Aslında sevdiğim sadece sen değilsin, senin bana sunmuş olduğun tüm varlığın.

Bugün Laurin'den bahsetmeyeceğim, kızdan da bahsetmeyeceğim, her şey yoluna girer elbet, şu an bunların tümü ne kadar uzak.

F.

"Fakir Çalgıcı" hakkında söylediklerin tamamıyla doğru. Benim için bir şey ifade etmediğini söylerken, kendimce tedbir alıyordum, çünkü hikâye hakkında ne düşündüğünü bilmiyordum, kendim yazmışım gibi utanıyordum. Aslında başlangıç kısmı hatalı, birçok yerinde kusurlar, gülünç bölümler, acemilikler ve zorlama bir yapmacıklık var (özellikle yüksek sesle okunduğu zaman daha çok fark ediliyor, nerede olduklarını sana gösteririm), üstelik bu tür bir müzik parçası bestelemeye çalışmak alay edilecek derecede rezillik olurdu; bu durum kızı dükkândaki her şeyi hikâyeye fırlatacak kadar aşırı derecede sinirlendirir (ben de dahil tüm dünyayı sinirlendirirdi) ve böylece öykü kendi içinde parçalanıp, hak ettiğini bulurdu. Tabii ki bir hikâye için yok olup gitmekten, özellikle bu şekilde yok olup gitmekten daha iyi bir son olamazdı. Hikâyenin anlatımını yapan şu maskara psikolog da, senin gözyaşlarınla övgüye boğduğun bu hikâyeyi bu kadar uyumsuz hale getiren fakir çalgıcı belki kendisi olduğu için, bu konuda hem fikir olacaktır.

PRAG, 13 TEMMUZ 1920
SALI

Gelen iki telgrafın işte burada; anlıyorum ki Jarmila'dan mektup gelince Kramer'den[85] mektup gelip gelmediğini sormuyorsun bile, öyle olsun. Her şeyden önemlisi, önceden senin onayını almadan bir şey yapmayacağım konusunda en ufak bir korkun olmasın. Ama asıl mesele, neredeyse tamamen uykusuz geçen bir gecenin sonunda benim için çok önemli olan bu mektubun başına oturmuş olmam. Prag'dan sana yollamış olduğum mektupların, son yolladıklarımda da dahil, hiçbirinin yazılmasına gerek yoktu, sadece bu mektubu göndermeliydim veya diğerleri yazılmış ama en önemlisi artık bu mektup. Stasa'nın yanından ayrıldıktan sonra dün akşam ve bu sabah sana söylediklerimle ilgili maalesef en küçük bir şeyden bile artık bahsedemeyeceğim. Asıl mesele başkalarının ne düşündüğü değil-Laurin'den, Stasa'ya ve çevrendeki tanımadığım geniş insan topluluğuna kadar -kibirli bilgelikleri, hayvani ruhsuzlukları (hayvanlar böyle ruhsuz değildir aslında), şeytani nezaketleri, bunaltıcı sevgileriyle senin hakkında ne söylerlerse söylesinler- ben Milena, ben, hangi kararı verirsen ver, ister Viyana'da kal veya buraya gel ya da Prag'la Viyana arasında seçim yap, her ne yaparsan yap her zaman doğrusunu yapacağına inanıyorum. *Bunun farkında olmasaydım senin yanında ne işim vardı.* Açık denizlerin dibinde baskı

85 Kramer, Kafka'nın Milena'ya yolladığı postrestrant mektuplarda kullandığı takma addır.

altında olmayan hiçbir yer yoktur, seninleyken de baskı çok fazla -ama hayat rezillik ve beni hasta ediyor. Yaşamaya, insanlara dayanamadığımı ve kendimden utandığımı düşünürdüm ama şimdi bana, benim için katlanılmaz olanın hayat olmadığını gösterdin.

Bunu söylediğim için üzgünüm ama Stasa korkunç birisi. Dün onun hakkında sana bir mektup yazdım ama göndermeye cesaret edemedim.[86] Senin de söylediğin gibi, candan, sıcakkanlı, hoş, narin ama korkunç biri. Senin arkadaşın olduğu için bir zamanlar gözlerinde olağanüstü bir ışık varmış ama bu ışık ürkütücü bir şekilde, tamamıyla yok olup gitmiş. İnsan onu görünce şeytan görmüş gibi dehşete kapılıyor. Neden bu hale geldiğini bilmiyorum, herhalde kocası onu bu hale getirdi. Yorgun ve cansız ama bunu bilmiyor. Cehennemi düşündüğüm zaman aklıma o ve kocası geliyor ve dişlerimi takırdatarak şu cümleyi kendi kendime tekrarlıyorum: "O zaman ormana doğru koşalım." Beni affet Milena, sevgili tatlı Milena, ama durum böyle.

Sayfa Sonu Notu: Getir götür işlerine bakan çocukların çalıştırılması koşuluyla kesinlikle Chicago Planı'nı[87] destekliyorum.

Aslında onunla önce evinde sonra Alman Tiyatrosu'na giderken sadece toplam 45 dakika kadar birlikteydik. Ben fazlasıyla sevecen, fazlasıyla hoş sohbet ve fazlasıyla kendinden emindim, sonuçta senin hakkında konuşmak için iyi bir fırsattı ve onun gerçek yüzünü benden uzun zaman gizlemiştin. Alnı kaya gibi ve parlayan altın harflerle alnına

---

[86] Burada bahsedilen mektup muhtemelen postalanmayan 16 numaralı mektuptur.

[87] Bankadaki işinde mutlu olmayan Ernst Pollak, Chicago'ya taşınma fikriyle oyalanıyordu.

kazınmış hitabede sanki "Ben ölüyüm ve benim gibi olmayan herkesi hor görürüm" yazıyor. Ama tabi ki yardımseverdi, Viyana'ya gitme konusunda tüm muhtemel alternatifleri tartıştık ama onun gitmesinin yararlı olup olmayacağı konusunda ikna olmadım: Belki kendisi için yararlı olur.

Akabinde akşam Laurin'i görmeye gittim, gazetede değildi -geç kalmıştım- bunun üzerine daha önceden tanıdığım bir adamla[88] bir süre sohbet ettik, sohbet esnasında Laurin'in en son birkaç ay evvel uzandığı koltuğa oturduk. Adam bir önceki gecenin tamamını Laurin'le geçirmiş, birkaç konudan bahsetti.

Böylece çok yoğun bir gün geçirdim ve uyuyamadım, bir de üstüne kız kardeşim, eşi ve çocuğuyla iki günlüğüne İspanya'da yaşayan amcamı görmeye eve geldi. Artık o güzelim ev boş değildi. Ama bana karşı insanların nasıl nazik olduğunu görüyorsun. (Bunu öylesine söylüyorum, çünkü bunu seninle paylaşırsam, iyiliklerinin karşılıksız kalmayacağını düşünüyorum.) Yatak odasını tek başıma bana bıraktılar, yataklardan birini alıp temiz olmayan diğer odalara yerleştiler, kendi yıkanma ihtiyaçları için mutfağı kullanarak banyoyu da bana bıraktılar. Evet, işler yolunda.

Senin

Her nedense bu mektuptakilerle aynı fikirde değilim, burada yer alanlar epeyce hararetli, epeyce gizli bir konuşmanın yalnızca kırıntılarıdır.

---

88 Mical (Asıl adı Josef) Mares (1893-1971); şair, senaryo yazarı, *Tribuna*'nın editörlerinden ve Josef Reiner'in arkadaşı. Josef Reiner'i Jarmila ve Willy Haas'ın intihara sürüklediğini düşünüyordu.

PRAG, 14 TEMMUZ 1920
ÇARŞAMBA

"Haklısın, onu seviyorum. Ama F. Seni de seviyorum" diye yazmışsın. Bu cümleyi dikkatle okuyor, özellikle "de" üzerinde duruyorum. Tümü doğru. Eğer doğru olmasaydı sen olmazdın ve sen olmasaydın ben nasıl olurdum ve Prag'da doğrudan söylemen yerine, Viyana'dan yazman daha iyi. Tüm bunları gayet iyi anlıyorum, belki senden daha iyi anlıyorum, ama zayıflığımdan dolayı bir türlü etkisinden kurtulamıyorum bu cümlenin, sürekli, tekrar tekrar okuyorum ve nihayet senin de görebilmen için, birlikte, baş başa (saçların alnıma değerek) okuyabilmemiz için bu mektuba tekrar yazıyorum.

*

Ben bunları yazarken kurşunkalemle yazılmış iki mektubun geldi. Onların geleceğini bilmediğimi mi sanıyorsun? Geleceklerini biliyordum, gerçi sadece içimde bir sezgiydi ama hayatı her zaman sezgilerle sürdürmüyoruz, acınası dünya gerçekleriyle yaşamayı tercih ediyoruz. Neden sürekli olarak tek başıma bir şeyler yapacağımdan korktuğunu anlamıyorum. Bu konu hakkında daha önce açıkça yazmadım mı? Sana yolladığım telgrafıma cevap alamadığım ve neredeyse üç gün -o kötü günler- boyunca hiçbir haber gelmediği ve artık hasta olduğunu düşündüğüm için sadece Bayan Kohler'e telgraf çektim.

*

Dün doktoruma gittim, durumumun Meran'a gitmeden öncekiyle neredeyse aynı olduğunu söyledi, geçen üç ay akciğerimde hiçbir iz bırakmamış, sol ciğerimin ön tarafındaki yara aynı şekilde duruyor. Doktor bu durumu iyi görmedi, bence gayet iyi, eğer bu dönemi Prag'da geçirseydim nasıl olurdum acaba? Ayrıca kilo almadığımı da düşünüyor ama benim hesabıma göre yaklaşık üç kilo aldım. Sonbaharda iğneyi denemek istediğini söyledi ama ben buna dayanabileceğimi sanmıyorum.

Bu sonuçları senin kendi sağlığını ihmal etmenle karşılaştırdığım zaman -başka çaren olmadığını belirtmeme bile gerek yok- bazen beraber yaşamak yerine rahat ve mutlu bir şekilde ölmek için yan yana yatacakmışız gibi görünüyor bana. Ama ne olursa olsun seninle birlikte olacak.

Yeri gelmişken, doktorun söylediğinin aksine, iyileşmek için (en azından biraz) huzur ve hareketsizliğe ihtiyacım olduğunu düşünüyorum, gerçi bu kendine özgü bir hareketsizlik, başka bir bakış açısıyla aksiyona ihtiyacım var.

*

Doğal olarak, Stasa'nın mektubuyla ilgili olarak söylediklerine çok memnun oldum. Senin bu durumunu teslimiyet olarak görüyor, babandan da bahsediyor -aslında babanı sevmeme rağmen onun ağzından duyunca bu ondan nefret etmem için yeterli oldu- kısaca tüm bu olan bitenle ilgili söylenecek en aptalca şeyi söylüyor ki başka birisi olsa bunları söylemeye çekinir. Halbuki onun kendisini zorlamasına hiç gerek kalmıyor, doğrudan o güzel dudaklarından dökülüveriyor. Ve tabi ki şunu da unutmamak lazım, bu tümüyle sana olan sevgisinden, mezardan bile sana elini uzatabilir.

*

Bugün Fransız Ulusal Bayramı,[89] geçit törenini tamamlayan birlikler penceremin önünden geçiyorlar. Çok olağanüstü -mektuplarını içime çekerken aynen böyle hissediyorum- bir görüntü bu. Ne tören, ne müzik, ne yürüyüş, ne de kırmızı pantolonlu, mavi gömlekli, balmumu müzesinden çıkmış gibi kaskatı birliğinin önünde yürüyen Fransız'da değil bu olağanüstülük -bu derinden gelen güçlerin gösterisi, sanki şöyle sesleniyor: "Tüm bunlara rağmen siz yürüyen, itilip kakılmış, vahşiliğe güvenen, budala insanlar, her şeye, en büyük veya en küçük hatalarınıza rağmen sizi bırakmayacağız." Ve ben bu derinliklere doğru dalarak gözlerimi kapatıyor ve adeta senin girdabında yok oluyorum.

*

En sonunda benim için biriktirmiş oldukları belgeleri getirdiler, düşünsene işe başladıktan sonra sadece altı tane resmi mektup yazdım ve buna göz yumdular. Belgeleri benim için biriktiren bölümün tembelliği yüzünden bugüne kadar benim için bekletilen bir sürü işi alamamıştım ki bundan memnundum. Ama işte şimdi buradalar. Eğer uykumu yeterince alabilirsem bunların hiçbirisi sorun değil. Ama bugün oldukça zordu.

F.

[89] 14 Temmuz 1789 Fransız İhtilali nedeniyle, bağımsızlık günü olarak Prag'da da kutlanırdı.

PRAG, 15 TEMMUZ 1920
PERŞEMBE

Ofisten gitmeden önce kısaca birkaç satır yazıyorum: Sen böyle korkunç şekilde savaşırken en azından şimdilik bir şey söylemek istemiyordum, üç gündür ağzımda geveliyordum ama artık bir şey söylememek imkânsız hale geldi, bir şeyler söylemeliyim çünkü bu artık benim de savaşım. Kaç gecedir uyumadığımın farkındasındır. En basit ifadesiyle "korkudan". Benden çok daha güçlü, iradem dışında beni oradan oraya savuruyor, aşağıdan yukarıya, sağdan sola farkında değilim artık. Bu sefer Stasa'yla başladı. Gerçekten onun üzerinde şöyle yazan bir levha var: "Buraya giren herkes artık umudunu yitirsin." Buna ek olarak senin son mektubunda içi içe geçmiş iki-üç tane yorum var. Bu yorumlardan memnuniyet duydum ama bu zoraki bir memnuniyetti, çünkü korkuyla ilgili söylediklerin mantıken, vicdanen ve bedenen tümüyle ikna edici olsa da benim nereden geldiğini bilmediğim, daha güçlü bir fikrim var ve bu fikir hiçbir şeye ikna olmuyor. Nihayet-yıpranmamda etkili olan -fiziksel yakınlığının müthiş huzur verici- huzursuz eden etkisi günler geçtikçe azalıyor artık. Keşke burada olsaydın. Burada kimse, korku dışında hiç kimse yok, onunla birbirimize sımsıkı sarılarak gecelerin içine yuvarlanıyoruz. Bu korku gerçekten mühim bir konu, ~~garip bir şekilde geleceğe yönelik bir korku, hayır, bu doğru değil~~. Üstelik bu korku, sürekli beni -ve bu büyük bir itiraf Milena'nın insan olduğu gerçeğini şiddetle kabul etmeye- zorluyor. Bu konuda söylediklerin gerçekten çok hoş ve zarif -bu sözlerden sonra başka hiçbir şey duymak istemiyorum, yine de buradaki bedelin çok büyük olmadığı hususu muğlâk bir iddia. Bu korku sadece bana has bir korku değil -korkunç ama gene de öyle- dünya kurulduğundan beri tüm inançların özünde olan korku bu.

Sana bunları yazmış olmak bile beni rahatlattı.

Senin

PRAG, 15 TEMMUZ 1920
PERŞEMBE DAHA SONRA

Weisser Hahn'da[90] gece yazdığın mektup ile pazartesi yazdığın mektup geldi, sanırım ilk gelen sonra yazılmış ama tam olarak anlaşılamıyor. Şöyle hızlıca her ikisini de okudum, şimdi sana ivedilikle cevap yazmak ve hakkımda kötü düşünmemeni rica etmek durumundayım. Stasa'nın yazdıkları manasız, iğrenç zırvalamalar -onun haklı olduğunu düşündüğüme nasıl inanabilirsin? Viyana ile Prag arasında ne kadar mesafe var ki böyle bir şeyi düşünebiliyorsun, ormanda yan yana uzanmak için o kadar yakın değil mi, ne zaman yapmıştık bunu? Ve bu kıskançlık değil, senin ortasında olduğun bir oyun, çünkü her tarafından sana sarılmak istiyorum, kıskançlık tarafından da ama bunlar yalnızlığımdan kaynaklanan basit, sağlıksız hayaller ve aptalca olduğu için bunlara son vereceğim. Max hakkında da yanılıyorsun, dün nihayet selamını ona ilettim, hiddetle (yukarıda belirttim) çünkü sürekli senin selamını alıyor. Genellikle her şey için bir açıklaması olur, bu sefer de, senin sürekli olarak ona selam göndermeni, benim onun samimi selamlarını sana hiç iletmemiş olmama bağladı: Onun selamını iletmek için tam zamanıymış şimdi, artık selam göndermeyi bırakırmışım ve ben de rahatlayacakmışım. Belki böyledir, deneyelim bakalım.

[90] Milena'nın evine çok yakın mesafede, Beyaz Horoz Lokantası.

Ayrıca, benim için üzülme, Milena şu an ihtiyacımız olan en son şey senin benim için endişelenmen. Bana birkaç gündür sıkıntı veren, sana bu sabah dert yandığım şu korku olmasaydı gayet iyi olacaktım. Bu arada, *o gün ormanda neden farklı bir şey olmayacağını biliyordum* dedin? Ormanda, tepedeydik, ikinci gündü. Günleri net bir biçimde şöyle sınıflandırıyorum: Birinci gün belirsiz, ikinci gün çok olumlu, üçüncü gün pişmanlıkla dolu, dördüncü gün ise iyi bir gündü.

Bayan Kohler'e hemen 50'lik banknotlar halinde 100 Çek kronu ve 100 Avusturya kronu gönderiyorum -elimdeki bütün para şimdilik bu kadar. Bir dahaki sefere taahhütlü mektup dışında para göndermenin başka bir yolunu bulabilirsen daha iyi olur. Mesela restrant posta ile de para göndermek mümkün ama takma isimle değil, gerçek isim kullanılması gerekiyor. Köyde geçireceğin ayla ilgili olarak neden babanın veya Laurin'in parası benimkinden daha muteber oluyor. Yine de bunun önemi yok, asla fazla para istediğini düşünme. Jarmila'dan ne haber, geliyor mu?

Şimdi kız kardeşimin düğününe gitmek zorundayım[91] -niçin bu olabildiğince bulanık ve korkunç sorumlulukları olan durumun eziyetini bir insan olarak yaşamak zorundayım. Mesela neden, sandalyene veya masana oturduğunda, uzandığında veya uyuduğunda (tatlı rüyalar) odanda, seni tamamıyla görebileceğim mutlu bir gardırop olamıyorum. Neden olamıyorum. Bu son günlerdeki mutsuzluğunu veya Viyana'dan ayrılmak durumunda kalmanı görmüş olsaydım, üzüntüden mahvolurdum.

F.

---

[91] Kafka'nın kız kardeşi Ottla'nın Dr. David Josef'le düğünü.

Yakında bir pasaporta sahip olacağın düşüncesi çok rahatlatıcı.

Max'ın adresi Prag V, Ufergasse 8, ama karısı nedeniyle bu adrese yazman iyi bir fikir değil. İki tane başka adresi daha var -elbette karısı nedeniyle veya kendi iyiliği için de diyebilirsin: Biri Dr. Felix Weltsch[92], Prag, Üniversite Kütüphanesi ya da sadece benimki.

---

92 Max Brod ve Oskar Baum'la birlikte Kafka'nın en yakın dostlarından.

PRAG, 15 TEMMUZ 1920
PERŞEMBE

Öğleden sonra yakamda mersin çiçeği, ıstıraplı başıma rağmen (ayrılık, ayrılık) aklımın yarısı havadayken, eniştemin nazik iki kız kardeşinin arasında oturarak düğün yemeğini tamamlayabildim. Ama şimdi bitik durumdayım.

Şu yorgun adamın aptallığını görüyor musun? Postanede öğrendiğim kadarıyla taahhütlü mektubun zarfının kapatılmaması gerekiyormuş -para göndereceğimi dikkate alınca iyi bir fikir gibi gelmiyor. Bu durumda başka bir yolla göndermek durumundayım ya da normal mektupla olabilirdi, bu durumda doğrudan postrestant ile sana gönderebilirdim. Ama orada posta kutusunun önünde elimde öylece zarfla dururken, şansımı denedim ve zarfı Bayan Kohler'e gönderdim gitti. Umarım ulaşır.

Bir arada olsaydık ne kadar kolay bir hayat olurdu -bunu yazarak ahmaklık ediyorum- soru ve hemen cevabı, belki de tek bir bakışla. Ama şimdi bu sabah yazdığım mektubuma cevap almak için en azından pazartesi gününe kadar beklemek zorundayım. Beni anla ve bana iyi davran.

F.

PRAG, 16 TEMMUZ 1920
CUMA

Senin gözlerinde üstün görünmek, irademin gücünü göstermek, sana yazmadan önce bir belgenin yazımını tamamlamak istiyorum ama oda boş, kimse beni önemsemiyor -sanki birisi, onu yalnız bırakın, görmüyor musunuz kendini işlerine nasıl kaptırmış, sanki boğazında biri var. Sonuç olarak yalnızca yarım sayfa yazıyorum ve ormanda yanına uzandığım gibi bu mektubun üzerine uzanıyor ve senin yanına geliyorum.

Bugün mektup gelmedi ama korkmuyorum, Milena lütfen beni yanlış anlama, bazen böyle anlaşılsa bile, gerçi çoğunlukla böyle anlaşılıyor, seninle ilgili asla bir endişem yok -bu sadece bir tür zayıflık, kalbin keyifsizliği ama her halükârda o kalp ne için attığının farkında. Devlerin de zayıf noktaları vardır, sanırım Herkül de bir keresinde bayılmıştı. Buna rağmen ben dişlerimi sıkarak ve gözlerini gözlerimde görerek her şeye katlanabilirim: Uzaklık, korku, üzüntü, mektupsuzluk.

*

Şu an ne kadar mutluyum, beni ne kadar mutlu ettin. Bir müşterim geldi -düşün müşterim bile var. Adam yazımı böldü, kızdım ama kibar, dostane ve tombul bir suratı vardı, aynı zamanda İmparatorluk Almanya'sından bir Almanınki gibi dürüst bir surattı. Resmi görüşme içerisine espriler katabilen hoş sohbet birisiydi ama yine de beni rahatsız ettiği için onu bağışlamıyorum. Üstelik bir de kalkıp, diğer bölümlere kadar ona eşlik etmek zorunda kaldım, ama senin gibi nazik biri için bile bu fazla gelir, tam bu esnada ben kalkarken görevli mektubunu getirdi ve hemen merdivenlerde açtım -aman Tanrım içinde bir resim var, asla yok olmayacak, bu mektubu yılın, tüm zamanların en iyi mektubu yapacak, harikulade, tamamıyla olağanüstü hissettiren bir şey. Ancak gözyaşları ve kalp çarpıntıları ile bakılabilecek hüzünlü bir resim, başka türlüsü mümkün değil.

*

Ve yine masamda yabancı birisi oturuyor.

*

Kaldığım yerden devam edeyim: Kalbimin içerisinde sen varken her şeye katlanabilirim, mektupsuz geçen günlerin korkunç olduğunu yazdıysam bile bu gerçek değil, sadece çok zordu -tekne oldukça hantaldı ve su alıyordu ama yine de senin akıntınla yüzebiliyordu. Senin aleni yardımın olmadan katlanamadığım tek şey var Milena: "Korku". Korku için çok kırılganım, o kadar yoğun ki arkasını göremiyorum ve bu devasa yoğunluk beni dağıtıp, sürüklüyor.

Jarmila hakkında söylediklerin tam olarak kalbin bu zayıflığıyla ilgili, aklına birden bir fikir geldiği zaman kalbin bir anlığına bana karşı içtenlikten vazgeçiyor. Bu manada hâlâ iki farklı insan mıyız? Benim korkum suiistimal korkusundan çok daha farklı.

*

Yine rahatsız edildim, ofiste daha fazla yazamayacağım.

*

Eğer rahatlatıcı bu mektubun olmasaydı, neredeyse yazacağını söylediğin o büyük mektuptan korkar hale gelmiştim. İçinde neler olacak?

Para eline geçince bana haber ver. Eğer kaybolduysa bir miktar daha tekrar göndereyim, eğer o da kaybolacak olursa, yine gönderirim ve böyle sonuna kadar devam ederiz ta ki geriye bir şey kalmayana ve her şey yoluna girene kadar.

F.

Çiçekleri almadım, herhalde son dakikada çok fazla olduğunu düşündün.

PRAG, 17 TEMMUZ 1920
CUMARTESİ

Mektubunun içinde ne olacağını biliyordum -bütün mektuplarının arka kısmından, gözlerinden- onların derin saydamlığında ne gizlenebilir ki? -Alnının çizgilerinden anlaşılıyordu. Bunu başından beri biliyordum, aynen tüm günü sıkı sıkı kapalı perdeler arkasında, bir tür uyku-rüya-korku uyuşukluğu ile geçirip gece perdeleri açtıktan sonra karanlığı, zifiri karanlığı göreceğini bilerek şaşırmayan birisi gibi biliyordum. Ve kendine nasıl eziyet ettiğini, kıvrandığını ve kendini kurtaramadığını -haydi baruta kibrit atalım- ve asla kurtaramayacağını görüyorum. Bunların hepsini görebiliyorum ama hâlâ şunları söyleyemiyorum: Olduğun yerde kal. Ama tersini de söyleyemiyorum, sadece yanında durup, güzel umutsuz gözlerinin içine bakıyorum (bana gönderdiğin resim gerçekten hüzünlü, ona bakmak işkence gibi, bir kişinin günde yüz defa uğramaya razı olacağı bir işkence ve -aksi gibi- on güçlü adam karşısında bile vermeyeceğim bir varlık). Ve yazdığın gibi gerçekten güçlüyüm, özetle uyumsuz olmamamdan kaynaklanan belirli bir gücüm var. Diğer yandan bu güç şu an yazmamı devam ettirecek kadar büyük bir güç değil. Yazmamı engelleyecek bir aşk ve üzüntü yoğunluğuna kapıldım.

F.

PRAG, 18 TEMMUZ 1920
PAZAR

Dünkü konu üzerinden devam ediyorum:

Mektubunla ilgili olarak, konunun tamamına bugüne kadar benimsemediğim bir bakış açısıyla bakmaya çalışıyorum. Bu açıdan ilginç görünüyor: Kocanla senin için kavga etmiyorum, bu kavga sadece senin içinde, eğer karar kocanla benim aramdaki kavgaya bağlı olarak verilecekse, o zaman karar uzun zaman önce verilmiş demektir. Kocanı katiyen gözümde büyütmüyorum -hatta muhtemeldir ki onu küçümsüyorum- ama şunu biliyorum: Eğer beni seviyorsa, bu zengin bir adamın fakirliği sevmesine benzer bir durumdur (bir dereceye kadar senin benimle olan ilişkinde de bu durum mevcut). Onunla beraber yaşadığınız hayat koşullarında ben sadece "büyük ev"deki halıdan yılda en fazla bir defa özgürce geçmesine izin verilen bir fareyim.

Durum bundan ibaret ve garipsenecek bir şey yok ve benim için sürpriz değil. Benim için sürpriz olan ve izah etmekte güçlük çektiğim şey, bu "büyük ev"de yaşayan sen, bütün kararlarınla oraya ait olan sen, yaşama gücünü oradan elde eden sen, bir kraliçe gibi oranın bütün saltanatını süren sen, tüm bu halinle bile -bundan eminim- beni sevebilirsin, benim olabilirsin, kendi halının üzerinden geçebilirsin (bu eksiksiz olarak her şeyi yapabilmenden dolayı: "Buna karşın ben asla yapamıyorum -durmuyorum-durmuyorum").

Bana gelmek istemen gerçeği sürprizimin doruk noktası değil, eğer bütün dünyadan vazgeçip -daha hoş bir ifadeyle- bana doğru gelmen için bakış açın sadece bulanıklaşmayacak tamamen yok olacak; her neyse, bana gelmek istediğin takdirde aşağıya doğru tırmanman gerekecek ki (çok çok garip) kendinin de ötesine geçmelisin çünkü bu tırmanışta parçalanabilirsin veya yok olabilirsin (tabii ki benimle birlikte darmadağın olabilirsin). Mutlu veya üzgün, ahlaklı veya suçlu olarak oturduğum hiçbir cazibesi olmayan bir yere, sadece ben yaşadığım için gelmek amacıyla tüm bunları yapıyorsun. Medeniyetin basamaklarında senin mahallende savaş öncesinden kalma tezgâhtar gibiyim, bulunduğum bu yere gelmek için çaba sarf etseydim bile -ki çabam olmadı- bu büyük bir başarı olmazdı.

*

Kökler hakkında yazdıkların çok aydınlatıcı ve doğru şeyler. Her halükârda Turnau'da[93] ilk yapılması gereken iş önce tüm yan kökleri belirlemek ve onları çıkarmaktır. Tüm bunlar küreğin küçük bir darbesiyle sökülebileceği için, geriye sadece ana kök kaldığı zaman asıl iş aşağı yukarı tamamlanmış olur. Çıtırdama sesini hâlâ kulağımda hissediyorum. Köklerin başka bir yerde de kök salıp büyüyebileceğini bilen birisi için söküp çıkarmak kolaydır, ayrıca, onlar daha bir fidan bile değildir, bir bebektir.

*

Genel olarak Jarmila ile konuşmak konusunda en ufak bir isteğim dahi yok. Senin önemli bir işin olması durumu hariç tabi, o zaman tabii ki hemen giderim.

---

93 Kafka, Eylül 1918 sonlarında bu kasabada bahçe işleriyle uğraşmak için kalmıştı. Sık sık iş için gittiği bir yerdi.

*

Dün tekrar Laurin ile görüştüm. Ona sorarsan tamamıyla hemfikiriz. Bir takım iyi özellikleri var; mesela senin hakkında konuşurken çok sağduyulu bir insan oluyor -evet aslında özünde çok iyi biri. Bana ne mi söyledi? Onunla iki kere görüştüm ve her ikisinde de aşağı yukarı aynı hikâyeyi bir yığın önemsiz detaylarıyla anlattı. Başka birisiyle nişanlı bir kız onu ziyarete geliyor ve hiç istememesine rağmen yaklaşık sekiz-on saat kadar onun evinde kalıyor (sabah bir kız evinde, diğeri akşam bürosunda, uyku saatini bunlara göre ayarlıyor). Kız mutlaka ona sahip olması gerektiğini, eğer reddederse kendisini kesinlikle camdan aşağı atlayacağını söylüyor. Esasen Laurin de reddediyor ve pencerenin önünden çekiliyor. Tabii ki kimse aşağıya atlamıyor ama birtakım kötü şeyler gerçekleşiyor, kızlardan birisi sinir krizi geçiriyor, diğeri de -gerisini unuttum bile. Ama kim bu kızlar? Biri (evindeki) Jarmila, Jarmila'nın evlenmesinden önce, bürosundaki ise perşembe günü evlendiği karısı (doğal olarak karısı hakkında biraz daha saygılı konuştu ama çok da fazla değil -zaten genelde çok terbiyeli konuşan birisi değil). Bütün bu olanların veya belki daha kötüsünün onun anlattığı şekilde gerçekleşmediğini iddia etmiyorum ama neden bu kadar sıkıcı olduğunu anlamıyorum.

Bu arada nişanlısıyla ilgili anlattığı hikâyede hoş bir an da var. Babası iki yıl boyunca aşk acısı nedeniyle depresyona giriyor, nişanlısı da babasıyla ilgileniyor. Adamın odasındaki pencerenin sürekli açık tutulması ama gürültüyü kaldıramadığı için, aşağıdan araba geçerken o an için kapatılması gerekiyor. Pencerenin açılıp kapanması işini nişanlısı yapıyormuş. Laurin bu hikâyeyi anlattıktan sonra şunu dedi: "Düşünsene, bir sanat tarihçisi ne işle uğraşıyor!" (Nişanlısı sanat tarihçisiymiş.)

Bana resmini de gösterdi. Büyük ihtimalle güzel, mahzun bir Yahudi yüzü, basık bir burun, sert bakışlı gözler, uzun, kibar eller, pahalı bir elbise.

*

Kızı sormuşsun, ondan hiç haber alamıyorum. Sana yazdığı mektubu göndermem için bana verdiğinden bu yana onu görmedim. Evet doğru, onunla bir randevumuz vardı ama bu tam kocanla konuştuklarınızı anlatan ilk mektubu aldığım zamana rastladı.

Onunla konuşabilecek durumda değildim, doğru ve aynı zamanda samimi ve dostça bir açıklamayla randevuyu iptal ettim. Daha sonra ona bir not daha yazdım ama bu notu yanlış anlamış gibi görünüyor çünkü bana daha sonra ders veren, öğretmen edası içeren bir mektup gönderdi (mektupta diğer şeylerin yanı sıra kocanın adresini de soruyordu). Ona pnömatik mektupla münasip bir cevap verdim ama üzerinden bir hafta geçti, henüz bir haber çıkmadı daha, ayrıca senin ona ne yazdığını ve bunun onu nasıl etkilediğini de bilmiyorum.

Sayfa Sonu Notu: Cevabını biliyorum ama yazılı olarak görmek isterdim.

Gelecek ay Prag'a gelebileceğini yazmışsın. Neredeyse sana gelme diyecek gibi hissediyorum. Eğer bir gün sana *acil* olarak ihtiyaç duyduğum ve seni çağırdığım zaman hemen gelecekmişsin umuduyla beni baş başa bırak -ama şimdi gelmesen daha iyi olur çünkü geldikten sonra yine döneceksin.

*

Dilenci kadınla[94] ilgili olarak benim yaptığımda iyi veya kötü bir şey yoktu; kafam dağınıktı veya bir şeyle öylesine meşguldüm, davranışlarımı belirsiz anılardan başka hiçbir şey şekillendirmiyordu. Mesela bu anılardan bir tanesi, "Dilencilere çok para verme, daha sonra pişmanlık duyarsın" diyordu. Küçük çocukken bir defa elime sechserl[95] geçmişti ve onu Grosser ve Kleiner bulvarlarının köşesinde yaşlı dilenci kadına vermeyi çok istemiştim. Ama o zaman bana çok büyük bir para gibi görünmüştü, bir dilenciye verilebilecek paradan çok daha fazla, sonuç olarak dilenci kadının önünde daha önce hiç yapılmamış bir şeyi yapmaktan utanıyordum. Ama yine de kadına bu parayı vermem gerektiğini düşünüyordum, bundan dolayı sechersl bozdurdum, ona bir kreuzer[96] verdim, Rathaus, yanındaki binalar ve Kleiner Bulvarı boyunca uzanan kemerin etrafında koşturdum ve sonra sol taraftan tamamıyla yeni bir hayırsever olarak ortaya çıktım. Kadına bir defa daha bir kreuzer verdim ve yine koşmaya başladım ve bunu on kez tekrarladım (kadının sabrı taşıp gittiği için belki daha az). Ama sonunda o kadar çok bitap düşmüştüm ki -ruhen ve fiziksel olarak- hemen eve koşup annem bana yeni bir sechersl verene kadar ağladım.

Anlayacağın üzere, dilencilerle aram kötü ama şimdi burada, mevcut ve gelecekteki servetimi -en küçük Viyana banknotları halinde, birer birer- yanımda olman ve sana yakın olduğumu hissedebilmem şartıyla, opera binasının önündeki dilenciye verme niyetinde olduğumu ilan ediyorum.

Franz

---

94 Milena'nın Max Brod'a yazdığı üçüncü mektup (Bkz. sayfa 381).
95 Çekoslovak kronunun beşte biri (1 sechserl = 20 heller)
96 Sekiz hellere karşılık gelen Çekoslovak parası.

PRAG, 19 TEMMUZ 1920
PAZARTESİ

Yanlış anladığın bazı şeyler var Milena.

Birincisi, o kadar hasta değilim ve biraz uyuyabildiğim zaman neredeyse Meran'daki halimden kendimi daha iyi hissediyorum. Akciğer hastalıkları en hafif olanıdır, hele sıcak yaz aylarında. Sonbaharda nasıl başa çıkacağım ise daha sonra ele alınacak bir mesele. Şimdilik sadece birkaç şikâyetim var -örneğin büroda hiç iş yapamıyorum, eğer tesadüfen sana bir şey yazmıyorsam, koltuğuma oturup, pencereden dışarıyı seyrediyorum. Seyredecek çok şey var, karşıdaki ev tek katlı olduğu için görüş alanı da çok açık. Bu işi çok sıkıcı bulduğumu ima etmiyorum -hayır, hiç de değil- sadece silkinip kendime gelemiyorum.

İkincisi, hiçbir şekilde paraya ihtiyacım yok, gereğinden fazla param var. Bir bölümü, senin tatilin için ayırdığım mesela, öyle bir köşede durduğu için bana sıkıntı veriyor.

Üçüncüsü, iyileşmem için kesinlikle her türlü yardımı yaptın ve sağlığıma kavuşmamı düşünerek de her an yine yardım ediyorsun.

Sayfa Sonu Notu: Ve ayrıca benimle ilgili hiç şüphen olmasın, son günde de ilk gün gibi bekleyeceğim.

Dördüncüsü, Prag seyahatiyle ilgili çekinerek belirttiğin tüm kaygıların doğru. Doğru kelimesini telgrafımda da kullanmıştım ama orada kocanla yapacağın konuşmaya atfen yazılmıştı ve bu yapılması gereken tek doğru şeydi. Örneğin bu sabah birden *korkmaya* başladım, aşkla, ıstırapla *korktum*, önemsiz bir durum, bir kapris nedeniyle yanlış bir adım atıp Prag'a gelmeye kalkarsın diye *korktum*. Ama böyle önemsiz bir durumun, hayatı böylesine yoğun, en verimli yaşayan senin gibi birisinin üzerinde etkisi olur mu? Ve Viyana'da geçirdiğimiz günlerimizin de seni yanıltmasına müsaade etmemelisin. Yaşadığımız şeyleri, bilinçaltında yatan akşam kocanı nasıl olsa tekrar görebileceğin düşüncesine borçlu olmamız ihtimali olamaz mı? Devam etmeyeyim artık. Ama bir şu var: Mektubundan şu iki konuyu yeni öğrendim - birincisi Heidelberg planı, ikincisi de Paris ve bankadan kaçıp, kurtulma planı[97]. Birincisinde bir şekilde "mesih" ve "azılı suçlu" kategorisinde yer aldığım anlaşılıyor. Ama yine ben yokum. İkicisi de bundan sonraki hayatını orada geçireceğini, planları, olanakları, beklentileri ve senin kendi beklentilerini orada tasarlayacağını açıkça ortaya koyuyor.

Beşincisi, bana her gün yazman kendine yaptığın işkencenin -benim *tek* sıkıntım senin üzülmen- bir parçasını oluşturuyor. Daha az yaz bana, eğer istersen ben sana günlük not gönderebilirim. Hoşuna giden bir işi daha huzurla yaparsın bu sayede.

Donadeiu[98] için teşekkür ederim (ben de sana bir şekilde kitap gönderemez miyim?). Hâlihazırda okumam çok zor olacak -bu da bir diğer önemsiz yakınma: Okuyamıyorum, gerçi bu durum beni pek rahatsız etmiyor, sadece imkânsızlık dolayı. Max'ın oldukça uzun bir senaryosunu[99] okumak zorundayım (Yahudilik, Hıristiyanlık, Putperestlik -harika bir kitap), okumam için beni oldukça sıkıştırıyor ama neredeyse başlamadım okumaya. Genç bir şair[100] bu-

---

[97] Ernst Pollak'ın sıkıcı bulduğu bankadaki işinden kurtulma planlarından birisi.

[98] Charles Louis Phillippe'nin romanı, Marie Donadeiu.

[99] Max Brod, "Yahudilik, Hıristiyanlık, Putperestlik", 2 cilt, Münih 1921.

[100] Muhtemelen Hans Klaus.

gün yetmiş beş tane şiir getirdi, bazıları sayfalarca uzunlukta, çok açık ki, daha önce de başıma geldiği gibi bana düşman olacak. O zaman Claudel'in makalesini[101] hızlıca okumuştum, ama bir defa ve çok hızlıca okumuştum, bununla beraber ne Claudel ne de Rimbaud ilgimi çekmiyordu. İkinci bir kez okumadan da üzerinde yorum yapmak istemedim ama her şeye rağmen çevirmek için bu makaleyi seçmene sevindim. Tamamladın mı? ("Pamatikdlini[102] ne anlama geliyor?) Aslında aklımda kalan tek şey ilk bölümdeki Ave Maria'nın dindar bir adamla olan deneyimiydi.

Kızın bana cevap olarak yazdığı mektubu ekte gönderiyorum. Bu mektuptan benim ne yazdığımı tahmin edebilirsin, gerekçesiz olarak nasıl reddedildiğimi görebilirsin. Artık cevap yazmayacağım.

Dün öğleden sonra geçen pazar gününden daha iyi değildi. Aslında oldukça güzel başladı, mezarlığa gitmek için evden çıktığımda gölgede 36 dereceydi ve grev nedeniyle tramvay çalışmıyordu ama yürümek istediğim için, özellikle bir cumartesi günü yürüdüğüm borsanın yanındaki küçük bahçelerden geçeceğim için bu durum beni mutlu etti. Ama mezarlığa geldiğim zaman mezarı[103] bulamadım, danışma kabini kapalıydı, bekçi ortada yoktu, oradaki kadınlar da bir şey bilmiyordu. Oradaki bir kitabı inceledim ama onda da benim aradığım bilgiler yoktu, saatlerce etrafta dolandım, mezar taşlarını taramak beni şaşkına çevirdi ve şaşkın bir halde mezarlıktan ayrıldım. [...][104]

F.

---

[101] Paul Claudel'in "Arthur Rimbaud" başlıklı makalesinin Milena tarafından yapılan çevirisi, 8 Temmuz 1920 tarihli *Tribuna*'da yayınlanmıştı.

[102] Milena'nın zor okunan el yazısı nedeniyle dizgi yapan kişinin hatasıyla gramer açısından (gramdtikalni) anlamına gelen kelime yanlış basılmıştır.

[103] Milena üç yaşındayken ölen erkek kardeşi Jenicek'in mezarını Kafka'dan bulmasını istemişti.

[104] Üç-dört kelime karalanmıştır.

PRAG, 20 TEMMUZ 1920
SALI

Yapmakta olduğum yazım kontrolünün ortasında ara veriyorum:

Bugün gelen iki mektup gibi kısa, neşeli ve hazırlıksız, aniden yazılan mektuplar sanki (sanki, sanki, sanki) bir orman, yakalarının ucunda rüzgâr, Viyana'dan bir manzara gibi. Seninle olmak ne güzel Milena.

Bugün kız bir kelime bile eklemeden senin mektubunu göndermiş -sadece birkaç paragrafın altı kurşun kalemle çizilmiş. Görünüşe göre pek mutlu değil, kalemle altı çizilen diğer mektuplar gibi bunun da eksiklikleri var ve bunları görünce senden aptalca, hiç olmayacak bir şeyi yapmanı istediğimi fark ettim, beni affetmen için yalvarıyorum. Kuşkusuz ondan da beni affetmesini istemeliyim, çünkü nasıl yazılmış olursa olsun, onu da üzmüş olmalı. Örneğin, mektubunda yazdığın, ne kadar saygılı bir biçimde ifade edilse de "Çünkü ne sizden bahsetti ne de yazdı" cümlesi onu incitmiştir, aynen tersinin de inciteceği gibi.

Bu esnada Stasa'ya yazdığın mektupla bana çok yardım etmiş oldun.

ÖĞLEDEN SONRA

Büroda bu mektuptan kendimi uzak tutmayı başardım ama bunun için sarf ettiğim çaba nedeniyle hiç iş yapacak gücüm kalmadı.

Dün Jilovski beni görmeye geldi, Stasa'ya gönderdiğin mektuptan bahsetti, bu sabah evden çıkarken masanın üzerinde görmüş ama içinde ne yazdığını bilmiyormuş -akşam Stasa sana söyler dedi. Cana yakın tavrı karşısında, mektubunda benim dışımda (benim neden olduğum) şeyler de olduğunu düşünerek tedirgin oldum. Ama o akşam mektubun çok olumlu olduğu belli oldu (ben okumadım) ve samimi tavırlarından her ikisinin de hoşnut oldukları anlaşılıyordu. Ayrıca, benim daha önce yazdığım bir şeyle bağlantılı olarak Stasa'ya teşekkür edilen birkaç cümle vardı ki bu durum Stasa'yı çok mutlu etmiş, gözlerinin her zamankinden daha fazla parlamasına sebep olmuştu. Sonuçta iyi insanlar -eğer bazı şeyleri unutmaya kendini zorlarsan, kendine rahat olmayı telkin edersen ve miden, asabi miden kaldırırsa- özellikle beraber olduklarında veya adam yalnızken. (Stasa tek başınayken daha güvenilmez.) Stasa senin resmini uzun uzun, çok dikkatli, sessiz ve ciddi bir şekilde incelediğinde çok güzel bir ortam oluştu. Belki daha sonra bu gece hakkında tekrar bahsederim; yorulmuştum, değersiz, sıkıcı, sopalık, umursamaz hissediyordum ve ta en başından beri gözüm yataktaydı. (Stasa'nın çizdiği ve üzerinde Jilovski'nin açıklamalarının yer aldığı -senin odanın planı üzerinde sohbet etmiştik -ekteki kâğıdı sana göndermemi istediler). Bu arada, çok lüks yaşamları var, zenginler, yıllık altmış bin krondan fazla harcıyorlar ve daha azıyla geçinmenin mümkün olmadığını söylüyorlar. Şüphesiz ki çevirinden[105] çok memnunum. Frank'la Franz, senin dağa tırmanmana karşı benim dağa tırmanmam, vb. gibi yaptığın çevirinin asıl metinle bağlantısı var. Öte yandan, eğer o *nutno*[106] güce sahip olsaydı *abych*[107] durum en

---

[105] Kafka'nın "Gözlem" adlı kitabından, "Bekârın Mutsuzluğu" öyküsünün Milena tarafından yapılan çevirisi edebiyat dergisi *Kmen*'de aynı kitaptan beş farklı öyküyle birlikte 9 Eylül 1920 tarihinde yayınlanmıştı.

[106] *Nutno*: Gerekli

baştan bu noktaya gelmezdi ve aslında evlenebilirdi, beceriksiz, beceriksiz, beceriksiz bekâr. Ama lütfen her halükârda metin senin istediğin gibi kalsın ki böylece ben de oh diyerek rahatlamanın zevkini yaşabileyim.

Dün, her gün bana yazmamanı telkin etmiştim, bugün hâlâ aynı fikirdeyim, bu her ikimiz için de daha iyi olacak ve bu nedenle bir kez daha ve bu sefer daha ısrarlı bir şekilde aynı telkinde bulunuyorum -ama lütfen beni dinleme ve bana her gün yaz Milena, çok kısa olabilir, bugünkü mektuptan da kısa olabilir, iki satır da, bir satır da hatta tek kelime bile olabilir ama onlarsız kalırsam çok acı çekerim.

F.

---

[107] *Abych*: Öyleyse

PRAG, 21 TEMMUZ 1920
ÇARŞAMBA

Eğer cesursan amacına ulaşırsın:

Öncelikle, gördüğüm kadarıyla Gross çok da haksız değil -onun dediği gibi hâlâ yaşıyorum, içimdeki bu güç bölünmesine rağmen aslında çoktan ölmüş olmam gerekirdi.

Ayrıca: Sonrasında ne olacağı sorun değil, *kesin olan tek şey senden ayrı kalarak kendimi korkuya teslim edememem, kendimi ona daha fazla kaptırarak, bilerek ve sevinerek kendimi içine atamam.*

Viyana'daki davranışlarım nedeniyle korku adına bana sitem etmekte haklısın ama bu korku gerçekten anlaşılmaz, boğazımı sıkıyor -ve gerçekten *bugüne kadar yaşadığım ve yaşabileceğim en korkunç şey bu.*

Belki mantıklı olan ikimizin de evli olmasıydı: Sen Viyana'da, ben korkumla Prag'da, ikimiz de boş yere evliliği sürdürmeye çalışır dururduk. Şöyle ki Milena,[108] eğer *Viyana'da seni ikna etseydim* (emin olmadığın o adımı atmakta bile aynı fikirdeydik), her şeye rağmen artık orada kalmayacaktın, aslında bu durumda "her şeye rağmen" diye bir şey olmayacak, sen Prag'a gelmiş olacaktın. Ayrıca son mektubunda kendini avutmak için sıraladığın şeyler sadece avuntudan ibaret. Haksız mıyım?

Prag'a hemen gelseydin ya da hemen gelmeye karar verseydin bunu senin bir kanıtın olarak değerlendirmez-

---

[108] Bir kelime çıkarılmış.

dim -seninle ilgili hiçbir kanıta ihtiyacım yok, benim gözümde seninle ilgili her şey açık ve kesin ama bu *benim* eksikliğini hissettiğim şahane bir kanıt olurdu. Bu tür eksiklikler zaten arada sırada korkuyu da tetikliyor.

*

Aslında daha da kötüsü, ben, bir "kurtarıcı" olarak başka hiçbir kimsenin yapamadığı bir biçimde seni Viyana'da tutabiliyorum.

Ormanda bizi sürekli tehdit eden bu fırtınaydı ama biz her zamanki gibi mutluyduk. Bu tehdit altında yaşamayı sürdürüyoruz çünkü başka seçeneğimiz yok.

Laurin tercümelerden birinin *Tribuna*'da[109] yayınlandığını haber vermek için aradı ama bundan bana bahsetmediğin için okumamı isteyip istemediğinden emin değildim, o nedenle okumadım. Şimdi bir yerlerden bulmaya çalışacağım. Kızın mektubunda neye karşı olduğunu anlamadım. Seni biraz olsun kıskandırmaktı amacı, başarmış oldu ya. Ben de bundan böyle benzer mektupları zaman zaman yazacağım, hatta bundan daha iyilerini de ve geri gönderemeyeceksin.

Lütfen biraz çalışmalarından bahset, *Cesta? Lipa? Kmen? Politika?* [110]

*

Söylemek istediğim başka şeyler var bir diğer genç şair[111] daha geldi -anlamıyorum, biri geldiği anda aklıma

---

[109] Kafka'nın "Mutsuzluk" adlı öyküsünün Milena tarafından yapılan çevirisi, 16 Temmuz 1920'de yayınlandı.

[110] Milena'nın yazı yazdığı veya çeviri gönderdiği dergilerin adı.

[111] Muhtemelen Kafka'nın çalıştığı sigorta şirketindeki iş arkadaşlarından birisinin oğlu olan Gustav Janouch.

hemen bürodaki işler geliyor ve o gidene kadar hiçbir şeye konsantre olamıyorum. Yorgunum, hiçbir şey düşünemiyorum, başımı kucağına koyup, elini başımda hissetmek ve sonsuza kadar böyle kalmak istiyorum.

Senin

Şunları söylemek istiyordum: Mektubunda önemli bir gerçek var (diğer gerçekler gibi) "Bu konuda fikri olmayan sensin..." "Bu kelimesi kelimesine doğru. Her şey pislik, rezil bir çirkinlik içerisinde, cehennemde yanma durumundaydı ve ben senin önünde bir bakıma kötü bir şey yapıp, annesine bir daha yapmayacağım diye ağlayıp söz verip duran bir çocuk gibi dikiliyorum. İşte korku tüm gücünü tamamıyla bunlardan sağlıyor: "Evet, evet bu" diyor. "Bu konuda hiçbir fikri yok! Henüz hiçbir şey olmadı demek ki hâlâ kurtarılabilir."

*

Telefonun çalmasıyla birden sıçradım. Müdür[112] beni görmek istiyor! Prag'a döndükten sonra ilk defa resmi olarak görüşmeye çağrılıyorum. En sonunda bütün foyam ortaya çıkacak. On sekiz gündür mektup, yazmak, mektup okumak ve pencereden dışarıyı seyretmekten başka hiçbir şey yapmadım. Mektupları elimde gezdirmek, bir aşağı bir yukarı koymak ve birkaç ziyaretçi ile görüşmekten başka hiçbir şey yapmadım. Ama görüşmeye gittiğimde müdür samimi davrandı, gülümsedi, anlamadığım resmi bir şeylerden bahsetti ve tatile gideceği için veda etti: Akıl almayacak kadar iyi bir insan (ben de belirsiz bir şekilde her

112 Dr. Bedf Ich Odstrcil, Kafka'ya çok değer veren, Kafka ile çok iyi ilişkileri olan birisiydi.

şeyin yolunda olduğunu ve yarın yazdıracağımı ağzımda geveledim). Ve şimdi hemen bunu koruyucu meleğime bildiriyorum. Garip ama Viyana'dan yolladığım mektup hâlâ masasının üzerinde duruyor ve onun üzerinde de yine Viyana'dan gelmiş bir mektup var, bir an, gayriihtiyari, neredeyse senden geldiğini düşündüm.

PRAG, 22 TEMMUZ 1920
PERŞEMBE

Ah evet bu mektup. Bu cehennemin içine bakmak gibi, cehennemdeki birisi yukarıdan başka birini çağırır ve hayatının nasıl olduğunu, nasıl yerleştiğini anlatır. Önce bir kazanın içerisinde haşlanır, sonra bir diğerinde, en sonunda bir köşede soğumak için oturur. Ama o kadını daha önceden tanımıyorum (Sadece *pitomec*[113] M'yi uzun zamandır tanıyorum, Luarin'de ona böyle hitap ediyormuş, fark etmemişim) aklı karışmış veya gerçekten deli olabilir. Böyle bir kader karşısında kimin aklı karışmaz ki bizim bile aklımız karıştı, onun yerinde olsaydım çok üzülürdüm çünkü insandan başka her şeye benziyor artık. Bunun farkında olmadığına ve yazdığı mektuba karşı senin duyduğun tiksintiyi anlayamadığına inanamıyorum. Sık sık bilinmeyen bir yaratıktan bahsediyoruz -ama sözkonusu Jarmila olduğunda sürekli olarak bu şekilde konuşmalıyız.

Öte yandan, eğer yanlış anlamadıysam Haas[114] ondan tamamıyla ayrılmış gibi görünmüyor -ama bu bir mektup bilgisi değil, sadece sarhoş muhabbeti ve ben bunu hiç mi hiç anlamıyorum

*

---

[113] Çekçe'de "ahmak" anlamındadır. Kafka burada daha önce Reiner'in ölümüyle ilgili bilgi veren Michal Mares'i kast ediyor. Belli ki Milena, Mares'in anlatılarına kuşkuyla yaklaşıyor.

[114] Willy Haas, o dönem Berlin'de yaşıyordu, bir yıllık yas süresi dolduktan sonra 1921 mart sonunda Jarmila ile evlendi.

Çalışkan Milena, odanı kafamda değişime tabi tutuyorum, önceden masan ve tüm diğer eşyalar orada iş yapılmadığı izlenimi uyandırıyordu ama şimdi öyle değil, o kadar ikna edici ki insan adeta işi görebiliyor; odan eşsiz bir şekilde sımsıcak, güzel ve neşelidir herhalde. Her zamanki gibi sadece gardırop biraz kaba görünüyor, bazen kilidi çalışmıyor ve açılmıyor, bezgin bir şekilde kendini kapalı tutuyor ve özellikle "pazar" günü giydiğin o elbiseyi vermeyi reddediyor. Eğer yeni bir eve taşınırsan bu dolabı atalım.

*

Son dönemde yazdığım birçok şey için özür dilerim, bana kızma. Ayrıca buraya gelememenin sebebinin tümüyle senin suçun olduğu veya senin de bunda payın olduğunu düşünerek kendine eziyet etmeyi bırak lütfen. Bu konuda benim suçum daha fazla, bir ara bahsederim.

PRAG, 23 TEMMUZ 1920
CUMA

Hayır, o kadar kötü değildi. Zaten ruh birazcık kötü niyet olmadan baskıdan nasıl kendini kurtarabilir. Diğer yandan, bugün bile yazdığım her şeyin doğru olduğunu düşünüyorum. Bazı şeyleri yanlış anlıyorsun, mesela "tek acı çeken" ile ilgili bölüm: Kendi kendine yaptığın eziyet nedeniyle "tek acı çeken" sensin, senin mektupların nedeniyle ben değilim, tersine mektupların her sabah bana o günü tamamlamak için güç veriyor -o kadar büyük bir güç ki bu günlerin (tabi ki mektupların da) tekinden bile mahrum olmak istemiyorum. Keza girişte masanın üzerinde duran mektuplar da söylediklerimle tezat teşkil etmiyor, onları yazabilmek ve bir yerlere koyabilmek imkânı bile yabana atılmayacak bir şey. İnan bana kıskanç da değilim ama kıskançlığın mantıksız olduğun bilincine varmak çok zor, çok nadiren bu bilince erişebiliyorum, diğer yandan kıskanç olmamayı her zaman başarabiliyorum. Evet "Mesih" konusuna gelelim. Mesihler çekip çıkarmak istedikleri şeyleri gaddarca bir ciddiyetle gömme eğilimleri ile bilinirler ve bu layık oldukları bir benzetmedir, ben bir kenarda durup bu durumdan zevk almaya bakarım -bu bireysel bir durum değil ama dünyanın kuralıdır.

Neyse en azından şimdi Max'a söyleyecek bir şeyim var, büyük kitabı hakkında senin düşüncen -oldukça özet bir şekilde. O da sürekli seni soruyor, nasıl olduğunu, neler yaptığını ve bunları gayet içten yapıyor. Güç bela bir şeyler anlatabiliyorum ona, neyse ki dil zaten bunu imkânsız kılıyor. Viyana'daki Milena hakkında ahkâm kesip, şöyle düşünüyor, bunu diyor, şunları yapıyor diyemem ki. Sonuçta sen ne alelade bir "Milena"sın ne de "o"sun -bu bütünüyle saçmalık- bu nedenle bir şey söyleyemem. Bu o kadar açık ki beni üzmüyor bile.

Şüphesiz tanımadığım insanlarla senin hakkında konuşabiliyorum, bundan çok zevk bile alırım. Hatta bununla ilgili muziplik yapmamak için kendimi kontrol etmesem -aslında çok cazip olurdu- daha çok zevk alırdım. Geçen gün Rudolf Fusch'la[115] karşılaştım. Onu severim ama normalde onu gördüğüm zaman bu kadar mutlu olmaz ve elini bu kadar büyük bir coşkuyla sıkmazdım. Hatta sonunda çok büyük bir şey çıkmayacağını da biliyordum ama küçük olsa ne çıkar dedim kendi kendime. Sohbetin konusu hemen Viyana'ya ve orada gördüğü insanlara geldi. İsimleri ilgimi çekti, hemen saymaya başladı, hayır bunu kastetmedim, bayan isimleriyle ilgileniyorum. "Örnek verecek olursam Milena Pollak vardı, tanırsınız onu". "Evet Milena" diye tekrarladım ve ne tepki vereceğini görmek için Ferdinand Caddesi'nden aşağıya doğru baktım. Başka isimler sayıldı, her zamanki öksürüğüm tuttu ve konuşmanın yönü değişti. Konuyu tekrar oraya nasıl getirebilirim? "Savaşın hangi yılında Viyana'daydım, hatırlıyor musunuz?" "1917" "O zaman E.P.[116] de Viyana'da değil miydi?" "O zaman onu görmemiştim. Henüz evlenmemişti değil mi?" "Hayır." Bu kadarla kaldı. Senin hakkında biraz daha konuşturabilirdim onu ama yeterince gücüm yoktu.

*

---

115 Şair, çevirmen (1890-1942), Franz Werfel ve Willy Haas'ın da içerisinde bulunduğu edebiyat çevresinin bir üyesiydi.

116 Milena'nın kocası Ernst Pollak kastediliyor.

İlaçlarını alıyor musun, daha önce de aksatmadın değil mi? İlk defa baş ağrısından söz etmişsin.

Jarmila davetinle ilgili bir şey söyledi mi? Paris planıyla ilgili birkaç kelime de olsa lütfen biraz bahsedebilir misin?

Şimdi nereye gitmeyi düşünüyorsunuz? (Düzenli posta servisi olan bir yer mi?) *Ne zaman*, ne kadar süreliğine, altı ay mı?

Seninle ilgili herhangi bir şey yayınlandığı zaman hemen bana haber ver.

İki günlük Prag yolculuğunu nasıl yapmayı planlamıştın? (Sadece merak ediyorum).

"Böyle olmasına rağmen" kelimesi için teşekkürler, hemencecik kanıma giren büyülü bir kelime.

PRAG, 23 TEMMUZ 1920
CUMA ÖĞLEDEN SONRA

Evde buldum bu mektubu. Uzun süredir kızı tanıyorum: Muhtemelen uzaktan akrabayız -en azından ortak bir akrabamız var, şu mektupta bahsettiği, Prag'da ağır hasta olarak yatan, onun ve kız kardeşinin aylarca baktığı kuzen. Görünüş olarak onu hoş bulmuyorum: Suratı çok büyük, yuvarlak, kırmızı yanaklı, bedeni küçük ama tombul, fısıldar gibi rahatsız edici konuşuyor. Bunun dışında onun hakkında iyi şeyler duydum ama doğruyu söylemek gerekirse akrabaları sürekli arkasından yakınıp duruyorlar.

İki ay önce olsaydı bu tür mektup için cevabım çok basitti: Hayır, hayır ve hayır. Ama şimdi bunu yapmaya hiç hakkım olduğunu düşünmüyorum. Ona herhangi bir şekilde yardım edebileceğimi düşündüğümden değil elbette; Bismarck gibi biri bile böyle mektupları, yaşamı, misafirlerin sabırsızlıkla atıştırmalık yemeklerin ikram edilmesini beklerken, fırında kızartılmış ana yemeğin sessizce önlerinden geçtiği keyifsiz bir ziyafet olarak açıklar ve insanların bu duruma kendilerini adapte etmek zorunda olduklarını belirterek hemen savuştururmuş -bu anlayış saçma, korkunç derecede saçma! Onun için değil, daha çok kendim için onunla buluşmayı düşündüğümü yazacağım ona. Sen, Milena elime bir şey bıraktın, onu saklamamalıyım.

Dayım yarın gidiyor, bu demek ki yine şehir dışına gidebileceğim, en azından biraz havaya, suya kavuşacağım, buna fazlasıyla ihtiyacım var. Bu mektubu sadece benim okuyabileceğimi belirtmiş, sana göndererek isteğini yerine getiriyorum. Yırt at. Bu arada güzel bir cümle de var mektupta: Kadınların çok fazla şeye ihtiyacı yoktur.

PRAG, 24 TEMMUZ 1920
CUMARTESİ

Son yarım saattir iki mektup ve kartı (zarftan bahsetmek gereksiz, tüm posta görevlileri neden gelip senin adına özür dilemiyor, şaşırıyorum) okuyorum ve tüm bu zaman zarfı boyunca güldüğümün şimdi farkına vardım. Dünya tarihi boyunca benden daha iyi durumda olan bir imparator var mı? Odama giriyorum ve beni bekleyen üç tane mektupla karşılaşıyorum ve onları açmak -parmaklarım çok yavaş!- arkama yaslanmak ve böylesine şanslı, mutlu olduğuma inanmak dışında hiçbir şey yapmam gerekmiyor.

Aslında hayır tüm bu zaman süresince gülmüyordum, bavul taşımanla ilgili söyleyecek tek sözüm bile yok, zira buna inanamıyorum, inansam bile bu sahneyi gözümde canlandıramıyorum, canlandırdığımda ise "o pazar günü" kadar çok güzelsin -hayır bu sadece güzellik değil olsa olsa cennetin iflası- ve o beyefendiye hak veriyorum (herhalde sana 20 kron verdi ve 3 kronunu geri istedi). Ama hâlâ buna inanamıyorum ve eğer bu gerçekse, korkunç ve bir o kadar da muhteşem olduğunu itiraf ediyorum. Ama durum şu ki açsın ve hiçbir şey yemiyorsun (bense aç olmamama rağmen çatlayasıya kadar yiyorum), gözünün altında halkalar var (herhalde fotoğrafın üzerinde rötuş yapılmış olamaz -bu halkalar fotoğrafının bana verdiği mutluluğun yarısını aldı götürdü ama bu kadarlık sevinçle bile ellerini uzun uzun öpmek istiyorum ki bu ellerle bir daha ne çeviri yapasın ne de istasyonda bavul taşıyasın) -bu nedenle seni bağışlamayacağım, asla bağışlamayacağım, aradan yüz yıl geçip kulübemizin önünde oturuyor olsak bile bunun için sana kızacağım. Hayır şaka yapmıyorum. Bana çok düşkün olduğunu, benim için yaşadığını iddia ediyorsun ama burada kullanmadığım fazla paraya, bana ve orada Weisser Hahn'a rağmen hâlâ aç kalmakta ısrar ediyorsun.

Bir kereliğine kızın mektubu hakkında söylediklerini affedeceğim, bana *tajemnik*[117] demişsin (bana *tajemnik* diyorlar çünkü son üç haftadır burada yaptıklarım çok *tajemne*[118]*)* ve bunun dışında haklısın. Haklı olmak yeterli mi ama? Ve ayrıca: Ben haklı değilim ama senin de kızın önemsiz mektubunu okuduktan sonra olabildiğince açıkça yazılmış olan yanlışımı bulup çıkararak, bu haksızlığın bir parçasını olsun -olmaz biliyorum önemli olan sadece niyet-paylaşmak istemez misin? Düşüncesizce vesile olduğum bu mektup değişimi hakkında artık daha fazla bir şey duymak istemiyorum. Mektubunu, birkaç dostane satır ekleyerek ona yolladım. O zamandan bu yana herhangi bir haber çıkmadı, bir görüşme teklif etmeye dilim varmadı, umarım her şey sakin ve dostane olarak çözümlenir.

Stasa'ya gönderdiğin mektubu savunuyorsun ve ben sana o mektup için teşekkür etmiştim. Eminim her ikisine de haksızlık ediyorum, belki bir gün bunu yapmayı bırakabilirim.

Neu-Waldegg'e mi gitmiştin? Oraya ben de sık sık giderim, ilginç ama hiç karşılaşmadık birbirimizle orada. Tabi sen o kadar hızlı tırmanıyor ve koşuyorsun ki Viyana'da yaptığın gibi yanımdan uçup gitmişsindir. Ne biçim dört gündü o? Bir tanrıça sinemadan ayrılıyor ve küçük hamal kız istasyonda dikiliyor -bu dört gündü, öyle mi?

---

117 "Sekreter"

118 "Gizemli"

*

Max mektubunu bugün alacak. Gizlice ne kadar okunabilirse ancak o kadar okudum.

Evet Landauer[119] ile ilgili olarak gerçekten çok şansızmışsın. Hâlâ Almancasının iyi olduğunu düşünüyor musun? Nasıl başa çıkabildin bununla zavallıcık (çocuk demiyorum lütfen dikkat et) bir de benim mektuplarımın eziyetine katlanıp, karman çorman olmuşken? Benim mektuplarımın seni üzdüğünü söylemekte haksız mıyım? Ama haklı olmak neye yarar? Eğer senden mektup alırsam haklıyım ve her şeyim var, eğer almıyorsam ne hakkım ne hiçbir şeyim, hayatım bile yok demektir.

Viyana'ya gitmek, evet.

Lütfen çeviriyi gönder, senden gelecek her şey bana az gelir.

Burada büyük bir pul koleksiyoncusu[120] var, zarftaki pulları hemen elimden alıyor. Koleksiyonunda epeyce 1 kronluk pul birikti ama 1 kronluk başka pullar, büyük siyah kahverengili başka pulların da olduğunu söylüyor. Düşünüyorum da nasıl olsa bana mektuplar geliyor, ben de ona pul toplayayım. Bu nedenle, bu 1 kronluk ya da daha büyük 2 kronluk pullardan kullanabilir misin?

---

119 Gustav Landauer (1870-1919), ünlü bir eleştirmen ve 1918-1919 yıllarında çok kısa bir süre için mevcut olan Münih Sovyet Cumhuriyeti'nin kurucularındandır. Milena "Gustav Landauer'in Şiirlerinde Friedrich Hölderlin" adlı, Alman okurlar için bile çok zor olan konuşmasını çevirmiş ve bu çeviri için çok zorlanmıştı.

120 Kafka'nın mesai arkadaşı.

PRAG, 26 TEMMUZ 1920
PAZARTESİ

Telgrafım değil ama perşembe akşamı yolladığım mektup bir cevaptı. Uykusuzluk ve üzerimdeki bu sabah huzursuzluğunun haklı bir gerekçesi var. Kocanın kanamadan haberi var mı? Büyütmeye gerek yok, önemsiz bir şey de olabilir, kanamanın birçok nedeni olabilir ama sonuçta kan bu ve ihmal edilmemeli. Ama senin tepkin mutlu hayatını kahramanca sürdürüyor ve sanki kana meydan okuyorsun: "Haydi gel, gel de görelim" ve o da geliyor. Ve benim burada ne halde olduğum senin umurunda değil, tabi ki çocuk değilsin, ne yaptığının farkındasın ama ben burada Prag'ın kıyılarında durup gözlerimin önünde Viyana denizinde göz göre göre boğulmanı seyretmek zorunda mıyım? Eğer yiyecek yiyeceğin yoksa bu bir sıkıntı değil mi? Yoksa bu durumun senden daha çok benim sıkıntım olduğunu mu düşünüyorsun? İşte bu konuda haklısın, hep haklı olduğun gibi. Maalesef artık sana para gönderemeyeceğim çünkü öğlen eve gideceğim ve hiçbir işe yaramayan paraları mutfak sobasına atacağım.

Böylece aramızdaki bağ tamamıyla kopuyor Milena, geriye paylaştığımız yegâne şey olan burada bulunman ve yüzünün benim yüzüme olabildiğince yakın olmasıyla ilgili güçlü arzu kalıyor. Tabi bir de paylaştığımız ölüm arzusu, şu "rahat bir şekilde" ölme arzusu ama bu gerçekte küçük bir çocuğun sahip olabileceği bir arzu, mesela benim gibi bir çocuk. Matematik dersinde öğretmenin not defterinin sayfalarını çevirdiğini gördüm, herhalde sefil bilgisizliğimi güç, korku ve hakikat gösterisi ile karşılaştırmak için benim adımı arıyordu. Korkunun etkisiyle şaşkın bir şekilde, hayalet gibi ayağa kalkmayı, sıraların arasından koridora doğru süzülerek, kıt matematik bilgimle öğretmenin önünden uçmayı, bir şekilde kapıdan geçmeyi, dışarı çıkınca kendimi toplayıp sınıftaki yoğun gerginlikten uzak, benim hatırladığım dünyanın nefis havasında özgür olmayı istedim. Bu gerçekten "rahat" olurdu. Ama böyle olmadı. Öğretmen beni, tahtaya kaldırdı ve çözümü için logaritma tablosu gerektiren bir problem sordu. Tablomu unutmuştum ama yine de sıramda diyerek yalan söyledim (öğretmenin kendi tablosunu bana ödünç vereceğini düşündüm) öğretmen sıramdan almak üzere geri yolladı, olağanüstü bir korkuyla (okulda asla normal bir korku duymadım) kitabın orada olmadığını fark ettim, öğretmen (iki gün önce karşılaştım) bana "seni timsah" dedi. Ve hemen bana bir eksi verdi, aslında bu sadece formaliteden ibaretti ve haksız yere verilmişti. (Yalan söylemiş olmama rağmen kimse bunu ispatlayamazdı, sonuçta haksız değil mi?) Ama bu sayede mahcup olacağım bilgisizliğimi sergilememiş oldum. Bütüne bakılırsa bu da oldukça "rahattı" ve uygun koşullar altında herhangi birisi sınıfta kendi kendine "yok olabilirdi", her türlü ihtimal mevcuttu, insan yaşarken bile "ölmüş" olabilirdi.

İki sayfalık mektubun bir köşesinden diğer köşesine kadar yazılmış not: Bu şekilde saçmalıyorum çünkü seninleyken, her şeye rağmen çok iyi hissediyorum.

Sadece bir tek senin hemen içeri girmen, burada olman ve sağlığına tekrar nasıl kavuşacağın konusunda- açıkçası bu tüm saçmalamalardan çok daha önemli -detaylı bir konuşma yapma ihtimalimiz yok. Ama bu ihtimali acil olarak yaratmamız lazım.

*

Mektubunu okumadan önce sana bugün yazmak istediğim birçok şey vardı ama kanın karşısında ne denilebilir ki? *Doktor ne dedi ve nasıl birisiydi? Bana hemen yaz* lütfen.

İstasyondaki olayla ilgili açıklamaların yanlış: Bir an bile tereddüt etmedim, her şey o kadar güzel ve hüzünlü ve biz o kadar yalnızdık ki, ortada görünmeyen insanların bir anda belirmeleri, istasyon kapısının kapalı olmasına itiraz etmeleri ve açılmasını istemeleri akıl almaz derecede komikti.

Ama otelin önünde olay aynı senin dediğin gibi oldu. Orada çok güzeldin! Belki de orada sen değildin, o kadar erken kalkman garip olurdu. Ama eğer sen değilsen de olayın nasıl olduğunu bu kadar detaylı nasıl bilebilirsin?

Senin de pul istemen iyi oldu, ben de bu ricam için iki gündür kendime kızıyordum, hatta daha yazarken bile.

PRAG, 26 TEMMUZ 1920
PAZARTESİ, DAHA SONRA

Öff, bir sürü iş geldi şimdi. Ben bu uykusuz kafayla ne için çalışıyorum? Ne için? Mutfak sobası için tabi.

*

Bir de her şeyin üstüne şu şair[121] geldi, ilk gelen -tahta kalıplar, oymacılık da yapıyor, şimdi buradan ayrılmıyor, öylesine hayat dolu ki bendeki her şeyi ortaya çıkarıyor ve beni sabırsızlıkla titrerken seyrediyor; bu mektubu yazarken elimin titremesini seyrediyor, kafam omzuma düşüyor ama o hâlâ gitmiyor, nitelikli, canlı, mutlu-mutsuz olağanüstü bir çocuk ama şu an bana sıkıntı veriyor. Ve senin ağzından kan geliyor.

*

Anlaşılıyor ki aynı şeyleri yazıp duruyoruz. Sana hasta olup olmadığını sordum, sen hemen bu konuda yazdın; ben ölmek istiyorum, sen de; ben senden pul istiyorum, sonra sen benden istiyorsun; bazen, bir küçük çocuk gibi omzunda ağlamak istiyorum sonra da sen benim omuzlarımda küçük bir kız gibi ağlamak istiyorsun. Kimi zaman, belki on, belki yüz, belki de bin defa, daima seninle olmak istiyorum, sen de aynısını söylüyorsun. Yeter, yeter.

---

121 Gustav Janouch.

*

Doktorun ne söylediği hakkında hâlâ mektup yazmadın, seni miskin, seni kötü mektup yazan, seni yaramaz, seni sevimli, seni -şimdi hangisi? Hiçbiri, sadece kucağında huzur bulmak.

PRAG, 27 TEMMUZ 1920
SALI

Doktor nerede? Mektubunu okumadan, doktorla ilgili bölümü bulmak için üstün körü şöyle göz gezdirdim. Nerede?

Uyumuyorum, ama bu nedenle uyumadığımı kastetmiyorum, içten üzüntüler, gerçek üzüntüler uyumsuz insanların daha fazla uyumalarını sağlarmış ama buna rağmen ben uyuyamıyorum. Viyana seyahati üzerinden çok zaman mı geçti? Şansımı çok mu abarttım? Süt, tereyağı ve salatanın hiç mi yararı yok bana, gıda olarak sadece senin varlığına mı muhtacım? Hiçbirisi bu durumun sebebi değil ama bu günlerin pekiyi geçmediği aşikâr. Diğer taraftan, üç günden bu yana bana tahsis edilen o boş evin mutluluğunu tadamıyorum artık, tekrar kendi evime döndüm (bu nedenle telgrafı hemen alabildim). Belki beni iyi hissettiren evin boş olması değil, yani bir tek bu değil, aynı anda iki eve birden sahip olmak, biri gündüz için, daha uzakta olan diğeri akşam ve gece için. Bunu anlayabiliyor musun? Ben anlamıyorum ama öyle işte?

Evet gardırop. Herhalde bizim ilk ve son tartışmamızın konusu bu olacak. Ben "Onu atıyoruz!" diyeceğim, sen "Kalacak!" diyeceksin. Ben "Onunla benim aramda tercih yap!" diyeceğim, sen "Zaten Frank'la Scbrank[122] arasında pek fark yok, Scbrank'ı tercih ediyorum!" diyeceksin. "Tamam..." diyeceğim ve yavaşça merdivenlerden (hangi

[122] Almancada "gardırop" anlamındadır.

merdivenler acaba?) aşağıya doru ineceğim -ve eğer Tuna nehri karşıma çıkmamışsa, hâlâ mutlu mesut yaşamaya devam ediyorum demektir.

Aslında gardıroba karşı değilim -sadece o elbiseyi giyme, eskiteceksin, sonra bana ne kalacak?

Mezarlık garip bir yer. Aslında *(vlastne)* olması gereken yerde ama gelişigüzel aradım mezarı, pek emin değildim, daha sonra planlı bir şekilde giderek büyüyen daireler çizerek bakındım ve en sonunda yanlışlıkla o diye başka mezarı buldum.

Demek yolculuğa çıkıyorsun ama vizen bile yok. *İhtiyaç duyduğum anda, gece bile olsa buraya geleceğine dair garantim de böylece elimden gitmiş oldu.* Bir de kalkmış uyumamı bekliyorsun benden.

[...][123]

Doktordan ne haber? Nerede? Hâlâ gelmedi mi?

Kongre için çıkarılmış özel pul yokmuş, ben de olduğunu zannediyordum, bana birisi "kongre pulları" adı altında bu pullardan getirince hayal kırıklığına uğradım -bunlar sadece kongre tarafından üzerlerine damga basılmış normal pullar ama sırf bu özel damga nedeniyle epey değerli pullar, ne yazık ki koleksiyon yapan çocuk bunların kıymetini bilmeyecektir. Hem değerleri yüksek olduğu için hem de her gün bana teşekkür etmen için bugünden itibaren her zarfa bir tane pul yapıştıracağım.

Gördün mü bak yeni bir kalem ucuna ihtiyacın var, neden Viyana'da vaktimizi daha yararlı kullanmadık ki? Mesela neden o kırtasiyecide zaman geçirmedik? Hem içerisi çok güzeldi hem de birbirimize çok yakındık.

---

[123] Kişilik haklarının korunması nedeniyle bu bölümdeki bazı satırlar çıkarılmıştır.

Senin aptalca şakalarımı yüksek sesle okuyarak, gardıroba duyurmayacağın konusunda sana güveniyorum. Odanda olan hemen hemen her şeyi çılgıncasına seviyorum.

Ya doktor?

Pul koleksiyoncusuyla çok sık görüşüyor musun? Öyle görünmese de sorunun altında yatan başka anlam yok, uykuyu iyi alamayınca ne dediğini bilmeden konuşabiliyor insan. Durmadan sormak istiyor insan, esasen uyumamak sormak anlamına geliyor, cevabı bir alabilse zaten uyuyabilecek.

*

Bu insanın davranışlarından sorumlu olmadığı açıklaması oldukça rahatsız edici. Pasaportunu aldın değil mi?

PRAG, 28 TEMMUZ 1920
ÇARŞAMBA

Kazanova'nın "Kurşunlu Zindan"dan kaçışını biliyor musun? Eminim biliyorsundur. Kitapta hapis hayatının en korkunç yönleri kısa ve öz olarak anlatılmaktadır: Aşağıda mahzende, karanlıkta, her tarafın nemle kaplandığı su birikintisinin içinde, dar bir tahta parçasının üzerinde iki büklüm haldeyken suyun seviyesi tahtaya ulaşır, hatta gelgitle daha da taşar, ama en kötüsü vahşi lağım fareleridir, geceleri kulak tırmalayan çığlıkları, çekmeleri, ısırmaları ve kemirmeleri (mahkûm ekmeğini kaptırmamak için de onlarla savaşmak zorundadır herhalde) ve belki de en kötüsü mahkûmun güçsüzleşerek tahtadan düşmesini sabırsızlıkla beklemeleridir. Mektubundaki hikâyeler de aynen bu şekilde, korkunç, hayret verici ve en önemlisi de insanın geçmişine hem yakın hem de uzak. Orada iki büklüm halde oturursun, bu durum belini perişan eder, bir ayağına kramp girer, dehşete düşersin ama büyük, siyah fareleri seyretmekten başka yapacağın bir şey yoktur, karanlık gecede parlayan gözlerini görürsün ve artık tahtanın üzerinde mi oturduğunu yoksa yerde, ağızları açık, dişleriyle ve uzun burunlarıyla karşı karşıya mı olduğunu anlayamayacak hale gelirsin. Hadi ama bu tür hikâyeler anlatma, nedir bu? Bu "küçük iblisleri" almana izin veriyorum ama tek şartla, onları evde tutmayacaksın.

Kenar notu: Trotzde[124] bu mektuplarda olması gerekiyordu -ama sözcüğün kendisi de güzel değil mi? *"Trotz" çelişki var orada hayat var; "dem"de ise batıyor, hiçbir şey yok.*

*

Artık doktorun bahsi hiç mi hiç geçmiyor. Hemen doktora gideceğine dair söz vermiştin ve sen hep sözünü tutarsın. Artık kan gelmediği için mi gitmiyorsun? Sana kendimi örnek olarak göstermiyorum, benimle karşılaştırılmayacak kadar sağlıklısın, ben hep bavulu taşınan beyefendi olacağım. (Bu bir sınıf ayrımı yapıldığını göstermiyor, şöyle ki önce hamalı çağıran beyefendi gelir, sonra hamal ve bundan sonra taşımasının mümkün olmadığı bavulu hamaldan taşımasını ister. Geçenlerde tren istasyonundan gelirken, bavulumu taşıyan görevli, ben ona daha hiçbir şey söylemeden beni teselli etmeye çalıştı. Onun bilmediği birçok şeyi benim yapabileceğimi, bagaj taşımanın asli işi olduğunu, bunu dert etmediğini vs. söyledi. Bu söyledikleri daha önce açıkça ifade edemediğim, aklımdan geçen düşüncelere -tamamıyla yetersiz- bir cevaptı.) Neyse, bunları anlatarak kendimi seninle karşılaştırmıyorum ama bende nasıl başladığını düşünmekten kendimi alamıyorum ve bu durum beni üzüyor, bir doktora görünmelisin. Yaklaşık üç yıl önce ciğerlerimde hiçbir hastalık belirtisi yoktu, yorulmak nedir bilmezdim, bitmek tükenmeksizin yürür ve hâlâ gücüm olurdu (buna rağmen düşünmek daima beni yorgun düşürürdü), birdenbire takriben ağustos civarında -hava sıcak ve güzeldi, kafam dışında her şey iyiydi- halka açık yüzme havuzunda kırmızımsı bir şey tükürdüm. Kabul edeceğin üzere bu durum ilginç ve sıradışıydı. Şöyle bir baktım ve sonra hemen unuttum. Daha sonra sık sık

[124] *Trotzde*: Yine de, her şeye rağmen; *trotz*: Yine de.

tekrar etmeye başladı, ne zaman denesem genellikle kırmızı tükürüyordum. Artık bu aşamada ilginç değil sıkıcı olmaya başlamıştı, bir defa daha üzerinde durmadım. Eğer hemen doktora gitmiş olsaydım -belki her şey aynı şekilde olacaktı, o zaman kimse kanı bilmiyordu, ben bile bilmiyordum ve kimse endişelenmiyordu. Ama endişelenen birisi var, şimdi lütfen doktora git.

Kenar notu: Neden Jilovski'yi hikâyelere dahil ediyorsun? Not defterimde seninle ilgili çizim var.

*

Kocanın bana şunu veya bunu yazacağını söylemesi garip geldi. Ve bu dövme, boğaz sıkma konusu nedir? Gerçekten bunu anlamıyorum. Tabii ki sana güvenim eksiksiz ama bu konu hakkında, sanki çok uzaktaymış, yabancı birinin hikâyesiymiş gibi hiçbir şey hissetmemem neredeyse imkânsız. Sanki buradasın ve "şimdi Viyana'dayım ve bağırış, çağırış vs. hâlâ devam ediyor" diyorsun. Sonra her ikimiz pencereden dışarı Viyana'ya doğru bakıyoruz ve doğal olarak orada telaşa neden olacak en küçük bir sebep bile yoktu.

Ama bir tek şey var: Gelecekten bahsederken, benim Yahudi olduğumu unutmuyor musun? *(jasne, nezapletene*[125]) Ayaklarında olsa bile Yahudiler ve Yahudilik tehlikeli oluyor.

[125] *Jasne*: Açık; *nezapletenite*: Basit

PRAG, 29 TEMMUZ 1920
PERŞEMBE

Stasa'dan çok hoş bir not aldım. Ama geçmişten daha farklı olduğunu gösterir hiçbir ibare yok notta, zaten kendisiyle ilgili de hiçbir şey yok, senin namına konuşuyor. Onunla aranızda inanılmaz bir uyum var, sanki ruhsal bir uyum, bu aracılık etmekten fazlasına cesareti olmayan bir kişinin sadece kendisinin duymasına ve anlamasına izin verilen şeyleri başka birisine aktarması (paylaşmanın onuru ve güzelliğini göstermesi bakımından o kişinin bu durumun farkında olması da önemlidir) gibi bir şey. Ama yukarıda belirttiğim gibi Stasa'nın o günden bu yana değiştiğini zannetmiyorum, aynı koşullar altında bugünkü gibi bir notu yine yazardı.

Bu hikâyelerde bir acayiplik var. Bana sıkıntı veriyorlar ama bunların Yahudi hikâyesi olması ya da yemek masaya konduğu zaman her Yahudi'nin bu basit, berbat, zehirli -aynı zamanda eski ve hiç bitmeyen- bu yemekten payını alması ile alakalı değil sıkıntım. Bunları bırakıp elini bana uzatmak ve hiç bırakmaksızın elimi tutmak istemez misin?

Dün mezarı buldum. Gelişigüzel arandığı zaman bulmak gerçekten imkânsızmış. Anne tarafından akrabalarına ait özel mezarlık olduğunu bilmiyordum. Ayrıca mezarların üzerindeki yazılar eğilip dikkatli bir şekilde bakarsan okunabiliyor.

Üzerindeki yaldızlar da neredeyse tümüyle dökülmüş. Orada uzun süre kaldım, üzerinde hiç çiçek bulunmamasına rağmen -zaten hiç anlam vermemişimdir, mezarın üzerindeki çiçeklerin neye faydası var ki artık- mezar çok güzeldi ve oldukça sağlam bir taştan yapılmıştı. Mezarın en uç köşesine birkaç tane renkli karanfil bıraktım. Mezarlıkta kendimi şehirden çok daha iyi hissettim, bu hissiyatım epey devam etti -sanki mezarlıktaymış gibi şehre doğru uzun süre yürüdüm.

Jenicek senin kardeşin mi?

*

Durumun şimdi iyi mi? Neu Waldegg'de çekilen fotoğrafında hasta gibi görünüyorsun, fotoğraf eminim ki olduğundan farklı ama yine de bir şeyler var. Hâlâ normal bir fotoğrafın yok bende. Elimdekilerden birisinde genç, soylu, narin, iyi giyimli, bir-iki sene içerisinde rahibe okulundan (aslında dudağın birazcık kıvrılmış ama bu zarafet ve muhafazakârlık belirtisi gibi görünüyor) mezun olacak bir kız gibi görünüyorsun ve ikincisi ise abartılı propaganda resimlerine benziyor: "İşte Viyana'da böyle yaşanıyor." Bu arada, ikinci resimde şu esrarengiz arkadaşım gibi görünüyorsun, ileride bir gün onun hakkında bahsederim.

*

Hayır, Viyana'ya gelemeyeceğim, görünüşe göre ancak iş yerine telefon edip yalan söyleyerek ya da iki tatili birleştirerek mümkün olabilir. Ama dur bakalım bunlar sadece dış engeller, zavallı çocuğum benim (kendim için söylüyorum).

Stasa Veleslavin'de seninle birlikte gerçekten bu kadar zaman geçirdi mi?

Sana her gün yazdım, muhtemelen bu aralar alırsın onları.

Telgrafın için teşekkür ederim, gerçekten çok teşekkürler. Bütün sitemlerimi geri alıyorum ayrıca onlar sitem değildi, sadece elimin tersiyle okşamaktı çünkü elim uzun süredir kıskançlıktan çatlıyordu. Biraz önce şair ve grafik sanatçısı (ama ağırlıklı olarak müzikle uğraşıyor) çocuk geldi, sürekli geliyor, iki tane tahta resim kalıbı getirmiş. (Birisi Troçki'nin portresi, diğeri ise Meryem'e Müjde, gördüğün gibi ufku epey geniş.) Hem onun iyiliği için, hem de daha iyi değerlendirebilmek için hemen seninle bağ kurarak onları Viyana'daki arkadaşıma göndermek isterim dedim ama beklemediğim şekilde bir yerine iki kopya aldım. (Seninkini burada tutuyorum, hemen göndermemi ister misin?) Bu arada senin telgrafın geldi, ben tarifsiz bir mutluluk ve coşku içinde dönüp dönüp onu okurken o istifini bozmadan konuşmayı sürdürüyordu. (Azıcık bile beni rahatsız etmek düşüncesi yoktu, hem de hiç; meşgul olduğumu söyleseydim ve vurgulamak için biraz yüksek sesle ifade etseydim, cümlesini hemen yarım bırakır, hiç alınganlık göstermeden, çıkar giderdi.) Senden gelen haberlerin hepsi çok önemli ama ayrıntılar daha da önemli. Ama tüm bunlardan öte, kendi kendine nasıl bakacaksın? Bu imkânsız, bana göre bir doktor bundan daha saçma bir şey söyleyemez. Bu durum hiç de iyi değil ama yine de teşekkürler, çok teşekkürler.

PRAG, 29 TEMMUZ 1920
PERŞEMBE, DAHA SONRA

Hiç şüphen kalmaması için Milena:

Belki olabilecek en iyi durumda değilim, belki daha fazla coşkuya, daha fazla güvene, daha fazla refaha dayanabilirim ama bu durum hiçbir şekilde kesin değil, Prag'da kalsam bile. Yine de, hak etmediğim halde o kadar mutlu, özgür ve iyiyim ki bu durum beni korkutuyor ve eğer mevcut şartlar devam ederse, büyük bir değişiklik olmaz ise ve senden her gün birkaç satır gelirse ve bunun sana çok sıkıntı yaratmadığına da inanırsam o zaman bu az buçuk sağlıklı olmam için yeterli olacaktır. Şimdi Milena lütfen kendine işkence etme artık. Fizikten hiç anlamam (en fazla alev girdabını bilirim, bu da fizikle alakalı değil mi?), dünyanın terazisinden de anlamam ve eminim o da beni anlamıyordur (elli beş kilogram net ağırlığımın bu devasa teraziye ne etkisi olsun, bırak hareketi, küçücük bile yerinden oynatamaz) ve burada Viyana'daymışım gibiyim, çekmediğin sürece elin elimde.

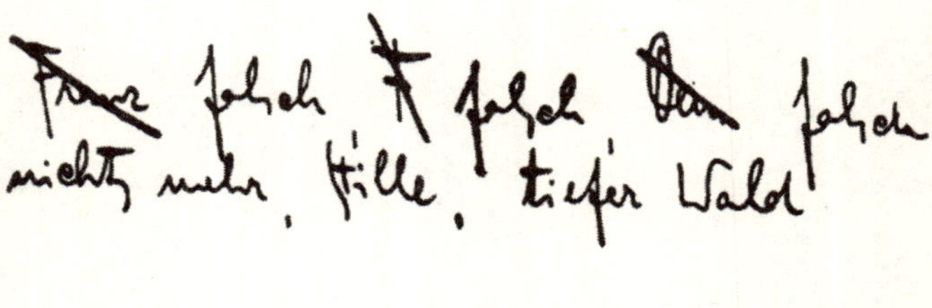

[126]

---

[126] İmza şu şekildedir: "Franz hayır değil, F hayır değil, Yours hayır değil / bu kadar yeter, sessiz, büyük orman."

Werfel'in şiiri herkese dik dik bakan bir portre gibi, bana da hatta kendisini yazan şeytana da bakıyor.

*

Tatille ilgili yazdıklarını anlamadım. Nereye gitmek isterdin?

PRAG, 30 TEMMUZ 1920
CUMA

Bana sürekli seni sevip sevmediğimi soruyorsun Milena ama mektupla (geçen pazar gününün mektubuyla da) cevaplandırılamayacak kadar zor bir soru. Bir dahaki sefer yüz yüze görüştüğümüzde sana bunun cevabını vereceğim (eğer sesimi yitirmezsem).

Ama Viyana seyahatim hakkında yazmamalısın: Gelmeyeceğim, ne zaman bu konuyu açsan sürekli yanan ama hiç sönmeyen, hatta daha da alevlenen bir odun parçasını çıplak bedenime dokunduruyorsun. Eminim ki bunu istemiyorsundur.

Aldığın çiçekler için çok üzgünüm, o kadar üzgünüm ki ne tür çiçekler olduğunu bile okuyamadım. Şimdi senin odanda duruyorlar. Eğer gerçekten odandaki gardırobun yerinde olsaydım, gündüz kendimi bir şekilde odanın dışına atar ve en azından çiçekler solana kadar salonda dururdum. Hayır, bu hiç de hoş değil. Ve o kadar uzakta ki her şey ama hâlâ odanın kapısının kolunu görebiliyorum, bana gözlerimin önündeki mürekkep hokkası kadar yakın.

Kenar notu: Adam bir garip, sadece Avusturya pullarıyla ilgileniyor, eğer 1 kronluk pul bulamazsan değeri daha düşük pullar kullanabilirsin, 25 heller gibi. Neyse boş ver, unut gitsin, lütfen unut.

Evet, tabii ki dün gönderdiğin telgrafı aldım, hayır dün değil evvelsi gündü ama yine o anda bile çiçekler solmamıştı. Ayrıca neden bu çiçekler seni mutlu etti? Eğer bunlar senin "çok sevdiğin" çiçeklerse o zaman dünyadaki bu türdeki tüm çiçekler seni mutlu etmeli, o zaman neden özellikle bunlar için seviniyorsun? Ama belki bu çok zor bir soru ve sözlü olarak cevaplandırılması gerekir. Tamam, ama sen neredesin? Viyana'da. Peki, bu Viyana nerede?

Hayır, çiçekleri unutmam mümkün değil. Kartner Caddesi bir hayalet masalı ya da kapkaranlık bir günde görülmüş bir rüya gibi ama çiçekler, vazoyu dolduruyorlar (bir kucak dolusu diyorsun ve hemen yanında bulunduruyorsun) ve senin "en sevdiğin çiçekler" olduğu için kimse dokunamıyor onlara. Ama görürsünüz siz, Milena bir odadan çıksın hepinizi fırlatıp bahçeye atacağım.

Neden hüzünlüsün? Bir şey mi oldu? Ve bana söylemiyor musun? Hayır, bu mümkün değil.

Kenar notu: Neden üzgünsün?

Max'ı soruyorsun ama o sana daha önce yazmıştı -ne yazdığını bilmiyorum ama pazar günü mektubu postaladığını gördüm. *Bu arada benim pazar günü yolladığım mektubumu aldın mı?*

Dün oldukça huzursuz bir gündü, ıstırap acı verecek kadar olmasa da yine de huzursuzdu, daha sonra bu konudan bahsederim. Bunun dışında telgrafını aldım ve cebimde onunla yürürken farklı hissetim kendimi. İnsanların varlığından haberi olmadığı insani bir sevecenlik vardır. Mesela Çek Köprüsü'ne doğru yürüyorum, telgrafı çıkarıp, okuyorum (hiç okunmamış gibi yenidir, okuyup, bitirdikten ve kavrandıktan sonra anlamsızlaşır ama tekrar cebine koyduğun zaman hemen yeniden yazılır). Sonra etrafımda tehlikeli insanların olup olmadığını kontrol etmek için bakıyorum, kıskanç değillerdir ama yine de yüzlerinden,

"Ne yani, hepiniz mi telgraf aldınız? Bunu hemen üst makama bildireceğiz. İlk iş Viyana'ya hemen bir kucak dolusu çiçek gönderilsin. Ne olursa olsun bu telgrafı öyle tartışmasız kabul etmiyoruz." dedikleri okunuyor. Ama tam tersine görüldüğü kadarıyla ortalık sakindir: Balıkçılar balık tutar, kimi etrafı seyreder, çocuklar toplarını oynar, köprüdeki dilenci dilenir. Biraz daha dikkatli baktığında, insanların işlerini yapmak ve düşündüklerini belli etmemek için herkeste belirgin bir asabiyet olduğunu görürsün. İşte tam da onları sevimli kılan bu durum ve hepsinin söylemiş oldukları şu cümlelerdir: "Tamam, telgraf senin olsun, kabul ediyoruz bunu, sana gelmiş olmasını da sorgulamıyoruz, başka bir çare arayacağız, telgraf sende kalabilir." Bir müddet sonra tekrar çıkardığımda, sessiz olmadığım ve kendime saklamadığım için rahatsız olacaklarını düşünebilirsin ama rahatsız olmaz, işlerine devam ederler.

*

Bu akşam yine Filistinli Yahudi ile konuştum. Onu sana mektupta anlatmak, benim için önemini açıklamak imkânsız -ufak tefek, neredeyse küçücük, zayıf, bıyıklı ve tek gözlü bir adam. Ama onu düşünmek bana yarım geceye mal oldu. Daha sonra bu konuda tekrar yazacağım.

*

Yani pasaportun yok ve almayacaksın öyle mi?

Kenar notu: Neden üzgünsün?

PRAG, 31 TEMMUZ 1920
CUMARTESİ

Şu an kafam karışık ve üzgünüm; telgrafını kaybettim, kaybolmamıştır ama aramak zorunda olmam kötü. Aslında bu tamamıyla senin hatan, o kadar güzel olmasaydı sürekli elimde gezdirmek zorunda kalmazdım.

Bununla birlikte doktorla ilgili yazdıkların beni teselli ediyor. Yani kan önemsizmiş: Ben de öyle söylemiştim, tecrübeli bir doktorumdur ben. Peki, akciğerindeki problem için ne dedi? Aç kalmanı ve bavul taşımanı tavsiye etmemiştir herhalde. Bana iyi davranmaya devam etmenin sağlıklı olacağı konusunda da nasihat etti mi? Yoksa hiç bahsim geçmedi mi? Ama doktor ufacık bile benimle ilgili bir konuya değinmediyse nasıl tatmin olayım. Yoksa akciğerinde tespit ettiği problem ben miyim?

Gerçekten korkulacak bir şey yok, değil mi? Ayrıca seni dört haftalığına köye göndermek dışında önereceği bir şey de yok herhalde. Aslında bu süre de çok değil.

Viyana'daki hayatına bakarsak yolculuğa çıkmana çok da karşı değilim. Git ve ayrıl, lütfen ayrıl Viyana'dan. Bir yerde bu yolculuğu ne kadar çok istediğini yazmıştın, bu bile yolculuğa çıkmanı desteklemem için yeterli bir neden.

Kenar notu: Doğru mu okuyorum? Zarfın üzerinde büyük bir T harfi mi var? Damga sağda üstte ve çözemiyorum.

Tekrar konuyu Viyana seyahatime getirmişsin. En kötüsü bunu ciddi olarak yazman ki o zaman burada yer sallanmaya başlıyor ve ben endişeyle yere yıkılıp yıkılmayacağımı görmek için bekliyorum. Yıkılmıyorum. Daha önce dışsal engeller olduğunu söylemiştim, içsel engellere değinmiyorum bile, benden daha zorlu olsalar bile gelmeme engel olmazlardı; güçlü olduğumdan değil tam tersine beni engelleyemeyecekleri kadar zayıf olduğum için -yalan söylesem gelebilirdim ama yalan söylemekten korkuyorum, ama bu korku namuslu bir adamın değil daha çok bir okul öğrencisi korkusu. Ayrıca bir gün kendim için veya senin için zorunlu veya kaçınılmaz olarak Viyana'ya gitmek durumunda kalacağıma dair bir his var, önsezilerim bunu söylüyor ama o zaman akılsız bir öğrenci gibi ikinci kez yalan söyleyemem. Bu nedenle yalan söyleme hakkımı saklı tutuyorum, elimin altında olması yaşam gücü veriyor, aynen gerektiğinde acil olarak yanıma gelme sözünden aldığım güç gibi. Bu nedenle gelemem -geçireceğim iki gün yerine her zaman gelme ihtimalini elimde tutmayı yeğliyorum. Ama bu iki günde yapabileceklerimizi lütfen anlatma Milena bu bana gerçekten işkence olur. Bu bir ihtiyaç değil sadece sınırsız bir arzu.

Ya çiçekler? Çoktan solmuştur herhalde değil mi? Bu çiçeklerin beni rahatsız ettiği gibi seni de rahatsız eden çiçek hiç oldu mu? Gerçekten tatsız bir durum. Max ile senin arandaki tartışmaya karışmıyorum. Her ikinizin de haklı olduğunu kabul edip tarafsız kalacağım ve böylece kendim de güvende olacağım. Şüphesiz olarak sen haklısın ama bir de şu açıdan bak. Senin bir vatanın var ama sen vatanından kendini soyutlayabilir, ondan vazgeçebilirsin, vazgeçilmesi mümkün olmayan bir şeyden vazgeçebilmek bir kişinin sahip olabileceği en büyük güçtür. Ama onun bir vatanı ve dolayısıyla vazgeçebileceği bir şeyi de yok, sürekli bunu düşünmek, araştırmak ve inşa etmek çabasında -askılıktan şapkasını alırken, havuz kenarında güneşlenirken ya da senin çevirdiğin kitabın tercümesini yaparken (bu belki onun için en zor olanı -ama sen zavallıcık, suçluluk duygusuyla ne kadar üzerine yük aldın, işinin üzerine eğilmiş çalışırken görür gibiyim seni, boynun çıplak, ben arkanda duruyorum ama sen farkında değilsin, eğer dudaklarımı boynunun arkasında hissedersen lütfen korkma, öpmek değildi niyetim, sadece umutsuz bir aşk bu) -evet, sürekli bunlarla uğraşmak durumunda Max, sana yazarken bile.

Genel olarak ona karşı yaptığın savunma haklı olmasına rağmen ayrıntılarda sana karşın üstün gelmesi tuhaf. Görünen o ki sana ailemle yaşantım ve Davos'tan bahsetmiş. Her ikisi de doğru değil. Aileyle beraber yaşamak kesinlikle berbat ama sadece yaşamak değil -yaşamın, nezaket ve sevgi çemberinin içerisinde boğulmak- babama yazdığım mektubu bilmiyorsun -ıhlamur dalındaki sineğin vızıltısı gibi. İyi yönleri de var elbette. Birisi koşuşturmayla uğraşıp dururken, diğeri yemek odasında mücadele ederken, savaş tanrısı ve tanrıçasıysa her yerde kazanır. Evde yemeğimi yiyebiliyorsam ve benim için en iyisi de buysa evden ayrılmamın ne gereği var? Davos konusunda daha sonra yazarım. Davos'la ilgili onayladığım tek husus ayrılırken alacağım öpücüktür.

Kenar notu: Evet, lütfen "Mutsuzluk"u[127] gönder, senden daha önce isteyecektim. Sen varken, birisinden *Tribuna* dergisini araştırmasını istemem pek hoş olmaz.

---

[127] Kafka'nın Milena tarafından çevrilen kısa öyküsü, 16 Temmuz 1920'de *Tribuna*'da yayınlandı.

PRAG, 31 TEMMUZ 1920
CUMARTESİ, DAHA SONRA

Bugün gelen sevgi dolu, neşeli, uğurlu mektup, nasıl olursa olsun tam bir kurtarıcı. Milena kurtarıcılar arasında! (Eğer onlardan birisi de ben olsaydım, Milena hâlâ benimle olur muydu? Hayır kesinlikle olmazdı.) Milena kurtarıcılar arasında, bir insanı sadece orada bulunmakla kurtarılacağını kendi hayatında sürekli olarak gören Milena. Zaten varlığıyla beni bir kez kurtardı ve durum şu ki şimdi daha küçük nesnelerle bunu yapmayı deniyor. Tabii ki birisini boğulmaktan kurtarmak büyük bir başarıdır ama daha sonra kurtarıcı kurtardığı kişiye bedava yüzme kursu aboneliği hediye ederse, o zaman neye yarar bu? Kurtarıcı neden kolay yolu seçer, neden daimi varlığıyla, sürekli orada olma arzusuyla diğerini kurtarmak istemez? Neden görevini yüzme hocasının veya Davos'taki otel sahibinin üzerine atmak ister? Ayrıca ben 55,40 kiloyum, el ele tutuştuğumuzda sürüklenir, kaybolurum. Beraber sürüklensek neye yarar ki? Ayrıca senden asla uzak kalmayacağım (aslında yukarıdaki anlattıklarımın özü budur) Meran zindanlarından daha yeni kaçtım.

CUMARTESİ GECESİ

Bunu daha önce yazmıştım-bugün başka bir konuda yazmayı amaçlamıştım ama artık anlamı yok. Eve geldim ve karanlıkta masanın üzerinde duran mektubunu gördüm.

Şöyle bir göz attım, ısrarla yemeğe çağırıyorlardı, bir şeyler yedim, tabakta yemek kalmaması için hepsini yemem gerekti. Daha sonra mektubu, baştan sona, yavaşça, hızlıca, hırsla, mutlulukla, bazen şaşkınlıkla ve sonunda umutsuzca, kalp çarpıntısıyla okudum. İnanası gelmiyor insanın ama işte orda öylece, ama yine de kabul edemiyor, ama önünde mektup tükenmiş bir şekilde kabul etmek zorunda kalıyor. "Gelemem." Daha ilk satırdan anlamıştım bunu, son satırda da farkındaydım ama ikisinin arasında birçok kez Viyana'ya gidip geldim, tıpkı uykusuz gecede her biri yarım dakikayı geçmeyen on tane rüya görmek gibi bir durum bu. Sonra postaneye gittim, sana bir telgraf yolladım, birazcık sakinleştim ve şimdi oturuyorum burada. Neden gelemeyeceğimi kanıtlamak gibi acınası bir görevle burada oturuyorum. Güçsüz olmadığımı belirtiyorsun, belki başarabilirim, belki önümüzdeki birkaç haftayı atlatmayı başarabilirim, ama her saat alay eder bir şekilde "Demek ki Viyana'ya gitmedin, öyle mi? Bu mektupları aldın ama yine de Viyana'ya gitmedin öyle mi?" sorularına muhatap olacağım. Müzikten anlamıyorum ama bu müziği müzikten anlayan insanların tümünden daha iyi biliyorum.

Gelemem çünkü büroda yalan söyleyemem. Büroda yalan söyleyebilmem için sadece iki neden var: Korku (işle ilgili olması durumunda, büroyla alakalı olduğu zaman, plansız, kendiliğinden, becerikli bir şekilde yalan söylerim) ya da acil ihtiyaç olunca. ("Birisi"[128] "hasta" olunca, birisi, birisi, sen değil Milena, sen hasta olmazsın ama senin hastalığın en acil durum olurdu.) Bu nedenle eğer ihtiyaç duyarsam bir kez yalan söyleyebilirim ve bu durumda telgrafa ihtiyacım da olmaz, gerçek ihtiyaç işten daha önemli olduğu için izinli veya izinsiz hemen gelirim. Ama başka zaman

---

[128] Kafka'nın seyahate çıkmak amacıyla bürodan izin alabilmek için kullanacağı düzmece isim.

hiçbir şekilde yalan söyleyemem, yalan söylemem neticesinde mutlu olacaksam ve bu mutluluk benim için çok önemliyse bile söyleyemem. Yirmi kilogramlık ağırlığı kaldıramadığım gibi bunu da yapamam. "Birisinin" telgrafıyla müdürün odasına gitseydim, eminim telgrafı elimden düşürür, hemen üstüne basardım, yalanın üstünü kapatırdım ve sonra kesinlikle hiçbir şey isteyemeden müdürden kaçardım. Ayrıca Milena büroyu gelişigüzel hareket edilen, aptalca bir yer gibi değerlendirme (doğrusu öyle bir yer, hatta daha da kötüsü ama konumuz bu değil, aslında aptalca değil ama sıradışı bir yer) bugüne kadar orası benim hayatımdı. Savsaklayabilirim, herkesten daha az çalışabilirim (yapıyorum da), işi batırabilirim ama hâlâ kendimi önemli birisi gibi gösterebilirim (yapıyorum da), en ayrıcalıkla muameleyi doğal hakkımmış gibi isterim ama sadece bir çalışan olduğum için özgür bir insan gibi canımın istediği başka bir yere gitmek için yalan söyleyemem, hayır bu şekilde yalan söyleyemem. Ama yine de, senin mektubunu almadan önce, gerektiğinde hemen gelebilmem için bu hafta pasaportumu yenilemeyi veya değiştirmeyi planladığımı sana yazacaktım.

*

Yazdıklarımı tekrar okudum, tüm bunları kastetmemiştim, doğru bir şekilde anlatamadığıma göre "güçlü" değilim demek ki. (Bir şey daha var: Büro memurları ve ofisteki diğer çalışanlardan çok daha kötü bir yalancıyım ben. Çünkü kendilerini sürekli adetsizliğin kurbanı olarak görür, çok fazla çalıştıklarını düşünür -ben böyle düşünseydim hemen Viyana'ya giden ekspres trene binerdimbüroyu mantıksızca idare edilen bir makineye benzetir, bu mantıksızlık nedeniyle kendilerinin yanlış yerde çalıştırıldıklarını ve bu makineyi çok daha iyi idare edeceklerini, sistemin en tepesinde olmaları gerekirken altta kalmaya mahkûm olduklarını düşünürler. Ama ben büroyu, bir ilkokul, lise, üniversite, aile, bir insan, her şeymiş gibi görürüm, beni gözleyen masum bir göz, bilmediğim bir şekilde bağlandığım yaşayan bir insan gibi değerlendiririm. Aslında bu insan bana sokakta araba sürerken gördüğüm insanlardan daha yabancıdır, çok daha yabancıdır. Ama işte bu nedenle saygılı olmak durumundayım, bu nedenle kendimin de yabancı olduğunu saklamak için hiçbir çaba sarf etmiyorum. Ama böyle bir masumiyet fark edilir mi? İşte görüyorsun yalan söyleyemiyorum.) Hayır güçlü değilim, yazamıyorum ve hiçbir şey yapamıyorum.

Üstüne üstlük şimdi bir de sen benden uzak duruyorsun, biliyorum bu geçici ama bir insan kalbi çarpmadan yaşayamaz, sen benden uzak durduğun zaman bu kalp nasıl çarpar?

Mektubu aldıktan sonra bana keşke bir telgraf çekebilsen! Bu bir rica değil bir yakarış. Ama bunu zorlama ile değil isteyerek yapacaksan yap. Gördüğün gibi bu satırların altını çizmiyorum.

Yalan söyleyebileceğim üçüncü bir durumu belirtmeyi unuttum: Sen yanımda olursan. Ama bu durumda bu dünyanın en masum yalanı olurdu ve bu durumda müdürün odasında oturan kişi sen olurdun.

PRAG, 1 AĞUSTOS 1920
PAZAR

Cumartesi gecesi yazdığım mektuba ne cevap vereceğini hâlâ bilmiyorum ve uzun süre de öğrenemeyeceğim; her neyse şu anda pazar nöbeti için bürodayım. (Bürodaki diğer bir garip uygulama: Sadece burada oturuyorsun, diğer insanlar normalde yaptıklarından daha az iş yapıyorlar, bense yapabildiğim kadar çok yapıyorum.) Dışarısı çok kasvetli, hava bir açıp bir kapatıyor, yazmama engel oluyor, diğer her şey de bu şekilde, donuk ve sıkıntılı. İçimde yaşam arzusu olduğunu yazmana rağmen, bugün hiç yok, bugün ve bu gecenin de bana hayrı yok. Yine de (lütfen güzel sözler arada bir gelin) bu arzu derinlerde mevcut ama çok azı dışarı çıkmış vaziyette. Kendimden de hoşnut değilim, müdürün kapısının önünde oturuyorum, içeride değil ama dışarı çıksa ve "Sizden ben de hoşnut değilim ve bu nedenle sizi kovuyorum" dese şaşırmazdım. "Teşekkür ederim, Viyana'ya yapacağım bir seyahat için buna ihtiyacım vardı" derim. O da "Bu durumda şimdi sizden memnunum, sizi kovmaktan vazgeçtim" derdi. Ben de "Yani yine gidemiyorum" derim, o "Hayır gidebilirsiniz, çünkü şimdi yine sizden hoşnut değilim ve kovuyorum" diye cevap verirdi. Ve bu hikâye sonsuza kadar böyle sürüp giderdi.

Sanırım Prag'a döndükten sonra ilk defa seni bugün rüyamda gördüm. Sabaha doğru, kısa ama derin bir rüya, uykusuz bir gecenin sonundaki kısa uykuda görülen bir rüya. Çoğunu hatırlamıyorum. Prag'daydın, Ferdinand

Caddesi'nden aşağıya doğru, Vilimek'in karşısında bir yerlerden rıhtıma doğru yürüyorduk. Karşı tarafta tanıdığın birileri geçiyordu, onlara doğru döndük, sen onlarla konuştun, Krasa'dan[129] da bahsetmiş olabilirsin. (Prag'da olmadığını biliyorum, adresini bulacağım.) Her zaman konuştuğun gibi konuşuyordun ama sakladığın bir şey vardı, anlaşılması güç olumsuzluk belirtileri. Bundan hiç bahsetmedim ama kendime lanet ettim ama zaten üzerimde var olan laneti tekrar ediyordum. Daha sonra kafeye gittik, muhtemelen Kafe Union'daydık (yolumuzun üzerindeydi ve Reiner'in o gece son kez gittiği kafeydi), bizim masamızda bir adamla bir kadın oturuyordu ama onların kim olduğunu hatırlamıyorum, ayrıca Dostoyesvki'ye çok benzeyen, ama daha genç, bıyık ve saçı kapkara, kaşları, göz çukurları gibi her yeri oldukça muntazam bir adam vardı. Orada bir sen bir de ben vardık. Görünürde bir şey yoktu ama mesafeli tavrın belliydi. Yüzün -acı veren, bu yüzden gözümü alamıyordum- pudralıydı, üstelik aşırı, beceriksizce, kötü pudralanmıştı ve herhalde hava çok sıcaktı, pudra yanaklarında toplanmıştı, hâlâ görebiliyordum onları. Neden yüzünü pudraladığını sormak için eğildiğimde, bir şey söyleyeceğimi fark edip hemen -belirttiğim gibi mesafeli davranışının fark edilmemesi mümkün değildi- lütufkâr bir şekilde "Ne istiyorsun?" diye sordun. Ama ben cesaret edip soramadım, bu pudralı halinin benim için bir test olduğunu düşündüm, önemli bir test, sormam gerekiyordu, sormak istedim ama cesaret edemedim. Bu iç karartıcı rüya da böyle geçip gitti. Şu Dostoyevski kılıklı adam da beni üzdü, bana karşı davranışları senin davranışlarına benziyordu ama biraz farklıydı. Ona ne zaman bir şey sorsam bana dostça, alakalı, içten davranıyor, öne doğru eğiliyor ama ne

---

[129] Hans Krasa (1899-1944), besteci, Prag'daki Cafe Continental'de toplanan sanatçı çevresinden.

zaman konuşacak bir şey bulamasam ki bu hemen hemen her dakika oluyordu, hemen geri çekiyor, kitabına gömülüyor, tüm dünya ve özellikle beni unutuyor, saç ve sakalıyla kayboluyordu. Bu davranışına neden katlanamıyordum bilmiyorum, art arda sorular sorarak onu kendime çekmeye çabalıyor ama yaptığım hatalarla sürekli onu kaybediyordum, elimden bir şey gelmiyordu.

Küçük bir tesellim var, bugün bundan beni mahrum bırakma bari, *Tribuna* önümde açık duruyor,[130] kuralları bozarak onu satın almadım, onu kayınbiraderimden ödünç aldım, hayır aslında kayınbiraderim bana ödünç verdi. Lütfen bu mutluluğu bana çok görme. Neyse, içeriği ile ilgili değilim ama ses duyuyorum, kendi sesimi. Dünyanın dertleriyle uğraşan bana bu mutluluğu çok görme. Yazının tümü çok güzel. Nasıl oluyor bilmiyorum ama sonuçta gözlerimle okuyorum ama kanım hemen anında nasıl hissediyor ve damarlarım nasıl yazının sözlerini hararetli bir şekilde dolaştırıyor? Ve eğlenceli de. Doğal olarak ben ikinci gruba giriyorum: Ayaklarımdaki bu ağır yük gerçekten benim bir varlığım ve tamamıyla bana ait özel meselelerimin yayınlanmasını istemiyorum, bir zamanlar birisinin söylediği gibi kuğu gibi yüzüyorum ama bu iltifat değildi. Ama heyecan vericiydi. Kendimi kollarını açmış okuyucularını senden uzak tutmaya çalışan bir dev gibi hissediyorum -dev için zor bir görev, okuyucuları yaklaştırmamak ama aynı zamanda senin tek bir sözünü, bir saniyelik bir bakışını bile kaçırmamak istiyor- buradaki insanlar dik kafalı ve oldukça aptallar, üstelik kadınlar sürekli "Moda nerede?[131] Artık ne zaman modayla ilgili yazacak? Şimdiye kadar 'sadece' Milena'yı gördük" diyor. Sadece, halbuki ben

---

130 Kafka burada mayolar hakkında yazdığı yazıdan bahsediyor, Milena yazısında yüzenleri ikiye ayırıyor: Yüzerken vücudu paralel olarak gidenler ve vücudu aşağıya doğru sarkan hantallar.

131 Milena dergilere moda yazıları da yazıyordu.

bu 'sadece' için yaşıyorum. Dünyanın geri kalanını ele geçirdim ve Münchhausen'in[132] Cebelitarık'ta top arabalarını görkemli denize fırlattım. Nasıl? Tüm geri kalanını mı?

Peki yalan ne olacak? Ofiste söyleyemediğin yalan ne olacak? İşte yine burada oturuyorum, hava hâlâ bunaltıcı, yarın mektup da gelmez senden ve seninle ilgili haberleri rüyalardan alıyorum.

---

[132] Rudolf Erich Raspe (1736-1794) tarafından yayınlanan "Baron Münchhausen'in İlginç Maceraları" adlı öykülere atıfta bulunuluyor.

PRAG, 1 AĞUSTOS 1920
PAZAR AKŞAMI

Acele et, her hafta değerlendirebileceğimiz bir fırsatımız var. Nasıl oldu da daha önce bunu düşünemedim? Ama her halükârda önce pasaportumu almak zorundayım ve sandığın kadar kolay değil bu, Ottla'nın[133] yardımı olmadan neredeyse imkânsız:

Cumartesi öğleden sonra ekspres trenle buradan yola çıkarım, Viyana'ya gece saat 2 civarında varırım (yarın saat tam kaçta ulaşacağını kontrol edeceğim). O esnada pazar günü hareket edecek Prag ekspres trenine dönüş bileti almış olursun ve bunu bana telgrafla teyit edersin. Bu telgraf gelmeden Prag'dan ayrılamam. Benimle istasyonda buluşursun, birlikte dört saat geçiririz ve ben pazar sabah saat 7'de geri dönerim.

Yorucu dört saati birlikte geçirmemizi sağlayacak fırsat bu, açıkçası biraz ıstıraplı. (Nerede? Franz Josef İstasyonu'nda bir otelde mi?) Ama yine de bir fırsat, ayrıca sen belki beni Gmünd'de, yarı yolda karşılayarak -yapabilir misin- geceyi beraber geçirmemizi sağlar ve bu fırsatı daha da iyileştirebilirsin. Gmünd, Avusturya sınırları içerisinden değil mi? Bu durumda pasaporta ihtiyacın olmayacak. Herhalde gece 10'da gelirim, belki de daha erken orada olurum ve pazar günü saat 11'deki ekspres treniyle (pazar günü bilet bulmak kolay olur) ya da daha geç bir tren varsa

133 Kafka'nın en küçük kız kardeşi Ottilie, özellikle Kafka'nın hastalığından sonra ona birçok konuda yardımcı oluyordu.

onunla dönerim. Ama senin oraya nasıl gelip dönebileceğin konusunda hiçbir fikrim yok.

Evet, ne dersin bu plana? Bütün gün boyunca seninle konuşmuş olmama rağmen sana bu soruyu sormak zorunda olmam biraz tuhaf.

Krasa'nın adresi:
Marienbad Oteli, Stern.

PRAG, 2 AĞUSTOS 1920
PAZARTESİ

Tren tarifesine bakınca durumun düşündüğümden de daha iyi olduğu ortaya çıktı, umarım tarife doğrudur. Sonuç şu:

1. En kötü ihtimal: Buradan cumartesi öğleden sonra 4.12'de hareket ediyorum, akşam saat 11.10'da Viyana'dayım, Pazar sabahı saat 7'de döneceğim için birlikte geçireceğimiz yedi saatimiz olacak. Tabii ki bir gece önce biraz uyumam şartıyla (pek kolay değil) aksi takdirde karşında yorgun, hasta bir hayvancık olacak.

2. Mevcut koşullarda tarifeye göre en iyi seçenek: Bu seçenekte de buradan saat 4.12'de ayrılıyorum ama öğleden sonra saat 7.28'de Gmünd'deyim. Pazar sabah ekspresi ile dönsem bile, 10.46'da kalkıyor, on beş saatimiz olacak ve biraz uyuyabileceğiz bile. Dur, daha fazlası da var: Bu trenle dönmek zorunda değilim, öğleden sonra 4.38'de Prag'a giden başka bir tren daha var, ona binebilirim. Bu beraber geçirebileceğimiz yirmi bir saat demektir, düşünsene her hafta yapabiliriz, en azından teorik olarak.

Sadece bir sıkıntı var ama önemli bir şey olduğunu düşünmüyorum ama yine de kontrol etmen gerekir. Gmünd'deki tren istasyonu Çek tarafında olmasına rağmen şehir Avusturya tarafında. Pasaport saçmalığı bir Viyanalının Çek istasyonuna girmek için vize istenmesine kadar abartılmış mıdır acaba? Bu durumda Gmünd'den Viyana'ya gitmek isteyen bir kişinin pasaportunda Çek vizesi olması gerekir ki, hiç sanmıyorum böyle olsun, bu doğrudan doğruya bize yapılmış bir hareket olur. [...][134] Gmünd'de istasyondan ayrılmadan önce gümrük kontrolünde beklemek durumunda kalırsam bu çok kötü olur ve yirmi bir saatimiz azalır.

*

Böyle önemli şeylerin ardından eklenecek başka bir şey olmuyor. Yine de beni mektupsuz bırakmadığın için teşekkür ederim, ama ya yarın? Telefon açmıyorum çünkü öncelikle çok alt üst oluyorum, ikicisi, çünkü imkânsız olduğu için (daha önce denemiştim bir kez), üçüncüsü de nasıl olsa yakında görüşeceğiz. Maalesef Ottla'nın pasaportumla ilgili olarak polis merkezine gidecek vakti olmadı bugün, yarın bu işle ilgilenecek. Gönderdiğin pullar mükemmel (ne yazık ki ekspres mektup pullarını nereye koyduğumu hatırlamıyorum, adam bunu söylediğimde neredeyse ağlayacaktı). Gönderdiğim pullarla ilgili teşekkür ederken biraz kolaya kaçmışsın ama bu bile beni mutlu etmeye yetti, hatta o kadar mutlu etti ki sana biraz lejyoner pullarından göndereceğim. Bugün hikâye anlatacak havada değilim, gelen giden trenler, gümrük kontrolleriyle kafam tren istasyonu gibi, başmüfettiş vizemin üzerine atlamaya hazır bekliyor ama bu defa her şey tamam, bakın işte burada: "Tamam, istasyondan çıkış bu taraftan", "Lütfen sayın müfettiş kapıyı benim için açabilir misiniz, ben açamıyorum. Çok güçsüzüm, Milena da dışarıda bekliyor", "Pardon, bunu bilmiyordum" der müfettiş. Ve kapı ardına kadar açılır.

---

[134] Bu cümleyi takip eden on kelime çıkarılmıştır.

PRAG, 2-3 AĞUSTOS 1920
PAZARTESİ AKŞAMI

Her şeye rağmen sıkıntılı geçen günün ardından vakit geç oldu. Herhalde yarın senden mektup gelmeyecek. Cumartesi günü yazdığın mektubu almıştım, pazar günü yazılan mektup ancak bir sonraki gün öğleden sonra elime geçecek, yani yarın bir mektubun heyecanını hissetmeyeceğim bir gün olacak. Mektupların böyle gözlerimi görmez hale getirmesi çok ilginç Milena. Son bir hafta veya daha uzun süredir sana bir şey olduğuna dair içimde bir his var, aniden veya yavaş yavaş, önemli veya küçük, belli belirsiz bir şey, nedir bilmiyorum ama eminim bir şey var. Mektubundaki ayrıntılardan çok belli olmuyor, gerçi bu tür ayrıntılar da var ama mektubunun anılarla (çok özel anılar) dolu olmasından, her şeye cevap veriyor gibi görünmene rağmen vermemenden, sebepsiz yere üzgün olmandan, beni Davos'a[135] yollamaya çalışmandan, bu kadar ani olarak bir araya gelmek istemenden anlaşılıyor. (Buraya gelmemen konusundaki tavsiyemi kabul ettikten, Viyana'nın buluşma için uygun yer olmadığını belirttikten, diğer yolculuğundan önce buluşmamamız gerektiğini söyledikten sonra, son iki-üç mektuptur buluşmayla ilgili bu telaş nedir? Aslında mutlu olmalıyım ama olamıyorum çünkü mektuplarında gizli bir korku var, benim lehime veya bana karşı bir korku mu bilemiyorum ama buluşmak istemenle

[135] Milena ve Max Brod, Kafka'yı, ciğerlerinin tedavisi için İsviçre'nin temiz havasıyla meşhur Davos kentinde bir sanatoryuma göndermek için plan yapıyorlardı.

ilgili bu telaş ve acelede bir korku var. Ama ne olursa olsun ben böylesine bir fırsat doğduğu için mutluyum. Geceyi Viyana dışında geçirmen mümkün değilse, birkaç saati gözden çıkararak yapabiliriz bunu yinede. Pazar sabahı 7'deki Gmünd'e giden ekspres trene binersin -daha önce Viyana'dan dönerken benim yaptığım gibi- saat 10'da orada olursun, seninle buluşurum ve öğleden sonra 4.30'a kadar dönmem gerekmediği için birlikte geçireceğimiz altı saatimiz olur. Sonra sen gece 11.15'te Viyana'ya ulaşan gece treniyle dönersin, kısa bir pazar gezisi olur).

Bu nedenle çok tedirginim, aslında tedirgin değilim, işte bana verdiğin güç böylesine büyük. Mektuplarında sakladığın ya da saklamak zorunda kaldığın veya farkında olmadan sakladığın şeyler nedeniyle tedirgin olmak yerine sakinliğimi koruyorum: Bu davranışına rağmen sana olan güvenim öylesine büyük. Eğer bir şey gizliyorsan, eminim bunun için geçerli bir nedenin vardır.

Ama tüm bunlara rağmen sakin olmamın çok önemli diğer bir nedeni daha var. Başka birisinde hiç görmediğim, olacağını hayal bile edemediğim ama sende gördüğüm belirli bir özelliğin var -sanırım içinden gelen bir özellik ve eğer her yerde görülmüyorsa görmemek *başkalarının hatası*. Bu özellik başka insanlara acı verme karakterinin olmaması. Merhamet nedeniyle değil böyle bir şeyin elinden gelmemesinden dolayı. Bu inanılmaz, olağanüstü bir şey, hemen hemen bütün öğleden sonra bunu düşündüm ama şimdi yazmaya cesaretim yok, aslında bunların hepsi bir kucaklaşma için bulunmuş büyük bahaneler.

Şimdi yatma zamanı. Sen acaba şu an ne yapıyorsun, pazartesi, gece, saat neredeyse 11 olmuşken?

SALI

İnsanlar hakkında çok az bilgin var Milena, bunu sürekli söylüyorum sana. Birisi hasta, tamam bu olabilir ve bunun için Viyana'ya gitmek zorunda kalabilir insan ama yaşlı Klara Yenge'nin[136] (durumunun) kritik olması ne anlama geliyor. Her şeyi bir kenara bırak, müdüre gidip, ciddi bir yüz ifadesiyle Klara Yenge hakkında konuşabileceğimi gerçekten düşünüyor musun? (Tabi bu da insan doğası hakkında bilgi sahibi olmayla alakalı bir şey, her Yahudi'nin bir Klara Yengesi vardır ama benimki bu dünyadan göçeli çok uzun zaman oldu.) Yani kesinlikle yapabileceğim bir şey değil bu. İyi ki gerçekten ona ihtiyacımız yok: Bırak ölmüş olsun, sonuçta yalnız değil, Oskar'la birlikte. Ama bu Oskar kim? Klara Yenge bildiğimiz Klara Yenge peki Oskar kim? Kimse kim sonuçta Klara Yenge'nin yanında ya. Umarım o yaşlı dul avcısı hastalanmaz.

*

Sonunda bir mektup geldi, hem de ne mektup. Mektubun başında söylediğim akşam mektupların için geçerli değil ama bu mektuplarda içinde bulunduğum huzursuzluk (sakinim demiştim) havasının dağılmasını sağlamıyor. Birbirimizi görecek olmamız çok güzel. Yarın veya öbür gün sana bu cumartesi günü Gmünd'e (bu hafta Viyana için geç kaldık, pazar günü ekspres tren için bugüne kadar biletimi almış olman gerekiyordu) gelip gelemeyeceğimi bildiren bir telgraf gönderebilirim (Ottla pasaport problemini çözmek için bu sabah erkenden çıktı). Sen de bana gelip gelemeyeceğini telgrafla bildir. Telgrafı mümkün ol-

136 Kafka'nın amcası Filip Kafka'nın karısı Klara Kafka, 1908 yılında ölmüştü.

duğu kadar erken almak için akşamları da dahil mümkün olduğu kadar sık postaneye git. Şu şekilde yapalım: "İmkânsız" yazarsam bu hafta gelemeyeceğim demektir. O zaman senden telgraf gelmesine gerek yok, daha sonra mektupla detayları kararlaştırırız (önümüzdeki dört hafta sonunda buluşup buluşamayacağımız tabi ki senin köyde olup olamayacağına bağlı, belki daha uzağa gideceksin, bu durumda herhalde birbirimizi en az bir ay göremeyiz). Ya da: "Cumartesi Gmünd'e gelebiliyorum" diye bir telgraf çekerim. Ondan sonra senden, ya "İmkânsız" veya "Cumartesi Gmünd'de olacağım" ya da "Pazar Gmünd'de olacağım" şeklinde telgraf beklerim. *Son iki telgrafı çekersen karara vardığımız anlamına gelir ve bir daha telgraflaşmamıza gerek kalmaz* (hayır, telgrafının elime geçtiğini teyit için sana bir telgraf gönderirim), *her ikimiz de Gmünd'e gitmek için yola çıkarız* ve cumartesi veya pazar günü birbirimizi görürüz. Çok basit gibi görünüyor.

*

Neredeyse iki saati boşa geçirdim, mektubu bir kenara bırakmak zorunda kaldım: Otto Pick buradaydı. Yoruldum. Ne zaman birbirimizi görebileceğiz artık? Neden adını bir buçuk saat içerisinde üçten daha fazla duyamıyorum? Kimseyle konuşmamış olmama rağmen ödün verip Viyana'ya gitmiş olduğumu itiraf etsem -beraberliğimiz gevezelik değildi, değil mi? Neredesin? Kulübenin olduğu köye doğru mu gidiyorsun? Ben de yoldayım, oldukça uzun bir yol. Ama lütfen bunun için kendini üzme, ne olursa olsun ikimiz de kendi yolumuzdayız, yola koyulmaktan başka ne yapabiliriz ki?

PRAG, 4 AĞUSTOS 1920
ÇARŞAMBA

Seyahatimle ilgili yazdıklarını görmezden gelmeyi tercih ediyorum (ihtiyaç duyana kadar bekliyorsun) çünkü birincisi artık önemi kalmadı, ikincisi acı veriyor. Tabii ki cumartesi akşam ve pazar sabah mektuplarının neden bu kadar umutsuz olduğunun gerekçesi olamaz. Ve üçüncüsü muhtemelen bu cumartesi birbirimizi göreceğiz (pazartesi sabahı gönderdiğim üç telgrafın ilkini almamış görünüyorsun, umarım üçüncüsü zamanında eline geçer).

Babanın mektubuyla[137] ilgili karamsarlığını anlıyorum, uzun süredir devam eden bu ilişkiyle ilgili bir husus gündeme geldiğinde her seferinde senin üzüntünü daha da artıracaktır. Mektubunda yeni bir şey görünmüyor. Onun mektuplarından birisini bile okumamış olan ben bile bu mektupta yeni bir şey görmüyorum. Baban candan ve samimi ama aynı zamanda acımasız, kalbini tatmin etmek için acımasız olmak gerektiğine inanıyor. İmzanın pek önemi yok, sadece bir taşyüreklinin imzası ama onun üzerindeki "pişmanım" ve "çok üzgünüm" kelimeleri her şeyi hükümsüz kılıyor.

Kenar notu: Pul koleksiyoncusu çok mutlu, sevinci öylesine içten ki.

---

137 Milena uzun süredir babasından mektup almamış ve üç yıl sonra aldığı ilk mektubu Kafka'ya göndermiştir.

Tabii ki onun mektubuyla senin mektubun arasındaki aykırılık seni korkutmuş olabilir, doğal olarak senin mektubunun içeriğini bilmiyorum ama onun "aleni" istekliliği ve diğer yandan senin "akıl ermez" geçimsizliğin arasındaki uyumsuzluğu değerlendir.

Ve vereceğin cevap konusunda şüphelerin mi var? Ya da şüphelerin daha önce vardı ama şimdi ne yazacağını bildiğini yazmışsın mektubunda. Bu garip, önce babana cevap verseydin ve sonra bana "Ne cevap yazdım biliyor musun?" diye sorsaydın, tereddütsüz cevabının ne şekilde olduğunu söyleyebilirdim sana.

Doğal olarak baban için kocanla benim aramda bir fark yok, buna hiç şüphe yok, Avrupalılar için her ikimiz de zenciler gibiyiz ama neden bu durum mektubunda yer alıyor, bu konuda net bir şey söyleyemiyorsun değil mi? Ve neden yalan söylemen gerekiyor?

Kanımca, babana, kalp çarpıntısıyla yaşamını izleyen, stres içinde, gözü senden başka bir şeyi görmeyen birisi senden bahsediyormuşçasına cevap verebilirsin: "Bütün 'tavsiyeler', tüm 'o değişmeyen ve katı şartlar' faydasız, Milena kendi hayatını yaşıyor, başkasının hayatını değil. Kuşkusuz Milena'nın hayatı hüzünlü ama yine de bir sanatoryumdaki gibi 'sağlıklı ve sakin'. Milena artık sizden bunu anlamanızı bekliyor, başka bir şey istemiyor, yaşayacağı yeri belirlemenizi de. Sizden sadece kalbinizin sesini dinlemenizi, onunla diğer başka bir insanla konuşur gibi eşit şartlarda konuşmanızı, hiddete kapılarak kendinizi ondan uzaklaştırmamanızı istiyor. Bunları yaptığınız zaman, Milena'yı üzüntüden kurtaracaksınız ve artık o sizin için 'mutsuzluk' kaynağı olmayacak."

*

Babana vereceğin cevabın doğum gününe rastlaması ne anlama geliyor? Gerçekten doğum gününden korkmaya başladım. Cumartesi günü buluşup buluşmayacağımızı 10 Ağustos akşamı bana lütfen telgrafla bildir.

*

Cumartesi veya pazar günü Gmünd'de olsan ne kadar iyi olurdu! Gelmen gerçekten şart.

Bu yüz yüze görüşmemizden önce alacağın son mektup olacak. Ve son bir aydır hiçbir şey görmeyen bu gözler (tamam sadece mektup okudum, pencereden dışarıya baktım) seni görecek.

*

Makale Almancasından çok daha güzel[138] ama hâlâ bazı kusurları var ya da içine girdikçe bataklığa batmış ve her adımda ayağını çekip çıkarmak çok zor gibi de denilebilir. Geçen gün *Tribuna* okurlarından birisi benimle ilgili akıl hastanesinde çok araştırma yaptığım yorumunu yaptı. "Sadece kendiminkinde" dedim, o da "kendi akıl hastanemle" ilgili iltifatta bulunmaya çalıştı (çeviride iki-üç tane yanlış anlama var).

Çeviriyi bir müddet daha alıkoyacağım.[139]

---

[138] Milena Kafka'nın ricası üzerine kendisine Gustav Laundauer'in Holderlin konuşmasını göndermişti.

[139] Muhtemelen "Mutsuzluk".

PRAG, 4-5 AĞUSTOS 1920
ÇARŞAMBA AKŞAMI

Şimdi, yani gece 10 civarında bürodaydım, telgrafın orada duruyordu, hemen dün yolladığım telgrafıma cevap olarak geldiğini düşündüm ama şöyleydi: 4 Ağustos sabah saat 11'de gönderilmiş, buraya saat 7'de ulaşmış, yani sadece sekiz saatte gelmiş. Telgrafın verdiği tesellilerden birisi de en azından havada birbirimize yakın olmamız. Cevabını neredeyse yirmi dört saat içerisinde alabiliyorum. Ve bu cevap her zaman "gelme" olmak zorunda değil ya!

Geceyi Viyana dışında geçirmeden de Gmünd'e gelebileceğini belirttiğim mektubumu almadığına dair bir ihtimal ortaya çıkıyor. Ama bu durumu zaten kendiliğinden anlamış olman lazım. Bu ihtimal karşısında otuz gün (senin seyahatin) geçerliliği olan bilet ve vizeyi alıp almamayı hâlâ düşünüyorum.

Yine de almayacağım, telgrafın çok açık, görülüyor ki yolculukla ilgili giderilmesi çok zor itirazların var. Tamam, Milena önemli değil. Ben kendim de görüştükten dört hafta sonra, "bu kadar çabuk" sürede seni tekrar görme hayaline kapılmadım (sadece buluşmamızın bu kadar kolay olacağı hakkında hiçbir fikrim yoktu). Eğer buluşursak bu tamamıyla senin sayende olacak, işte bu nedenle oluşmasına vesile olduğun bu randevuyu iptal etmek de en doğal hakkın (iptal etsen bile çaresizliğinden gelemediğini biliyorum), aslında bundan bahsetmemem gerekiyordu, sadece karanlıktan senin evine çıkan dar bir tünel bulduğum için çok mutluydum. Beni sana getirecek bu tünele tüm benliğimle (aptallığım hemen tabi, tabi hemen diyor) attım kendimi ama karşıma aşılması imkânsız lütfen-gelme kayası çıktı, hızla kazdığım bu tünelden şimdi yine tüm benliğimle, bezgin bir şekilde geri dönmeli ve tüneli kapatmalıyım. Gördüğün gibi bu biraz üzüyor ama bu konudan bu kadar ayrıntılı olarak bahsedebiliyorsam çok da kötü değilim demektir. Sonuçta insan yeni tüneller kazabilir, ne de olsa eski bir köstebeğim.

Kenar notu: Hiçbir şekilde seyahatine karşı değilim. Nasıl böyle bir şeye karşı çıkabilirim? Neden bu şekilde düşünüyorsun?

Kötü olan şu ki dün sana bahsettiğim nedenlerden dolayı görüşmemiz çok önemliydi. Bu durumun maalesef telafisi yok ve işte bu nedenle telgrafın mutsuz olmama sebep oldu. Ama belki öbür gün gelecek olan mektubun biraz olsun beni mutlu eder.

*

Sadece tek bir ricam var: Bugünkü mektubunda iki tane çok sert cümle var. Birincisinde ("Ama gelmiyorsun çünkü gelmek senin için bir ihtiyaç olana kadar bekliyorsun") biraz haklılık payı var, ikincisi ("Hoşça kal Frank"-cümlenin geri kalanını da nasıl algılandığını anlayabilmen için tekrar yazıyorum "Bu durumda düzmece telgrafı göndermemin bir anlamı yok, göndermiyorum." Neden gönderdin o halde?) Bu "Hoşça kal Frank" cümlesinin hiçbir şekilde kabul edilebilir tarafı yok. Cümleler bunlar. Bunları bir şekilde, gerekirse resmi olarak geri alabilir misin? İstersen birincinin bir bölümünü ama ikincinin tümünü geri al.

*

Sabahki mektubumla birlikte babanın mektubunu göndermeyi unutmuşum, bağışla beni. Bu arada son üç yıl içerisinde gönderdiği ilk mektup olduğu gerçeğini gözardı etmişim, ancak şimdi senin üzerindeki etkisini anlıyorum. Bu durum babana yazdığın mektubu daha önemli hale getiriyor, içinde şüphesiz yeni bir şeyler vardır.

Aklıma gelmişken, babanın kocanla hiç konuşmadığını sanıyordum, seni yanlış anlamışım. Ama Stasa sık sık birbirleriyle konuştuklarını söyledi. Ne hakkında konuşuyorlardı acaba?

*

Evet, mektubunda belirtiklerimden daha da fazla beni üzen üçüncü bir cümle daha var. Bu cümle mideyi bozan tatlılara benzeyen bir cümle.

PERŞEMBE

Bugüne kadar korkarak beklediğim -hiç ummadığım bir şekilde- mektupsuz geçecek gün bugünmüş demek ki. Yani pazartesi yazdıkların konusunda o kadar ciddiymişsin ki ertesi gün mektup yazamadın. Ama elimde bana destek olacak telgrafın var en azından.

PRAG, 6 AĞUSTOS 1920
CUMA

İyi değilsin, seni tanıdığımdan bu yana ilk defa bu kadar kötüsün değil mi? Bu bitmek tükenmek bilmeyen aramızdaki mesafe ıstırabınla birleşince öyle bir hisse kapılıyorum ki sanki odandaymışım, sen beni neredeyse tanıyamıyorsun ve yatakla pencere arasında gidip geliyor, kimseye güvenmiyorum, ne doktora, ne tedaviye, hiçbir şey bilmiyorum, sadece kedersiz geçen o kadar yıldan sonra gerçek karakterini gösteren benim kadar perişan ve çaresiz, kasvetli gökyüzüne öylece bakıyorum. Yatakta istirahat ediyor musun? Yemeğini sana kim veriyor? Ne tür yemekler yiyorsun? Ve şu korkunç başağrıları. Fırsatın olduğu zaman onlar hakkında yaz bana. Bir zamanlar Doğu Yahudisi,[140] aktör bir arkadaşım vardı, üç ayda bir tutan başağrıları günlerce dinmek bilmezdi, tamamıyla sağlıklıydı ama ağrı geldiği zaman evlerin duvarlarından destek almadan ayakta duramazdı, bir aşağı bir yukarı dolanıp beklemekten başka hiçbir şey yapamazdık. Sağlıklı insanlar hastalardan uzak durur fakat aynı şey hastalar için de geçerlidir, onlar da sağlıklılardan uzak dururlar. Ağrılar çok sık oluyor mu? Ya doktor ne diyor? Ağrılar ne zamandan beri var? Artık ilaçlarını alıyor musun? Kötü, çok kötü ve artık yavrucum da diyemiyorum.

---

[140] Grubu'nun Ekim 1911'de Prag'da ilk sahneye çıkışından beri Kafka'nın dostu olan oyuncu Jizchak Löwy.

Kenar notu: Altı tane lejyoner pulu gönderiyorum, sadece tek bir teşekkür yeterli ama orası sıcak olduğu için pulları bir zarfın içerisine koy.

Ne yazık ki seyahatin yine ertelendi,[141] artık haftaya perşembe gününden önce yola çıkamayacaksın, bu durumda senin göl, orman ve dağlar arasında zinde hale gelmenin mutluluğunu yaşayamayacağım. Ama daha ne kadar mutluluk isteyebilirim, doyumsuz, açgözlü bir adamım. Bir süre daha Viyana'da eziyet çekecek olman ne kadar kötü.

Davos konusunu başka bir zaman tartışırız. Oraya gitmek istemiyorum çünkü çok uzak, çok pahalı ve çok gereksiz. Eğer Prag'dan ayrılırsam, büyük ihtimalle bunu yapmak zorunda kalacağım, benim için en iyisi taşraya gitmek olur. Ama beni kim evine kabul eder ki? Biraz daha düşünmem lazım ama her ne olursa olsun ekime kadar Prag'dan ayrılmayacağım.

Dün akşam dürüst Stein'le[142] karşılaştım, kafeden tanırsın onu, insanlar onu sürekli Kral Alfonso ile karşılaştırır. Bir avukatın yanında stajyer avukat şimdi, beni görünce çok mutlu oldu, zaten ertesi gün bana telefon edecekmiş, bazı işlerle ilgili olarak konuşmak istiyormuş benimle. "Tamam konu nedir?" Beni kısmen ilgilendiren bir boşanmayla ilgili aracılık etmem isteniyor. "Ne şekilde aracı olacağım?" Bir an kalbim yerinden hopladı. Ama meğerse tanıdığım şairlerden birisinin annesi ve babası boşanıyormuş, hiç tanımadığım annesi Dr. Stein'dan oğlunun kendisine iyi davranması, hakaret etmemesi için benim şairle konuşmamı istemiş.

---

[141] Milena sağlığına kavuşmak için St. Gilgen kıyısındaki Wolfgansee'ye gitmeyi planlıyordu.

[142] Praglı Avukat.

Bu arada garip bir evlilikleri[143] var. Kadın daha önce bir kez evlenmiş, bu evliliği esnasında şimdiki kocasından bir çocuğu olmuş, şair olan. Şair kendi öz babasının soyadını değil, kadının birinci kocasının soyadını taşıyor. Ama sonradan evlenmişler ama şimdi uzun yıllardan sonra kocasının, şairin babasının isteği üzerine bir kez daha ayrılmışlar. Boşanma sonuçlanmış bile. Ama bugünlerde yaşanan konut sıkıntısı nedeniyle kendisi için oturacak bir ev bulamamış, işte sadece bu nedenle evli çiftler gibi beraber yaşamaya devam ediyorlar. Ama bu beraber yaşama durumu (Ev sıkıntısının bir sonucu olarak) adamın kadınla barışmasını veya boşanma sürecini durdurmasını sağlamamış. İnsanlar acınacak derecede komik değil miyiz? Adamı tanıyorum: Nazik, makul, yetenekli ve iyi huylu birisi.

Yapılmasını istediğin şeylerin listesini[144] gönder, ne kadar uzun olursa o kadar iyi olur. Viyana'ya gelebilmek için ısmarladığın her kitabın her eşyanın içerisine girerim (müdür buna karşı çıkmıyor), lütfen bana mümkün olduğunca fazla Viyana'ya seyahat fırsatı ver. Bana *Tribuna*'da çıkan yazıları da gönderebilir misin? Ayrıca gideceğin yerdeki posta servisinin çok kötü olması haricinde seyahate çıkmanı dört gözle bekliyorum. Oranın nasıl olduğunu bana yazacaksın, değil mi? -oradaki hayatını, yaşadığın evi, yaptığın yürüyüşleri, pencereden görünen manzarayı, yediğin yemekleri, ben de böylece seninle birlikte biraz da olsa bunları görmüş olurum.

---

143 Gustav Janouch'un babası Gustav Kubasa, Kafka'nın çalıştığı sigorta şirketinden iş arkadaşıydı. Gustav Janouch öz babasının soyadını kullanamıyordu çünkü annesinin ilk kocası kayıp olsa da yasal olarak annesinden boşanmamıştı.

144 Kafka, Milena'ya Prag'da yapılması gereken işleriyle ilgilenebileceğini söylemişti. Zaman içerisinde bu işlerin miktarı ve zorluğu Kafka için giderek arttı.

PRAG, 7 AĞUSTOS 1920
CUMARTESİ

Ben gerçekten sevecen ve sabırlı mıyım? Bu konu hakkında fikrim yok ama şunu biliyorum ki böyle bir telgraf tüm vücuda iyi geliyor, tabiri caizse sadece telgraf, uzatılan bir el değil.

Ama yazdıkların hüzünlü, yorgun, hasta yatağında yazılmış gibi. Gerçekten hüzünlü. üstelik bugün mektubun da gelmedi, mektupsuz geçen bir gün daha, çok keyifsizsin herhalde. O telgrafı senin yolladığının ve kendi odamdan daha çok yaşadığım odanda bütün günü geçirmediğinin, kapanıp kalmadığının garantisini kim verecek?

Dün gece senin uğruna bir cinayet işledim: Gaddar bir rüya, kötü, çok kötü bir gece. Rüyayla ilgili çok fazla bir şey hatırlamıyorum.

*

En sonunda mektubun geldi. Oldukça açık seçik, tamam. Doğru, diğer mektupların da yeterince açıktı ama insanın daha fazla açık olmasını istemeye cesareti olmuyor. Bu arada ne zamandan beri yalan söyleyebiliyorsun? Senin yüzün yalan söylemeye müsait değil.

Max'ı suçlamıyorum. Tabii ki mektubunda ne yazmış olursa olsun hatalıydı: Hiçbir şey, hiç kimse, en iyi insan bile aramıza giremez. Dün gece bu nedenle cinayet işledim. Birisi, bir akraba, bir sohbet esnasında, tam olarak ne hakkında olduğunu hatırlayamıyorum ama bu kişiyle veya bu kişinin başaramadığı bir şeyle ilgili olarak acayip bir şekilde şöyle söyledi: "Belki de Milena'dır". Adamı hemen, bir şekilde öldürdüm, eve geldim, her şey hallolmuştu. Evde annem peşimde dolaşıyordu, benzer bir konuşma oldu, sonunda deli gibi bağırdım "Eğer herhangi birisi Milena ile ilgili kötü bir şey söylerse, mesela babam (benim babam) onu da öldürürüm ya da kendimi öldürürüm." Sonra uyandım, daha sonra uyuyamadım ama bilincim yerinde değildi.

Daha önceden yazdığın mektuplara geri dönersek, temel olarak şu kıza yazdığın mektuba[145] benziyorlar. Akşam mektupları, sabah gelen mektuplarda duyulan üzüntünün gösterildiği mektuplardır. Bir akşam mektubunda seni kaybetmem dışında her şeyin mümkün olduğunu yazmıştın, aslında hafif bir itme gerekliydi ve imkânsız olan şey gerçekleşecekti. Belki bu itme ve imkânsız olan şey gerçekleşti bile.

Ama bu mektup rahatlama sağlıyor, önceki mektupların altında diri diri gömülmüş gibi hissediyor, hareketsiz kalmam gerektiğini düşünüyordum çünkü belki de ölmüştüm bile.

*

Bunların hiçbirisi beni şaşırtmadı, doğrusu bekliyordum, gerçekleştiği zaman dayanabilmek için mümkün olduğunca kendimi hazırlamıştım. Ve işte gerçekleşiyor ve doğal olarak ben yeterince hazır değilim ama henüz mahvolmadım. Yine de durumun ve sağlığınla ilgili yazdığın diğer şeyler kesinlikle korkunç, hem de kaldıramayacağım kadar korkunç şeyler. Tüm bunları sen seyahatten dön-

---

145 Kafka'nın 20 Temmuz 1920 tarihli mektubunda bahsedilen Milena'nın Julie Wohryzek'e yazdığı mektup. Kafka bu mektubu çok sert ve kırıcı bulmuştu.

dükten sonra konuşuruz, belki orada umduğun şekilde bir mucize, en azından bedensel bir mucize gerçekleşir. Aslında bu konuda sana öylesine güveniyorum ki mucizeye falan gerek yok, seni huzur içerisinde ormana, göle, yemeklere, kirletilmemesi ve bozulmaması gereken doğanın bir mucizesi olan kendine emanet ediyorum -keşke başka şeyler olmasaydı.

Mektubunu düşündüğüm zaman -sadece bir kez okudum- bugün ve gelecekle ilgili yazdıkların, baban hakkında yazdıkların, benim hakkımda yazdıklarından ortaya çıkan tek sonuç: Daha önce de çok açıkça belirttiğim üzere üzüntünün sebebi benim, başka hiç kimse değil, sadece benim -ama sadece görünürdeki mutsuzluğunun kaynağı. Eğer ben olmasaydım üç ay önce Viyana'dan ayrılırdın, üç ay önce olmasa bile en azından şimdi ayrılırdın, biliyorum Viyana'dan ayrılmak istemiyorsun, zaten ben olmasaydım yine ayrılmak istemezdin ama işte kesinlikle bu nedenle -üstten bakıldığı zaman- duygularımın senin için önemli olmasının (tabi diğer unsurlar da var) senin Viyana'da kalmanı sağladığı söylenebilir.

Ama insan bu kadar ileri gitmemeli, bu tür boğucu ayrıntılara girmemeli: Kocanı daha önce bir kez terk etmen, artık şimdi onu terk etmenin daha kolay olduğu, şu an üzerinde çok baskı olduğu ve onu başka birisi için değil, terk etmen gerektiği için terk edeceğin gerçeğini dikkate almak yeterli.

Ama bütün bu düşünceler samimiyeti göstermekten öteye varmıyor.

*

Biri büyük, diğeri ufak iki ricam var Milena. Ufak olan: Pulları çarçur etmeyi bırak artık, hâlâ göndermeye devam edersen bundan sonra koleksiyon yapan adama vermeyeceğim. Bu ricamın altını kırmızı ve mavi ile çizdim ki bu durum benim için en yüksek önem derecesini gösteriyor -daha sonra anlayacaksın.

Büyük olan: Max ile yazışmayı bırak, bunu ondan isteyemem. Bir hastanede doktor hasta ziyaretlerini yaptıktan sonra hasta yakınının rahatlıkla "bizim hastamızın" durumu nasıl diye sorması normaldir. Ama hastanenin kapısında bile hasta adam ortalığı birbirine katabilir.

Elbette her şeyi seve seve temin ederim. Ama kazakla ilgili olarak ihraç izni gerekli olabileceği için onu Viyana'dan alsan iyi olur (geçen gün postanenin birisinde ihraç izni olmadığı için kitapları bile kabul etmediler ama ertesi gün hiçbir şey sormadan aldılar), neyse, belki mağazadakiler bu konuda bilgi sahibidir. Sen "yeter" diyene kadar mektupların arasında küçük miktarlarda para göndermeye devam edeceğim.

Tribuna'yı okumama izin verdiğin için teşekkür ederim. Geçen pazar günü Wenzelplatz'da *Tribuna* satın alan bir kız gördüm, moda yazıları için satın aldığı aşikârdı. Çok iyi giyimli değildi, *henüz değil*. Kıza çok fazla dikkatle bakmadığım kötü oldu, bakmış olsaydım ondaki değişimi izleyebilirdim. Hiç de değil, moda yazılarını küçümsemekle hata yapıyorsun. Onları rahat rahat okuyabileceğim için sana minnettarım (bir suçlu gibi gizli gizli okuyordum).

PRAG, 8 AĞUSTOS 1920
PAZAR

Telgraf. Evet, belki de bugüne kadarki buluşmalarımızın en iyisi olacak. Aksi takdirde işleri düzene koymak ne kadar zaman alırdı kim bilir? Aramıza nasıl girdi bütün bunlar? Bir adım sonrasını görebilmek oldukça zor. Diğer bütün şeylerin üzerine bir de bunun yüzünden o kadar acı çekmene yol açtı. Ve ben bu duruma uzun zaman önce engel olabilirdim, bunu çok net bir şekilde öngörebilirdim ama korkaklığım ağır bastı. Açıkça bana ait olmadıklarını bilmeme rağmen mektupları bana aitlermiş gibi cevaplayarak yalan söylemedim mi? Ümit ederim ki bu türdeki yalan cevaplar[146] seni Gmünd yolculuğuna mecbur etmemiştir.

Ama bu mektuptan edindiğin izlenim çerçevesinde çok üzgün olduğumu düşünme, şu an için söylenebilecek pek fazla bir şey yok. Ortam o kadar sessiz ki insan bu sessizliği bozacak bir kelime bile etmeye cesaret edemiyor. Neyse ki pazar günü beraber olacağız, beş-altı saat, konuşmak için çok az ama sessizliği paylaşmak, ele ele tutuşmak, birbirimizin gözlerine bakmak için uzun bir süre.

---

[146] Milena'nın el yazısına benzer yazıyla Milena'nın tanıdıklarına mektuplar geliyordu.

PRAG, 8-9 AĞUSTOS 1920
PAZAR AKŞAMI

Gösterdiğin mazeretlerde beni daima rahatsız eden bir şeyler var, son mektubunda açıkça belirgin olan bir şey, bu inkâr edemeyeceğin hatayı kendin de kontrol edebilirsin. Kocanı çok sevdiğini (gerçekten seviyorsun), onu terk edemeyeceğini (benim iyiliğim için terk etmiyorsun, yani kocanı benim yüzümden terk etseydin, kötü hissederdim) söylersen, sana inanır ve hak veririm. Onu bırakabileceğini ama sana gerçekten ihtiyacı olduğunu, onun yaşamayacağını ve bu nedenle onu terk edemeyeceğini söylersen sana yine inanır ve hak veririm. Ancak, sen olmadan dünya ile baş edemeyeceğini ve bu nedenle onu terk etmediğini söylersen (bunu asıl sebep olarak gösterirsen), o zaman bunu ya daha önceki mazeretleri haklı göstermek (onları pekiştirmek için değil, bu mazeretlerin pekiştirilmeye ihtiyacı yok) için söylüyorsun ya da bunlar sadece vücudu değil her şeyi yıpratan aklın oyunlarından birisidir.

Kenar notu: Pullar için teşekkürler, en azından bu şekilde olması kabul edilebilir, adam hiç çaba göstermiyor, benim mektuplar için yaptığım gibi gelen pullara bakıp, mest oluyor. Mesela 10 h'lik pullar ayrı ayrı ince ve kalın kâğıtta basılmış ama ince kâğıtta olanlar daha değerli ve bugün ince kâğıda basılı olanları gönderdin, seni sevimli.

Yukarıda yazdıklarıma biraz daha ekleme yapacağım esnada farklı zamanlarda dört mektubun geldi, birincisi bayıldığından bahsettiğine pişman olduğun mektup, ikincisi ayıldıktan hemen sonra yazdığın mektup, onunla birlikte yazdığın, o çok güzel olan mektubun ve daha sonra Emilie hakkında yazdığın mektup. Sıraları hakkında karar veremiyorum, günleri yazmayı bıraktın artık.

"Stracb-toucha"[147] ile ilgili soruna cevap vermeye çalışacağım. Muhtemelen ilk denememde başarılı olamayacağım ama bundan sonraki mektuplarımda da bu konu üzerinde durursam belki başarabilirim. Babama yazdığım kötü ve gereksiz mektubu okusaydın yardımı olurdu. Belki yanımda onu Gmünd'e getiririm.

Eğer "korku" ve "arzu"nun anlamını son mektubunda yaptığın gibi sınırlandırırsak, soru olarak kolay değil ama cevabı çok kolay oluyor. Bu durumda sadece korkum oluyor. Şöyle açıklayayım:

İlk geceyi hatırlıyorum. O zaman Zeltergasse'de, bir elbise mağazasının karşısından oturuyorduk, mağazanın kapısında sürekli bir tezgâhtar kız olurdu. Odamda sürekli olarak bir aşağı bir yukarı adımlardım, yirmi yaşımın biraz üzerindeydim, benim için hiçbir anlam ifade etmeyen bilgileri ezberleyerek, gergin bir şekilde gireceğim ilk devlet sınavına hazırlanıyordum. Yaz mevsimiydi, muhtemelen tam bu zamandı ve çok sıcaktı, dayanmak mümkün değildi. Berbat Roma Hukuku'nu ağzımda gevelerken pencerenin önüne gelince dururdum, nihayet işaret dilini kullanarak iletişim kurduk. Akşam saat 8'de onu alacaktım ama akşam yanına gittiğimde orada başka birsi daha vardı. Ama hiçbir şey fark etmedi, zaten her şeyden korkuyordum,

[147] *Stracb*: Korku; *toucha*: Arzu

adamdan da korktum, orada olmasaydı yine korkacaktım ondan. Kız adamın koluna girmesine rağmen bana onları takip etmem için işaret etti. Bu şekilde Scützeninsel'e kadar geldik, orada bira içtik, ben yan masada oturuyordum. Sonra kızın evine doğru yürüdüler, ben yavaşça arkalarından takip ettim, ev Et Pazarı'nın oralardaydı. Orada adam ayrıldı, kız koşarak eve girdi, çıkması için biraz bekledim sonra Kleinseite'de bir otele gittik.

Otele gelmeden önce çok cazip, heyecan verici aynı zamanda da tiksindiriciydi, otelin içinde de farklı değildi. Sabaha doğru Karlsbrücke üzerinden eve yürürken hava hâlâ sıcak ve güzeldi, mutluydum çünkü sürekli keder içinde olan vücudum en sonunda biraz huzur bulmuştu, ayrıca bütün bu olan biten göründüğü kadar tiksindirici de değildi. Sanırım iki gece sonra kızla tekrar buluştum, ilk seferki gibi her şey aynen tekrarlandı ama hemen akabinde yaz tatili için ayrılmak durumunda kaldım. Kasabada bir kızla arkadaşlık edip zaman geçirince Prag'daki tezgâhtar kızın yüzüne bir daha bakamadım, onunla bir daha hiç konuşmadım, benim can düşmanım olmuştu (sadece benim açımdan), aslında sevecen ve iyi huylu bir kızdı. Neler olduğunu anlamayarak gözleriyle beni takip ediyordu. Kızın otelde belli belirsiz çirkin bir hareket yapmasına (sözünü etmeye değecek bir şey değil), önemsiz bir müstehcen kelime etmesine (sözünü etmeye değecek bir şey değil) rağmen düşmanlığımın tek nedeninin bu olduğunu söylemek istemiyorum (aslında tek nedenin bu olmadığına eminim) ama bunlar hafızama kazındı. O an bunların hiç aklımdan çıkmayacağının farkındaydım ve aynı zamanda kalbimin derinliklerinde bu çirkinlik ve müstehcenliğin dünyanın vazgeçilmez bir parçası olduğunu, (kızın belli belirsiz bir hareketine ve önemsiz bir sözüyle) beni bu kadar büyük bir güçle otele sürükleyen şeyin tamamıyla bu çirkinlik ve müstehcenlik olduğunu anladım ya da anladığımı sandım, aksi takdirde kalan tüm gücümle buna karşı koyardım.

O günden beri bu anlayışım değişmedi. Yıllardır böyle bir hazla karşılaşmamış olan bedenim, en iyi durumda bile belirsiz bir koku, biraz kükürt ve bir parça cehennem ifade eden bu çok özel, önemsiz, iğrenç duyguya olan özleme savruldu. Bu dürtü, sebepsiz bir şekilde müstehcen olan bu dünyada, lüzumsuzca sürüklenen, amaçsızca gezinen ölümsüz Yahudi'den bir şeyler taşıyor gibi.

Öte yandan, bedenimin sakin olmadığı, gerçekten hiçbir şeyin sakin kalmadığı ama üzerimde hiçbir şekilde baskı hissetmediğim, hayatın güzel, sakin, tedirginliğin tek nedeninin umut olduğu (bundan iyi tedirginlik olabilir mi?) zamanlar oldu. Böyle zamanlarda olabildiğince hep yalnız kaldım. Bu kez hayatımda ilk defa *böyle* bir zamanı yaşadığım anda *yalnız değilim*. Bunun nedeni fiziksel yakınlığının yanı sıra senin huzur verici -huzursuz edici özelliğin. Bu sebeple müstehcenliğe ihtiyaç duymuyorum (Meran'da geçirdiğim günlerin en başında, aksi yöndeki niyetime rağmen hizmetçi kızı nasıl baştan çıkaracağıma dair -daha da kötüsünü düşündüm- gece gündüz plan yapıp durdum. Meran'daki günlerimin sonunda da, neredeyse konuştuğu her kelimeyi anlayabilmek için kendi dilime çevirmek zorunda kaldığım istekli bir kız kollarıma atladı), daha da önemlisi müstehcenlik için dışarıdan kaynaklanan bir tahrik unsuru yok ama hayatın içeriden dışarıya taşıyacağı birçok şey var, özetle çöküşten önce cennette solunan hava var. "Arzunun" oluşmaması için bu havadan fazlasıyla var ama "korku" için yeterli değil. Şimdi artık biliyorsun. İşte bu nedenle Gmünd'de geçirilecek bir geceden korkuyorum ama bu Prag'daki gibi sıradan bir korku (maalesef bu bile oldukça fazla), Gmünd'e özel bir korku değil.

Şimdi bana Emilie'den bahset, Prag'a hâlâ mektup gönderebilirsin.

*

Çok önemli olduğu için bu mektupla birlikte herhangi bir şey göndermiyorum, güvenli bir şekilde eline geçmesini istiyorum.

*

Bayılma birçok belirtiden sadece bir tanesi. Lütfen mutlaka Gmünd'e gel. Pazar sabah yağmur yağarsa gelemeyecek misin? Ama ben her şekilde pazar sabah istasyonun girişinde bekliyor olacağım. Pasaporta ihtiyacın yok, kontrol ettin değil mi? Getirebileceğim, ihtiyaç duyduğun bir şey var mı? Stasa'dan bahsetmiş olman onu görmem gerektiği anlamına mı geliyor? Ama Prag'da hiç bulunmuyor ki. (Prag'da olduğu zamanlar da onu görmeye gitmek epey zor.) Onu görmek için, sen ondan tekrar bahsedene veya Gmünd'e gidene kadar bekleyeceğim. Bu arada, oldukça belirgin olmasına rağmen Stasa baban ve kocandan bahsetmişti: Evet, baban ve kocan birbirleriyle görüşüyorlarmış, hem de sık sık.

*

Laurin'le ilgili söylediklerimi[148] yanlış anladın (ne hafıza ama! Kinaye yapamıyorum, sadece kıskançlık, kıskançlık da değil aslında, aptalca bir şaka). Sözünü ettiği bütün insanların ya "ahmak" ya "düzenbaz" ya da "ahlaksız" insanlar olması beni şaşırttı, ama öte yandan sen sadece Milena'sın, gerçekten saygıdeğer birisin. Bu beni çok mutlu etti, senin onurunu kurtaracak bir şey olduğu için

---

[148] Kafka'nın 188 Temmuz 1920 tarihli, Anne Laurin'le konuşmasını anlattığı mektup.

değil ama onun onurunu kurtaracak bir şey olduğu için bu konuda yazdım. Doğrusu etrafında istisna olabilecek bazı iyi insanlar vardı, örneğin, o dönemdeki kayınpederi, baldızı, bacanağı, nişanlısının eski kocası, hepsi namuslu "harika" insanlardı. [...][149]

Kenar notu: Saat 9'dan sonra geleceksin yani, bir Avusturyalı olarak seni gümrükte durdurmalarına izin verme, sonuçta, seni karşıladığım zaman söylemeyi planladığım cümlelerin tekrarını saatlerce yapamam.

Bugünkü mektubun çok hüzünlü, ayrıca acısını hiç dışarı yansıtmıyor, kendimi çok dışlanmış hissediyorum. Ne zaman odamdan dışarı çıksam, hemen dönmek ve masamın üzerinde "Cumartesi günü ben de Gmünd'de olacağım" diyen telgrafını bulmak için merdivenleri koşarak inip çıkıyorum. Ama hâlâ hiçbir haber yok.

---

[149] Yaklaşık üç satır çıkarılmıştır.

PRAG, 9 AĞUSTOS 1920
~~CUMARTESİ~~ PAZARTESİ ÖĞLEDEN SONRA
(GÖRÜNEN O Kİ CUMARTESİYE SABİTLENDİM)[150]

Bu sabah yazdığım konuda daha fazla açıklama yapmazsam yalancı konumuna düşerim, her şeye rağmen ama her şeye rağmen ("her şeye rağmen" ile, "yine de" arasındaki farkı ayırt et) hiç kimsenin bilerek ve isteyerek senin kadar benim yanımda olmaması nedeniyle, hiç kimsenin yanında rahat konuşamadığım kadar rahat konuştuğum sana karşı yalan söylemiş olurum.

En güzel mektupların (doğrusu mektuplarının tümü, her satırı, bugüne kadar yaşadığım en güzel şey olduğu için bunu söylemek anlamsız oldu) korkumu makul bulduğun ve hemen neden korkmamam gerektiğini açıklamaya çalıştığın mektupların. Bazen rüşvet alan bir savunma avukatı gibi korkumu savunsam da, özünde ben de korkumun makul olduğunu düşünüyorum: O benim ayrılmaz bir parçam, belki de en iyi parçam. Ve en iyi parçam olduğu için belki de benimle ilgili sevdiğin tek şeydir. Yoksa bende sevilecek başka ne olabilir ki? Ama bu da sevilmeye değer bir şey.

Ve bana bu korku dolu yüreğimle cumartesi gününü nasıl olup da "iyi" diye nitelendirdiğimi sorarsan, açıklaması hiç de zor değil. Çünkü seni seviyorum (*seni seviyorum işte, budala, deniz dibindeki çakıl taşı nasıl sevilip, sarmalanır, ona bağlanılırsa ben de sana öyle bağlıyım*, umarım ben

---

150 Kafka, Milena ile Viyana'da birlikte geçirdiği dört güne atıfta bulunuyor.

de seninle denizle çakıl taşı gibi birlikte olurum) tüm dünyayı seviyorum, sol omzunu da -hayır, doğru olan istediğim zaman dönüp öpebilmem için sağ omzun olacaktı (bluzunu, öpebilmem için biraz aşağı indirmen kaydıyla) ama sol göğsün de, ormandayken üstümde olan, yüzünü de, ormandayken altımda kalan yüzünü de ve çıplak göğsünün üzerinde yatmayı da seviyorum. Bu nedenle artık tek vücut olduğumuzu söylemekte haklısın, bundan korkmuyorum, tam tersine bu benim tek mutluluğum, tek kibirim ve bunu sadece ormanla sınırlandırmak istemiyorum.

Ama bu gündüz işiyle, daha önce bir keresinde aşağılayarak sadece erkeklere özgüymüş gibi yazdığın "yarım saatlik yatak" işi arasında aşamadığım okyanuslar var, belki de aşmak istemediğim için aşamıyorum. O taraftaki bir gece macerası, tam anlamıyla bütün her şeyiyle macera, öte yandan burada ise hükmettiğim dünya var, şimdi geceye de hükmetmek için o tarafa geçmem gerekiyor. Ancak insan zaten hükmettiği bir şeye tekrar hükmeder mi? Bu onu kaybetmek anlamına gelmez mi? Hükmettiğim dünya işte burada ve ben kara bir büyü, bir hokus pokus, bir simya, bir felsefe taşı, bir dilek yüzüğü uğruna karşı tarafa geçmeliyim. Hepsi bir yana bu beni öylesine korkutuyor ki.

Her gün açık gözlerle kolayca alınabilecek bir şey için, alelacele, nefes nefese, çaresizce şeytanca bir yolla elde etmek için gecenin kara büyüsünü kullanmak! ("Belki" çocuk sahibi olmak için başka bir yol yoktur, "belki" çocuklar da kara büyüdür. Bu konuyu şimdilik geçelim.) Bu nedenle sana minnettarım (sana ve her şeye) ve senin yanındayken doğal olarak, oldukça rahat ve oldukça rahatsız, oldukça stresli ve oldukça stressizim. Bu nedenle, bu durumunda farkına vardıktan sonra, hayatımın diğer bölümlerinden vazgeçtim. Gözlerimin içine bak!

*

Artık kitapların komodinin üzerinden yazı masasına aktarıldığını Bayan Kohler'den öğreniyorum. Bu aktarma konusuna onay verip vermeyeceğime dair bana önceden danışılması gerekirdi. Sorulsaydı cevabım hayır olurdu.

*

Şimdi bana şükret. Çok şükür ki mektubun bu son satırlarına delicesine bir şeyler yazma isteğimin üstesinden gelmeyi başardım (delicesine ve kıskançlık dolu).

*

Ama artık yeter, bahset şu Emilie'den.

PRAG, 10 AĞUSTOS 1920
SALI

Doğum günün için hazırlıklı olduğumu söyleyemeyeceğim, her zamankinden kötü uyudum, kafam kaynıyor, gözlerim yanıyor, şakaklarım zonkluyor, üstüne bir de öksürüyorum. Öksürmeksizin herhangi bir türde doğum günü tebriğinde bulunabileceğimi zannetmiyorum. Neyse ki tebrik gerekmiyor, senin gibi birinin mevcut olduğunu hiç düşünmediğim bu dünyada olduğun için teşekkür ederim (gördüğün gibi, senin aksine dünya ile ilgili bilgim pek fazla değil, itiraf ediyorum). Minnettarlığımı göstermek için tren istasyonunda ki gibi seni öpüyorum, gerçi sen bu öpücükten hoşlanmamıştın (nedense aksiliğim üstümde bugün).

Son dönemde hep böyle kötü değildim, hatta bazen çok iyiydim ama en güzel günüm bir hafta önce gerçekleşti. Yüzme okulunun oradaki havuzda her zamanki gibi mecalsiz bir biçimde uzun yürüyüşümü yapıyordum. Neredeyse akşam olmuştu, etrafta birkaç kişi dışında pek insan yoktu, o esnada -beni tanımayan- yardımcı yüzme hocası etrafa bakarak, sanki bir şey arıyormuşçasına bana doğru geliyordu, beni *görünce* "Biraz kürek çekmek ister misin?" diye sordu. Anladım ki Sophie Adası'ndan gelmiş Juden Adası'na dönmek isteyen bir beyefendi (*önemli* bir müteahhit herhalde) varmış, Juden Adası'nda büyük bir inşaat yapıyorlarmış. Aslında çok da büyütülecek bir şey değil, yüzme hocası beni görüp, bu garip gence (ben) bedavadan bir sandal sefasının zevkini tattırmak istedi. Tabii ki *önemli* müteahhidin işine yarayacak türde, güçlü ve kabiliyetli ve iş bittikten sonra gereksiz bir gezinti yapmadan sandalı geri getirecek güvenilir bir genç bulması gerekiyordu ve benim tam da aradığı kişi olduğumu düşündü. Azman Trnaka (yüzme okulunun sahibi, sana bir gün ondan bahsetmeliyim) bize katıldıktan sonra gencin yüzme bilip bilmediğini sordu. Sadece tek bir bakışla durumun farkına varan yüzme öğretmeni ona merak etmemesini söyledi. Ağzımı açıp bir şey söyleyemedim. Sonra yolcu geldi ve suya açıldık. Saygılı bir genç olarak hiç konuşmadım. Güzel akşam olduğunu söyledi, "Evet" dedim, ama sonra biraz serin olduğunu belirtince yine "Evet" diye cevap verdim, en son çok hızlı kürek çektiğimi söylediğinde, sevinçten hiçbir şey söyleyemedim. Tabii ki Juden Adası'na en iyi şekilde yanaştım, indi, nazikçe teşekkür etti ama bahşiş vermeyi unutması beni hayal kırıklığına uğrattı (bayan olmayınca maalesef böyle oluyor[151]). Küreklere asılıp rüzgâr gibi geri döndüm. Azman Tranka bu kadar çabuk döndüğümü görünce çok şaşırdı, yıllardır bu geceki kadar övünçle göğsüm kabarmamıştı, azıcık da olsa sana daha yaraşır hissettim kendimi. O günden sonra yüzme okulunun önünde başka bir yolcu gelsin diye bekliyorum ama bugüne kadar kimse gelmedi.

Akşam yarı uyur haldeyken, doğum gününü senin için önemli yerleri gezerek kutlamam gerektiği aklıma geldi. Ve hemen sonrasında istemeden Batı İstasyonu'nun önünde buldum kendimi. Ufacık bir binaymış burası, içerisi de çok dar herhalde, daha yeni bir ekspres tren geldi ve vagonlarından birisi sığmadığı için istasyonun dışında kaldı. İstasyonun önünde duran şık giyimli üç hamal kızı -ama çok zayıflardı, birinin uzun saçları arkadan bağlıydı- görünce memnun oldum. Bu esnada daha önce yaptığın şeyin aslın-

---

[151] Kafka, Milena'nın bavul taşırken aldığı bahşişle ilgili kinaye yapıyor.

da olağan olduğunu fark ettim. Yine de onların arasında olmamana sevindim ama orada olmamana da üzüldüm. Öte yandan, bu durum için bir teselli olarak bir yolcunun kaybetmiş olduğu küçük bir çanta buldum ve etrafımdaki yolcuların hayret dolu bakışları altında büyük parça elbiseleri içerisinden çıkarmaya başladım. Maalesef, bana gönderilen pazar günkü *Tribuna*'nın "Açık Mektup"[152] bölümünde istenen türde bir ceket yoktu, istenen ceketle alakası yok ama bu durumda kendi ceketimi göndermek zorunda kalacağım.

"Typus"un özellikle ikinci bölümü[153] mükemmel, etkili, hiddetli, Yahudi düşmanı ve ihtişamlı. Gazeteciliğin bu kadar karmaşık bir iş olduğuna daha önce dikkat etmemiştim. Okuyucuyla bu kadar sakin, samimiyetle, hassas konuşuyorsun ki dünyadaki her şeyi unutuyorsun ama en sonunda birden "Yazdıklarım güzel değil mi? Cidden güzel değil mi? Memnun oldum ama öyle senli benli olamam ve kendimi öptürmem" diyorsun. Ve hemen bitirip, ortadan kayboluyorsun.

Bu arada, benim dine kabul hediyemin[154] sen olduğunu biliyor muydun (Yahudilikte de dine kabul töreni var). Ben 83 yılında doğdum yani sen doğduğunda on üç yaşımdaydım, on üçüncü doğum gününde özel bir kutlama töreni yapılır. Havrada çok zor ezberlediğim bir duayı altara çıkarak okumuş, sonra evde yine ezberden bir konuşma yapmıştım. Ayrıca, bana bir sürü hediye de verilmişti. Ama hatırladığım kadarıyla hediyelerden birisi kayıp olduğu

---

[152] Kafka, Milena'nın *Tribuna*'da yayınlanan yağmurlukla ilgili yazısına atıfta bulunuyor.

[153] Milena'nın *Tribuna*'da yayınlanan "Yeni Kentli Tipi" yazısı, bu yazıda Kafka'nın Yahudi karşıtı olarak değerlendirdiği noktalar anlaşılamamaktadır.

[154] Yahudilikte on üç yaşını dolduran çocuklar için "Bar Mitzvah" denilen bir tören yapılır. Kafka'nın Bar Mitzvah töreni 13 Haziran 1896'da Prag'daki Zigeuner Sinagogu'nda yapılmıştır.

için fazla sevinmemiştim. Onu bulmak için 10 Ağustos'a kadar beklemem gerekti.

*

Gerçi hepsini ezbere biliyorum ama tabi ki son on mektubunu memnuniyetle tekrar okurum. Ama sen de benim mektuplarıma tekrar bak, kızların okulda soracağı bir sürü soru bulacaksın.

*

Baban hakkında Gmünd'de konuşuruz. Bayanlarla karşılaştığımda hep olduğu gibi "Grete" karşısında da çaresizim. Seninle ilgili ufacık da olsa bir şey düşünmeli miydim? Hatırlayamıyorum. Elini ellerimin içine almayı seviyorum, gözlerine bakmayı seviyorum, gerisi anlamsız, boş ver Grete'yi.

"Hak etmemek" konusuna gelince -*"anlayamıyorum, nasıl bir insan..."*- ben de aynı muamma ile karşı karşıyayım ve bu konuyu beraber çözebileceğimizi düşünmüyorum. Ayrıca bu bir günah. Bu konu hakkında Gmünd'de bir dakika bile harcamayı düşünmüyorum. Şimdi fark ediyorum ki sen benden daha fazla yalan söylemek durumunda kalacaksın, beni üzüyor bu. Eğer önemli bir engel ortaya çıkarsa, gelme, Viyana'da kal, bana haber veremesen bile sadece Gmünd'e bir seyahat yapmış ve sana üç saat daha yaklaşmış olurum. Vizemi aldım bile. Sizin oradaki grev nedeniyle[155] bana telgraf çekemeyeceksin, en azından bugün.

---

[155] *Neu Freie Presse* (Yeni Özgür Gazete) yayınladığı haberle, 9 Ağustos 1920 tarihinde, öğlen saati itibariyle telefon ve telgraf şirketi çalışanlarının grev yapacağını duyurmuştur.

PRAG, 11 AĞUSTOS 1920
ÇARŞAMBA

Benden af dilemeni anlamıyorum. Bitip gittiğine göre zaten seni affetmişim demektir. Olduğu zaman kızmıştım ama zaten o zaman sen de umursamamıştın. Olmuş bitmiş bir şey için seni nasıl affetmem ki? Böyle bir şeyi düşünebildiğine göre kafan ne kadar karışık olmalı. Babanla karşılaştırılmaktan hoşlanmıyorum, en azından şimdilik.

Benim de mi seni kaybetmem gerekiyor (ayrıca baban kadar gücüm de yok). Bu karşılaştırmayı yapmakta hâlâ ısrarlıysan o zaman kazağı geri göndersen iyi olur.

Bu arada bir kazağı satın almak ve göndermek için harcadığım üç saat beni dinçleştirdi, çok ihtiyacım vardı buna, sana minnettarım. Bugünün nasıl geçtiğini sana anlatmak için çok yorgunum, neredeyse iki gündür uykusuzum. Gmünd'de biraz iltifat alabilmek için kendimi toparlayabilecek miyim acaba?

Gerçekten Amsterdam'daki kadını kıskandın mı? Eğer inanarak yapıyorsa yaptığı sahiden çok güzel ama sen mantık olarak hatalısın. Onun gibi yaşayan birisi için hayat zulümdür ama böyle yaşamayan biri için hayat özgürlük demektir. Bu her yerde böyledir. Bu tür bir kıskançlık ölmekle eşdeğerdir.

Yeri gelmişken, bu durgunluk, bıkkınlık, tiksintinin nedeni nedir? Kıskançlıkla bağdaşır mı bunlar? Tabii ki hiçbir şekilde bağdaşmaz, bu tür şeyler ancak ölümü arzu edenlere yakışır.

"Viyana'da kalmak" konusunda senin söylediklerinden daha samimiyetsiz şeyler söyledim ama sen haklısın. Hissettiğim kadarıyla önceki yıllara göre babanın gücünü artırıyor olması dikkatimi çekiyor (yani kazak sende kalabilir).

Max konusunda istediğini yapabilirsin. Ama ona verdiğin talimatları bildiğim için, sonum yaklaştığında, onun yanına gideceğim ve "kendimi çok dayanıklı" gördüğüm için ona bir süreliğine tatile çıkmayı önereceğim, sonra sürünerek eve gelip, son kez uzanacağım.

Tabi durum o aşamaya gelmediği için böyle konuşabiliyorum. Ama ateşim 37,5'a (yağmurda 38) çıktığı zaman telgrafları ulaştırmak için postacılar senin uzun merdivenlerinde birbirlerinin üzerinden atlayacaklar. İşte o zaman grev yapmak durumunda kalacaklar, doğum gününün olduğu şimdiki gibi münasebetsiz bir zamanda değil!

Adama pulları vermeyeceğime dair tehdidine postane inanmış herhalde. Özel teslimatlı zarf elime geçtiği zaman üzerindeki pullar alınmıştı bile. Bu arada adamı doğru anlamalısın, her puldan sadece bir tane toplamıyor. Her tür için büyük albüm yaprakları, tüm yapraklar için de büyük albümleri var, bir yaprak tek tür pulla dolduğu zaman onu albüme takıyor ve yeni bir yaprağı doldurmaya başlıyor. Tüm öğleden sonrasını pullara harcıyor, şanslı, güleç şişman. Ve her gelen pul onun için bir mutluluk kaynağı, mesela bugün gelen 50 heller'lik pullar: Posta ücretleri de artacak gibi (zavallı Milena) 50 heller'lik pullar daha değerli hale gelecek.

Kreuzen[156] hakkında söylediklerin çok hoşuma gitti. (Aflenz olmaz, orası veremle ilgili bir sanatoryum, orada iğne de yapıyorlar, öff. Çalışanlarımızdan birisinin veremden ölmeden önce son durağı orası idi.) Bu tür kasabaları seviyorum, tarihsel geçmişleri de var. Ama sonbaharda hâlâ

---

[156] Kruzen ve Aflenz, Avusturya'da iki sanatoryum.

açık olacak mı, acaba yabancıları kabul ediyorlar mı, yabancılar için daha pahalı mı, ayrıca şişmanlamak için neden açlar ülkesine gittiğimi benden başka anlayan olacak mı? Tüm bunlara rağmen, yazıp onlara soracağım.

Dün şu Stein'la bir kez daha konuştum. Hayatın sillesini yemiş insanlardan bir tanesi. İnsanlar neden ona gülüyor anlamıyorum. Herkesi tanıyor, özel yaşamlarını biliyor ama yine de alçakgönüllü, saygılı, kararlarında çok ölçülü, keskin bir zekâsı var; biraz fazla açık olması, böbürlenirken bile masum görünüşü nedeniyle değeri açık bir şekilde başkaları tarafından takdir ediliyor, tabii ki şehvet ve suçla dolu böbürlenmeyi ayırt edebilen insanlar bunu yapabiliyor. Haas ile başladım, Jarmila'dan bahsettim ve sonra kocanı aradan çıkardım, bu arada insanların senin hakkında konuşmasını işitmekten hoşlandığım doğru değil, kesinlikle değil, sadece senin adını duymak istiyorum, tekrar tekrar, bütün gün. Eğer sorsaydım o da seninle ilgili birçok şey anlatırdı bana ama sormadığım için, kısaca ve büyük bir üzüntüyle, zar zor yaşadığını, kokainin[157] sana çok zarar verdiğini (hâlâ yaşıyor olduğunu duyunca nasıl minnettar oldum bilsen) söyledi. Bu arada, her zamanki tedbirli ve mütevazı tavrıyla bunları etraftan işittiğini, doğrudan kendisi görmediğini belirtti. Kocandan da çok yaman, kudretli bir sihirbazmış gibi bahsetti. İntihar vakasından iki gün önce Jarmila, Haas ve Reiner ile birlikte olduğunu iddia etti, Reiner Haas'a çok iyi davranıyormuş ve ondan borç almış. Senin Prag'da olduğun dönemden önce benim tam hatırlamadığım bir kişinin adını söyledi, zannederim Kreidlova'ydı.[158] Oradan ayrılmasam daha uzun süre anlatmaya devam edecekti, midem bulandı, sessizce onun yanında yürüyüp, duymak istemediğim ve beni hiç ilgilendirmeyen şeyleri dinlediğim için kendime kızdım.

---

157 Milena bel ağrıları için kokain içiyordu.

158 Amalie Kreidlova, Milena'nın okuldan arkadaşı.

*

Tekrar yazıyorum: *Azıcık* da olsa sıkıntı çekmene yol açacak bir engel ortaya çıkarsa, çaresiz kalırsan, Viyana'da kal, bana haber vermene de gerek yok. Ama gelecek olursan sınırdan oyalanmadan hemen geç. Beklenmeyen aksi bir durum olur da yola çıkamaz ve Viyana'ya sana haber ulaştırmam mümkün olmazsa (Bayan Frau'ya telgraf çekerim) tren istasyonun oradaki otele senin için telgraf göndereceğim.

*

Altı kitabın hepsi ulaştı mı?

*

"Kafe"yi[159] okurken Stein'i dinliyormuş gibi oldum ama sen çok daha güzel anlatmışsın, başka kim bu kadar güzel anlatabilir ki? Ama neden bunları sadece *Tribuna*'yı satın alanlara anlatıyorsun? Okurken kafenin önünde bir aşağı bir yukarı, sabahtan akşama, bütün yıl boyunca yürümüş gibi hissettim, müşterilerin giriş ve çıkışlarıyla her kapı açılışıyla birlikte senin içeride olup olmadığını kontrol ediyor, sonra yine dolanarak beklemeyi sürdürüyorum. Bu durum ne sıkıcı ne de zahmetliydi. Zaten sen kafenin içerisindeyken seni beklemek nasıl zahmetli ve sıkıcı olabilir ki?

---

159 "Kafe" Milena'nın kafeler hakkında 10 Ağustos 1920'de *Tribuna*'da yayınlanan yazısı.

PRAG, 12 AĞUSTOS 1920
CUMA

Bugün Laurin'e gideceğim, telefon etmem çok zor. Üstelik yazarak sadece Pick'e ulaşabilirim, onun da adresini bilmiyorum, muhtemelen son mektubunu da bulamayacağım. Taşrada yaşıyor, birkaç günlüğüne Prag'a gelmişti, şimdi geri döndü. Münchhausen işini iyi yapması beni memnun etti, açıkçası önceden daha zor işleri başarmıştı. Bu güllere de daha önceki çiçekler (kucak dolusu olanlar) kadar özen gösterilecek mi? Ne tür çiçeklerdi? Ve kimden gelmişti?

Gmünd'le ilgili soruna daha sen sormadan zaten cevap vermiştim. Ne kadar az sıkıntı çekersen bana da o kadar sıkıntı çektirmiş olursun. Böyle yalan söylemek zorunda kalacağını yeterince dikkate almadım. Ama kocan, bir kere seninle görüştükten sonra sana yazmayacağımı ve seni bir daha görmek istemeyeceğimi nasıl düşünebilir?

Beni bazen denemek istediğini yazmışsın, bu sadece şaka değil mi? Lütfen yapma bunu. Birini tanımak için çok çaba sarf etmek gerek, ama tanımamışsan hiç çaba sarf etmemişsin demektir.

Reklamları beğenmene sevindim. Keyfini sür. Belki bugün para biriktirmeye başlarsam ve sen de kürkler ucuzlayana kadar yirmi yıl sabredebilirsen (çünkü o zaman tüm Avrupa belki yabani bir yere dönüşür ve kürk hayvanları sokaklarda cirit atar) kürk alabilecek yeterli param olur.

Birazcık da olsa artık uyuyup uyuyamayacağımı belki sen biliyorsundur, bir ihtimal cumartesi veya pazar olabilir mi?

Bilgin olsun, koleksiyoncu adamın tam olarak istediği pullar şu sürsajlı olanlar (istemekten başka bir işlevi yok). Bu çok güzel, çok güzel diyor -bu pullarda ne buluyor acaba?

Şimdi yemeğimi yiyeceğim ve kambiyo bölümüne gideceğim -her zamanki bir iş günü.

PRAG, 13 AĞUSTOS 1920[160]
CUMARTESİ

Aynen dün akşam gelen ekspres mektubuna gönderdiğim anlamsız telgrafta yazdığım gibi tam olarak neden yazdığımı bilmiyorum, herhalde gergin olduğum için. Bu öğleden sonra Schenker Firmasından[161] gerekli kontrolü yaptıktan sonra hemen sana bilgi vereceğim.

*

Aksi takdirde bu yazışmalarımız daha önce tekrar tekrar olduğu gibi yine aynı şeyi, senin kocana kutsal, vazgeçilmez bir evlilik bağı ile bağlı olduğun sonucunu ortaya çıkaracak (o kadar öfkeliyim ki gemim son birkaç gündür rotasını kaybetmiş halde), ben de benzer bir evlilik bağıyla, kendisini bilmediğim ama gözlerini dikmiş bana bakan bir kadına bağlıyım. Garip olan ise, bu her iki evlilik de vazgeçilmez olmasına rağmen, birinin vazgeçilmezliği diğerini de vazgeçilmez olmaya zorluyor veya karşılıklı olarak biri diğerinin vazgeçilmezliğini pekiştiriyor. Ama sonuçta geriye sadece senin söylediklerin kalıyor: "Asla gerçekleşmeyecek", bu nedenle gelecekten asla bahsetmeyelim, sadece bugünü konuşalım.

---

[160] Kafka, Milena ile buluşmak için Gmünd'e gitmeden bir gün önce yazılmıştır.

[161] Muhtemelen Milena'nın Kafka'dan yapması istediği bir şeyin Prag'daki Schenker Corp. Firması'ndan araştırılması.

*

Bu kesin, tartışılmayacak, dünyayı ayakta tutan bir gerçek ve itiraf ediyorum ki (bu sadece bir his ama yine de gerçek orada duruyor, tüm çıplaklığı ile duruyor. Bilmeni isterim ki ne zaman aşağıdaki gibi satırları yazmak istesem kılıçlar hemen bana doğru yaklaşıyor, uçları yavaşça etrafımı çeviriyor ve vücudumu kesmeden sadece çentikler atarak, çizerek en korkunç işkenceyi yapmaya başladıklarında o kadar ürkünç olur ki ilk çığlığımda hemencecik ihanet ederim: Sana, kendime, herkese) sadece bu işkence karşısında itiraf ediyorum ki ne zaman bu tür bir mektup yazmaya kalksam, kendimi tüm hayatım boyunca Afrika'nın ortasında yaşamış ve Avrupa'nın ortasında yaşayan sana, gelecekteki politik duruma ilişkin görüşlerimi anlatıyormuş gibi hissediyorum (hayatım pahasına tekrar ediyorum, bu sadece bir his). Ama bu sadece bir benzetme, akılsızca, beceriksizce, hatalı, hayali, kasıtlı olarak düşüncesizce yapılmış bir benzetme dışında başka bir şey değil: Kılıçlar, lütfen merhamet!

*

Kocanın mektubundan alıntılar yapmakta haklısın ama yine de her şeyi net olarak anladığımı söyleyemeyeceğim (mektubu bana gönderme) bunların "evlenmek" arzusunda olan "bekâr" bir adamın yazdıkları olduğunu düşünüyorum. Bu arada sırada yapılan aldatma ne anlama geliyor? Aslında aynı yolda yürümenize rağmen onun rotasının biraz sola doğru sapmış olması nedeniyle bu aldatma bile değil. En mutlu anlarında olduğu gibi en üzgün anlarında da süren bu aldatmanın manası nedir? Benim sonsuz sadakatimle karşılaştırıldığında bu aldatma nasıl yorumlanır?

*

Kocanla ilgili olarak seni yanlış anlamadım. Bu yıkılmaz beraberliğinizin esrarını, bitmek tükenmek bilmeyen tüm gizemini onun çizmeleriyle ilgili üzüntüne bağlayıp duruyorsun. Bunda beni kahreden bir şey var ama ne olduğunu tam olarak bilmiyorum. Aslında çok basit, eğer onu terk edersen ya başka bir kadınla yaşamaya başlar ya da çizmelerinin şu andakinden daha fazla parlatılacağı bir pansiyona yerleşir. Bu hem saçma hem de değil, sözlerinde beni bu kadar çok yaralayan şeyin ne olduğunu bilmiyorum. Belki sen biliyorsundur.

*

Dün Laurin'i görmeye gittim, bürosunda değildi, bugün telefon ile görüştüm, aradığımda tam da senin makalelerinden birinin düzeltmesini yapıyormuş. Kocana dün mektup gönderdiğini söyledi, Laurin'in tanıdığı olan Masaryk'in sekreterine[162] doğrudan müracaat etmesi gerekiyormuş. Dün ben de şu an Haindorf-Ferdinandstal'da bulunan Pick'e yazdım.

Bana para konusunda daha önce yazmış olsaydın doğum günün berbat olmazdı. Parayı yanımda getireceğim. Ama belki de birbirimizi hiç göremeyiz, bu karışıklık içinde olmayacak şey değil.

Bir şey daha var. Gece ve gündüzlerini beraber geçiren ve geçirmeyen insanlar hakkında yazmışsın. Bana göre beraber geçirmeyenler durumu kesinlikle daha tercih edilir. Muhtemelen veya kesin olarak kötü bir şey yaptılar ve bu durumun kötülüğü temel olarak onların yabancı olma-

---

162 Anne Laurin'in yöneticisi, *Tribuna*'nın kurucusu ve editörü Bedfich Hlavac, Çekoslovakya'nın ilk cumhurbaşkanı Tomas G. Masaryk'in sekreteri ve arkadaşıydı.

sından kaynaklanıyor -senin doğru olarak tespit ettiğin gibi- bu hiç kimsenin yaşamadığı, birdenbire, vahşice içine girilen bir evin kötülüğüne benzeyen doğal bir kötülük. Bu durum kötü ama çok önemli değil, cennet ve dünya gerçekleşenler üzerinde etkili değil, senin deyiminle yalnız "topla oynanan bir oyun". Bu Havva'nın elmayı (bazen ilk günahı herkesten çok daha iyi anladığımı düşünüyorum) sanki hoşuna gittiği için, sadece Adem'e göstermek üzere kopartması gibi bir şey. Burada önemli olan ısırmaydı, tabi ki elmayla oynamaya izin verilememişti ama yasak da değildi.

PRAG, 17-18 AĞUSTOS 1920
SALI

Bu mektuba cevap almam için yine on-on dört gün daha beklemem gerekecek,[163] geçirdiğimiz onca zamanla karşılaştırılınca adeta terk edilmek gibi, değil mi? Gmünd'de yapmış olduğum bir hatayı telafi etmek, bir kusuru düzeltmek için değil ama ne hissettiğimi anlaman ve benden korkup uzaklaşmaman için sana söylemem gereken, söylenemeyecek, yazılamayacak bazı şeyler olduğunu düşünüyorum. Neticede insanlar arasında her şeye rağmen olabilecek şeyler bunlar. Bazen üzerinde beni denizin dibine bir dakikada çekecek kadar ağır kurşun ağırlık bulunduğunu, beni tutmak veya "kurtarmak" isteyen bir kimsenin, zayıflık veya umutsuzluk nedeniyle değil de, sırf bana olan kızgınlığından dolayı beni kurtarmayacağını düşünüyorum. Doğal olarak bunları sana değil, bitkin, bulanık zihnimle (mutsuz ya da kaygılı değil tersine minnettar olunacak bir durum bu) zorlukla seçebildiğim cansız gölgene söylüyorum.

*

Dün Jarmila'yı görmeye gittim. Senin için çok önemli olması nedeniyle tek bir gün bile geciktirmedim, aslında Jarmila ile konuşma konusu beni rahatsız ettiği için bir an önce görüşeyim, bitsin istedim. Tıraş da olmamıştım (bu

---

[163] Milena, Gmünd'de Kafka ile buluştuktan hemen sonra sağlığına kavuşmak için Wolfgansee kıyısındaki St Gilgen'e gitmişti.

kez sakallarım kirpi gibi değildi) ama zaten bunun üstlendiğim görevi etkileyecek bir durumu yoktu. Saat 6.30 gibi oradaydım, zil çalışmıyordu, kapıyı vurmak da işe yaramadı, posta kutusunda *Narodni Listy*[164] vardı, görünen o ki evde kimse yoktu. Biraz bekledim, ön taraftan iki kadın geldi, birisi Jarmila, diğeri de muhtemelen annesiydi. J'yi hemen tanıdım, gerçi ne fotoğraftaki görüntüsüne, ne de sana hiç benzemiyordu.

[...][165]

Hemen evden çıktık, eski askeri okulun arkasında takriben on dakika bir aşağı bir yukarı yürüdük. Bu on dakikalık süre içerisinde de olsa, senin belirttiğinin aksine çok konuşkan birisi olması beni çok şaşırttı. Adeta nefes almaksızın konuşması, onun bir zamanlar bana yollamış olduğun mektubunu hatırlattı. Konuşanın kişiliğinden farklı bir türde konuşma tarzıydı bu, bu kez çok daha belirgindi, çünkü mektubunda en azından somut ayrıntılar vardı. Coşkusu, söylediğine göre, tümüyle bu konu hakkında yaşadığı heyecanla alakalıymış, Werfel için Haas'a telgraf çekmiş (hâlâ cevap gelmemiş), sana da telgraf çekmiş, ayrıca ekspres mektup yollamış. Senin talebin üzerine, seni sakinleştirecek başka bir yol düşünemediğinden, bütün mektuplarını yakmış, bu nedenle bugün öğleden sonra bana gelmeyi ve tüm bu konuları bilen biriyle konuşmayı düşünmüş. (Belli ki nerede oturduğumu biliyor gibi görünüyor. Sanırım bir sonbahardı, ya da ilkbahardı, tam emin değilim, Ottla ve Schönbroon Sarayı'nda sonumun geldiği kehanetinde bulunan küçük Ruzenka ile birlikte sandal gezisine çıkmıştık. Rudolphinum'un önünde Haas ve ya-

---

164 Günlük gazete.

165 Bu bölümde kişilik haklarının korunması amacıyla bazı satırlar çıkarılmıştır.

nındaki kadınla karşılaştık, o zaman pek dikkat etmemiştim kadına, Jarmila'ymış. Haas bizi tanıştırdığı zaman, Jarmila yıllar önce yüzme okulunda kız kardeşimle arada sırada görüştüğünü söyledi, o dönem yüzme okulu Hıristiyan okulu olduğu için, kardeşim Yahudi olması nedeniyle aklında kalmış. O dönem yüzme okulunun tam karşısında oturuyorduk,[166] Ottla ona evimizi göstermiş. İşte hikâye özetle bu şekilde.) İşte bu nedenle gelmeme içtenlikle sevinmişti, bu nedenle coşkuluydu, aynı zamanda tüm bu karışıklıktan ötürü de üzüntülüydü, kesinlikle, katiyen bunlar sonuçlanmış ve hiçbir zaman bir daha tekrarlanmayacaktı. Ama mektupları ben yakmak ve küllerini Belvedere'ye savurmak istediğim için amacıma ulaşamamıştım, gerçi bunu yapmamın neden gerekli olduğunu anlayamamıştım ama yine de üstlendiğim görevimi yapamamış oldum.

Kendisi hakkında çok az konuştu: Evden pek çıkmıyormuş, yüzünden de anlaşılıyor zaten, kimseyle konuşmuyormuş, dışarıya sadece kitapçıda bir şeylere bakmak veya mektup postalamak gibi belirli bir sebep dışında çıkmıyormuş. Bunun dışında senden bahsetti (ya da senin hakkında konuşan ben miydim, bunu ayırt etmek çok zor). Berlin'den aldığın mektuptan sonra, Jarmila'nın seni ziyaret etme ihtimalini öğrendiğin zaman çok sevindiğini ona söylediğimde, sevinmenin varlığına, hele kendisinin başkasının sevinmesine vesile olabileceğine hiç inanmadığını söyledi. Söyledikleri abartısız, inandırıcı görünüyordu. Geçmişin silinemeyeceğini ve hayatın bir döneminde geçmişin tekrar yaşanma ihtimalinin daima bulunduğunu belirttim. İnsanlar bir arada olursa evet bu olabilir dedi ve son dönemlerde seni çok görmek istediğini, ona göre senin yeri-

[166] 1907'den 1913'e kadar Kafka ve ailesi Niklas Sokağı 36 numarada, yüzme okulu ve Moldau Nehri'nin kenarında Belvedere Parkı'nı gören evde oturdular.

nin kesinlikle burası olduğunu -birkaç kez eliyle burada diyerek yeri gösterdi- belirtti.

Bir yönüyle bana Stasa'yı hatırlatıyor, her ikisi de ölüler diyarında yaşıyor gibi, senin gibi canlı biri hakkında konuşurken bıkkınlık içerisindeler. Ama Jarmila'nın yaşadığı ölüler diyarı diğerininkinden biraz daha farklı, diğeri, acı çeken insanları izliyor, burada ise acı çeken Jarmila. Birazcık ilgiye ihtiyacı var.

[...][167]

Evin önünde çabucak vedalaştık.

Öncesinde, bana senin güzel bir fotoğrafını göstermek istediğinden bahsederek beni bir şekilde kızdırmayı başardı. Sonuçta ortaya çıktı ki, Berlin'e gitmeden, senin bütün mektup ve belgelerini yakmadan önce bu fotoğraf elindeymiş, bugün öğleden sonra tekrar aramış ama boşuna.

Sonra sana talimatlarının yerine getirildiğini belirten abartılı bir telgraf yolladım. Acaba yapabileceğim daha başka bir şey var mı? Seni memnun edebildim mi?

*

Bu mektubun on dört gün sonra eline geçeceğini dikkate alarak senden bunu istemem manasız ama isteğimin manasızlığını artırmak için yazıyorum: Eğer mümkünse bu güvensiz dünyada (insanın çekilip kopartıldığı ve buna karşı koymak için hiçbir şey yapamadığı) seni bir defa veya bin defa, şimdi şu anda veya her an hayal kırıklığına uğratsam da benden korkup, kendini uzaklaştırma. Ayrıca, bu bir istek değil, sana da yöneltilmiş değil, kime yönelik ol-

---

[167] Bu bölümde kişilik haklarının korunması amacıyla bazı satırlar çıkarılmıştır.

duğunu bilmiyorum. Perişan ciğerlerimin yorgun nefesleri bunlar.

ÇARŞAMBA

O pazartesi sabahı gelen mektubun. O pazartesi sabahından, aslında pazartesi öğleden bu yana, seyahatin dinlendirici özelliği (her şey bir yana, her seyahat bir rehabilitasyondur, bir silkelenme, kendine gelmedir) biraz kaybolmaya başladığından bu yana senin için hiç durmaksızın bir şarkı söylüyorum, durmadan aynı şarkıyı tekrarlıyorum, rüyasız bir uyku gibi uzun, sıkıcı, yorucu, öyle ki bazen beni bile uyutuyor. Dinlemek zorunda kalmadığın için şanlısın, mektuplarımı bu kadar uzun süre okumak zorunda kalmadığın için şanslısın.

*

İnsan doğasını anlama yeteneği. Onun çizmelerini bu kadar güzel parlatmana karşı ne yapabilirim? Devam et, güzelce parlat, sonra bir kenara koy ve tamamla bu işi. Beni bazen üzen, tüm gün boyunca bu botları sadece zihninin içerisinde parlatıyor olman ve bu onların temiz olmasını da sağlamıyor.

PRAG, 19-23 AĞUSTOS 1920
PERŞEMBE

Senin arzu ettiğin "bana aitsin" cümlesinden hep daha farklı bir cümle duymak istedim. Ve neden özellikle bu cümle? Aşkı anlatmıyor, sadece yakınlık ve geceyi çağrıştırıyor.

Evet, büyük bir yalandı, ben de söyleyerek ortak oldum bu yalana ama daha kötüsü, bir köşede, kendim için, masum olduğumu göstermek için söyledim.

Maalesef bana yapmak üzere oraya gittiğimde tamamlanmış, bitirilmiş görevleri veriyorsun. Eğer bana olan güvenin çok sınırlıysa, özgüvenimi artırmak için bu yolu deniyorsan, bunun yapmacık olduğu çok açıkça belli oluyor. Pick, Bayan Milena Pollak'ın ricasını hallettiğini bana yazdı. (Bu adı üç aşamada zorla söylenen yaratık da kim?) Bu arada bir yayıncısı yok gibi görünüyor ama ağustos sonunda gelecek ve geldiği zaman bir yayıncı arayacak. Son dönemde Ernst Weiss'ın ciddi bir biçimde hasta[168] ve parasız olduğunu, Franzenbad'da onun için para toplandığını duydum. Bu konu hakkında bir şey biliyor musun?

Anlamıyorum Jarmila'nın telgrafının (onunla buluşmamızdan önce gönderilmişti) benimle ya da kıskançlıkla ne ilgisi var. Benim kendisini ziyaret etmem onu mutlu etmiş gibiydi (senin adına) ama yanından ayrıldığım zaman daha da mutlu oldu (benden dolayı, daha doğrusu kendisi için).

---

[168] Weiss'in hasta olduğu ile ilgili söylentinin kısmen doğru olduğu daha sonra ortaya çıktı.

Kenar notu: Lauren sana yazdı mı? Avukatın yorumu nedir?

Soğuk algınlığınla ilgili birkaç kelime daha yazsaydın keşke, Gmünd'de mi yoksa kafeden eve dönerken mi üşüttün? Bu arada, burada hâlâ sıcak yazı yaşıyoruz, yalnızca Güney Bohemya'da yağmur yağmış. Gmünd'den ıslak kıyafetlerimle gelirken herkesin bana bakmasından gurur duydum.

CUMA

Yakından bakınca yaşadığın perişanlığı anlamak imkânsız, uzaktan bakmak lazım ama o zaman bile anlamak zor.

Tırmalamak ile ilgili söylediklerimi yanlış anlamışsın, gerçi normal anlaşılacak bir şey de değildi. Gmünd'le ilgili söylediklerin doğru, hem de her yönüyle. Örneğin, Prag'dayken seni aldatıp aldatmadığımı sorduğunu hatırlıyorum. Yarı şaka, yarı ciddi, yarı da umursamazca sorulmuş bir soru, yani bir bütünü üç yarıma bölmüş gibi ki bu da mümkün değil. Mektubumu almış olmana rağmen böyle bir soruyu sordun. Böyle bir soruyu sormak nasıl mümkün olabilir? Ama bu da yeterli olmadığı için, daha da ileri gidip, sana sadık olduğumu belirterek bunun mümkün olmadığını ortaya koydum. Nasıl olur da bir insan böyle konuşabilir? O gün bütün gün boyunca, iki yabancı gibi sürekli birbirimizle konuştuk, birbirimizi dinledik.

Viyanalı arkadaşımın adı Jeiteles değil, o benim arkadaşım bile değil, onu tanımıyorum, her şeyi ayarlayan Max'ın bir tanıdığı. Ama ilan bir şekilde Presse'de yer alacak,[169] buradaki yerel reklam bürosu bunu kolayca halletti.

---

[169] Kafka, Milena için Viyana'da çıkan *Neu Frei Presse* gazetesinde yayınlanması amacıyla şu ilanı hazırlamıştı: Üniversite mezunundan (Viyana

Dün öğleden sonra Jarmila beni görmeye geldi (mevcut adresimi nasıl bulduğunu bilmiyorum). Evde değildim, senin için bir mektupla, bana da mektubu sana göndermemi rica eden kurşun kalemle yazılmış bir not bırakmış, senin taşradaki adresini biliyormuş ama bu adresten tam emin olamamış.

Vlasta'yı[170] henüz aramadım, bunu yapacak cesaretim yok, saat 9'dan sonra yalnızca bürodan arayabilirim onu, özel telefon edecek yerimiz olmadığı ve çalışanlar etrafımda olduğu için konuşamıyorum ve santral görevlisi de bu nedenle telefon bağlamayı kabul etmiyor. Ayrıca soyadını da unuttum, telefona baban cevap verirse ne yaparım? Aslında konuşmak yerine ona yazmaya tercih ederim, büyük ihtimalle Çekçe yazarım.

Avukattan bahsetmiyorsun, haber yok mu?

İlan ilk olarak çarşamba günü yayınlanacak. Gelen cevaplar Viyana'ya iletilecek mi?

PAZARTESİ

Yine de çok uzun sürmedi, Salzburg'dan yazdığın iki mektubu aldım, umarım Gilgen'de hava iyidir. Ama sonbahar geldi bile, elden bir şey gelmez. Ben hem iyiyim hem de kötüyüm, sen hangisini tercih edersen öyleyim, umarım sonbaharı atlatana kadar sağlıklı olurum. Gmünd'le ilgili hâlâ yeterince yazışmadık veya konuşamadık ki kötü olmamın nedenlerinden birisi de kısmen bu, bu konuda daha detaylı yazacağım.

Ticaret ve Dil Okulları) Çekçe dersi, 15 Eylül'den sonra, Adres: Bayan Milena Pollak, Lerchenfelder Caddesi 113, kapı no 5.

170 Milena'nın babası Jan Jesensky'nin arkadaşı ve yakın dostu.

[...][171]

Jarmila'nın mektubunu gönderiyorum. Jarmila'ya ziyaretinden sonra, mektubunu seve seve sana ileteceğime ama tam adresini bir hafta sonra öğreneceğimden, umarım mektubun içeriğinde acil bir konu olmadığını belirten pnömatik bir mektup yazdım. Cevap yazmadı.

Eğer mümkünse oturduğun evin bir fotoğrafını gönderir misin?

[171] Bu bölümde on beş kelime çıkarılmıştır.

PRAG, 26 AĞUSTOS 1920
PERŞEMBE

İlk önce kurşun kalemle yazdığın mektubu okudum. Pazartesi mektubunda yer alan altı çizili paragrafa şöyle bir göz attım ve sonra kendi haline bırakmayı tercih ettim. Çok tedirginim, insanın tüm benliği ile kendini sözcüklerle ifade edememesi ne kadar kötü, ifade edebilse, sözcüklerin saldırısı karşısında büsbütün kendini savunabilir veya tamamıyla imha olur. Ama burada da sadece ölüm yok, hastalık da var.

Daha mektubunu okumayı bitirmeden -benzer bir şeyi mektubunun sonunda kendin de yazmışsın- orada, sonbahar koşulları uygun olursa, bir süre daha kalabileceğini düşündüm. Olmaz mı?

Salzburg'dan mektuplar daha çabuk gelmişti, Gilgen' den daha uzun sürüyor ama haberleri oradan buradan parça parça alıyorum. Polgar'ın[172] gazetedeki gölle ilgili resim çalışmaları aşırı hüzünlü ama eğlendirici de olduğu için biraz kafa karıştırıyor. Sadece bu değil, Salzburg'dan da haberler var, festival, değişken hava -bu hiç de iyi değil, geç kaldın- sonra bazen Max'a Wolfgang ve Gilgen'i anlattırıyorum, küçük bir çocukken orada çok mutluymuş, eskiden oralar herhalde çok daha güzeldi. Ama *Tribuna* olmasaydı, senden günlük olarak bir şeyler bulma ihtimalim olmasa, arada sırada orada sen olmasan bunlar pek fazla bir şey ifade etmezdi. Bu konuda konuşmam seni rahatsız edi-

---

[172] Alfred Polgar (1873-1955), yazar. "Taşrada Bir Gün" isimli öyküsü 24 Ağustos 1920'de *Prager Tagblatt*'ta yayınlandı.

yor mu? Ama ben yazılarını okumaktan keyif alıyorum. Senin en sadık okuyucun olan ben bundan bahsetmezsem kim bahsedecek? Yazarken beni düşündüğünü söylediğinden önce bile, yazdıklarınla aramda bir bağ kurulduğunu hissederdim, şimdi açıkça belirttiğin üzere bu durum beni daha da tedirgin ediyor, mesela karda koşan tavşanla[173] ilgili bir şey okuduğum zaman neredeyse kendimi karda koşuyormuş gibi görüyorum.

Kenar notu: Günlüğü 100 kron, çok ucuz orada biraz daha fazla kalamaz mısın, Gilgen'de, Wolfgang'da, Salzburg'da veya başka bir yerde.

Kenar notu: Topic konusuna Max'ın karışması[174] söz konusu bile olamaz, Pick'in Max'ın arkasına saklanmak istemesi gereksiz, bana bunun hakkında yazmadı ama Prag'a geldiği zaman bir şeyler yapacağına dair söz verdi.

Sophie Adası'nda Landauer'in makalesiyle güzel bir saat geçirdim, çevirideki detayların seni öfkelendirmesine hak veriyorum -ama sonuçta bu sevgi dolu bir öfke- yine de çok güzel, bir adım daha derine inmese de bu derinliğe inmek için okuyucunun hayal gücünü harekete geçiriyor. Ayrıca, ilgini çeken malzeme de çok ilginç, üç makalede (Claudel, Landauer, "Mektuplar"[175]) birbirine çok benzer. Launder'e nasıl ulaştın? (*Kmen*'in bu sayısında güzel, özgün bir parça

---

173 Kafka, Milena'nın 21 Ağustos 1920 tarihli *Tribuna*'da yayınlanan "Vitrin" başlıklı yazısından söz ediyor.

174 Muhtemelen Milena, Kafka'nın, çevirilerini yaptığı öykülerinden oluşan bir antolojiyi yayınlatarak Kafka'ya sürpriz yapmak istiyordu. Bu amaçla Milena, Otto Pick'den bir yayıncı bulmasını istedi, Otto Pick, Max Brod'un yayıncısı F. Topic'i bunun için ikna edebileceğini düşünüyordu ancak Max Brod, Topic'le arası iyi olmadığı için bu teklifi reddetti.

175 Milena'nın "Ünlü Kişilerin Mektupları" başlıklı yazısı.

da var,[176] yazarının adını tam olarak hatırlayamıyorum, Vladislav Vancura ya da benzer bir şey olmalı).

Kenar notu: Evet bazı şeyleri atlıyorum farkındayım, aklımdaydı ama unutmuşum: Ateşin var mı? Gerçekten ateş mi? Dereceyle baktın mı?

En sonunda diğer mektubunu okudum ama açıkçası "Buna cevap vermeni istemiyorum" cümlesinden başladım. Bu cümleden önce ne yazdığını bilmiyorum ama seni kalbimin derinliklerinde sıkı sıkıya taşıdığımın göstergesi olan bugünkü mektubunu okumasam da doğru olduğuna eminim, en yüksek merci karşısında aleyhime kullanılacak olsalar bile. Kötüyüm Milena, sürekli kötüyüm, bu nedenle masumiyet konusunda bu kadar çok haykırıyorum. Kimse cehennemdekiler kadar masum biçimde şarkı söyleyemez, bizim meleklerin söylediğini düşündüğümüz şarkı onların şarkısıdır.

Kenar notu: Herhalde artık denize giremiyorsun. Evinin görüntüsünü gönderir misin lütfen?

Kenar notu: En sonunda Jarmila cevap yazdı, üç satır, mektubunun aciliyeti yokmuş, önemli de değilmiş, bir de bana teşekkür etmiş. Vlasta konusunda hâlâ cevabını bekliyorum.

*

Son birkaç gündür "askerlik görevimi" yapıyorum, daha doğrusu yıllar önce bana iyi geldiğini keşfettiğim ha-

[176] Derginin belirtilen sayısında (19 Ağustos 1920) Vladislav Vancra'nın "Komik Bir Şey Hatırla" başlıklı yazısı yayınlanmıştı.

reketleri[177] yapıyorum. Öğleden sonra mümkün olduğu kadar uzun uyuyorum sonra iki saat etrafı dolaşıyorum ve mümkün olduğu kadar uzun zaman uyanık kalıyorum. Ama asıl mesele bu "mümkün olduğu kadar uzun" bölümümde düğümleniyor. Ne öğleden sonra, ne gece "çok uzun uyuyamıyorum" ve sabah ofise gittiğim zaman neredeyse tamamen halsiz oluyorum. Asıl hazine gecenin geç saatlerinde, ikinci, üçüncü, dördüncü saatinde yatıyor, ama en geç gece yarısına kadar uyumamışsam hem gece hem de gündüz kendimi mahvolmuş hissediyorum. Ama bunlar önemsiz, sonucu olmasa bile askerlik güzel bir şey. Sonucu olmayacak zaten, "sırrını öğrenmek" bile yarım yılımı alır, bir bakmışım ki artık bitmiş, o zamana kadar zaten askerlik iznim de sona ermiş olur. Ama daha önce söylediğim gibi: Bu iyi bir şey, eninde sonunda öksürüğüm acımasızca araya girip bölse bile.

Muhakkak ki mektuplar o kadar kötü değildi ama kurşun kalemle yazılmış bu mektubu da hak etmiyorum. Cennette ya da dünyada onu hak eden birisi var mıdır acaba?

---

177 Kafka üç yıl aradan sonra en sevdiği şey olan, "gecenin derinliklerinde" yazmaya tekrar başladı.

PRAG, 26-27 AĞUSTOS 1920
PERŞEMBE GECESİ

Bugün neredeyse etrafta oturmak ve biraz okumak dışında hiçbir şey yapmadım, Ama çoğunlukla boş oturdum veya şakaklarımdaki hafif ağrıya kendimi bıraktım. Tüm gün boyunca acıyla, aşkla, endişeyle, belirsizliğe karşı, dayanma gücümü aşan sonsuz bir korkuyla mektuplarınla meşguldüm. Ama yine de mektuplarını ikinci kez okumaya cesaret edemedim, hele öyle bir-bir buçuk sayfa var ki onu bir kez daha okumayı gözüm yemedi. İnsan neden doğru olanın, intiharı önleyen bu istisnai gerginlikle birlikte yaşamak olduğu gerçeğini kabul etmez? (Buna benzer bir şey söylediğin zaman sana gülmüştüm.) Bilakis, huzursuz bir şekilde bunu azaltmaya çalışır ve sonra düşünemeyen bir hayvan gibi çıldırır (hatta hayvanlar gibi düşünememek hoşumuza gider), bu düzensiz, azgın elektriği vücudunun içine yöneltir ve böylece tükenip gider?

Bununla tam olarak ne anlatmak istediğimi ben de bilmiyorum, sadece herhangi bir şekilde mektubundaki hayıflanmaları engellemek istiyorum ama yazılı olanları değil, yazılı olmayanları, onlar aslında benim kendi hayıflanmalarım olduğu için bunu yapabilirim. Bu kadar karanlıkta bile seninle aynı şeyleri düşünmemiz çok garip, her geçen dakika buna daha çok inanıyorum.

CUMA

Uyumak yerine tüm geceyi mektuplarınla geçirdim (biraz da zorunlu olarak). Çok da kötü değil, hâlâ mektup gelmedi senden ama bunun da zararı yok. Şu an için her gün yazışmamak çok daha iyi, sen bu gerçeği benden önce gördün. Her gün gelen mektuplar güçlendirmek bir yana zayıf düşürüyor insanı, eskiden gelen mektupları son damlasına kadar içer ve hemen kendimi on kat daha güçlü hissederdim (Meran'dan değil, Prag'dan bahsediyorum) ve yine de on kat daha artardı susuzluğum. Ama şimdi durum ciddi, okurken dudağımı ısırıyor ve şakaklarımdaki ağrıdan başka bir şey hissetmiyorum. Ama bu bile kabul edilebilir Ama kabul edemeyeceğim tek şey hasta olman Milena, sakın hasta olma. Yazmasan da olur (dün olduğu gibi iki mektubun üstesinden gelebilmesi için kaç gün lazım bana acaba? Ne aptalca bir soru, günler yeter mi sanki?) yeter ki sen hasta olmayasın. Burada sadece kendimi düşünüyorum, ne yaparım sen hasta olursan? Herhalde şimdi ne yapıyorsam onu yaparım ama nasıl yapabilirim ki? Yeter bunu düşünmek istemiyorum daha fazla. Seni düşündüğüm zaman, aynı zamanda yatağa uzanışın gözümün önüne geliyor, o gece Gmünd'de çimenlerin üzerine uzanışın gibi (hani sana arkadaşımdan bahsediyordum ve sen dinlemiyordun bile). Bu gözümün önüne gelen hayalin en kötüsü de değil aslında, aklıma gelen en iyisi: Yatağa uzanmışsın, sana hasta bakıcılık yapıyorum, arada bir yanına gelip, elimi alnına koyuyorum, ne zaman yüzüne baksam gözlerinin içinde kayboluyorum, odadan dolaşırken bakışlarını üzerimde hissediyorum, saklayamadığım kibrimle senin için yaşıyorum, sen olduğun için yaşabiliyorum, yanımda durduğun ve elimi tuttuğun için sana teşekkür ediyorum. Ayrıca, bu hastalık çabucak geçecek, seni eskisinden daha sağlıklı yapacak, tüm asaletinle senin dimdik ayağa kalkmanı sağlayacak bir hastalık; bense kısa bir zaman sonra, aniden, umarım acısız ve sakin bir şekilde toprağın altına gireceğim. Bu durumu hiç dert etmiyorum ama senin uzaklarda, hasta olman düşüncesine katlanamıyorum.

*

İşte ilan bu, belki biraz daha esprili ve anlaşılması kolay olabilirdi, özellikle "Viyana Ticaret ve Dil Okulları" kısmı anlamsız ve etkisiz görünüyor ve öğretmen kelimesinden sonra gelen virgülü de ben koymadım. Bu arada iyileştirilmesini istediğin yerleri söylersen bir dahaki sefere değiştiririm. Bugüne kadar sadece ayın 26'sında yayınlandı, daha sonra ayın 1'i, 5'i ve 12'sinde yayınlanacak.

*

Max'ın aracılık yapamayacağı ortaya çıktı. Topic gerçekten "Tycho Brake"i[178] yayınladı ama diğer bir Yahudi siyasi broşürünün daha çıkması gerekiyordu, kabul de edilmişti ama kâğıt yokluğu, baskı maliyetleri vs. gibi nedenlerle tekrar reddedildi. Yani zaten Topic'le arası kötü.

---

[178] Max Brod'un eseri, Tycho Brahe'nin "Tanrıya Giden Yol"u.

PRAG, AĞUSTOS SONU 1920

Söylediklerim halen geçerli, onu ya da kendimi zorlayamam ama şu ana kadar çektiğin acının bana biraz iyiliği dokunacağı için bunun sadece şunlarla alakası var: Hastalığın hâlâ beni gözetiyor ama parayla başvurmamı sağlayarak değil, belirli bir yerden, çok uzaklardan tüm bunların bir şekilde parçası olmamı sağlayarak (tabii ki müsaade edildiği zaman), bunu yapman için hiçbir neden olmaması nedeniyle beni reddedeceğinden de çekinmiyorum, sadece sanatoryuma gitmek istememenden korkuyorum. Mesela hem de Kreuzen'i bu kadar çok sevmişken. Babandan 1000 kron aldın değil mi? Ya da 1200 müydü? Ben de sana her ay en az 1000 kron gönderebilirim. Bu da toplam 8000 Avusturya kronu eder. Sanatoryumun günlüğü 250 krondan fazla değildir. Böylece orada sonbahar ve kış boyunca kalabilirsin veya Kruezen olmazsa başka yer olur. İtiraf ediyorum, neredeyse seni hiç düşünmüyorum, sana bu kadar yakınken nefes almak beni çok mutlu ediyor. Ama bu yukarıdaki fikirlerimi değiştirmiyor.

Bunun bir işareti olarak, bir daha ki sefere evine kart yerine basılı bir şey göndereceğim.

PRAG, 28 AĞUSTOS 1920
CUMARTESİ

Çok güzel, çok güzel Milena, ne güzel. Mektubunun (salı günü gelen) getirdiği huzur, umut ve aydınlık kadar güzel bir şey yok.

Bu sabah gelen hiçbir şey yoktu, zaten kabullenmiştim gelmese de, mektupları almak bir başka şimdi, her ne kadar yazma konusunda değişen bir şey olmasa da; yazma ihtiyacı ve coşkusu halen mevcut. Bununla baş edebilirim zaten, mesela dün bütün günü, akşamı ve gecenin büyük bölümünü seninle, ben samimi ve masum bir çocuk, sen anlayışlı ve ciddi bir anne gibi (aslında bugüne kadar böyle bir çocuk veya anneyle hiç karşılamadım) konuşarak geçirdiysem neden bir mektuba ihtiyaç duyayım ki? Bu hep böyle devam edebilir, ben sadece neden yazmadığını bilmek istiyorum, küçük bir odada, dışarıda sonbahar yağmurları, tek başına, ateşli (bunu sen yazmıştın), üşütmüş (bunu da yazmıştın), terlemiş ve bitkin bir şekilde hasta yatağında yatmadığını bilmek istiyorum, ama bu durumda değilsen o zaman sorun yok, daha ne isterim.

Mektubunun ilk paragrafına cevap vermeye teşebbüs etmedim, daha önceki mektubunun şu kötü şöhretli birinci paragrafını dahi bilmiyorum. Bunlar çocukla anne arasında karşılıklı konuşarak çözülebilecek karmaşık konular, zaten anne çocuk arasında da muhtemelen gündeme gelmeyeceğinden kendiliğinden çözülmüş olur. Ben de gündeme getirmeyeceğim çünkü şakaklarımdaki ağrı gizlendiği yerden harekete geçmek için bekliyor. Acaba Aşk Tanrısı'nın oku kalbim yerine şakaklarıma mı saplandı? Gmünd hakkında da yazmayacağım artık, en azından bilinçli olarak yazmayacağım. Söylenecek çok şey var ama her şey eninde sonunda Viyana'daki ilk günümüzün eğer gece oradan ayrılmış olsaydım daha iyi olamayacağına gelip düğümleniyor. Öyle olsa bile Viyana'nın Gmünd'e karşı avantajı vardı çünkü oraya yarı baygın, korku ve tükenmişlik içerisinde gelmiştim ama öte yandan Gmünd'e geldiğim zaman farkında olmadan -ne kadar aptalmışım- büyük bir özgüvenle, sanki artık bana bundan sonra hiçbir şey olmazmış, sanki oranın sahibiymişim gibi geldim. Damarlarımda sürekli dolaşan bu huzursuzlukla oranın sahibiymiş gibi hissetmem biraz garip, aslında bu benim tek gerçek kusurum, bu ve diğer konularda.

Saat 2.45 olmuş, mektubun ancak saat 2'de elime geçti, şu an yemek için ara veriyorum, tamam mı?

Benim için önemi olduğundan değil sadece samimiyetimden: Dün Lisl Beer'in[179] Gilgen'de bir villası olabileceğini duydum. Bu durum sana üzüntü veriyor mu?

Son cümlenin çevirisi çok güzel.[180] Hikâyedeki her cümle, her sözcük -beni mazur görürsen- her ezgi "korkuyla" alakalı. O uzun gecede yara ilk kez kanamış ve bence yaptığın tercüme senin sihirli ellerin sayesinde kesinlikle bu hissi veriyor.

Mektup alamamanın ne kadar acı verdiğini anlıyorsun değil mi, zaten sana söylememe gerek yok. Bugün senin mektubunla benim mektubum arasında -bu büyük belirsizlik içerisinde mümkün olabildiği kadarıyla- belirgin, güzel bir bağ, derin bir hasret var, şimdi daha önceki mektuplarıma cevap gelmesini beklemek durumundayım ve bu beni korkutuyor.

---

179 Lisl Beer, Ernst Pollak'ın bir tanıdığıdır.

180 Kafka'nın 22 Eylül'ü 23 Eylül'e bağlayan (1912) tek gecede yazdığı "Hüküm" adlı öyküsünün Milena tarafından yapılan çevirisi.

Bu arada pazartesi gününe kadar adresin elime geçmediğine göre, salı günü mektubumun eline nasıl geçmesini bekliyorsun?

PRAG, 28 AĞUSTOS 1920

Kondüktörleri sen de seviyorsun değil mi? Evet, o dönemin sevimli, çelimsiz Viyana'ya özgü kondüktörleri. Ama buradaki kondüktörler de iyi insanlar, onlar gibi güçlü saygın olmak, etrafı gezip görmek, basamakta durup kendileri gibi çocuklara yardım etmek, ellerinde zımba ve tramvay biletlerini taşımak için çocuklar büyüdükleri zaman kondüktör olmak istiyor, bütün bu imkânlar gözümü korkutmasa ben de memnuniyetle kondüktör olmak ve her şeyle ilgilenmek isterdim. Bir keresinde yavaş giden bir tramvayın arkasından yürürken, kondüktör (beni bürodan almak için şu şair[181] geldi, kondüktörlerle işim bitene kadar beklesin) arka vagondan bağırarak bana bir şeyler söylüyordu. Josefplatz'ın gürültüsünden dolayı ne söylediğini duyamadım, elleriyle de işaret ederek bana bir şeyler göstermeye çalışıyordu, anlayamadım ama bu esnada tramvay yavaş yavaş uzaklaşıyor, durum gittikçe umutsuzlaşıyor ve adamın çabaları boşa çıkıyordu. En sonunda anladım: Gömleğimdeki altın rozetin iğnesi açılmış ve beni uyarmaya çalışıyormuş meğer. Bu sabah, dün gecenin etkisiyle donuk, bezgin bir hayalet gibi tramvaya bindiğim zaman bu olay aklıma geldi, kondüktör bana 5 kronun üstünü uzattı ve beni biraz neşelendirmek için (aslında sadece beni neşelendirmek için değil, zaten bana bakmıyordu bile, ortamı yumuşatmak istedi) bana uzattığı parayla ilgili duyamadığım bir espri yaptı, o esnada yanımda duran beye-

---

[181] Muhtemelen Gustav Janouch.

fendi espriyle ilgili olarak bana gülümsedi, ben de gülümseyerek karşılık verince durumu kurtarmış oldum. Keşke St. Gilgen'in üzerindeki yağmurlu gökyüzü de biraz neşelenebilse.

PRAG, 29-30 AĞUSTOS 1920
PAZAR

Dün hiç yapmadığım bir hata yaptım. Salı günü gelen mektubun nedeniyle dün öğlen çok mutluydum ama dün akşam mektubu tekrar okuduğumda son mektupların ile çok benzer olduğunu gördüm: Göründüğünden çok daha umutsuz bir mektup. Bu hata, ne kadar çok yalnızca kendimi düşündüğümü, ne kadar çok kendi içime kapandığımı, senin her parçana sıkı sıkıya sarıldığımı ve onları kimse benden alamasın diye çölde bir yerlere kaçmak istediğimi gösteriyor. Yazım işini tamamladıktan sonra koşarak odama gelmek zorunda kaldığım için, mektubunu bir sürprizle orada öylece dururken bulduğum için, büyük bir açlık ve mutlulukla okuduğum için, içerisinde açıkça bana karşı yazılmış bir şey görünmediği için, şakaklarım tesadüfen çok hafifçe ağrıdığı için, seni huzurlu ve rahat bir şekilde ormanda, gölde ve dağlarda uzanmış olarak hayal edecek kadar bilinçsiz olduğum için -mektubunla ve gerçek durumunla hiç alakası olmayan bu ve diğer nedenlerden dolayı- yazdıkların beni çok mutlu etti ve bu nedenle zırvalamalarla dolu bir cevap yazdım.

PAZARTESİ

Sevgili Milena, ne kadar kontrolden çıkmışız, kötülük yapmak için bize kötülük yapmak için batırmayan denizin içinde oradan oraya sürükleniyoruz. Daha önce senden, bana he gün mektup yazmamanı istemiştim, bunda samimiydim, mektupların beni korkutuyordu. Herhangi bir nedenle birisi gelmediği zaman kendimi rahat hissediyordum, ne zaman gelen bir tanesini masanın üzerinde görsem bütün gücümü toplamam gerekiyordu, gerçi hiçbir zaman yeterli olmuyordu, eğer bugün bu kartlar gelmemiş olsaydı mutsuz olurdum (ikisine de el koydum). Teşekkürler.

[...][182]

Büro işleri nedeniyle ara veriyorum.

*

Bugüne kadar okuduğum Rusya hakkındaki yazılara kıyasla ekli makalenin[183] benim üzerimde, daha doğrusu tüm vücudumun, sinirlerimin, kanımın üzerinde etkisi çok fazla oldu. Bu arada, orada yazılan her şeyi olduğu gibi kabullenmedim, kendime göre yeniden değerlendirdim (yalnızca bir bölüm olduğu için, buraya hiç uymayan komünizme karşı suçlamaların bulunduğu sonuç bölümünü çıkardım).

*

Bu kısa kelimelerle, alt alta yazılı, her satır diğerinin tekrarı gibi görünen adres kasideye benziyor değil mi?

---

182 "Büro" kelimesine kadar yaklaşık on beş kelime çıkarılmıştır.

183 Muhtemelen Bertrand Russel'ın *Prager Tagblatt*'da yayınlanan "Bolşevik Rusya'dan" başlıklı, komünizmin toplumu değiştiren yapısının eleştirel bir bakışla ele aldığı makalesi.

PRAG, 31 AĞUSTOS 1920
SALI

Cuma günü bir mektubun geldi, eğer perşembe günü yazmadıysan sorun yok, yeter ki kaybolmamış olsun.

*

Benimle ilgili yazdıkların "ürperti" verici bir şekilde akıllıca, başka bir şey eklemek istemiyorum, olduğu gibi kalsın. Senin de daha önce bahsetmiş olduğun gibi sadece biraz daha açıkça vurgulamak istediğim bir şey var:

Benim şansızlığım başta önemli gördüklerim olmak üzere, bütün insanları tüm kalbim ve mantığımla iyi insan olarak görmemde (şimdi içeri bir adam girdi, yazdığım bu düşünceleri aynı zamanda yüzümde canlandırmaya çalıştığım için şoka girdi). Ama nedense vücudum bu insanların hep bu şekilde iyi olacağına inanmıyor, korkuyor, dünyayı kurtaracak bir girişimde bulunmaktansa duvara doğru sinip, beklemeyi tercih eder.

*

Mektupları yine yırtmaya başladım, dün gece birini yok ettim. Benim yüzümden çok mutsuzsun (muhakkak benim dışımda başka şeylerin de etkisi vardır, karşılıklı olarak birbirini tetikliyorlar). Hadi açık yüreklilikle söyle bunu, söyle ama söyleyebilmen için zaman geçmesi lazım tabi.

*

Dün doktorun yanındaydım, beklentilerimin aksine ne doktor ne de tartıya göre durumumda bir iyileşme yok ama kötüye de gitmemişim. Ama buradan hemen gitmem gerektiğini düşünüyor. Ben nedenini açıkladıktan sonra İsviçre'nin güneyinin uygun olmadığı konusunda benimle hemfikir oldu ve ben bir şey söylemeden hemen Avusturya'nın alt kısmında, en iyileri olduğunu düşündüğü iki sanatoryumun adını verdi: Grimmstein Sanatoryumu (Dr. Frankfurter) ve Wiener Wald Sanatoryumu, gerçi şu an için ikisinin de adresini bilmiyormuş. Eğer fırsatın olursa bir eczaneden, bir doktordan, postane veya telefon rehberinden adresi bulabilir misin? Pek acelesi yok, ayrıca bu durum gideceğim anlamına da gelmiyor. Bu yerler özellikle akciğer hastalıkları, gece ve gündüz öksürenler, ateş içerisinde titreyenler için, zorla et yedirir, eğer iğneye karşı koyarsan eski bir cellat kolunu çıkana kadar büker, sakalını sıvazlayan Yahudi doktorlar, Hıristiyanlar ve Yahudiler arasında ayrım yapmaksızın merhametsiz davranırlar.

*

En son gönderdiğin mektuplardan birisinde (bu mektupları elime almaya pek cesaretim yok ama şöyle göz atarken yanlış anlamış olabilirim, bu büyük bir olasılık) oradaki işinin sona yaklaştığıyla ilgili bir şeyler yazmışsın. Yaşadığın sıkıntıların bunda payı var mı yoksa gerçek mi?

*

Mektubunu yeniden okudum, "ürperti verici" kelimesini geri alıyorum, orada bazı şeyler eksik, bazı şeyler de fazlasıyla yer almış, yani kısaca "akıllıca" denilebilir. Hem insanlar için hayaletlerle "kovalamaca" oynaması zordur.

*

Blei'yi[184] gördün demek. Neler yapıyor? Bütün bu olan bitenin aptalca olduğuna kesinlikle inanıyorum, sen de çelişki de kaldın. Tabi burada iyi bir yön de var, aşağı yukarı elli bin mil ötede ve gelmemekte direniyor, eğer Salzburg'un bütün çanları çalmaya başlarsa tedbir için birkaç bin mil daha uzağa gider.

---

184 Franz Blei (1871-1942), yazar ve bazı edebiyat dergilerinin yayıncısı.

PRAG, 1 EYLÜL 1920
ÇARŞAMBA

Bugün mektup gelmedi, çok saçma, mektup gelmediği zaman bugün istisna bir gün diyorum, geldiği zaman ise mızıldanıyorum ama bunu yapmaya hakkım var, biliyorsun ki her iki yöndeki söylenmelerim gerçek değil.

*

Jarmila bugün büroya geldi, böylece onunla ikinci kez görüşmüş oldum. Neden geldi tam olarak anlayamadım, masamda oturdu, biraz ondan bundan bahsettik, akabinde pencerenin önünde lafladık, tekrar oturduk ve sonra ayrıldı. Bana karşı oldukça cana yakın, rahat, sakin davrandı, görünüşü öncekine göre biraz daha az donuktu: Yüzü her nedense oldukça kızarık, görünümü özellikle oturduğu zaman hoş değildi, hatta beceriksiz bir şekilde şapkasını yüzüne doğru kaydırınca çirkin bile görünüyordu. Ama açıkçası neden geldiğini bilmiyorum, kendini çok yalnız hissettiği için olabilir, gerçek hayatında da, biraz da zorunlu olarak hiçbir şey yapmadığı için beni görmeye gelmesi de hiçbir şey yapmamış olarak kabul edilebilir. Ayrıca beraber geçirdiğimiz tüm zamana hiçlik hâkimdi, kasvetli bir boşluk gibiydi. Tabii sonuna doğru durum daha da eziyetli bir hal aldı, çünkü bitiminde bir gerçek olması gerekiyordu, hiçlikten daha farklı bir şey ama gerçek bir türlü ortaya çıkmadı: Ortaya çıkan tek şey belirsizlik, onun yaşadığı bölgeye doğru yapacağım bir gezinti, durup evde olup olmadığına bakmak için harcayacağım belirsiz bir zaman, belki de kısa bir yürüyüş. Ama ne kadar belirsiz olursa olsun, bu belirsizlikten kurtulmak beni mutlu edecektir. Ama şu ana kadar beni iki defa ziyaret etti, ayrıca bana yakın birisi olmasa da öyle kaygısızca gücendirebileceğim birisi de değil, *ne yapmalıyım şimdi?* Bu konuyla ilgili iyi bir çözümün varsa bana bir telgraf gönder, gelecek on gün için mektupla hiçbir şekilde cevap alma şansım olmayacak.

Jarmila o garip kısık sesiyle senden mektup aldığından bahsetti. *Bana gelme sebebi bu mektup olabilir mi acaba?* Ya da sürekli oradan oraya dünyayı dolaşmak ve istediği yere gitmek gibi bir huyu mu var? Yoksa seni mi takip ediyor?

Lütfen bu konuda bana yaz, bu aralar sık sık sorulara cevap yazmayı unutuyorsun. Dün söylediğim gibi "katlanılmaz bir baş ağrım var" ama buna rağmen hava bu sabah çok güzel olduğu için çok mutluydum, seni gölde gördüm yine, şimdi öğleden sonra hava tekrar kasvetli bir hal aldı.

PRAG, 2 EYLÜL 1920
PERŞEMBE

Pazar ve pazartesi günü yazdığın mektuplarla birlikte bir de posta kartı geldi. Lütfen Milena yanlış değerlendirme. Burada, senden uzakta, tek başıma ama yine de huzur içerisinde oturuyorum, kafamdan korku, tedirginlik gibi bir sürü şey geçiyor ve çok anlamlı olmasalar bile mektupları kafamda bunlar varken yazıyorum ve sana yazarken her şey aklımdan çıkıyor, seni bile unutuyorum ama bu şekilde iki mektubun peş peşe gelince tamamıyla kendime geliyorum.

Yarın Vlasta'ya telefon edeceğim, buradan arayamam, bir telefon kulübesine gideceğim. Babandan hâlâ cevap gelmedi mi?

Kış ayıyla ilgili endişelerinden birini hiç anlamıyorum. Kocan eğer çok hastaysa, iki hastalığı birden varsa ve durumu o kadar ağırsa, büroya gidemez, kadrolu çalışan olduğu için de işten çıkaramazlar. Ayrıca, hastalığı nedeniyle yaşam şeklini yeniden düzenlemesi gerekir, böylece her şey daha kolay olur, en azından görünürde, aksi takdirde daha kötüye gider.

Ama suç konusunu ciddiye almak bu dünya üzerinde yapılabilecek en saçma şey olur, en azından ben böyle düşünüyorum.

Suçlamaları mantıksız bulmuyorum, açıkçası insan sıkıntı içerisinde olduğu zaman etrafındaki suçlar (sıkıntı çok büyük değilse suçlama da olmaz). Ayrıca bu tür suçlamaların, gerilimli ve karışık dönemlerde ciddiye alınmasını da anlayabilirim ama bunu sıradan bir matematik problemi gibi tartışmayı ve bundan günlük davranışları belirleyici sonuçlar çıkarmayı hiç anlamıyorum. Tabii ki bu senin hatan ama o zaman kocanın da hatası, o zaman yine sen, sonra yine kocan; insanlar beraber yaşıyorsa bu kaçınılmaz olur ve suç ölene kadar sürekli artarak birikir ama ölümün etrafında dolaşmanın benim yaşamıma veya senin Doktor Isch'le olan randevuna ne faydası var?

Dışarıda yağmur sürekli yağıyor ve durmak bilmiyor. Hiçbir itirazım yok buna, içeride oturuyorum ve kuruyum, binanın dışında kurulu iskelenin üzerinde duran ve biraz azalan yağmura ve ekmeğin üzerine sürdüğüm tereyağının miktarına kızdığı için gereksiz yere pencereme boya sıçratan boyacının önünde utanarak gösterişli ikinci kahvaltımı yapıyorum. Tabii ki bu benim düşüncem, belki adam benim onunla ilgilendiğimin yüzde biri kadar bile benimle ilgilenmiyordur. Yok hayır, adamcağız bardaktan boşanırcasına yağan yağmur ve şimşekler altında hummalı bir şekilde çalışıyor.

Weiss hakkında sonradan aldığım habere göre herhalde hasta değilmiş, bu yaz olduğu gibi yine parasız kalmış, zaten daha önce Franzenbad'da onun için para toplanmıştı. Yaklaşık üç hafta önce, bu durumdan haberim yokken ona -Black Forest'a- taahhütlü mektupla cevap yazmıştım, henüz bir yanıt gelmedi. Baum'a[185] iç karartıcı, ciddi (mizacı böyle) ama mutsuzluk vermeyen (bu da mizacının bir parçası) kartpostallar gönderen kız arkadaşıyla birlikte şimdi Starnberger Gölü'ndeymiş. Prag'dan (burada tiyatroculuk konusunda bayağı başarılı olmuştu) ayrılmadan, yani yaklaşık bir ay önce onunla çok kısa konuşmuştum. Perişan bir haldeydi, genellikle zayıf ve kırılgan görünür ama yine

185 Kafka'nın yakın arkadaşı gözleri görmeyen şair Oskar Baum (1883-1914).

de dokuz canlıdır, tiyatro provalarından yorgun düşmüştü.[186] Weiss'le ilgili olarak aşağı yukarı şöyle demişti: "Şu anda Black Forest'ta, orada pek iyi değil ama Stranberger Gölü'ne gitmek üzereyiz, orada her şey daha iyi olacak."

Evet Launder'in yazıları *Kmen*'de çıkıyor, ikinci bölümünü henüz dikkatimi vererek okumadım, bugün üçüncü ve son bölümü yayınlanacak.

Jarmila konusu bugün düne oranla çok daha önemsiz, ikinci ziyareti beni ürkütmekten başka bir işe yaramadı, herhalde ne yazarım ne de ziyaretine giderim. Onunla her karşılaşmamız, yaptığı her şeyi acınacak durumdaki kendisi için değil de insani olmayan bir görevi yerine getiriyormuş gibi izlenim bırakıyor.

---

[186] 1920'de oyuncu Rahel Sanzara (Asıl adı Johanne Bleschke) Prag'daki Deutsches Landestheater'da, Frank Wedekind'in birçok oyununda rol almıştı.

PRAG, 3 EYLÜL 1920
CUMA

Milena aceleyle yazıyorum. Bugün senden mektup gelmedi, kendi kendime bunun olağandışı, kötü bir durum olmadığını telkin edip duruyorum. Dün akşam, daha doğrusu dün gece son mektuplarını okuyarak bir saat geçirmiş olmalıyım.

Telefon konusunda yaptığım düzenleme gayet iyi işledi: Bugün saat 6'da Meclis Binası'nın önünde Vlasta ile buluşacağım. Kolay olmadı, hiçbir telefon konuşması benim için kolay değildir zaten. Konuşmamız tam bir yanlış anlama örneğiydi: Neden ben, neden bir yabancı benimle konuşmak veya buluşmak istiyor gibi sorular sordu. Senin adını söylediğimi anlamadığı ortaya çıktı ama ben bunun farkına varmadığım için neden beni başından savmaya çalışıyor diye düşündüm. Ama durumu kavrayınca çok mutlu oldu ve kendisi için çok önemli olması nedeniyle buluşmayı önce cumartesi günü için kararlaştırmış olmamıza rağmen fikrini değiştirdi, bugün buluşuyoruz.

Dün Max'ın yanına uğradığımda kocanın izin konusuyla ilgili mektubunu gördüm. Yumuşak bir yazı, yumuşak bir dil. Bu konuda büyük ihtimalle Max ona yardım edecektir.

Max'dan biraz önce kart geldi, Prag'a gelmiş ama henüz görüşemedik, şöyle yazmış: "Belki biliyorsundur, Ernst Weiss gayet iyi, büyük ihtimalle Prag'da".

Bilmiyordum.

Bugün Jarmila dün beni bir saat meşgul ettiği için üç satırlık bir özür mektubu yollamış, aslında yarım saatten fazla bile kalmamıştı. Elbette şimdi cevap yazacağım ona, iyi oldu, böylece dün bir sonuca ulaşmayan konuşmamızı sonuçlandırabiliriz.

Öte yandan, Vlasta ile ne konuşacağım konusunda en ufak bir fikrim bile yok ama gerçekten olumsuz veya aptalca bir şey söyleyeceğini sanmıyorum.

Tribuna kötü bir gazete, hâlâ Everyman ile ilgili bir haber yayınlanmadı.[187]

---

[187] Kafka muhtemelen Hoffmansthal'in 22 Ağustos 1920 Salzburg Festivali'nde ilk kez sahnelenen "Jedermann" isimli oyunuyla ilgili çıkacak yazıyı bekliyordu.

PRAG, 3-4 EYLÜL 1920
CUMA GECESİ

İlk olarak en önemli konuyu sana hemen anlatayım:

Baştan sona gayet güzel geçti, Kleinseite'deki kayınbiraderinin evine gitmek için tramvaya bindik, evde kimse yoktu, yaklaşık yarım saat ikimiz baş başa senin hakkında konuştuk, sonra nişanlısı Riha geldi ve hemen, seninle ilgili mevzular herkes tarafından biliniyormuşçasına teklifsiz olarak sohbete dahil oldu ve bu nedenle konuşmamız her şeyi konuşamadan, zamansız olarak sona erdi. Gerçi o ana kadar ben en önemli şeyleri ona söylemiştim ama hemen hemen hiçbir şey sormamıştım, sonuçta söylenmesi gerekenleri söylemek daha önemliydi.

Oldukça sevimli, samimi, açık, ama biraz dalgın, çok dikkatini veremeyen birisi. Ama ilk olarak benim bu konu hakkındaki isteklerim oldukça fazla, ikincisi babanla ilgili konu da dahil olmak üzere, bu meselenin tüm ayrıntılarına şahsen karışmak isteyebileceğinden çekindiğim için bu dalgınlığının iyi bir yönü var, ama böyle olmadı. Belki de bu dalgınlığı nişanlı olmasından kaynaklanıyordur, zaten daha sonra onu sokakta nişanlısıyla hararetli bir şekilde konuşurken gördüm, neredeyse tartışmaya dönüşecek bir konuşmaydı.

Önce hemen sana yazmayı düşündüğünü söyledi (seninle ilgili olarak konuştuğum herkes lafa bununla başlıyor) ama adresini bilmiyormuş sonra tesadüfen mektuplarının birinin üzerinde (babana yazdığın) görmüş yine de adresin doğruluğundan emin olamamış -ya dalgınlığından ya da suçluluk duygusundan olsa gerek burada kısa bir süre kafası karıştı.

Babanı aynen senin anlattığın şekilde tarif etti. Geçmişe oranla senin hakkında daha hoşgörülüymüş, tabi sadece geçmişe göre, aynı zamanda sana haksızlık ettiğini itiraf etmekten çok korkuyormuş. Sana aylık olarak her zaman gönderdiği miktardan daha fazla para göndermeyi düşünmüyormuş (ama eminim ki daha azını da göndermeyecek) para boşa gider ve hiç kimseye faydası olmazmış. Mektubundan sonra Vlasta üç ay bir sanatoryumda kalıp iyileşebilmeni sağlamak için babandan yardım rica etmiş: Evet bu iyi bir fikir olabilir diye cevap vermiş (babanın bu konudaki bıktırıcı kararsızlığı ve inatçılığını göstermek için onun kelimelerini kullanarak anlatmaya çalıştı) ama sonra konuyu bir daha açmadan tatile gitmiş.

Babanın son isteğinin ne anlama geldiğini tam olarak anlayamadım. Bu konuyu sorduğum zaman babanın mektubundan üç satırı tekrar ederek cevap verirken sorduğum diğer bir soruya da babanın onunla yaşamanı, en azından şimdilik, istemediğini söyledi. Bu mektubun özünün bu konu olduğunu düşündüğümü söyleyince, bana hak verir gibi oldu ve konuyu bütünüyle değerlendirince özel bir işaret olduğu belli olan -sana bu konuda inanmak istememiştim- "Evet, Jesenky diye imzaladığı mektup" dedi.

Daha sonra benden senin durumunun nasıl olduğu anlatmamı, başka bir deyimle durumunla ilgili önerimin ne olduğunu, kendisinin ne yapabileceğini sorduğunda doğrusu sana söylemeye çekindiğim bazı şeyler söyledim.

Devam etmeden önce, şunu söylemeliyim ki detaylar dikkate alınınca anlattıklarım kötü görünebilir ama eminim ki Vlasta'nın bunlarla ilgili algısı gayet iyiydi. Ayrıca, en ufak bir şekilde bile kimseyi suçlamadım. Bunu üstünlük taslamak amacıyla söylemiyorum, suçlamayı nasıl düşünebilirim ki? Öte yandan, benden daha iyi kişilerin bile suçlama yapabilecek bir gerekçesi olmazdı. Söylemek istediğim bu değil: Bunu anlatımla ilgili bir avantaj sağlamak için kullanıyorum, çünkü konuşma esnasında, özellikle belirli bir amaçla yapılan konuşmalarda, insan istemeden suçlama yapıyormuş gibi görünebilir. Bu duruma düştüğümü zannetmiyorum, ayrıca böyle bir duruma düşmüşsem bile, bu hemen telafi edildi. Bu arada Vlasta da hiçbir şekilde başkalarını suçlama eğiliminde değildi ama bunda dalgınlığının etkisi de olabilir.

Bunların dışında neden para sıkıntısı *çektiğini* net bir şekilde açıklamayı başardım herhalde. Bunu dışarıdan anlayabilmek kolay değil. Vlasta (ve diğer birçok kişi) şöyle düşünüyor: Kocanın yüksek maaşı, babandan gelen 10.000 kron, işin, ihtiyaçlarının mütevazılığı ve sadece iki kişi olmanız nedeniyle neden daha fazla paraya ihtiyaç duyasın ki? Vlasta bir ara, tam olarak emin değilim ama belki yine babanın kelimelerini kullanarak şöyle bir şey söyledi: "Para göndermenin hiçbir manası yok. Milena ve para..." Ama açıklamalarımla ona geri adım attırdım. Sanırım başarılıydım.

Ayrıca ruhsal durumunla ilgili de yanlış fikirlere sahip görünüyorlar ki bu konuda her ikisini anlamıyor ve tamamıyla haksız buluyorum. Baban ve Vlasta hiç tartışmasız senin kocanı bırakıp Prag'a taşınabileceğini düşünüyorlar. Aslında bunu uzun zamandır yapmaya hazır olduğuna ve bu konuda elini kolunu bağlayanın kocanın hastalığı olduğuna inanıyorlar. Bu konuda müdahale etmemem ve açıklama yapmamam gerektiğini düşündüm ama baban zaten böyle düşünüyorsa daha ne istiyor ki acaba? Bu durumda istediği her şeyi elde etmiş olmuyor mu? Vlasta en son olarak tavsiyemin ne olduğunu sordu? Sanatoryum önerisinin çok iyi olduğunu söyledim ama (benim Meran önerimi andırdığı için belki de biraz kıskançlıktan) biraz nazlandım, sonuçta sen gerçekten kocanı bırakmak istemiyorsun. "Yardım için başka bir yol" dedim "Her şeyi olduğu gibi bırakma, diğer bir deyişle, daha fazla bir şey üstlenmek istemiyorsanız, para miktarını veya harçlığını artırmak çözüm olabilir. Ama nasıl harcanacağından emin olunmadığı için daha fazla para verilmek istenmiyorsa, diğer seçenekler mevcut, mesela (bu tamamıyla benim fikrim, Milena bundan rahatsız olabilir, fikrin benden çıktığını öğrenirse bana çok öfkelenebilir ama diğer yandan bunun azıcık da yararı olduğuna inanıyorsam ve siz Bayan Vlasta benim fikrimi soruyorsanız, o zaman önerimi söylemem gerekir değil mi?) Josefstad Caddesi'ndeki Weisser Hahn'da düzenli olarak öğlen veya akşam yemeği yemesini sağlayacak bir düzenleme yapabilirsiniz."

Sonra Vlasta, babana bir şey söylemeden önce, benim fikirlerimi yarın sana yazıp bu yazışmanın sonucuna göre babanla konuşma kararı aldı (en azından ben böyle anladım). Ona senin Viyana adresini verdim (o ana kadar unutmuş olduğu adresini birden hatırlayıverdi) zaten St Gilgen'deki adresini (gerçi dün kocanın mektubunun üzerinde Post Otel'in adresini şöyle bir görür gibi oldum) orada ne kadar kalacağını da tam olarak bilmiyorum ve doğal olarak postane adresini de vermek istemedim.

Bütün her şeyin yolunda olduğu ve seninle gerçekten ilgili oldukları (kararsız ve biraz yorgun olmalarına rağmen) izlenimini edindim. Ama yine de para önemli bir etken. Weisser Hahn'da bu tür yemeğin ne kadar tutacağına dair yüzündeki (kesinlikle dalgınlığından kaynaklanan) endişe hâlâ gözümün önünde. Ama benim yaptıklarımda açıkça art niyet ve bariz bir adaletsizlik var, eğer onun gözüyle olaylara baksaydım eminim ki olan biten her şeyi kabul edilemez olarak değerlendirirdim. Daha önce belirttiğim gibi çok iyi, sevecen, özverili (yine art niyetle şunu belirtmeliyim ki bir *Tribuna* okuru olarak yüzüne pudra sürmesi ve bir diş hekimi asistanı olarak ağzında daha az altın kaplama olması gerekiyor).

Hemen hemen tüm konuşulanlar böyle, belki soracağın sorularla bir şeyler daha hatırlayabilirim.

Bugün öğleden sonra Bayan Reiman buradaymış (isim hafızası pek de iyi olmayan annemin söylediğine göre), bazı konularla ilgili olarak benden tavsiyede bulunmamı istiyormuş. Tarifine göre Jarmila'ya benziyor. Uykum konusunda çok hassas olan annem, beş adım ötede yatakta olmama rağmen hiç çekinmeden evde olmadığıma dair yalan söylemiş.

İyi geceler, banyo kapısının köşesindeki fare bile bana gece yarısı olduğunu bildiriyor. Umarım gece her saat başında aynı şekilde benim dikkatimi çekmeye kalkışmaz. Ne kadar da eğlenceli, haftalardır sesi soluğu çıkmıyordu.

CUMARTESİ

Hiçbir şeyin gizli kalmaması için: Vlasta'ya son iki mektubundan bazı bölümleri okudum ve aylık paranın doğrudan sana gönderilmesini de tavsiye ettim.

Fare konusunda ise gece boyunca hiç sesi duyulmadı ama bu sabah koltuğun üstündeki örtüleri kaldırırken siyah, uzun kuyruklu, tiz sesli bir şey yere düştü ve hemen yatağın altına girerek, gözden kayboldu. Bu şüphesiz fareydi herhalde, değil mi? Tiz ses ve uzun kuyruk benim hayal gücümün ürünü olsa bile mi? Ama yatağın altında hiçbir şey bulamadım (bakmaya cesaret edebildiğim kadarıyla).

Çarşamba günü yolladığım mektubu komik buldun öyle mi? Ben pek emin değilim. Eğlenceli mektuplara inanmıyorum artık, hatta şöyle düşünüyorum: Artık hiçbir mektuba inanmıyorum, en iyilerinin bile içinde solucan bulunuyor.

Jarmila'ya iyi davran, tabi ki bunu yapmam gerek ama nasıl yapacağım? Dün Bayan Reiman denilen birisi bir konuda benim tavsiyemi istediği için gidip Vlasta'yı ziyaret etmeli miyim? Zaman kaybı ve uykusuz kalacak olmam bir yana, ayrıca ondan çekiniyorum. O bir ölüm meleği ama elini ölümlülere uzatarak öldüren üst seviye meleklerden birisi değil, o morfin zerk ederek öldüren alt seviye meleklerden birisi.[188]

---

[188] Josef Reiner'in intiharına atıfta bulunuyor (12 Haziran 1920 tarihli mektup).

PRAG, 5 EYLÜL 1920
PAZAR

Milena burada iddia ettiğin asıl mesele yazılı olması mı ya da güvenmek değil mi? Meran'a gönderdiğin son mektuplardan birisinde bu konu hakkında yazmıştın, cevap verememiştim.

Robinson[189] o gemide çalışmak için kaydolmak, tehlikeli bir yolculuğa çıkmak, deniz kazası geçirmek ve daha birçok zorluğun üstesinden gelmek zorunda kalmıştı, ben sadece seni kaybedersem Robinson olurum. Ama ben ondan çok daha iyi bir Robinson olurum. Ama onun adası var, Cuma var, daha bir sürü şeyi var, ayrıca onu alıp kurtaran ve neredeyse her şeyi bir rüyaya dönüştüren gemisi var. Benim hiçbir şeyim yok, adım bile, zaten onu da sana vermiştim.

Bu nedenle bir noktaya kadar senden bağımsızım çünkü bağımlılık bütün sınırları tamamıyla aşıyor. Bu ya/ya da konusu çok önemli. Ya benimsin ki bu iyi bir şey, ya da seni kaybettim ki bu da kötü bir şey değil, bu durumda da hiçbir şey olmaz: Ne kıskançlık, ne sıkıntı, ne endişe, hiçbir şey kalmaz. Tabii ki birisine bu kadar bel bağlamak aşağılık bir şey ve bu nedenle korku bu temel üzerinde oluşuyor ama bu korku seninle alakalı bir korku değil, bu korku birisine güvenmeyle alakalı bir korku. İşte bu nedenle sempatik, insancıl yüzünde oldukça fazla kutsallık (belki başlangıçtan beri) mevcut.

---

[189] "Robinson Crusoe" Daniel Defoe'nun 1719 yılında ilk basımı yapılan kitabıdır.

Şimdi artık Samson[190] Delilah'a sırrını söyledi, Delilah sürekli dağıttığı saçlarını kesebilir artık, bırakalım kessin, onun da benzer bir sırrı olduğu için bir şey fark etmez.

*

Son üç gecedir görünürde bir sebep olmamasına rağmen uykum çok kötü. Ama sen oldukça iyisin değil mi?

*

Eğer cevap olarak addedilirse, aceleyle bir cevap yazıyorum: Telgrafın şimdi geldi. O kadar umulmadık bir an geldi ki (zaten açılmıştı da) paniğe kapılacak zamanım bile olmadı. Her nedense bugün bu telgrafa ihtiyacım vardı, nasıl anladın bunu? Neye ihtiyaç duyarsam duyayım hemen tedarik eden doğal içgüdülerin.

---

[190] İncil'de geçen bir hikâyedir Gücünü saçlarının uzunluğundan alan Samson ile güzel Delilah'ın hikâyesini anlatır. Delilah güzelliğini kullanarak Samson'un saçını keser ve gücünü elinden almayı başarır.

PRAG, 6 EYLÜL 1920
PAZARTESİ

Bugün mektup gelmedi.

*

Max'ın makalesi hakkında önemli olan nokta "sadece" bunun senin fikrin mi yoksa Laurin'in fikri mi olduğu. Laurin'in fikri olması durumunda da mümkün olabilir ama o zaman baş makale yerine sadece yazı dizisi olabilir. Bu arada yazıyla ilgili şimdi anlatmanın çok sıkıcı olacağı çeşitli politik çekinceler var.

Dün adresi sana telgrafla yolladım: H. J. aracılığıyla Karl Maier,[191] Berlin W15 Lietzenburger (ya da Lützenburger) Caddesi No:32.

Telgrafın çok yararlı oldu, aksi takdirde Jarmila'yı görmeye gidemezdim, telgrafını aldıktan sonra gittim. İki gün önce bana uğrayanın da o olduğu ortaya çıktı. Doğrusu ne istediğinden bile bahsetmedi. Sana mektup göndermeyi planlıyormuş, bana mektubu kocandan gizleyip gizleyemeyeceğini (neden gizleyesin ki?) sormaya gelmiş ama sonra tekrar değerlendirmiş ve göndermemeye karar vermiş, daha sonra tekrar göndermek isteyebilirmiş, bu durumda ya bana gönderecek ya da getirecek, işte her şey

---

[191] Hans Janowits (1890-1954), Franz Werfel ve Willy Haas'ın dahil olduğu edebiyat çevresindendi. Karl Kraus tarafından çok beğenilen kardeşi Franz Janowitz de (1892-1917) aynı edebiyat çevresi içersinde yer alan bir şairdi.

böyle gizli. Ama asıl sorun şu ki ben oldukça (böyle olmak istemesem de) sıkıcıydım, nerendeyse bir tabut kapağı kadar bunaltıcı, ayrılmamla birlikte Jarmila rahatladı.

*

Sonunda birkaç mektup geldi (çarşamba ve cuma günü yazdıkların). (Ayrıca, Woche'den Frank K. adına gönderilmiş bir mektup da geldi, adımın Frank olduğunu nereden biliyorlar?) Adresler[192] için teşekkür ederim, onlara yazacağım. Tabii ki sana yakın olabilmek için... Aksi takdirde sanatoryumda yatıp, sıkılacak ve kış ayının gökyüzünde yarattığı o sonsuz kargaşayı seyretmekten başka yapacağım bir şeyim yok.

*

Bugünden itibaren ofiste artık yalnız olmayacağım, bu kadar süre yalnız olduktan sonra bu zor bir durum -şimdi şair buradaydı, iki saat kaldıktan sonra gözyaşlarıyla ayrıldı. Herhalde bundan dolayı mutsuzdur ama aslında ağlamak yapılabilecek en iyi şeydir.

Evet, kesinlikle bana bir "angarya"yı yerine getiriyormuşçasına yazma, yazmak "istiyorsan" bile yazma, yazmak "zorunda" olsan bile yazma ama geriye ne kalıyor ki? Bunların dışında ne kalıyorsa.

*

Yaramaz yeğen için bir şeyler gönderiyorum.

*

Evet Stasa'ya yazacağım.

---

[192] 31 Ağustos tarihli mektubunda Kafka, Milena'dan bazı sanatoryumların adreslerini bulmasını istemişti.

PRAG, 7 EYLÜL 1920
SALI

Baştan sona yanlış anlamışsın, hayır yanlış anlamadan öte Milena, yanlış anlasan bile görüneni doğru anla ama ortada anlaşılacak ya da anlaşılmayacak bir şey yok. Bu yanlış anlama sürekli oluyor, Meran'da da bir veya iki kez olmuştu. Sonuçta, karşı masamda oturan adamdan ister gibi senden tavsiye istememiştim. Kendime soruyordum, kendi kendime tavsiyede bulunuyordum, deliksiz bir uykudaydım ve sen şimdi beni bu uykudan uyandırıyorsun.

Öte yandan, daha fazla söylenecek bir şey yok, dün yazdığım gibi Jarmila konusu kapandı, hâlâ mektup sana gelebilir. Bu arada senin bana gönderdiğin mektup Jarmila kanalıyla geliyor artık.

[...][193]

Ondan bunu nasıl isterim bilmiyorum, senin ne istediğini de bilmiyorum, üstelik onu hemen hemen hiç görmeyeceğim artık ya da ona yazmayacağım, ama bunun için ona yazayım öyle mi?

*

Dün gönderdiğin telefonu artık Stasa'ya yazmamam gerektiği şeklinde yorumluyorum. Umarım doğru anlamışımdır.

*

---

[193] Kişilik haklarının korunması nedeniyle bu bölümdeki bazı satırlar çıkarılmıştır.

Dün Max'la bir kez daha *Tribuna* konusunu konuştum. Politik sebeplerden dolayı *Tribuna*'da bir şeyler yayınlanmasını kabul etmiyor. Ama neden Yahudilik'le ilgili bir şeyler istediğini söylesene bana, daha başka bir sürü şey önerebilir ya da sana gönderebilirim.

*

Bolşevizm ile ilgili yorumlarımı anlayıp anlamadığını bilmiyorum. Yazarın farklılık olarak kabul ettiği şeyler gördüğüm kadarıyla dünya üzerinde en fazla övgüye layık olan şeyler.

*

Son mektubun eline geçmeme ihtimaline karşı Janowitz'in adresini tekrar yazıyorum: Karl Maier aracılığıyla, Berlin W15 Lietzenburger Caddesi No: 32. Ama zaten bunu sana telgrafla da bildirmiştim, kafam oldukça karışık.

*

Dün gece Pribram[194] ile beraberdim. Eski günlerden bahsettik. Senin hakkında asla "hizmetçi bir kız"dan bahseder gibi değil, gayet kibar ve güzel konuştu. Diğer yandan, ona çok kötü davrandık (Max ve ben), akşam bize katılması için onu davet ettik, şundan bundan iki saat kadar masum bir şekilde konuştuktan sonra birdenbire kardeşiyle ilgili konu hakkında epey üzerine gittik (doğrusunu söylemek gerekirse bu konuda ben epeyce sıkıştırdım). Ama kendisini çok güzel savundu, ortaya koyduğu tezleri çürütmek oldukça zordu, eski bir "hasta"nın durumunu hatırlatmamız bile işe yaramadı. Ama henüz daha pes etmedik.

---

[194] Ewald Pribram, kardeşi Karl, Milena'nın da hasta olarak bir dönem yattığı Veleslavin Sanatoryumu'nda kalmıştı.

*

Eğer dün akşam bana birisi sorsaydı (saat 8 civarında Yahudi Cemaati Binası'nın olduğu cadde tarafına baktığım zaman yüzden fazla Rus-Yahudi göçmeni[195] Amerikan vizesi almak için sanki bir millet meclisinin açılışına gelmiş gibi tıklım tıkış oraya yığılmışlardı, daha sonra gece 12.30'da hepsini dip dibe uyurken gördüm, sandalyelere uzanmışlar, bazıları öksürüyor, bazıları uykusunda dönüyor bazıları da uyuyanlar arasında dolaşıyordu, ışıklar tüm gece boyunca yandı) eğer dün gece bana ne olmak istediğimi sorsaydı, Doğu'dan gelen küçük Yahudi bir çocuk olmayı seçerdim, her türlü dert-tasadan uzak bir şekilde salonun köşesinde ayakta duran, salonun ortasında diğer adamlarla konuşan babasıyla, yolculuk için getirdikleri çıkınları karıştıran kat kat giyinmiş annesiyle, diğer kızlarla eğlenen ve güzelim saçlarıyla oynayan kız kardeşiyle ve üstelik birkaç haftaya kadar Amerika'da olacak bir çocuk olmak isterdim. Tabii ki bu kadar kolay değil: Dizanteri vakaları görülmeye başlanmış, dışarıda pencerelerden bağıran, tehditler savuran insanlar var, hatta Yahudiler kendi aralarında bile kavga ediyorlar, iki kişi birbirlerinin üzerine bıçakla yürümüş. Ama küçüksen ve her şeyi çabucak kavrayıp, bir karar verebiliyorsan başına ne gelebilir ki? Burada bu türde, etrafta koşuşturan bir sürü çocuk var, döşeklerin üstüne tırmanıyor, sandalyelerin altından emekleyerek geçiyor, birilerinin -birileri dediğime bakma sadece bir kişi- onlara ekmekle üzerine sürecek bir şeyler getirmesini bekliyorlar, her şey yenilebilir onlar için.

---

[195] 20 Kasım 1920'de, *Prager Tagblatt* gazetesi bu göçmenlerin 16-19 Kasım'da meydana gelen Yahudi karşıtı olaylarla bağlantılarının olduğundan bahseder.

PRAG, 10 EYLÜL 1920
CUMA

Telgrafın şimdi geldi. Kesinlikle haklısın, geri dönüşü olmayan bir aptallık ve beceriksizlikle uğraştım bu işi halletmeye çalıştım ama yanlış anlamalar ile dolu bir ilişkimiz olduğu için başka türlüsü mümkün değildi. Birbirimize verdiğimiz cevaplar sorunlarımızı anlamsız hale getiriyor. Artık birbirimize yazmayı bırakmalı ve geleceği geleceğe bırakmalıyız.

Vlasta'ya yazamadığım, sadece telefon edebildiğim için yarına kadar ona söyleme imkânım olmayacak.

PRAG, 10 EYLÜL 1920
CUMA

Bugün iki mektubunla birlikte resimli posta kartın geldi. Açmak için tereddüt ettim. Ya anlaşılmaz şekilde iyisin ya da anlaşılmaz şekilde kendi kendini dizginleyebiliyorsun, olan biten her şey birincinin doğru olduğunu gösteriyor, bazı şeyler de ikincinin doğru olduğunu.

Tekrar ediyorum: Kesinlikle haklısın. Sen bana, benim Vlasta'yla konuşarak sana yaptığım gibi saygısızca, dik kafalı, aptalca, bencilce bir davranışta bulunsaydın -bu imkânsız sen yapmazdın- aklımı kaybederdim, bu durum sadece telgraf çekene kadar sürmez, daha da devam ederdi.

Telgrafı sadece iki kez okudum, ilkinde telgrafı aldığımda yüzeysel olarak şöyle bir göz gezdirdim, ikincisi de günler sonra yırtmadan önce okudum.

İlk okuyuşumu anlatmak çok zor, birçok şey bir anda bir araya geldi.

En belirgin olanı senin bana vurduğun darbeydi, sanırım "*sofort*"la[196] başlıyordu, vurduğun darbe buydu. Hayır, bugün bu konuda detaylı olarak yazamam, yorgun olduğum için değil, "ağır" olduğumdan. Sana daha önce bahsetmiş olduğum o şuursuzluğun üstesinden geldim.

Eminim anlamak çok zor ama yukarıda belirttiğim şeyleri yaparken kendimi suç işliyormuşum gibi görseydim, o zaman o darbeyi vurmanı hak ederdim. Hayır, ikimiz de suçluyuz, aslında ikimiz de suçsuzuz.

---

196 *Sofort:* Hemen. (Almanca)

Haklı da olsa bu direncini bertaraf edebilirsen, Viyana'ya döndükten sonra eline geçecek olan Vlasta'nın mektubunu mazur görebilirsin artık. Telgrafını aldığım gün öğleden sonra onu aramak için babanın evine gittim. Aşağıda "i schody"[197] yazılı bir not vardı, ben bunu hep birinci kat zannetmişimdir ama daire epey yukarıda imiş. Genç ve güzel bir hizmetçi kapıyı açtı. Vlasta orada değildi, bunu bekliyordum ama bir şeyler yapmam gerekiyordu, sabah geleceğini öğrendim. (Apartman kapısında babanın *Sportovni Revue*'nün editörü olduğu yazıyor.) Ertesi sabah hemen evin önünde onu bekledim, geçen sefere oranla bu defaki hali daha fazla hoşuma gitti, mantıklı, içten ve konuya daha hâkimdi. Sana telgrafımda bahsettiğim daha fazla bir şey söylemedim.

Kenar notu: Babanla ilgili endişelerini kısmen de olsa giderebilirim, bir dahaki sefere.

Üç gün önce Jarmila ofise beni görmeye geldi, uzun zamandır senden haber alamamış, su baskınından da haberi yokmuş, seni sormaya gelmiş. Görüşme gayet iyi geçti, çok kısa bir süre kaldı. Sana yazmasıyla ilgili ricanı söylemeyi unuttum, daha sonra bu konuyla ilgili olarak ona birkaç satır yazdım.

Hâlâ mektupları ayrıntılı olarak okumadım, okuyunca cevap yazacağım.

*

Şimdi telgrafın da geldi. Gerçekten mi, gerçekten bana kızgın değilsin artık değil mi?

Hayır, bunun için mutlu olmazsın, bu imkânsız, bu da diğeri gibi bir telgraf, gerçek ne onda ne de bunda. İnsan

---

197 *i schody:* Merdiven. (Çekçe)

bazen sabah uyandığında gerçeğin, birkaç solmuş çiçeğin bulunduğu, içine girilmeye hazır açık bir mezar gibi yatağın hemen kenarında olduğunu düşünüyor.

Mektuplarını okumaya neredeyse hiç cesaretim yok, sadece arada sırada bakabiliyorum, acıya dayanamıyorum. Milena -yine saçlarını dağıtıyorum- ben şeytani bir hayvan mıyım, kendime ve sana karşı bu kadar kötü müyüm, yoksa şeytanın beni ele geçirdiğini söylemek daha mı doğru, beni yönlendiriyor mu? Ama bunun şeytan olduğunu bile söylemeye cesaretim yok, sadece sana yazarken bunu düşünebiliyor ve söyleyebiliyorum.

Bunun dışında her şey tamamıyla sana anlattığım gibi, ne zaman sana yazmaya kalksam, hem öncesinde hem de sonrasında kesinlikle uyumam imkânsız, yazmadığım zaman ise en azından birkaç saat de olsa gözlerimi yumabiliyorum. Yazmadığım zaman sadece yorgun, üzgün, sıkıntılı, yazdığım zaman ise korku ve gerginlikten dolayı harap oluyorum. Görünen o ki ikimiz de birbirimizden şefkat bekliyoruz, ben sana bırak beni gideyim diyorum, sen de aynı şeyi, söylüyorsun ama bu gerçekleşmesi en korkunç çelişki.

Ama nasıl olabilir diye soruyorsun. Ne istiyorum? Ne yapıyorum?

Aşağı yukarı şöyle: Ben, bir orman hayvanı, ormanda bile bulunmadım, pis bir çukurun içinde uzanıyorken (tabii ki benim orada bulunmam nedeniyle pis) seni aydınlıkta gördüm, bu hayatımda gördüğüm en güzel şeydi. Her şeyi unuttum, kendimi bile tamamen unuttum, ayakta durdum, bu yeni ama kuşkusuz bilindik özgürlüğün korkusuyla yaklaştım, mümkün olduğunca daha da sokuldum. O kadar iyiydin ki, daha da yaklaştım yanına sanki bu doğal hakkımmış gibi ellerimi yüzüne koydum, öylesine mutlu, öylesine gururlu, öylesine özgür, öylesine güçlüydüm ki kendimi evimde gibi hissettim ama özünde ben ormanda, sokakta sadece senin merhametinle yaşayan bir hayvanım. Bilmediğim geçmişimi (çünkü her şeyi unutmuştum) gözlerinden okuyordum. Bu böyle devam edemezdi. Merhametli ellerin beni sevse de, ormana, evime, kökenime ait bazı gariplikler olduğunun farkına varacaktın. Sonra kaçınılmaz olan ve kaçınılmaz olarak tekrar eden, beni bitap düşüren (seni de, ama sen masumdun), bezdiren tartışmalar ortaya çıktı, seni her zaman rahatsız eden, her yerde yoluna çıkan, senin için ne kadar iğrenç bir mahlûk olduğum duygusu gitgide içimde büyüdü. Max'la aranızdaki yanlış anlamada bu durum etken oldu, Gmünd'de daha belirgin olarak ortaya çıktı, sonra Jarmila konusunda uzlaşma-uzlaşamama durumu söz konusu oldu ve en sonunda benim Vlasta'yla yaptığım görüşmede aptalca, duyarsızca ve dikkatsizce tavrım ile aradaki ufak tefek bir sürü olay gelişti. Kim olduğumu hatırladım, artık gözlerini kamaştıramadığımı fark ettim, kâbus gördüm (ait olmadığın bir yerde evindeymiş gibi hissetme endişesi) ama bu kâbusu gerçekte de yaşadım. Karanlığa geri dönmek zorundaydım, güneşe dayanamıyordum, sürüden ayrılmış bir hayvan gibi ümitsizdim, olabildiğince hızlı koştum ama şu düşüncelerden bir türlü kurtulamadım: "Keşke onu da yanıma alabilsem!" ve karşı düşünce olarak ise "Ama onun bulunduğu yerde karanlık hiç olur mu acaba?"

Günlerimi nasıl geçirdiğimi soruyorsun, işte cevabı.

PRAG, 14 EYLÜL 1920

Senin mektubun ulaştığında ilk mektubum gitmişti bile. Altında ne yatarsa yatsın -korku ve benzer, şeyler gibimide bulandırıcılığından çok midem zayıf olduğu için midemi bulandırsa bile, bu durum senin söylediğinden de daha basit olabilir. Şöyle açıklayayım: İnsan yalnız olduğu zaman günün her dakikası kusursuz olmalıdır ama çiftler birbirlerinin kusurlarını çekmek zorunda değildir. Gözlerimiz ve kalplerimiz yerinden sökülüp atılmak için değil midir? Yine de bu kötü bir şey değil, biraz abartı ve yalan, aslında her şey abartı, abartılamayacak olan tek gerçek şey ise özlem. Ama özlemdeki gerçeklik de tam bir gerçeklik değil, diğer her şey gibi o da yalan aslında. Saçma ve anlamsız gibi görünebilir ama doğrusu bu.

Ayrıca, belki de seni çok sevdiğimi söylediğim zaman bu aşk anlamına gelmiyor, sen kalbime giren bir bıçaksın ve ben bu bıçağı daha da saplıyorum, işte aşk bu.

Bu arada sen de aynı şeyi söylüyorsun: "Âşık olacak güçleri yok", bu "insan"la hayvan arasında farkı görmek için yeterli değil mi?

PRAG, 15 EYLÜL 1920
ÇARŞAMBA

Sana tekrar yazmaktan ve bana yazabileceğin en güzel şey olan "Biliyorum ki sen…" cümlesi için teşekkür etmekten hiçbir kanun beni men edemez.

Öte yandan, birbirimize yazmayı durdurmamız konusunda uzun zamandır benimle aynı fikirde olsan da, bunu sadece benim dile getirmem sadece bir tesadüf, bunu sen de söyleyebilirdin. Ve bu konuda ikimiz de hemfikir olduğumuz için yazmamanın neden iyi olacağını açıklamanın bir anlamı yok.

Bunun tek kötü yönü, bundan sonra artık sana hiç ama hiç yazma imkânım kalmayacak (şu andan itibaren postaneye mektup için gitmene gerek yok) ya da postaneye senin için bir mektup yolladığımı ifade eden yazısız bir kart gönderme şansım da olmayacak. *Ne zaman gerekli olursa sen bana yazabilirsin, bunu söylemeye bile gerek yok.*

Vlasta'dan hiç mektup alıp almadığından bahsetmiyorsun. Ama baban adına senin seçtiğin bir sanatoryumda birkaç ay kalabileceğini söylemişti (Çekoslovakya'da olması koşuluyla). İlanına kimse cevap vermediği için (bu olağan, Çekçe herhalde pek ilgi görmüyor bu yıl) belki bu teklifi kabul edebilirsin. Bu bir tavsiye değil, düşüncesi bile beni mutlu ediyor.

Vlasta'yla ilgili konuda oldukça kötü bir tutum sergiledim, buna şüphe yok ama başlangıçta senin düşündüğün kadar da korkunç değil. Öncelikle senin adına ricacı olarak gitmedim oraya. Oraya, seni çok iyi tanıyan, Viyana'daki olayların içyüzünü bilen, ayrıca senden iki mutsuz mektup almış bir yabancı olarak gittim. Kuşkusuz Vlasta'ya senin iyiliğin için gittim ama biraz da babanın iyiliği için gittim. Açıkça belirtilmemiş olsa da açıklamalarımın özü, bu noktada Milena'nın babası onun gönüllü, itaatkâr ve ikna olmuş bir şekilde geri dönmesi konusunda zafer elde edemeyecek, bu mümkün değil ama Milena ciddi derecede hasta olduğu için önümüzdeki üç ay içerisinde gelmesi eminim ki kesinlikle muhtemel. Muhtemelen bu bir zafer değil ve zafer kazanmak için mücadele edilecek bir şey de değil, öyle değil mi?

Sorunlardan birisi buydu, diğeri de parayla ilgili. Durumu olduğu gibi açıkladım, düşünme yeteneğimi yok eden o iki mektubun karşısında, kendimce vereceğim herhangi bir yanlış bilginin Viyana'da seni biraz daha zor duruma düşüreceğini hissettim. (Aslında tam olarak böyle değildi, bu daima ağzında lafı geveleyen Yahudi avukatın konuşma biçimi ama kısmen geçerli.) Bu anlamda kabaca şunları söyledim: "Kocası kazandığı bütün parayı kendisi için harcıyor, zaten bunun aksini Milena tartışmak dahi istemiyor, kocasını bu haliyle seviyor ve farklı bir şey istemiyor aslında bu kısmen onun tercihi. Sonuç olarak her halükârda bütün her şeyle ilgilenmek zorunda, Viyana'daki amansız enflasyon nedeniyle kocası kendine yetecek kadar kazanamadığı için hatta bir dereceye kadar kocasını bile desteklemek durumunda (yemekleri ile değil tabi). Şüphesiz tüm bunlarla başa çıkabilir ve bundan da mutluluk duyardı ama bu aşamaya geçen yıl gelebildi, sonuçta evden ayrıldığı zaman tecrübesiz, şımartılmış, gücü ve yetenekleri konusunda hiçbir fikri olmayan birisiydi. Yeni hayatına alışması, evi noksansız ve tek başına, özel dersler vererek, okulda öğretmenlik, tercüme yaparak ve yazılar yazarak geçindirebilmesi için iki yıl gibi çok da uzun olmayan bir sürenin geçmesi gerekti. Ama söylediğim gibi bu seviyeye ancak geçen yıl ulaşabildi, bundan önceki iki yıl borç parayla geçinildi, biriken bu borçların bu şekilde çalışarak ödenmesi imkânsız. Üstelik, borçlar üzerinde baskı oluşturuyor ve sıkıntı yaratıyor, işlerin düzene girmesini imkânsız hale getiriyor, ellerinde ne varsa satmalarını zorunlu kılıyor ve Milena'nın aşırı çalışmasına yol açıyor (odun, bavul ve piyano taşımanı gizlemedim) ve tüm bunlar onu hasta ediyor. İşte hepsi bundan ibaret."

Veda etmiyorum. Köşesine çekilmiş beni gözleyen yerçekimi beni tamamıyla aşağı çekmediği sürece veda etmeyeceğim. Ama sen yaşadığına göre bunu nasıl yapacak ki?

PRAG, 18 EYLÜL 1920

Milena tam olarak veya kısmen ne hakkında olduğunu anlayamazsın, ben kendim bile anlamıyorum, öfkeden titriyorum, aklımı kaçıracak kadar bana işkence yapabilirsin ama ne olduğunu ve sonuçta ne yapılması gerektiğini bilmiyorum. Sadece şu an ne yapılması gerektiğini biliyorum: Sessiz, karanlık bir köşeye sığınmalı ve baş eğmeliyim, başka seçeneğim yok.

Bu bir infial, geçecek, geçmeye başladı bile ama bu infiali oluşturan güçler içimde sürekli hareket halinde, dipten gelen bu tehdit benim varlık ve yaşam nedenim, eğer o biterse ben de biterim, bu şekilde ayakta kalıyorum, eğer o biterse, kolaylıkla ve doğal bir şekilde göz kapaklarımı kapatır gibi ben de yaşamaktan vazgeçerim. *Birbirimizi tanıdığımızdan beri orada değil miydi zaten, eğer orada olmasaydı bana şöyle göz ucuyla bile bakar mıydın?*

İnsan alenen çark edip, şunu söyleyemez: Artık geçti, bir şeyim yok, sakinim, mutluyum ve birlikte olduğumuz için şükrediyorum. Gerçek olsa bile bunu söylemek mümkün değil (şükretmek tamamıyla doğru,[198] mutluluk da bir yere kadar ama sakinlik kesinlikle doğru değil) çünkü daima korku içinde olacağım, birileri beni korkutacak, en çok da kendimden korkacağım.

Nişanlılık ve benzer şeylerden bahsediyorsun: Tabii ki bunlar önemsizdi, acısı değil ama etkisi önemsizdi. Sanki haysiyetsiz bir yaşam sürmek ve bu haysiyetsizlikleri ne-

[198] Bu ifadeyi takip eden on bir kelime çıkarılmıştır.

deniyle ceza olarak tutuklanmak ve kafası iki uçlu bir mengeneye sıkıştırılmak gibi bir şeydi. Sonra mengenenin uçları yavaşça döndürülür insan ya "Evet, bu haysiyetsiz hayatı sürdüreceğim" veya "Hayır, bir daha yapmayacağım" diye bağırır, ciğerleri patlayana dek "Hayır" diye böğürür.

Şu anda hareketlerimi daha önceki hareketlerimle aynı kategoride değerlendirmekte haklısın, sonuçta ben aynı insanım ve aynı hayatı yaşamaya devam ediyorum. Sadece tek farklılık artık tecrübe sahibiyim, haykırmak için beni itiraf etmeye zorlamak amacıyla mengenenin uçlarını iyice sıkmalarını beklemem, uçları döndürmeye başladıkları anda çığlık atmaya başlarım, aslında hareket ettiği o saniye ortalığı ayağa kaldırırım, artık gözlerim yeterince açık, hayır aslında açık değil, yeterince açık değil. Ama başka bir farklılık daha var: Herkesten farklı olarak sen doğru söylenen bir şeyi dinliyorsun, insan sana senin ve kendi iyiliğin için doğruyu söylüyor, aslında insan kendisi için doğru olanı sende buluyor.

Ama beni bırakmaman için sana yalvarmamla ilgili olarak yaptığın ağır yorumlar konusunda haksızsın. Bu konu hakkında önceden olduğu gibi bugün de aynı şeyi düşünüyorum. Senin bakışlarınla yaşıyordum (bu seni övmek için söylenmiş bir söz değil, böyle bakışları olan herkes değerlidir), ayaklarım yere basmıyordu ve bundan çok korkuyordum, ne kadar yükseklere havalandığımın tam olarak farkında değildim. Bu ne senin için ne de benim için iyi değil. Gerçekle ilgili bir kelime, gerçekle ilgili o malum tek bir kelime beni bir basamak aşağı çekmek için yeterli olurdu, sonra bir basamak için bir kelime daha, en sonunda basamak kalmayıp yere birden çarpana kadar ama bu çarpma yine de yavaş hissedilirdi. Gerçekle ilgili bu kelimelere bilerek bir örnek vermiyorum çünkü bu kafa karıştırmaktan başka bir işe yaramaz ve hiçbir zaman aslının yerini tutmaz.

*

Lütfen Milena sana başka bir şekilde yazabilmem için yol göster. Düzmece kartlar yollamak çok saçma, ayrıca sana hangi kitapları göndereceğime hiçbir zaman karar veremiyorum, son olarak sarıp sarmalanıp boş yere postaneye gitmen fikrine de katlanamıyorum, lütfen bir başka çözüm bul.

PRAG, 20 EYLÜL 1920
PAZARTESİ AKŞAMI

Yani çarşamba günü postaneye gideceksin ve orada hiç mektup olmayacak, hayır cumartesi günü gönderilmiş bir mektup olacak. Bugün büroda mektup yazamadım çünkü çalışmak istedim ama ikimiz hakkında düşündüğüm için çalışamadım da. Bugün öğleden sonra yataktan kalkamadım, çok yorgun olduğum için değil ama çok "ağır" olduğum için, bu kelimeyi tekrarlayıp duruyorum, duruma en çok uyan kelime, ne kastettiğimi anlıyorsun değil mi? Dümeni bozulmuş bir geminin "ağırlıkla" ilgili olarak dalgalara söylediği "Kendim için çok ağır ama sizin için çok hafifim" cümlesine benzer bir şeyi kastediyorum. Ama tam olarak bu da değil, benzetmeyle anlatılamaz.

Sana yazmadım, çünkü içimdeki anlaşılması güç bir his, sana yazmam gereken fazlasıyla önemli birçok şey olduğunu söylüyordu ama hiçbir zaman bunları yazacak kadar yeterli gücü toplamam mümkün değildi. Gerçekten de böyle.

Bugün için hiçbir şey söyleyemediğime göre, gelecek için söyleyebileceğim hiçbir şey zaten olamaz. Deyim yerindeyse hasta yatağımdan şu an kalktım (dışarıdan hasta yatağı gibi görülüyor), hâlâ yatağa tutunuyorum ve geri yatmak için can atıyorum. Bu yatağın neyi ifade ettiğini bilmeme rağmen.

Yazarken bir an için bile inanmamış olsan dahi insanlar hakkında belirttiğin "Sevmeye güçlerinin olmadığı" tespiti doğruydu Milena. Belki de yalnızca sevildikleri zaman sevmek için gerekli gücü elde edebiliyorlardır. Bu tür insanlar için hafifletici bir ayrım da mevcut. Bu insanlardan birisi sevdiği kişiye "Beni sevdiğine inanıyorum" dediği zaman bu tamamıyla başka bir anlamda olup "Senin tarafından seviliyorum" demesinden daha azımsanacak bir şeydir. Ama bunlar birbirine seven iki kişi olmaktan ziyade dilbilgisi uzmanlarıdır.

"Çiftlerdeki kusur"la ilgili aslında mektubunda yanlış anlama var. Sadece şunu söylemek istedim: Kendi pisliğimin içerisinde yaşıyorum ve bu beni ilgilendirir. Ama bu pisliğin içine seni de sokmak farklı bir şey, sana kötülük etmek anlamında değil, bu önemsiz bir ayrıntı. Birine karşı kötülük yaptığım zaman bu sadece o kişiyi ilgilendiriyorsa beni rahatsız etmez, mesele bu değil. Asıl korkunç olan, sen kendi pisliğimin farkına varmama neden olursun ve üstelik bu farkındalık benim için kurtuluşu daha da zorlaştırır, hayır çok imkânsız hale getirir (her durumda imkânsızdır ama burada imkânsızlık ihtimali daha da artar). İşte bu durum bana ecel terleri döktürüyor ama bu durum için senin suçlanman söz konusu bile olmaz.

Ancak son mektubumda daha önce gerçekleşen olaylarla karşılaştırmalar yapmam yanlıştı ve bundan dolayı çok pişmanım. İkimiz de bunları olmamış kabul edelim.

*

Gerçekten hasta değilsin değil mi?

PRAG, EYLÜL 1920

Muhakkak ki Prag'da sahibi olduğun bir ev var, gece dışında kimse bunu elinden almaya kalkmak için mücadele etmez ama gece zaten her şey için mücadele eder. Aman ne ev! Olduğundan fazla küçültmüyorum aslında oldukça büyük, o kadar ki üst yatak odan tüm ayı karartabilir. Sen zaten bu kadar karanlıktan korkmazsın değil mi? Karanlık hem de samimiyetsiz bir karanlık.

Bir çizim[199] gönderiyorum, gör bak, kendimi nasıl oyalıyorum. Dört tane direk var, bunlardan dışarıda olan iki-

[199] Kafka'nın bu mektuba eklediği çizim bir defterden yırtılıp mektuba eklenmiş gibi görünüyor. Kâğıdın arkasında muhtemelen daha önceden kalmış yazılar karalanmış. Çizim bu kitaba uygun hale getirilebilmek için biraz küçültülmüş ve iki şekil arasındaki mesafe azaltılmıştır.

sinin ortasından sırık geçirilerek mahkûmun elleri bağlanır, dışarıdaki ikisinin de ortasından sırık geçirilerek bu sefer ayakları bağlanır. Adam kımıldamayacak şekilde sıkıca bağlandıktan sonra, çubuklar adam ortadan ikiye ayrılana kadar yavaş yavaş dışarı doğru açılır. Düzeneği kuran kişi de elini kolunu çapraz şekilde birbirine kavuşturup, direğe yaslanarak sanki her şey kendi icadıymış gibi hava atarak izlerken aslında yaptığı şeyin, kasap dükkânının önüne karnı deşilmiş bir domuzu asan kasaptan hiçbir farkı yoktur.

*

Korkmayacak mısın diye sormamın gerekçesi sözünü ettiğin kişinin hayatta olmaması ve bugüne kadar hiç yaşamamış olması, Viyana'da da Gmünd'de de var olmadı, eğer olsaydı Gmünd'deki olurdu ve o da bir şekilde lanetlenmiş gibiydi. Bunu bilmek önemli, eğer bir gün karşılaşırsak Viyana'daki hatta Gmünd'deki kişi hiçbir şey olmamışçasına, tüm masumiyetiyle tekrar ortaya çıkacak, ama diğer yandan, kendisi için olduğu kadar birçok kimse için yabancı, herkesten daha az görünen ama her şeyden daha gerçek olan (neden ortaya çıkmıyor ve kendini göstermiyor ki?) bu kişi herkese korku salacak ve bir kez daha her şeyi yok edecek.

PRAG, EYLÜL 1920

Evet Mizzi Kuh[200] buradaydı, her şey oldukça iyi gitti. Ama mümkün olsa başka insanlardan zerre kadar bahsetmeyeceğim, onların mektuplarımıza dahil olması nedeniyle bunlar başımıza geldi. Ama bundan sonra onlardan bahsetmeyecek olmamın sebebi bu değil (aslında onları herhangi bir şey için suçlayamayız, gerçeğin ve sonrasında olacakların ortaya çıkması için vesile oldular), eğer bu bir şekilde ceza olarak addediliyorsa onları bu şekilde cezalandırmak istemiyorum, sadece burada onlardan bahsetmenin gereksiz olduğunu düşünüyorum. Burası karanlık, sadece içinde oturanların gidecekleri yolu bildikleri, o da çok zorlukla, bir ev.

Geçeceğini biliyor muydum? Geçmeyeceğini düşünüyordum.

Çocukken kötü bir şey yaptığımda, kötü olmamasına veya insanlar tarafından kötü olarak kabul edilmemesine rağmen, kendimce kötü bulduğum (herkes tarafından kötü olarak kabul edilmesi benim erdemimi göstermez ama herkesin kör ve uykuda olduğu anlamına gelir) bir şeyi yaptığımda, her şeyin en küçük bir aksilik olmadan yolunda gitmesine hayret ederdim. Yetişkinler biraz sıkıntılı olsalar bile etrafımda dolanıp durur çocukluğumdan beri gıpta ettiğim şekilde sessiz kalır ve doğal olarak ağızlarını kapalı tutarlardı. Bir süre etrafımı gözledikten sonra, hiçbir şekilde kötü bir şey yapmadığım, korkmamın çocukça olduğu,

---

[200] Anton Kuh'un karısı (24 Haziran 1920 tarihli mektup).

olayın ilk şokuyla bıraktığım yerden tekrar devam edebileceğim sonucuna varırdım.

Daha sonra çevremle ilgili bu bakış açım değişti. Önce diğer insanların her şeye çok dikkat ettiklerine inanmaya başladım, ayrıca düşüncelerini yeterince açık olarak ifade ettiklerini ama benim bakış açımın yeterince keskin olmadığını gördüm, bunu da hemen düzelttim. İkinci olarak, diğerlerinin nasıl böyle ağırbaşlı olduklarına şaşırmama rağmen (gerçekten öyle miydiler acaba?) artık bunu kendi adıma kullanabileceğim bir avantaj olarak görmüyordum. Hiçbir şeye dikkat etmiyorlardı, onların dünyalarına dahil değildim, onlara göre hatasızdım, gittiğim yol onların dünyalarından farklıydı. Eğer yolum bir nehirse, bu nehrin en büyük kolu onların dünyasının dışında akıyordu.

Hayır Milena, lütfen, yalvarırım, sana mektup yollayabilmem için başka çıkar yol bul. Boş yere postaneye gitmemelisin, şu senin minik postacın bile gitmemeli, -yeri gelmişken nerede o?- ayrıca postanedeki kıza da boşu boşuna mektup var mı diye soru sormamak gerek. Başka bir imkân bulamazsan bu duruma katlanmak zorundayım ama bir yol bulmak için biraz çaba göster.

Dün rüyamda seni gördüm. Ayrıntıları hatırlamıyorum ama sürekli birbirimizin yerine geçiyorduk, sen ben oluyordun ben de sen. En sonunda her nasıl olduysa alev aldın, ateşin üstüne kumaş örtü bastırılarak söndürebileceğini hatırladım ve eski bir ceketi aldım ve onunla sana vurmaya başladım. Ama sonra yer değiştirme işlemi tekrar başladı ve bir süre sonra artık sen orada bile değildin artık yanan da, ceketle vuran da bendim. Ama ceketle vurmanın bir faydası olmadı, sadece bu tür şeyler yaparak bir ateşi söndürmenin mümkün olmadığı şeklindeki eski korkumun yerinde olduğunu gösterdi. Bu arada itfaiye gelmiş ve sen bu şekilde kurtulmuştun. Ama öncekinden farklıydın, hayalet gibi, tebeşirle karanlığa çizilmiş gibiydin, kollarımın arasına ölü gibi kapaklandın ya da belki kurtarılmış olmanın sevinciyle sadece bayıldın. Ama bu arada yine yer değiştirme oldu belki de birisinin kollarına atılan bendim.

Şimdi Paul Adler[201] buradaydı, onu tanıyor musun? Ah şu ziyaretler bir bitse, herkes o kadar canlı ki basbayağı ölümsüzler sanki, belki bu gerçek bir ölümsüzlüğü sağlayan bir canlılık değil, mevcut hayatlarının derinliklerine inen bir canlılık bu. Onlardan çok korkuyorum. Korkudan ziyaretçimin her arzusunu gözünden anlamaya çalışıyorum, eğer benden kendilerini ziyaret etmemi istemezlerse ayaklarını öpebilirim. Yalnızken yaşadığımı hissediyorum ama ne zaman bir ziyaretçi gelse deyim yerindeyse bu beni öldürüyor, sonra beni tekrar canlandırabilir ancak buna gücü de yetmiyor. Pazartesi günü onu ziyaret etmem gerekiyor, düşüncesi bile başımı döndürüyor.

---

201 Yazar Paul Adler (1878-1946).

PRAG, EYLÜL 1920

Milena neden asla gerçekleşmeyecek olan ortak bir gelecek hakkında yazıyorsun, yoksa gerçekleşmeyeceği için mi bu konu hakkında yazıyorsun? Viyana'da bir akşam bu konuyu seninle tartışırken bile çok iyi tanıdığımız, çok özlediğimiz, saygıyla andığımız birini aradığımız hissine kapılmıştım ama hiç cevap gelmiyordu, zaten nasıl cevap gelebilirdi ki orada değildi, yakınından bile geçmiyordu.

Bazı şeyler çok aşikâr, asla beraber yaşamayacağız, vücut vücuda aynı evi paylaşmayacağız, aynı masada oturmayacağız asla, aynı şehirde bile oturmayacağız. Yarın sabah yataktan kalkmayıp (kendi başıma kalkmak durumundayım! Kendimi kendi altımda, ağır bir haçın altında yatar gibi görüyorum, yere yüzüstü uzanmışım, biraz kıpırdamak ve üzerimdeki cansız bedeni kaldırabilmek için çok çabalamam gerekli) işe gitmeyecek olmamdan ne kadar eminsem bundan da o kadar eminim. Evet bu doğru, eminim, sabah kalkmayacağım ama yataktan kalkmak için biraz daha fazla insanüstü bir güç gerekiyorsa, bunu yapabilirim, kendimi bu kadar zorlayabiliyorum.

Ama yataktan kalkmayla ilgili bu söylediklerimi her şekliyle doğru kabul etme, o kadar da abartılı değil, yarın sabah kalkacak olmam, çok düşük ihtimal olan beraber yaşama ihtimalimizden daha kesin. Bu arada Milena, Viyana ve Prag arasındaki aşılması mümkün olamayan dalgaların sesini dinleyip, kendine ve bana bakarken bu söylediklerimi kabul etmelisin.

Pislik konusuyla ilgili olarak, neden sahip olduğum tek şeyi açığa vurayım ki (aslında herkesin sahip olduğu şey, ama ben bunun farkında değilim). Tevazu göstermiyor muyum? Yegâne mazur görülebilir itiraz bu olurdu.

Ölüm fikri seni huzursuz ediyor mu? Ben sadece ağrıdan çok korkuyorum, bu kötüye işaret. Bir yandan ölümü istemek ama diğer yandan acıdan korkmak, bu kötüye işaret. Aksi durumda insan ölümü göze alabilir. İnsan kutsal kitaptaki güvercin gibi salıverildi, hiçbir şekilde yeşil bir yer bulamadı ve şimdi Nuh'un Gemisi'nin karanlığına dönüyor.

İki sanatoryumdan broşür[202] geldi, herhangi bir sürprizle karşılaşacağımı sanmıyordum, en fazla fiyatları ve Viyana'ya olan uzaklıkları bakımından farklılık olabilirdi. Bu yönlerden ikisi de birbirine çok benziyor. Oldukça pahalı, günlüğü 400 kronun üzerinde, hatta 500 kron, hem de fiyatlarda değişiklik de olabilir. Viyana'dan trenle üç saat uzaklıkta, üzerine arabayla yarım saat daha gitmek gerekiyor, oldukça uzak, bölgesel trenle neredeyse Gmünd kadar. Diğer yandan, Grimmenstein çok az daha ucuz gibi, acil durumlar için, yani bir tek acil durum için onu tercih edebilirim.

Görüyorsun Milena nasıl her şeyi bir kenara bırakıp sadece kendimle ilgileniyorum, hiç durmadan, ya da daha açıkçası, duygularım ve aklımın bizim için çok önemli olduğunu söylediği seninle paylaştığımız o dar zeminle alakadar oluyorum, daha *Kmen* ve *Tribuna*[203] için bile teşekkür edemedim sana, her zamanki gibi çevirileri çok güzel yapmışsın. Burada masamın üzerinde duran nüshayı yolla-

---

202 Grimmenstein ve Wiener Wald (31 Ağustos 1920 tarihli mektup).

203 Kafka, Milena'ya yaptığı çeviriler ve bu çevirileri dergilerde yayınlattığı için teşekkür ediyordu. Milena'nın yaptığı çeviriler arasında Lev Tolstoy'un "Yabancı ve Çiftçi" ve Kafka'nın "Gözlem" adlı kitabından çeşitli öyküler bulunuyordu.

yacağım sana ama bu durumda benden bir iki görüş de almak istersin ki o zaman tekrar okumak gerekecek, bu da kolay değil. Diğer insanların yazdıklarıyla ilgili çevirilerin çok hoşuma gidiyor. Tolstoy'la söyleşi Rusçadan mı çevrildi?[204]

Ek: Benden bir kerecik olsun gülmeni sağlayacak bir şey alasın diye *"Je, ona nevi, co je bijdk? Kinddsek."* [205]

---

[204] Yaklaşık kırk kelime çıkarılmış.

[205] Çekçe: "Yani sinemanın ne olduğunu bilmediğini mi ima ediyorsun? Beyazperde. Büyük ihtimalle gazetelerden alınmış resimler".

PRAG, EYLÜL 1920

Demek ki grip oldun, öyle mi? Neyse en azından kendimi burada iyi vakit geçirmekle suçlamam gerekmiyor (bazen insanların iyi vakit geçirme kavramını nasıl keşfettiklerini anlamıyorum, muhtemelen üzüntünün karşıtı olarak düşündüler).

Artık bana yazmayacağına ikna olmuştum ama bu konuda ne şaşırdım ne de üzüldüm. Üzülmedim çünkü bütün üzüntülerin ötesinde bana göre gerekliydi, diğer taraftan tüm dünya üzerinde benim mecalsiz ağırlığımı kaldıracak yeterli ağırlık yoktur, şaşırmadım çünkü önceden bana "Bu ana kadar arkadaşın oldum, bundan sonra olmayacağım, artık seni bırakıyorum" deseydin de şaşırmazdım. Aslında her şey şaşırtıyor ama en az şaşırtanlardan biri olurdu bu, mesela birisinin her sabah yataktan kalkması çok daha şaşırtıcı. Fakat bu insana cesaret veren olumlu yönde bir şaşırtma değil, bazen mide bulandıran bir tuhaflık.

Güzel bir sözü hak ediyor musun Milena? Görünen o ki ben sana tatlı güzel bir söz söylemeyi hak etmiyorum, aksi takdirde söylerdim.

Düşündüğümden de daha çabuk mu göreceğiz birbirimizi? (Ben "göreceğiz", sen "beraber yaşayacağız" diye yazıyorsun.) Fakat asla birlikte yaşamayacağımızı düşünüyorum (ve bunun her yerde, alakasız olaylarda bile açıkça belli olduğunu görüyorum, her şey bunu gösteriyor), asla yapamayacağız bunu, "yakında" veya "gelecekte" asla olmayacak.

Grimmenstein her halükârda daha iyi gibi görünüyor. Günlük olarak fiyat farki herhalde 50 kron civarında, ayrıca diğer sanatoryumlarda yatak istirahatı için gereken her şeyi (Terlik, yastık, battaniye vb, bunların hiçbiri bende mevcut değil) kendin getirmen gerekiyor, Grimmenstein'da bunları ödünç veriyorlar, Wiener Wald'da yüklüce bir depozito ödemen gerekiyor, Grimmenstein'da bu gerekli değil, ayrıca Grimmenstein konum olarak daha yüksekte vs. Neyse daha hemen gitmiyorum. Doğrusu geçen tüm hafta boyunca oldukça kötü hissettim kendimi (hafif bir ateş ve nefes darlığı, masadan kalkmamı engelleyecek kadar, ayrıca bir hayli de öksürük), gezinirken biraz çene çaldığım uzun bir yürüyüş sonucuymuş gibi görünüyor, şimdi daha iyiyim, yani sanatoryum fikri şimdilik önemsiz durumda.

Broşürlere bakıyorum şimdi: Wiener Wald'da balkonlu ve güneye bakan bir odanın fiyatı 380 kron, Grimmenstein'da ise en pahalı odanın fiyatı 360 kron. İkisi de korkunç derecede pahalı olmasına rağmen aralarındaki fark çok büyük. Tabii ki yapılacak iğneleri de dikkate almak lazım, iğneler çok pahalı. Taşraya gitmeyi isterdim, hatta Prag'da kalıp bir zanaat öğrenmeyi çok istedim, yapmak istediğim en son şey bir sanatoryuma gitmekti. Orada ne yapacağım? Başhekimin beni, bacaklarının arasına alıp karbolik kokan ellerini kullanarak ağzıma tıkıp boğazıma kadar ittirdiği etleri mi yutmaya çalışacağım?

Demin müdürü görmeye gittim, beni çağırmış, benim arzum dışında geçen hafta Ottla onu görmeye gelmiş, istemediğim halde şirket doktoru tarafından muayene edildim, istemediğim halde işe gelmemem için bana izin verecekler.

"Kupec"[206] kusursuz. Anlaşıldığı kadarıyla hatalar olduğunu düşünüyorsun çünkü Almanca metnin göründüğü

---

[206] Kafka'nın "Gözlem" isimli kitabından diğer beş öyküsüyle birlikte *Kmen*'de yayınlanan "Tüccar" adlı öyküsü.

kadar kötü olabileceğini inanamıyorsun. Ama işte göründüğü kadar kötü. Tamamıyla hata bulmak amacıyla okuduğumda: *boli uvnitr v cele a v spancich—uvnitr na...*[207] ya da buna benzer bir şey, burada düşünülen şey kıskaçların alna dışarıdan vurması, bu içeriden de olabilir; *potirajice se*[208] kafası karışmak anlamına mı geliyor? Birbirlerine engel olmak mı? Tam bundan sonra *volne misto* [209] yerine ndmesti—*prondsledujte jen*'yi[210] kullanmak daha iyi. Bilmiyorum burada *nur kelimesi jen*[211] anlamında mı kullanılıyor, gördüğün gibi *"nur"* Praglı bir Yahudi'nin kullandığı kelime, meydan okumayı vurguluyor, "devam et, yap onu" gibi bir şey. Son kelimeler olduğu gibi çevrilmemiş. Sen hizmetçiyle kocayı birbirlerinden ayrı tutmuşsun aslında Almancasında birleşiyorlar. "Hayalet mektupları"[212] konusunda haklısın. Fakat onlar gerçek, öyle sadece çarşaf giymiyorlar.

---

[207] Boli...: Acısı başıma ve şakaklarıma vuran.

[208] potirajice se: Birbiriyle mücadele etmek.

[209] volne misto: Boş yer

[210] Ndmesti: Yer

[211] Jen: Sadece.

[212] Muhtemelen biraz daha aşağıda geçen "Hayaletler Kitabı"na gönderme de bulunuluyor.

PRAG, EYLÜL 1920

İki saattir koltukta uzanıyorum, senden başka bir şey düşünmüyorum. Yan yana durup yerdeki canlıya baktığımızı unutuyorsun Milena, o canlı benim. Ama bu durumda kendimi izleyen bensem cansız olmam gerekir.

Bu arada sonbahar da bana oyunlar oynuyor, şüphe uyandıracak şekilde bazen sıcak geliyor bazen de üşüyorum ama bunun üzerinde durmuyorum, kötü bir şey olamaz. Aslında sanatoryuma Viyana üzerinden gitmeyi düşündüm, ama ciğerlerim bu yazki durumundan daha da kötü -bu durum gayet normal- sokakta konuşmak bile çok zor gelmeye başladı ve bunun kötü sonuçları var. Bu odadan çıkmayı başarabilirsem mümkün olduğu kadar çabuk kendimi Grimmenstein'daki şezlonga atmak istiyorum. Belki yapacağım seyahat ve bir zamanlar yaşamın gerçek havası olarak gördüğüm Viyana havası bana iyi gelir.

"Winer Wald" daha yakın olabilir ama aralarındaki mesafe farkı çok fazla olamaz. Sanatoryum Leobersdorf'da değil, daha dışında, istasyondan oraya ulaşmak arabayla bir yarım saat daha sürüyor. Yani ben oradan Baden'e kolaylıkla gidebileceksem -tabi ki kuralları çiğneyerek- Grimmenstein'dan Wiener Wald'a da benzer şekilde gidebilirim, muhtemelen bu ne senin için ne de benim için bir fark yaratmaz.

Milena nasıl oluyor da hâlâ benden korkmuyorsun, bıkmıyorsun veya benzer duygular hissetmiyorsun? Samimiyetinin ve gücünün bir sınırı var mı?

Bir Çinli'nin kitabını okuyorum, Hayaletler Kitabı,[213] bundan bahsediyorum çünkü kitap yalnızca ölümden bahsediyor. Ölüm döşeğinde yatan bir adam, ölüme yakın olmanın verdiği rahatlıkla şöyle diyor: "Hayatımı zevke karşı mücadele ederek, onu bitirmek için harcadım." Sonra öğrencilerden biri ağzından ölümden başka bir şey çıkmayan öğretmene hınzırlıkla "Sürekli ölümden bahsediyorsunuz ama henüz ölmediniz" diyor. "Öleceğim tabi, sadece son şarkımı söylüyorum, bazılarının şarkısı uzundur, bazılarının ki ise kısadır ama sonuçta her ikisinin arasında sadece birkaç kelimelik fark vardır."

Bu doğru, ölümcül yaralarıyla sahnede yere yığılmışken arya söyleyen başsoliste gülmek insafsızlıktır. Biz yıllardır yerdeyiz ve hâlâ şarkı söylüyoruz.

Ayna Adam'ı[214] da okudum. O ne muazzam bir yaşam enerjisi öyle. Sadece bir yerinde küçük kusur var ama diğer her tarafı bereketli, kusurlu bölümü bile bereketli. Bir öğleden sonra hemen okudum, bitirdim.

Orada sana sıkıntı veren nedir? Daha önce sana yardım etmek için kendimi hep güçsüz hissederdim ama şimdi gerçekten güçsüzüm. Ve sen sık sık hasta oluyorsun.

---

213 Kitabın adı ve yazarı bilinmiyor.
214 Franz Werfel'in "Ayna Adam" isimli romanı, Münih 1920.

PRAG, 22 EKİM 1920

Milena, Vlasta için yazdığın mektup bana geldi. Belki bir karışıklık, küçük bir şansızlık oldu, besbelli ki bütün her şeyi yaptıktan sonra sana bir de böyle üzüntü vereyim diye. Önce mektubu hemen Vlasta'ya götürmeyi düşündüm ama bu epeyce aptalca olacaktı çünkü o da benim mektubumu aldığını fark edecekti, eğer böyleyse tabi. Her halükârda bunu yapmamam çok mantıklıydı ya da hiç mantıklı değildi çünkü mesele çok karmaşıktı. Her neyse bütün her şey bu kadar kötü değil, sadece suç listeme yeni bir ekleme daha.

Illovy'nin[215] ekteki mektubunu bugün yani cuma günü aldım. Özünde tamamıyla önemsiz ama ilişkimize azıcık da olsa müdahale gibi görülebilir bu, eğer bunu daha önce bilseydim engellerdim. (Illovy abartılı derecede alçakgönüllü, sessiz bir kişidir -geçenlerde *Cerven*'de[216] sağcı partideki Yahudiler'in isimleri sayılırken "Küçük Illovy" diye bahsediliyordu- lisede bazı derslerde sınıf arkadaşım olmuştu. Uzun yıllardır görüşmemiştim, bu ondan aldığım ilk mektup.)

Gideceğim hemen hemen kesinleşti. Öksürük ve nefes darlığı beni buna mecbur ediyor. Muhakkak Viyana'da da kalacağım ve böylece seni görebileceğim.

---

[215] Rudolf Illovy (1881-1943), şair. Ruzenka Jesenská, S.K. Neumann, Josef Reiner ve kendi şiirlerinin de yer aldığı antolojinin yayıncısı.

[216] Sol eğilimli bir gazeteydi.

PRAG, 27 EKİM 1920

Trenlerle ilgili yaptığın planla beni memnun ettin, üzerinde harita çizer gibi çalışıyorum. En azından bir şey kesinleşti. Yine de sanırım önümüzdeki iki hafta gelemeyeceğim, belki daha sonra. Hâlâ ofiste yapmam gereken işler var, bana daha önce çarçabuk, bayıla bayıla cevap yazan sanatoryum, şimdi vejetaryen diyeti konusunda soruma cevap vermiyor. Üstelik bu seyahate bir halk hazırlık yapıyormuş gibi hazırlanıyorum, herkes hazırlanana kadar bir orada bir burada kararsızlık başgösteriyor, birilerine cesaret vermek gerekiyor ama yola çıkılamıyor çünkü bir çocuk ağlıyor. Diğer yandan, yolculuk giderayak korkutuyor beni, dün gece saat 9.45'ten 11'e kadar kesintisiz öksürdüğüm gibi öksürürsem (yıllardan sonra ilk kez saat 9.45 gibi erken bir saatte yattım), sonra uyuyup saat 12'de yatakta oradan oraya dönünce tekrar öksürmeye başlarsam ve bu böyle saat 1'e kadar sürerse bir otelde bana kim katlanır? Geçen yıl sorunsuz olarak yolculuk etmeme rağmen, yataklı trenle gitmenin bu sefer hayalini bile kuramam.

Doğru mu okuyorum? Littya mı? Bu adı bilmiyorum.

Tam olarak bu şekilde değil Milena. Şu anda sana yazan kişi Meran'dan tanıdığın kişi. Bundan sonra tek olduk, artık birbirimizi tanımak için konuşma aşamasını geçtik ve sonra yine ayrıldık.

Bu konu hakkında birkaç şey daha söylemek isterim ama nefesim kesiliyor ve kelimeler boğazıma düğümleniyor.

*

"Belki sen haklısın, belki diğer bazı kişiler daha iyi çevirir bunu", bu cümleyi burada tekrar yazıyorum ki öyle önemsiz bir şeymiş gibi kaybolup gitmesin.

Bu arada, Illovy'un mektubunu cuma günü aldım ve tuhaf bir biçimde pazar günü "Kanun Önünde"[217] yayınlandı.

*

İlanın pazar günü gazetede yayınlanmamasında benim hatam yok, en azından bütün hata benim değil. Bugün çarşamba, geçen hafta salı günü ilan bürosuna vermiştim (bu arada mektubunu bundan bir gün önce almıştım). Eğer ilan bürosu söz verdiği gibi ilanı hemen göndermiş olsaydı perşembe günü Viyana'da olacak ve pazar günü gazetesinde çıkacaktı. Pazartesi de göremeyince neredeyse içim karardı. Bu arada dün bana basın bürosundan gelen, ilanın geç ulaştığını bildiren kartı gösterdiler. Geçen pazar çıkması gerekirken ve muhtemelen bu pazar için de geç kaldığından, gelecek hafta pazar günü basılacak.

---

217 Günlük gazete *Pravo Lidu*'nin Pazar Eki'nde Kafka'nın kısa öyküsü "Kanun Önünde" Rudolf Illyov'in karısı Milena Illova'nın çevirisiyle yayınlanmıştı. Kafka daha önce yazdığı eserlerin Çekçe'ye çeviri hakkını Milena'ya verdiği için burada durumu açıklıyor ve üzüntüsünü belirtiyor.

PRAG, 8 KASIM 1920

Evet, küçük bir gecikme oldu, anlaşılan mektuplarından birisinin kaybolmasından kaynaklanıyor. İlan en sonunda dün yayınlandı. Sen "Çekçe" kelimesinin en üstte, ortada, tek başına yer almasını istiyordun, maalesef bu mümkün olmadı, bunun yerine faal ve öğretmen kelimesi arasına anlamsız bir virgül koymayı tercih ettiler. Bu arada, ilan bürosuna haksızlık etmişim, şimdi oradan geldim, itiraf etmeliyim ki insanları anlamak çok zor.

Orada çalışan kadına şu suçlamaları yönelttim;

1) Bugüne kadar onlara yeterli miktarda ilan vermiş olmama rağmen, bilmediklerini iddia ettikleri gerçek fiyatın çok üzerinde para aldılar ve hesaplamayı doğru dürüst gerektiği gibi yapamadılar.

2) İlanın gecikmesi onların hatasıydı.

3) Sürekli geciktirdikleri, neredeyse unuttukları ilan için son yaptığım ödeme için bana makbuz vermediler.

4) İki hafta önce belirttiğim ilanın en geç 8 Kasım'da yayınlanmasını ve koyu basılması isteğime kulak asmadılar, gerçi o esnada büro çok kalabalıktı.

Bu fikirlerle ilanın basılmadığını, ayrıca makbuzsuz olarak yaptığım ödeme için uzun açıklamalar yapmak zorunda olacağımı, bunun için bana inanmayacaklarını ve beni daha fazla kazıklayacak başka bir büronun kapısını aşındırmak durumunda kalacağımı düşünerek bugün oraya gittim.

Ama tüm bunların yerine: İlan çıktı, evet, hem de hemen hemen istediğim şekilde, ayrıca diğer ilan taleplerimi bildirirken kız bu aşamada başka bir ödeme yapmam gerekmediğini, ilan çıktıktan sonra benimle ilgili hesabı netleştirebileceklerini söyledi. Ne kadar güzel değil mi? İnsan bir müddet daha yaşamaya karar veriyor, en azından öğleden sonrası için, bu meseleyi unutana kadar.

PRAG, KASIM ORTASI 1920

Milena son zamanlarda sana yeterince yazamadığım için bağışla beni, odamın rezervasyonu konusunda biraz üzgündüm (şimdi de rezervasyon yapılmadığı ortaya çıktı). Gerçekten Grimmenstein'a gitmek istiyorum ama önemsiz bazı gecikmeler var, ortalama güce sahip bir kişi (tabii ki böyle kişi zaten Grimmenstein'e gitmek ihtiyacı duymaz) bunları çok daha önceden hallederdi ama ben yapamıyorum. Diğer yandan sanatoryumun belirttiğinin aksine şimdi de yerel belediyeden oturma izni almam gerektiğini öğrendim, muhtemelen bana verilecektir ama tabi ki bunun için önce başvuru yapmam gerekiyor.

Her gün öğleden sonralarını sokaklarda Yahudi düşmanlığıyla debelenerek geçiriyorum.[218] Önceki gün birisinin Yahudileri "pis ırk" olarak adlandırdığını duydum. İnsanın böylesine kendinden nefret edildiği yerden ayrılması doğal değil mi? (Siyonizm veya milliyetçilik duyguları gerekli değil bunun için.) Kalmak gibi bir kahramanlığa kalkışmak, banyoda hiçbir şekilde yok edilemeyen hamamböceklerinin kahramanlığına benziyor.

Şimdi pencereden dışarı baktım: Atlı polisler, süngü takmış jandarmalar, bağırarak etrafa dağılan kalabalık ve burada, yukarıda sürekli olarak koruma altında yaşamanın utanılacak rezilliği.

---

[218] 16-19 Kasım'daki Yahudi karşıtı gösteriler Almanca konuşan Yahudiler ve Yahudi kuruluşlarını hedef almaktaydı (7 Eylül 1920 tarihli mektup).

*

Bu mektup bir süredir bekliyor, öylesine içime kapanmışım ki bir türlü kendime gelip postalayamadım, ayrıca neden yazmadığın konusunda aklıma sadece tek bir neden geliyor.

Oturma izni için başvurumu gönderdim, izin gelirse her şey (oda rezervasyonu ve pasaport) hızlı bir şekilde çözümlenir ve ben de gelirim. Kız kardeşim[219] Viyana'ya kadar bana eşlik etmek istiyor, belki gelir, Viyana'da bir ya da iki gün kalmayı düşünüyor, dört aylık hamile olduğu için çocuğu doğmadan böyle küçük bir seyahate çıkmayı arzu ediyor.

Ehrenstein'ın[220] sana yazdıklarına bakılırsa düşündüğümden de akıllıymış. Bu durum karşısında onunla ilgili izlenimimi seve seve değiştirebilirim ama artık onu göremeyeceğim için bu pek mümkün değil. Sadece çeyrek saat beraber olmamıza rağmen onun yanında kendimi çok rahat hissettim, yabancı gibi değildik, gerçi öyle canciğer de olmadık, okulda sıra arkadaşımın yanında otururken duyulan rahatlık ve yakınlık hissi gibiydi. Ben onun için iyi bir arkadaştım, o benim için vazgeçilmez biriydi, okuldaki tüm zorbalıklara karşı birleşmiştik, onun yanındayken başkalarının yanında farklı davrandığım gibi davranmıyordum, ne dokunaklı bir arkadaşlıktı bu. Ehrenstein ile de benzer şekildeydi, herhangi bir güç alışverişi hissetmedim. Çok güzel açıklıyor, güzel konuşuyor ve çok gayretli ama onun gibi bir konuşmacı her köşe başında mevcut olsaydı, kıyamet gününün gelişini çabuklaştırmadığı gibi bugünü de çekilmez hale getirirdi.

---

[219] Ottla.

[220] Albert Ehrenstein (1886-1950) Kafka'nın okul arkadaşı, şair ve kısa öykü yazarı. 8 Kasım 1920'de Viyanalı eleştirmen Karl Kraus hakkında hazırladığı ve tartışmaya neden olan kitapçıktan bir bölüm okudu.

Tanya'yı[221] biliyor musun, Tanya'yla Rus Ortodoks Papaz arasında geçen konuşmayı? Amacı bu olmasa bile, bu konuşma beceriksiz yardımın en iyi örneğidir. Tanya bu teselli kâbusunun baskısı altında ölür.

Eminim Ehrenstein kendi içinde güçlüdür, geçen gece yüksek sesle okuduğu şey de fevkalade güzeldi (Kraus'la ilgili kitabın bazı bölümleri hariç). Söylediğim gibi çok akıllı ve iyi bir gözlemci. Bu arada Ehrenstein şişman bir yetişkin olmuş -her şekilde iri yarı olmuş (ve büsbütün yakışıklı, nasıl da dikkat etmedin buna) ve kendisinden daha zayıf insanlar hakkında onların zayıf olduklarından başka pek fazla bir şey bilmiyor. Ama eminim ki birçok insan için bu bilgi yeterli, mesela benim için.

*

Dergiler gecikti, sana en kısa zamanda nedenini açıklarım, ama her halükârda gelecekler.

*

Hayır Milena, Viyana'dayken olduğunu zannettiğimiz ortak kaderimiz yok, hiçbir şekilde, o zaman da yoktu: Ben kendimi yukarı doğru çekerek "parmaklığımın üstünden" bakmıştım sonra yaralı ellerimle geriye düşmüştüm. Başka ortak kaderler vardır muhakkak, dünya bunlarla dolu ama ben hâlâ onları bilmiyorum.

---

[221] Ernst Weiss tarafından yazılan tiyatro oyunu, 11 Ekim 19919'da Prag'da ilk kez gösterimi yapıldı ve başrolünde Rahel Zanzara yer aldı.

PRAG, KASIM ORTASI 1920

Bende de aynı şekilde var. Genellikle şöyle düşünüyorum: Sana şunu yazmalıyım, onu da diyorum ama sonra yazamıyorum. Belki Başçavuş Perkins[222] benim elimi tutuyor ve sadece bir dakikalığına bıraktığı zaman hemen gizlice bir kelime yazabiliyorum.

Çevirmek için tam olarak bu paragrafı seçmen benzer zevklerimizin olduğunu gösteriyor. Evet, işkence benim için oldukça önemli, tek işim işkence yapmak ve işkence görmek. Neden mi? Çoğunlukla Perkins'le benzer sebepten, düşünmeden, otomatik ve geleneğe uygun olarak, kısaca lanet ağza lanet kelimeyi söyletebilmek için. Bu durumun saçmalığını bir zamanlar şöyle açıklamıştım (saçmalığı fark etmek hiçbir işe yaramıyor): "Hayvan efendisinin elinden kırbacı alır ve kendisini kırbaçlamaya başlar efendi olmak için ama bunun sadece efendinin kırbacına atılmış bir düğümün yarattığı bir fantezi olduğunun farkında değildir."[223]

Tabii ki işkence etmek onursuzca bir şey. Ne de olsa Büyük İskender Gordion düğümü çözülmeyince ona işkence etmedi.[224]

---

[222] Upton Sinclair'in "Jimmy Higgin" adlı romanında bir karakter, Milena bu romandan bir bölüm çevirerek *Kmen*'de yayınlatmıştı.

[223] Kafka'nın "Düğün Hazırlıkları" öyküsünden.

[224] Zorluğun, imkânsızlığın simgesi olarak bilinir. Yeni bir lider arayışında olan Frigler'e bir kâhin tarafından, şehre öküz arabası ile giren ilk adamı kral ilan etmeleri söylenir. Bu kişi kağnısıyla kente giren yoksul bir köylü Gordios olur. Gordios, kral ilan edildikten sonra öküz arabasını Tanrı Zeus için tapınağa adar. Araba kızılcık dallarından bir düğümle

*

Bu arada orada bir Yahudi geleneği var gibi görünüyor. Bu aralar Yahudiler aleyhine birçok şey yazan *Venkov*[225] geçenlerde Yahudiler'in her şeyi berbat ettiklerini ve yozlaştırdıklarını açıklayan bir başmakale yazdı, hatta! [...][226] Orta Çağ'daki kırbaçlama cezasını bile yozlaştırmışlar. Maalesef bu konuyu detaylı olarak açıklamamış, sadece İngilizce bir kaynaktan alıntı yapılmış. Üniversite kütüphanesine gitmek için kendimi çok "ağır" hissediyorum ama Yahudiler'in çok mesafeli olduklarını düşündüğüm bu (Orta Çağ) konusu ile ilgili alakalarının ne olduğunu bilmek isterdim. Belki senin kültürlü arkadaşlarından bazıları bu konuda bir şeyler biliyordur.

*

Kitapları gönderdim. Beni rahatsız etmediğini, aslında bunun uzun zamandır kısmen de olsa yaptığım en mantıklı şey olduğunu açıkça söyleyebilirim. Ales'in[227] baskısı tükenmiş, Noel'e kadar da bulmak çok zormuş, onun yerine Çehov aldım. Öte yandan, "Babicka"[228] o kadar kötü basılmış ki neredeyse yasaklanmış bir kitap gibi, görseydin herhalde satın almazdın bile. Ama ben alma durumundayım.

---

tapınağa bağlanmıştır ve bu düğümü çözecek kişinin Asya'nın hâkimi olacağı söylentisi ile ünlenir. Büyük İskender, Gordion'a geldiğinde (MÖ 334) düğümü çözmeye çalışır ama başaramaz. Sabrı tükenince öfkeyle kılıcını çekip düğümü keser. İskender, gerçekten de Pers İmparatorluğu'nun fatihi ve Asya'nın hâkimi olma yolundadır. Ancak 33 yaşında ateşli bir hastalıktan zamansızca ölümü, bilgelerce İskender'in Gordion düğümünü çözmek yerine sabırsızca davranmasının cezası olarak yorumlanır.

225 Muhafazakâr Ciftçi Hareketi'nin yayın organı. Kafka, Josef Riha tarafından 3 Ekim1920'de yazılan Yahudi karşıtı bir makaleden bahsediyor.

226 Yaklaşık dört kelime çıkarılmıştır.

227 Mikolas Ales (1853-1913), Çek ressam.

228 Bozena Nemcova'nın ünlü romanı.

Şimdilik sadece kafiyeli imla kılavuzunu çok acil ihtiyacı olduğu için gönderiyorum, öncelikle iyi bir imla kılavuzu ve steno kitabı bulmam gerekiyor.

İlanın neden geciktiğini açıklayan mektubumu aldın mı?

*

Sanatoryum yangınıyla ilgili daha ayrıntılı bilgi veren bir haber okudun mu? Artık Grimmenstein tıklım tıklım olacak ve iyice havalanacaklar. H. beni orada nasıl ziyaret edebilir? Artık, Meran'da olduğunu yazmıştın.

*

Kocanla buluşmamam yönündeki isteğin muhtemelen benimkinden daha güçlü değildir. Zaten kendi kendine karar verip beni ziyaret etmedikçe -doğrusu bunu da yapmaz- görüşmemiz fiilen imkânsız.

*

Seyahatim bir süre daha ertelendi çünkü büroda yapılacak işler var. Gördüğün üzere "yapılacak işler var" yazmaktan utanmıyorum. Tabii ki bunlar başka işler de olabilir, ölüm anlamına gelen uyku gibi ama benim durumum için bu yarı uyku hali. *Venkov* çok haklı, gitmek lazım Milena, gitmek lazım.

PRAG, KASIM 1920

Anlamadığını söylüyorsun Milena. Bunu bir hastalık olarak değerlendirip bu şekilde anlamaya çalış. Psikanalizin keşfettiğini ileri sürdüğü hastalığın birçok belirtisinden bir tanesi. Ben bunu bir hastalık olarak görmüyor ve psikanalizin tedavi bölümünün yetersizliği olarak değerlendiriyorum. Hastalık olduğu iddia edilen tüm bu şeyler, ne kadar iç karartıcı olursa olsun, ıstırap içerisinde olan ruhların herhangi gibi bir şeye bağlanması gibi inançla ilgili meselelerdir. Sonuç olarak psikanaliz de din gibi aynı kökene sahip olduğunu yani bireyin hastalığını temel aldığını savunuyor. Tabii ki bugün dini toplulukların varlığını çoğumuz hissetmiyoruz, birçok mezhep var ve bunlar kişilerle sınırlı ama bunu sadece bugünkü bakış açımızla bu şekilde değerlendiriyoruz.

Diğer yandan, gerçek bir zemin üzerinde kurulan bu bağlar sadece insanların sahip olduğu münferit ve değiştirilebilir bir şey değil, bunlar o insanın varlığında şekilleniyor ve aynı şekilde varlığına da (bedenine de) etki edip, değiştiriyor. Yani bundan mı şifa bekliyorlar?

Benim durumum için üç çember[229] dikkate alınabilir: En içteki A, sonra B ve en son C çemberi. Merkezdeki A çemberi B çemberine neden bu adamın acıya bağımlı olduğunu ve kendisine güvenmediğini, neden vazgeçmesi gerektiğini (bu vazgeçme değil aslında, bunu söylemek çok ağır olur, sadece vazgeçmeye zorunlu olmak) neden yaşa-

[229] Kafka'nın "Düğün Hazırlıkları" öyküsünden.

mayacağını açıklar. (Bu anlamda Diyojen çok hasta değil miydi? Hangimiz Büyük İskender'in göz kamaştıran bakışları en sonunda ona yöneldiğinde mutlu olmazdık ki? Ama Diyojen umutsuzca ondan, sürekli kavuran, insanı çılgına çeviren güneşin kendisine ışık vermesini istedi. Ama fıçı hayaletle doluydu.) C'ye yani yaşayan insana hiçbir şey açıklanmıyor, o B'den emir almak dışında bir şey yapmıyor. C büyük bir baskı altında, korkunç terliyor. (Bu şekilde alnından, yanaklarından, şakaklarından, saç diplerinden kısacası tüm kafatasından terleyen başka birisi var mıdır?) C'nin durumu bu işte. Dolayısıyla C akıldan ziyade korku ile hareket eder, A'nın her şeyi B'ye aktardığına, B'nin de her şeyi anlayıp, doğru şekilde kendine aktardığına güvenir, inanır.

PRAG, KASIM 1920

Samimiyetsiz değilim Milena. (Gerçi el yazımın eskiden daha anlaşılır ve iyi olduğunu düşünüyorum; öyle değil mi?) "Hapishane kurallarının" izin verdiği kadar samimiyim, bu da bir şey, zaten "kurallar" da gittikçe serbestleşiyor. Ama ben "buna" ayak uyduramam, "buna" ayak uydurmam imkânsız. Tanıdığım tüm insanlardan beni ayıran garip bir özelliğim var, özde değil ama seviye olarak. Neticede her ikimiz de Batı Yahudileri'nin bir sürü kendine has özelliklerini biliyoruz, gördüğüm kadarıyla ben onların hepsinden daha fazla Batı Yahudisi'yim. Yani biraz abartılı ifadeyle, bana bir saniyelik huzurlu bir an bile verilmedi, hiçbir şey verilmedi, her şeyi ben kendim tırnaklarımla kazarak elde etmek durumundayım, sadece bugünü ve geleceği değil, belki her insana doğal olarak sunulan geçmişi de kendim çalışarak elde etme zorundayım ve belki de bu en zor olanı, eğer dünya sağa dönse -bunu yaptığından emin değilim- geçmişimi oluşturmam için benim sola dönmem gerekir. Ama tüm bu yükümlülükleri yerine getirecek en ufak bir gücüm bile olmadığı için tüm dünyayı omuzlarımda taşıyamam, zaten paltomu bile zorlukla taşıyorum. Ayrıca bu güçlüksüz durumu ille de yakınılacak bir şey değil, böyle bir işin üstesinden gelmek için kimin gücü yeter ki. Bunu tek başıma kendi gücümle yapmaya kalkışmam delilik olur ve böyle bir şey insanı daha da deliye döndürür. Bu nedenle senin de belirttiğin gibi "buna ayak uydurmak" imkânsız. Öyle kendi başıma aklıma eseni yapamam, istesem de yapamam bile. Sadece sessiz olabilirim, başka bir şey isteyemem, bir şey yapmak da istemiyorum zaten.

*

Bu birisinin her yürüyüşten önce zaten yeterince zor olan saçını yıkamak, taramak vb. şeyleri yapmak yerine o kişinin sürekli olarak yanına alması gereken şeylerde sürekli kusur olması ve bu nedenle her seferinde kıyafetlerindeki söküğü dikmek, çizmelerini temizlemek, şapkasını düzeltmek, bastonunu tıraşlamak zorunda kalması gibi bir şey. Tabi bunların hepsini aynı anda, en iyi şekilde yapmak mümkün değildir, onardıkları birkaç sokak yürümek için idare eder ama birden, mesela Graben'de her şey bir yana dağılır ve elinde paçavralar ve giysilerle çırılçıplak ortada kalırsın ve oradan Altsadter'e koşmak işkence olur artık. Ve sonuçta Eisen Sokağı'nda Yahudi avına çıkmış kızgın kalabalıkla karşı karşıya gelirsin.[230]

Beni yanlış anlama Milena, böyle bir kişi kendinde değildir demek istemiyorum, bunu kastetmiyorum ama Graben'e gittiği o anda mahvolur, kendini de dünyayı da rezil eder.

Son mektubunu pazartesi günü aldım ve hemen aynı gün cevap yazdım.

*

Kocanın Paris'e yerleşmek istediğini duydum, önceki planın içerisinde bu yeni bir fikir mi?

---

[230] Graben, Alstadter Ring, Eisen Sokağı, Prag'daki cadde ve sokakların ismidir. Graben'de birçok restoran ve kafenin bulunduğu bir caddedir. Alstadter Ring, Kafka'nın ailesinin yaşadığı evin bulunduğu caddedir. Eisen ise Yahudi karşıtlığı gösterileri nedeniyle geçici olarak kapatılmış olan sokaktır.

PRAG, KASIM 1920

Bugün iki mektup geldi. Elbette haklısın Milena, sana yazdığım mektuplar yüzünden bana yazdığın cevapları neredeyse açmaya hiç cesaretim yok. Neyse ki mektuplarımda doğrular ve doğruya yakın şeyler var, eğer mektuplarım yalanlarla dolu olsaydı cevapların karşısında ne yapardım? Cevabı basit: Çıldırırdım. Aslında doğruları söylemekle büyük bir iş yapmıyorum, zaten çok önemsiz bir şey bu, sürekli söylenmemesi gerekenleri söylemeye yelteniyorum, açıklanmaması gerekeni açıklamaya, kemiklerimde bulunan ve sadece orada yaşayabilecek olanları anlatmaya çalışıyorum. Doğrusu bu sık sık üzerinde konuşup durduğumuz korkudan başka bir şey değil, ama bu en büyüğünden en küçüğüne her şeye duyulan, her şeyi içine alan bir korku, tek bir kelimenin söylenmesinden kaynaklanan derin bir korku. Öte yandan bu korku belki sıradan bir korku değildir, korkuya neden olan etkenden daha güçlü olan bir şeye duyulan özlemdir.

*

"Alt üst olmasına ben neden oldum", bu tamamıyla çok saçma. Tek suçlu benim, çünkü benimle ilgili çok az gerçek var, gerçekler hâlâ çok az ama yalanlar çok fazla, kendimden ve insanlardan korkumdan dolayı söylenmiş yalanlar. Bu kova kuyuya inmeden önce delikti. Artık birazcık olsun yalan söylememek için çenemi kapalı tutuyorum. Yalan söylemek korkunç bir şey, bundan daha kötü bir ruhsal işkence yoktur. Bu nedenle sana yalvarıyorum:

İzin ver sessiz kalayım, şimdi mektuplarımda, Viyana'da da konuşmalarımda.

Bana "Alt üst olmasına ben neden oldum" diyorsun, ama yazdıklarına göre sadece kendine işkence ettiğini, sokaklar dışında başka bir yerde huzur bulamadığını görüyorum ama diğer yandan ben burada, üzerimde sabahlığım ve terliğimle sıcacık odamda, zaman müsaade ettiği sürece (zamanı izlemek zorundayım) keyifli bir şekilde oturuyorum.

*

Ne zaman yola çıkacağım konusunda oturma iznini alana kadar bir şey diyemiyorum. Üç günden daha uzun bir süre kalmak için yerel makamlardan özel bir izin almak gerekiyor. Geçen hafta bunun için başvurdum.

*

Artık neden dergilere ihtiyacın yok? Onları Capek'in[231] küçük cildi ile birlikte gönderdim...[232]

Kızı nereden tanıyorsun? Bu hastalığa iki akrabam yakalanmıştı, her ikisinde de hastalık çok hafiflemesine rağmen, hiçbir zaman tam iyileşme olmadı. Eğer kız yoksulsa tabi durumu daha da kötü olur (Grimmenstein'da bu tür hastalıklar için özel bir bölüm var).

*

"Alt üst olmasına ben neden oldum" sözüne takıldım yine, bunun aksini düşünmek ne kadar yanlışsa, bu da o kadar yanlış.

---

[231] Çek yazar Karel Capek (1890-1938).
[232] Bundan sonraki 15 kelime çıkarılmıştır.

Bu ne benim hatam ne de bir başkasının. Ben sessizlikteki en sessizim, benim için doğru olan buydu.

*

Bu hikâyeyi senin için kestim. Levine[233] Münih'te kurşuna dizilerek infaz edilmişti, değil mi?

233 Eugen Levine (1883-1919), çok kısa bir ömrü olan Münih Sovyet Cumhuriyeti'nin kurucularındandı. *Milchener Rote Fahne* gazetesinin yayıncılığını yaptı, 5 Haziran 1919'da kurşuna dizildi.

PRAG, KASIM 1920

Bugün perşembe. Aklıma geldikçe içim kararmasına rağmen, aslında salı gününe kadar Grimmenstein'a gitmeye kararlıydım. Seyahatimi sürekli olarak ertelememe de kısmen bunun neden olduğunu fark etmiştim ama bütün her şeyin üstesinden gelebileceğimi düşünüyordum. Salı günü birisi oturma izni için Prag'da beklememe gerek olmadığını söyledi, Viyana'dan da alınabilirmiş. Böylece artık yol açılmıştı. Sonrasında koltukta tüm öğleden sonrayı acı çekerek geçirdim, gece sana bir mektup yazdım ama postalamadım, hâlâ bunun üstesinden gelebileceğime inanıyordum ama uykusuz geçen gece boyunca acıyla debelenip durdum. İçimde mücadele eden iki insan var, birisi gitmek istiyor diğeri gitmeye korkuyor, ikisi de benim parçam, şüphesiz her ikisi de reziller. Ertesi sabah en kötü günlerimde uyandığım gibi uyandım.

Gidecek gücüm yok, daha şimdiden senin karşına çıkma düşüncesine katlanamıyorum, beynimdeki baskıya dayanamıyorum. Mektubunda benimle ilgili büyük ve karşı konulmaz bir hayal kırıklığı vardı, bir de üstüne bu gelecek. Hiçbir umudun olmadığını yazmışsın ama benden tamamıyla kurtulma seçeneğin var.

Sana veya bir başkasına içimde neler olup bittiğini anlatamam. Bunu kendime bile anlatamazken sana nasıl anlatabilirim ki? Ama asıl mesele bu bile değil, asıl mesel şu: Benim yanımda insanca yaşamak mümkün değil, bunu görüyorsun ama hâlâ inanmak istemiyorsun.

PRAG, KASIM 1920

Sarı mektubu hâlâ almadım, alınca hiç açmadan geri göndereceğim.

Birbirimize yazmayı bırakmamız gerektiği fikrinin iyi bir fikir olmadığı ortaya çıksaydı çok büyük hata yapmış olurdum. Ama yanılmamışım Milena. Senin hakkında konuşmak istemiyorum, benimle alakalı olmadığı için değil, tabi ki benimle alakalı, sadece bu konuya girmek istemiyorum.

Bu nedenle sadece kendimden bahsedeceğim: Benim için değerin Milena, yaşadığımız bu dünyanın çok üstünde, sana günlük olarak yazdığım kâğıt parçalarında yazılı değil. Mektuplar bu nitelikleriyle üzüntüye sebep olmaktan başka bir işe yaramıyor, eğer üzüntü de vermiyorlarsa o zaman durum daha da vahim. Gmünd'de geçirilecek bir güne vesile olmak, yanlış anlamalar, utançlar, hiç yok olmayacak utançlara sebep olmak dışında başka bir işe yaramıyorlar. Seni o sokakta ilk gördüğüm gündeki gibi yalın görmek istiyorum ama mektuplar Lerchenfelder Caddesi'nin velvelesi gibi akıl karışıklığına yol açıyorlar.

Ama bu bile belirleyici değil, belirleyici etken her mektupta giderek artan sadece mektupların ötesine geçmek konusundaki yetersizliğim: Sana ve kendime karşı güçsüzüm -senden bin mektup benden bin tane istek gelse de bu konuda ikna olmayacağım- ve aynı şekilde belirleyici (belki güçsüzlüğüm sebebiyle ama burada bütün sebepler karanlığa gömülmüş) olan diğer etken de karşı konulması mümkün olmayan yüksek ses, beni sessizliğe davet eden senin sesin adeta. Şimdi seninle alakalı her şey ele alınmamış durumda oluyor, tabii ki ağırlıklı olarak senin mektuplarında mevcut (belki de sarı mektuptadır ya da daha doğrusu haklı olarak benden mektupları iade etmemi istediğin telgraftadır) çoğunlukla korkudan uzak durduğum ve şeytanın kutsal mekânlardan uzak durduğu gibi benim de uzak durduğum bölümlerde.

*

Garip bir durum, ben de sana telgraf çekmek istiyordum. Kafamda, öğleden sonra yattığım yerde, akşam Belvedere'de[234] sürekli düşünüp taşındım, sadece şunu soracaktım: "Son mektubundaki altı çizili bölümlere açık ve kesin cevap vermeni rica ediyorum". Ama sonuç olarak bunu sormanın sana karşı haksız ve korkunç bir güvensizlik anlamına geldiğini gördüğüm için telgrafı yollamadım.

İşte şimdi kara kara düşünerek, hiçbir şey yapmadan gece 1.30'dan beri bu mektubun başında oturdum, mektuba baktım ve onun içinde seni gördüm. Bazen -rüyamda değil- seni gözümde canlandırıyorum: Saçların yüzünü kapatmış, bir kısmını sağda, bir kısmını solda topluyorum yüzün ortaya çıkıyor, ellerimi alnında, şakaklarında gezdiriyorum ve şimdi yüzünü ellerimin arasında tutuyorum.

PAZARTESİ

Bu mektubu yırtmak, göndermek istemedim, telgrafını cevaplamak istemedim, telgraflar çok farklı anlamlar içerebiliyor ama şimdi hem kartın hem de mektubun geldi, işte bu kart, bu mektup. Onları gördüğüm zaman, konuşmasın diye dilimi kanatana kadar ısırsam da o kadar çok konuş-

---

[234] Kafka sık sık yürümek için Belvedere Parkı'na gidiyordu.

mak istiyor ki. Farkında olmadan sık sık söylediğin gibi huzur istediğini söylerken benim mektuplarıma ihtiyacın olduğuna nasıl inanabilirim? Bu mektuplar sadece düş kırıklığı, tedavi edilemeyecek dertler nedeniyle yazılıyorlar ama tedavisi mümkün olmayan dertlere sebep oluyorlar. Ayrıca giderek daha fazla dert yaratıyor, bu kış gününde mektuplarımın ne faydası olacak ki? Yaşamak için sessiz ve hareketsiz olmak gerekiyor, burada da orada da. Biraz üzüntü varmış, olsun ne çıkar ki? Daha derin, bir çocuk gibi uyumanı sağlar. Ama dert uyurken de, uyanıkken de vücudu ikiye bölen saban gibidir ve katlanılması mümkün değildir.

Kenar notu: Sanatoryuma gidersem tabi ki sana bunu yazarım.

PRAG, MART 1922

Size[235] yazmayalı çok uzun zaman oldu Bayan Milena ve bugün size bir tesadüf sonucu yazıyorum. Aslında yazmadığım için özür dilemek zorunda değilim, neticede mektup yazmaktan ne kadar nefret ettiğimi bilirsiniz. Şikâyet etmek amacıyla değil sadece genel bir gözlemimi aktarmak için söylüyorum, hayatımdaki bütün dertler mektuplardan ya da mektup yazma ihtimalinden kaynaklanmıştır diyebilirim. İnsanlar bugüne kadar beni hiç yanıltmadılar ama mektuplar hep yanılttılar, işin ilginci başkalarının yazdığı değil kendi yazdıklarım. Benim durumumla alakalı, bana mahsus bir sıkıntı bu, daha fazla üzerinde durmak istemiyorum bunun ama aslında genel bir şey. Sadece teorik bakış açısıyla değerlendirirsek, mektup yazabilmenin basitliği dünyadaki ruhları yıkıntı ve enkaz haline getirmiş olmalı. Mektup yazmak aslında hayaletlerle ilişki kurmaktır, bu hayaletler her bir mektubun hatta bütün mektupların içine sızan ve her birinin diğerine şahit olarak destek verdiği tabii ki sadece mektup yazılanın değil yazanın da hayaletidir. İnsanlar nereden birbirleriyle mektupla iletişim kurabilecekleri fikrine kapıldılar! Uzaktaki bir insanı düşünebilir, yakındaki insana elimizle temas edebiliriz, bunun dışındaki her şey insan gücünün ötesindedir. Öte yandan, mektup yazmak açgözlü bir şekilde bekleyen hayaletlere kendini teslim etmek demektir. Mektupla gönderilen öpücükler iletildiği kişiye asla ulaşmaz, yol boyunca hayaletler

---

235 Kafka burada ilk mektuplarında yaptığı gibi Milena'ya karşı "sen" yerine "siz" kullanarak yazıyor.

tarafından tümüyle içilirler. Bu besleyici gıda onların katlanarak çoğalmasını sağlar. İnsanlar hayaletlerin gücünü yok etmek ve doğal bir ilişki sağlamak, ruhları huzura kavuşturmak için trenleri, arabaları, uçakları yaptılar ama hiçbir faydası olmadı, tüm bunların kaza yapmak için yapıldıkları aşikâr. Karşı taraf daha sakin ve güçlü, posta sisteminden sonra hayaletler telgrafı, telefonu, telsizi icat ettiler. Onlar açlıktan ölmeyecekler ama biz çürüyüp yok olacağız.

Bununla ilgili henüz bir şey yazmamanıza şaşırıyorum, bunu yayınlayarak bir şeyi engellemek veya başarmak için değil, bunun için artık çok geç ama en azından "onlara" karşı karşıya oldukları şeyi göstermiş olurdunuz.

Arada sırada bazı istisnalar da yapabilirler, bazen bir mektubun hiç dokunulmadan geçmesine izin verirler ve bu mektup bir çeşit aydınlık, bir dostun sevecen eli gibi size ulaşır. Ama muhtemelen bu sadece tuzaktır, bu tuzaklar belki de en tehlikeli olanıdır ve diğerlerine oranla bunlardan daha fazla sakınmak gerekir. Zaten bu bir tuzak ise, kusursuz hazırlanmış bir tuzaktır.

Bugün benzer bir durumla karşılaştım ve bu nedenle size yazmak aklıma geldi. Sizin de tanıdığınız bir arkadaştan mektup aldım, onunla uzun süredir yazışmıyorduk ki mantıklı olanı da buydu zaten. Yukarıda belirttiklerimin sonucu olarak mektupların uykuyu engelleyen muazzam bir ilaç olduğunu söyleyebilirim. Nasıl görünürlerse görünsünler hiç önemli değil, yavan, yararsız ve kışkırtıcıdırlar, kısa süren bir mutluluğun ardından acı vermeye başlarlar. İnsan kendini kaybederek onları okumaya başlayınca, zaten az olan uykusu pencereden çıkar gider, uzun süre de geri dönmez. İşte bu nedenle arkadaşımla yazışmıyoruz. Ama aradan çok uzun zaman geçse bile o aklımda, nadiren de olsa onu düşünüyorum. Ama dün gece onu çok düşündüm, saatlerce, yatakta uzanıp bana düşmanlıklarından dolayı çok kıymetli bulduğum gece saatlerini, bir dönem benim içim çok önemli olan kelimeleri, ona yazdığım hayali mektupta sürekli tekrar edip durarak geçirdim. Ve bu sabah gerçekten de ondan bir mektup geldi, üstelik mektupta bir aydır, daha doğrusu bir ay önce gelip beni görmesi gerektiğine dair bir hisse kapıldığını belirten bir ifade de vardı ki garip bir tesadüfle bu benim hissettiklerime çok benzer bir ifadeydi.

Bu mektubun gelmesi benim bir mektup yazmam için vesile oldu ve yazmaya başladıktan sonra nasıl olur da size de yazmazdım Bayan Milena, neticede muhtemelen yazmaktan en fazla zevk aldığım kişi sizdiniz. (Tabi masamın etrafında açgözlülükle bekleyen hayaletler olunca insan mektup yazmaktan ne kadar zevk alabilir ki?)

*

Uzun zamandır gazetelerde, birkaç istisna haricinde, özellikle ilkbaharla ilgili yazı[236] gibi neşeli ve huzurlu görünen moda yazılarınız dışında sizin yazdığınız yazıları göremedim. Doğrusu *Tribuna*'yı üç haftadır okumadım (okuyamadığım nüshaları bulmaya çalışacağım) Spindelmuhle'deydim.[237]

---

[236] Milena'nın 4 Şubat 1922'de *Tribuna*'da yayınlanan "İlkbahar Şapkaları: Viyana'dan Bir Mektup" başlıklı yazısı.

[237] Kafka 27 Ocak'tan 17 Şubat'a kadar tedavi için Spindelmuhle'de kaldı.

PRAG, EYLÜL 1922

Sevgili Bayan Milena,

İtiraf etmeliyim ki çok sevildiği, el üstünde tutulduğu, akıl ve güçle korunduğu ve huzur içerisinde çiçeklerin arasına uzanmış olduğu için bir zamanlar birisini çok kıskanmıştım.

Sürekli olmasa da sık sık okuduğum *Tribuna*'dan anladığım kadarıyla iyi bir yaz geçirmişsiniz. Bir keresinde Plana İstasyonu'nda yaz tatilinde dönen iki kadın, birbirleriyle konuşuyorlardı, sırtı bana dönük olanın elinde *Tribuna* vardı, kız kardeşim benim okumam için dergiyi istedi. Eğer yanlış hatırlamıyorsam Alman kaplıcalarını eleştiren komik bir yazınız vardı. Demiryoluyla gidilebilen uzak yerlerde geçirilen yaz tatiliyle ilgili yazdığınız yazı da güzeldi, yoksa bu ikisi aynı yazı mıydı? Sanmıyorum. Her zaman olduğu gibi *Nàrodni Listy*'de yazdığınız Yahudi moda okulunun fersah fersah ilerisindeki pencere estetiği hakkındaki yazınız olağanüstüydü. Sonrasında aşçılarla ilgili o makalenin[238] çevirisini yaptınız, neden? Teyzeniz gerçekten de ilginç biri: Bir bakıyorsunuz mektuplara düzgün şekilde nasıl damga basılması gerektiğini yazıyor, bir bakıyorsunuz pencereden sokağa nesneler atılmaması gerektiğini, hepsi de tartışmasız doğru şeyler ama boşa kürek çekmekten başka bir işe yaramaz. Ama dikkatli incelendiği zaman bazen dokunaklı, hoş şeyler de yazdığı oluyor ama Almanlardan bu kadar fazla nefret etmesin,[239] zira Almanlar mükemmeldir ve hep böyle

---

[238] Paul Wiergler'in Milena tarafından çevrilen "Aşçılar" isimli makalesi.

[239] Ruzena Jesenská önceki yıllarda Almanlar hakkında sert eleştiriler yapmıştı: "Almanlar'ın Slavlar'a ve Fransa'ya karşı düşmanlıkları kıskançlık, her yere hükmetme hırsı egoist yapılarında olan sonsuz istekle-

olacaklardır. Eichendorf'un[240] "Ey Uzak Vadiler, Ey Tepeler!" şiirini biliyor musunuz, ya da Justinus Kerner'in[241] testereyle ilgili "Bıçkı" şiirini? Bilmiyorsanız bir ara size gönderirim.

Plana'yla ilgili olarak söylenmesi gereken bazı şeyler vardı ama zaten üstünden çok zaman geçti. Benim dışımda başka bir çocuğu daha olmasına rağmen Ottla bana karşı çok sevecendi. En azından orada iyiydi ciğerlerim. Geleli on dört gün olmasına rağmen burada henüz hiç doktora gitmedim. Ama dışarıda bir saat, belki daha da fazla odun kesebildiğime -tapılası kendini beğenmişlik- ve bunu yaparken yorulmadığıma hatta o anda kendimi canlı hissettiğime göre çok da kötü olamam herhalde. Sıra diğer şeylere, uyku ve onun eşi uyanmaya gelince durum bazen daha kötüydü. Ya sizin ciğeriniz, o gururlu, güçlü, acı çeken, etkilenmez varlık nasıl?

*

Arkadaşınız Mareš'ten[242] ekteki hoş mektubu şimdi aldım. Sadece sokakta görüşüp merhabalaştığımızdan dolayı, birkaç ay önce yine sokakta, bir anlık samimiyet neticesinde bana kitaplarını göndermek istediğini söyledi, çok etkilendim ve memnun olacağımı belirttim. Ertesi gün çok güzel bir notla şiir kitabı geldi: "Eski dostuma." Birkaç gün sonra bir posta faturasıyla birlikte ikinci bir kitap daha

---

rinden kaynaklanmaktadır. Korkunç savaş işte bu nedenle çıktı" (*Narodni Listy*, 30 Ocak 1921). Ruzenka'nın benzer eleştirileri Kafka'yı farklı bakış açısına sahip olan Eichendorff ve Kerner gibi şairlerden bahsetmesine neden olmuştur. Bu iki şairin yanı sıra Matthias Claudius ve Johann Peter Hebel, Kafka'nın beğendiği Alman halkçı şairlerdi.

240 Şair Joseph von Eichendorff (1788-1857), 1810'da yazdığı "Veda" başlıklı şiiri.

241 Alman fizikçi, şair Justinus Andreas Christian Kerner (1786-1862), 1830'da yazdığı "Bıçkıhanedeki Gezgin" şiiri.

242 Josef Michal Mareš (1893-1971).

geldi. Ben de işin kolayına kaçıp ne teşekkür ettim ne de fatura bedelini ödedim (bu arada ikinci kitap Policejni Štára[243] çok iyi, ister misiniz?) ve şimdi de reddedemeyeceğim bu davetiye geldi, faturanın üstüne ufak bir not yazarak parayı göndereceğim, umarım bu paranın iki mislini geri göndermek için onu etkilersiniz.

Resimde bir erkek kedi mi? Bu neden gerekli? Kafada bir tane çatlak yeterli.

---

243 "Polis Baskını", Prag 1922.

PRAG, OCAK-ŞUBAT 1923

Sevgili Bayan Milena, insanın arkasını sağlama almasıyla ilgili konulardan bahsetmemek daha iyi, savaş zamanlarında ihanetten bahsedilmemesi gibi. Bunlar insanın tam olarak kavrayamayacağı en fazla ancak tahminde bulunabilecekleri, bir "ulusa" bağlılığını azaltan şeylerdir. Uluslar olmadan savaş gerçekleşmeyeceği için insanlar olaylara etki edebilir. Ama gerçekte bu tür şeyler sadece yüksek otoritelerin bitmez tükenmez hiyerarşik katmanlarında karara bağlanır. İnsan sözleriyle olayları etkiyebilse bile bu durum sadece zarar verir çünkü bu tür sözler kifayetsizdir, uykuda sayıklar gibi kontrolsüzce ağızdan çıkmıştır ve etrafta bunları dinleyen birçok casus bulunmaktadır. Bu çerçevede yapılması gereken şey kışkırtmalara karşı sakin, soğukkanlı kalmaktır. Ve burada yapılan her şey kışkırtma amaçlıdır, o uzun kanalın yanındaki, üzerinde oturduğunuz çimenler bile. (Bu arada çimenlerin üzerinde oturmak tamamıyla sorumsuzca bir davranış, özellikle odam sıcak olmasına, yatağımın içinde iki battaniye, bir sıcak su termoforu ve yorganla yatmama rağmen üşüttüğümü düşündüğüm bir dönemde.) Neticede, insan sadece dış görünüşün dünyayı nasıl etkilediği konusunda fikir sahibi olabilir ve bu anlamda, hastalığım nedeniyle, kulağa korkunç gelen sizin yürüyüşlerinize karşı avantajlı durumdayım. Çünkü eğer hastalığım hakkında bu şekilde konuşursam kimse bana inanmaz, aslında bu da şakadan başka bir şey değil zaten.

Çok yakında "Donadieu"yu[244] okumaya başlayacağım ama belki okumadan önce size göndermeliyiyim, bu kitaba olan ilginizi biliyorum, kitaptan mahrum kalmanız durumunda kin tutabileceğinizi de. Mesela ben bazı insanlara karşı önyargılıydım çünkü elimde kanıt olmamasına rağmen her birinin elinde "Pastırma Yazı"nın[245] bulunduğunu düşünüyordum. Oskar Baum'un oğlu kitaplarını yanına almadığı için, özellikle çok sevdiği ve yetmiş beş kez okuduğu Kipling'in "Stalky&Co"[246] isimli kitabı için Frankfurt yakınındaki açık hava okulundan[247] eve koşarak gelmişti. Yani tüm bunlar "Donadieu" için de geçerliyse onu gönderebilirim size ama yine bu kitabı okumayı çok istiyorum.

Yazı dizileri eğer bende olsaydı muhtemelen moda yazılarını okumazdım. (Geçen pazar neden yayınlanmadı?) Yayınlanma tarihlerini bildirirseniz beni çok memnun edersiniz. Şu an biraz ağrım var, dışarı çıktığım zaman "Şeytan"ı[248] alacağım.

George Kaiser'i[249] okumadım, bugüne kadar sahnede herhangi bir oyununu izlemememe rağmen okumayı da düşünmüyorum. İki yıl önceki yargı süreci beni çok etkiledi, haberleri Tatra'dan okumuştum, o müthiş savunmasında özellikle başkalarından aşırmanın en doğal hakkı olduğunu iddia etmiş, yaptıkları nedeniyle Alman tarihindeki yerini Luther'le kıyaslamış ve eğer suçlu bulunursa Almanya'da bayrakların yarıya indirilmesini istemişti. Bu-

---

244 "Marie Donadieu", Fransız romancı Charles Louis Philippe'nin (1874-1909) romanı.

245 Adalbert Stifter'in (1805-1865) romanı.

246 Rudyard Kipling'in (1865-1936) romanı.

247 İkinci Dünya Savaşı esnasında yaygın verem hastalığından çocukları temiz hava almalarını sağlayarak korumak amacıyla yapılmış, açık havada eğitim veren okullar.

248 Milena'nın "Yuvadaki Şeytan" başlıklı yazısı.

249 Milena, *Tribuna*'da 3 Mart 1921 tarihinde yayınlanan dram yazarı George Kaiser'in (1879-1945) yargılanması üzerine bir yazı yazmıştı.

rada, yatağımın kenarında bana ağırlıklı olarak en büyük çocuğundan (üç çocuğu var) bahsetmişti, on yaşında bir oğlan, okula gitmesine izin vermiyor, kendisi de eğitmiyor, dolayısıyla çocuk hâlâ okuma yazma bilmiyor. Öte yandan, çocuğun çizimi çok iyi, bütün günü orman ve göl kenarında gezinerek geçiriyor (Berlin yakınlarında Grünhade'de ücra bir yerde kır evinde oturuyorlar). Yanımdan ayrılırken Kaiser'e "Ne olursa olsun yaptığınız önemli bir şey" dedim, "Yapılması gereken tek şey, geri kalan her şey tamamıyla önemsiz" şeklinde cevap verdi. Yarı deli, yarı Berlin tüccarı, kayıtsız, gamsız birini karşında görmek tuhaf ve pek de hoş değil. Kısmen yıpranmış gözükse de bu olay onu pek sarsmışa benzemiyordu, onu yıpratanın tropikal iklimde başka bir şey olmadığı söyleniyor. (Gençken Güney Amerika'da çalışmış, hastalanıp geri dönmüş, sekiz yıl bir kanepede hiçbir şey yapamadan yatmış, sonra bir sanatoryumda kendini toparlamış.) Yüzünde de tezat var: Düz bir surat, şaşılacak şekilde boş bakan açık mavi gözler, yüzünün diğer bazı bölümleri gibi bu gözler de sürekli yerinde oynuyor, öte yandan yüzündeki diğer bazı bölümler ise felçli gibi tamamıyla hareketsiz. Diğer yandan, Max'ın onunla ilgili düşüncesi tamamıyla farklı, onu neşe kaynağı olarak görüyor ve muhtemelen onun isteğiyle beni görmeye geldi. Ve böylece tüm mektup onunla doldu, yazmak istediğim başka şeyler vardı. Artık bir dahaki sefere.

PRAG, OCAK-ŞUBAT 1923

Sevgili Bayan Milena, "Şeytan"ı okudum, hayranlık verici, ders vermesinden, bir keşifte bulunmasından dolayı değil ama inanılmaz derecede korkusuz bir kişinin varlığı nedeniyle hayranlık verici ki daha da inanılmaz olan, son cümleden de anlaşıldığı üzere, bu kişinin korkusuzluk dışında da başka özellikleri olmasına rağmen her koşulda cesaretini koruması. Bu karşılaştırmayı yapmaktan haz duymuyorum ama zorunluluktan dolayı yapmak durumundayım. Burada okura sunulanların içeriği evli bir çift ya da evlilikten doğan bir çocuğa [...][250] benziyor: Yahudi toplumu kendi kendini yok etmek üzereyken bir meleğin kudretli elleri onları tutar (dünyada evliliğin yaygınlaşması nedeniyle meleğe pek ihtiyaç duyulmadığı için melek artık belirgin bir şekilde ortada görünmüyor, ama insan gözünün görebileceğinden çok daha büyük olduğu için zaten önceden de onu görmek mümkün değildi), bu Yahudi topluluğu çok seven güçlü elli melek, yok olmasını engellemek için bu toplulukla evlenir. Ve bu evlilikten doğan çocuk orada durup etrafına bakarken ilk gördüğü şey, çocuğun doğumundan önce mevcut olmayan korkunç bir siluet, ocaktaki şeytan olur. Çocuğun ailesi de şeytanla daha önce karşılaşmamıştır. Genel itibariyle, sonu gelmiş olan-neredeyse mutlu sonları yazacaktım -Yahudiler de bu şeytanı tanımıyordu, artık şeytanî şeyleri ayırt edemiyorlardı, tüm dünya şeytanın eseri, her şey şeytanın işiydi onlar için,

[250] Yaklaşık üç kelime karalanmış.

peki ya melek neydi? Eğer bir melek kötü yola düşmediyse şeytanla ortak ne işi olabilirdi? Ama diğer yandan çocuk ocakta duran şeytanı net bir şekilde görüyordu. Bu aşamadan sonra çocuk üzerinde, şeytandan nasıl kaçılacağına dair aile içerisinde fikir çatışması başlar. Melek tekrar tekrar Yahudiliği yükseklere, kendilerini şeytana karşı savunabilecekleri yere taşır ama Yahudilik sürekli aşağı düşer ve melek Yahudiliğin tamamıyla yok olmasını istemiyorsa onlarla birlikte aşağı inmek zorundadır. Ve ikisini de suçlamak gereksizdir, ikisi de oldukları gibidir, biri Yahudi, diğeri melek. Derken ikincisi sahibi olduğu büyük mirası unutmaya başlar, birincisi de kendisini güvende hissederek mağrurlaşır. Yahudiler meleğin sözlerini fırsatını buldukça çarpıtmalarına rağmen, aralarındaki sonu gelmeyen konuşmanın içeriği şöyle özetlenebilir:

Yahudilik: "Bu dünyada hesabı sorulacak bir şey varsa o da manevi meselelerde hesap ve değerlerdir."

Melek: "Eğer iki insanın birbirleriyle evlenmesi imkânsızsa bu evlenmeleri için iyi bir nedendir."

Yahudilik: "Tamam, işte o zaman hesap".

Melek: "Hesap mı"?

Ya da

Yahudilik: "Kalbinin içinde bulunanlar yanıltıcıdır ama bir insanı görerek tanırsın."

Melek: "Ama neden insanlar yemek yandığı zaman birbirlerine bağırmayacakları gibi şeyler için söz vermezler?"

Yahudilik: "İnsanların görünüşte de yalan söylemeleri gerek diyorsun. Ama buna gerek yok, bunu zaten becerebilseydi çok uzun zaman önce yapardı zaten.

Ya da

Yahudilik: "Kesinlikle haklısın: Neden birbirlerine konuşmama hakkı, yalnız kalma hakkı, yaşam alanı tanımıyorlar?"

Melek: "Ben böyle mi söyledim? Kesinlikle ben bunu söylemedim, söylediğim her şeye ters düşecek bir şey bu.

Ya da

Melek: "Ya kaderine razı ol... alçakgönüllü bir şekilde... ya da kaderini kendin belirle"

Yahudi: "Kaderini kendi belirlemek inanç ister."

Aman Tanrım, en sonunda, nihayet melek Yahudiliği geriye iter ve kendisini kurtarır.

Özellikle yıldırım hızındaki düşüncelerinizin gayet iyi aktarıldığı, insanı derinden etkileyen, harika, ilham verici bir yazı. Etkilenmemiş olanlar -muhtemelen insanların çoğunluğu bu durumda- susup, başını öne eğer, etkilenmiş olanlar ise rüyalarının içinde bir kez daha boylu boyunca uzanırlar. Ve rüyalarında kendi kendilerine şöyle derler: Bu istekler ne kadar sıradan olurlarsa olsun, yeterince sıradan değillerdir. Mutsuz evlilikler yoktur, yanlış evlilikler vardır, çünkü bu evlilikler beceriksiz insanlar tarafından yapılmıştır, bu insanlar yeterince olgunlaşmamış, hasattan önce tarladan atılması gereken insanlardır. Bu insanları evlenmeye yönlendirmek, birinci sınıf öğrencisine cebir öğretmek gibidir. Daha üst bir sınıfta cebir bir kere biri öğrenmekten daha kolaydır, aslında bir kere biri öğrenmek gibidir ama birinci sınıfta bunu öğrenmek imkânsızdır ve bunu öğretmeye kalkmak çocukların dünyasını, belki başka dünyaları da alt üst eder. Görünüşe göre burada Yahudilik konuşmaya başladı, çenesini kapatsa iyi olur.

*

Derken mektubunuz geldi. Bugünler yazıyor olmam biraz tuhaf. Bana karşı sabırlı olmalısınız, zaten ne zaman sabırlı değildiniz ki? Yıllardır hiç kimseyle yazışmadım, ölü gibiydim, hiç kimseyle iletişim kurma ihtiyacını hissetmedim. Sanki bu dünyaya ait değil gibiydim, başka bir dünyaya da ait değildim, sanki bir kenarda yıllarca benden istenen her şeyi yapmış ama gerçekte çağrılıp çağrılamayacağımı öğrenmek için dinliyordum, ta ki hastalık beni yan odadan çağırana ve ben koşarak gidip her geçen gün hastalığa teslim olana kadar. Ama oda çok karanlık ve çağıranın gerçekten hastalık olup olmadığını anlamak da çok zor.

Ne olursa olsun düşünmek ve yazmak bana çok zor geliyor artık, bazen yazmaya başladığım zaman elim kâğıdın üzerinde öylece duruyor, hatta şimdi de aynı şey oluyor, düşünme konusuna değinmeyeceğim bile (yıldırım hızındaki düşünceleriniz sık sık beni şaşırtıyor, bir avuç cümle toplanıyor ve yıldırım çarpıyor). Yine de bana karşı sabırlı olmalısınız, bu tomurcuk yavaşça açmaktadır, bu gerçekten tomurcuk çünkü kapalı şeyler tomurcuk olarak adlandırılır.

"Donadieu"yu okumaya başladım, gerçi çok az bir bölümünü okudum, henüz havasına giremedim, ayrıca, yazarın az sayıda okuduğum eserleri bana bir anlam ifade etmemişti. Sadeliğini övüyorlar ama sadelik Almanlar'a özgüdür. Yaşlı adam hoş ama şöyle bir bakıp geçmemi engelleyecek kadar ilgi çekici değil. Şu ana kadar okuduğum kısımdaki en iyi bölüm (hâlâ Lyon'dayım) bana göre Fransa'nın belirgin özelliği, Philip'in başarısı değil, başarısız bir Flaubert[251] özentisi, mesela sokağın köşesinde aniden ya-

---

[251] Gustave Flaubert (1821-1880), Fransız romancı ve gerçekçilik akımını başlatan yazar.

şanan sevinç (belki o paragrafı hatırlarsınız). Çevirisini sanki iki farklı çevirmen yapmış gibi, bazen çok güzel ama çoğunlukla anlaşılması çok zor (Wolff yeni bir çevirisini yayınlayacak). Ama yine de okumak hoşuma gidiyor, iyi bir okuyucuyum ama yavaş okumaya başladım. Tabii ki zayıf noktam olan kızların yanında utangaçlığım nedeniyle, yazarın da kızlara yaklaşmaya cesaret edemeyeceğini düşünerek onun romandaki kızlarının gerçekten var olduğuna inanmıyorum. Sanki yazar, okurun dikkatini tamamıyla farklı bir yere, tamamıyla farklı bir kişi olan gerçek Donadieu'dan başka yere çekmek için bir kukla yaratmış ve adını Donadieu koymuş. Ve tüm bu sevimliliklerine rağmen bu kızlık çağı yılları çok yapmacık geliyor, sanki burada anlatılanlar gerçekte yaşanmamış, sonradan türetilmiş ve bunlara müzik kurallarına göre üretilmiş bir giriş müziği eklenmiş ve gerçeğe uyarlanmış gibi. Bazı kitaplarda bu duygu kaybolmaz, kitabın sonuna kadar sürer gider.

"Büyük Yolda"yı[252] bilmiyorum. Ama Çehov'u çok severim, bazen tamamıyla şuursuzca. "Will'in Yeri"ni[253] ya da Stevenson'un herhangi başka bir eserini bilmiyorum, sadece sizini sevdiğiniz bir yazar olduğunu biliyorum.

Franzi'yi[254] size göndereceğim. Bir-iki ufak tefek yer haricinde hiç hoşunuza gitmeyeceğinden eminim. Bu durumu benim teorim olan yaşayan yazarların kitaplarıyla yaşayan bağ kurmalarıyla açıklayabiliriz. Tüm benlikleriyle eserleri için veya onlara karşı mücadele ederler. Kitabın asıl ve bağımsız hayatı yazar ölene kadar, hatta daha da doğrusu yazar öldükten bir müddet sonrasına kadar başlamaz, çünkü bu gayretli insanlar öldükten sonra bir süre daha kitapları için mücadeleyi sürdürürler. Ama bu aşa-

---

252 Anton Pavloviç Çehov'un romanı (1884).

253 İskoçyalı yazar, şair Robert Louis Stevenson'un (1850-1894) öyküsü. Stevenson "Define Adası"nın da yazarıdır.

254 Max Brod, "Franzi", Münih 1922.

madan sonra kitap yalnız kalır ve kendi kalp atışlarının gücüyle ayakta durmak zorundadır. Bu nedenle, mesela, Meyerbeer'in[255] her bir operasına duyduğu güven derecesine göre onlara farklı miktarlarda miras bırakarak operalarının kalp atışlarına destek olması çok mantıklıydı. Bu konu hakkında (çok önemli olmasa da) daha birçok şey söylenebilir. Bu durum Franzi'ye uyarlandığı zaman şu anlam ortaya çıkar: Yaşayan yazarın kitabı evinin en sonundaki oda olan yatak odası gibidir, öpüşmek istediği zaman öpüşebileceği ama başka durumlar için çekilmez bir yerdir. Ben kitaptan hoşlandığımı söylesem ya da siz tersini söylediğinizde -belki böyle düşünmezsiniz- bile kitap hakkında bir karar varmış olmayız.

*

Bugün Donadieu'yu biraz daha okudum ama beni pek fazla çekmiyor içine. (Bu açıklamayı da anlaşılır bir şekilde yazamayacağım çünkü kız kardeşim yandaki odada aşçı ile konuşuyor, küçük bir öksürmeyle onların konuşmasını bölebilirim ama bunu yapmak istemiyorum, zira birkaç gündür bizde çalışmaya başlayan, on dokuz yaşındaki oldukça güçlü bu kız, herhangi bir neden belirtmeksizin dünyadaki en mutsuz varlık olduğunu iddia ediyor, sadece mutsuz olduğu için mutsuz ve babamın hep söylediği gibi "en sevdiği şey hizmetçilerle oturmak olan" kız kardeşimin tesellisine ihtiyaç duyuyor.) Kitapla ilgili genel olarak ne söylersem söyleyeyim haksızlık etmiş olurum, çünkü bütün itirazlar kökten geliyor ama kitabın kökünü kast etmiyorum. Dün -neden hep bu tür şeyler dün olur önceki veya ondan önceki gün cinayet işlemiş birisi olmaz- cinayet işlemiş birisinin midesi bugün cinayet haberlerini okumayı kaldırmaz. Onun için her şey acıyla, ıstırapla, kasvetle ve fesatla dolu-

---

[255] Giacomo Meyerbeer (1791-1864), Alman opera bestecisi.

dur. Kitabın ciddiyetinin önemsizliği, taraflı objektifliği ve hayranlık yaratan alaycılığı -hiçbirisinin üzerinde durmak istemiyorum. Rafael, Donadieu'yu baştan çıkardığı zaman, şüphesiz ki bu kız için çok önemli ama o anda yazarın öğrenci odasındaki işi ne? Ayrıca bir dördüncü kişi yani okuyucu da var, dolayısıyla bir anda küçücük oda bir tıp veya psikoloji fakültesinin konferans salonuna dönüşüveriyor. Öte yandan, kitapta düş kırıklığı dışında bir şey yok.

Hâlâ yazınız sık sık gözümün önüne geliyor. Tuhaf bir şekilde -yapay konuşmaları gerçeğe dönüştürmek için: Yahudilik! Yahudilik!- yalnız olmanın getirdiği çaresizlikten kaynaklanmayan, son derece bilinçli evlilikler yapılabileceğine inanıyorum ve melek de sanırım bu şekilde düşünüyor. Çaresizlik sonucunda evlenenlerin eline ne geçiyor? Bir kişinin yalnızlığı başka birisine aktarıldığı zaman ortaya bir yuva değil katorga[256] çıkar. En karanlık gecelerde bile birinin yalnızlığı diğerine yansır. Ayrıca yalnızlığı bir tür sigorta olarak kullanırsanız, yalnızlık daha kötü bir hal alır (narin, bilinçsiz genç kız yalnızlığından söz etmiyorum). Açık ve kesin bir tanımlama yapmak gerekirse evlenmek kararlı olmak demektir.

*

Böyle olmasını beklemiyordum ama şu anda başıma gelen en kötü şey, bu mektupları, bu önemli mektupları bile artık yazamıyor olmam. Mektup yazmanın kötü büyüsü etkisini göstermeye başladı ve zaten mahvolmuş olan gecelerimi tümüyle yok ediyor. Bırakmak zorundayım, daha fazla yazamıyorum artık. Ah, sizin uykusuzluğunuz benimkinden çok farklı. Lütfen artık yazmayalım.

---

[256] SSCB döneminde, mahkûmların insan gücünün sınırlarını aşacak şekilde, sürgün edildikleri Sibirya'nın zor kış koşullarında, ağır işlerde çalıştırılması, bir tür kölelik sistemi.

DOBRICHOVICE'DEN[257]
9.5.1923'TE POSTALANMIŞ BİR KART

Bayan Milena Pollak,
Viyana VII, Lerchenfelder Caddesi 113/5

İyi dilekleriniz için çok teşekkür ederim. Bana gelince: Buraya birkaç günlüğüne geldim, Prag'da pek iyi değildim. Ama yine de bu bir seyahat sayılmaz, sadece biçimsiz kanatlarımı birazcık açmaya çalışıyorum.

K.

257 Prag'a 25 km. mesafede bir kasaba.

DOBRICHOVICE'DEN
9.5.1923'TE POSTALANMIŞ BİR KART

Bayan Milena Pollak,
Viyana VII, Lerchenfelder Caddesi 113/5

Sevgili Bayan Milena, Dobrichovice'den attığım kartı aldığınızı varsayıyorum. Hâlâ buradayım ama iki-üç güne kadar döneceğim, burası çok pahalı (ayrıca para üstünü de doğru düzgün getirmiyorlar, bazen fazla bazen de eksik, şef garson o kadar hızlı ve uyanık ki kontrol de edemiyorsunuz) ayrıca uykusuzluk ve benzeri diğer şeyler de var, ama bunların haricinde elbette çok güzel bir yer. Yaptığım bu seyahat, Prag'dan yarım saat uzaklıkta yerler için bile olsa gelecekte yapacağım diğer seyahatler adına beni biraz daha cesaretlendirdi. Ama birincisi, masraflardan korkuyorum, burası çok pahalı, hiç miras bırakmamak için insanın ölmeden önce son gününü geçireceği bir yer gibi ve ikinci olarak, evet ikinci olarak cennet ve cehennemden korkuyorum. Bunlar dışında dünyanın he yeri bana açık.

Saygılarımla, K.

(Bu arada, tanıştığımızdan beri üçüncü kez, ansızın, çok özel, kötü anımda, birkaç satırla bana öğüt veriyor, sakinleştiriyor ya da her ne gerekiyorsa onu yapıyorsunuz?)

BERLİN, KASIM SONU 1923

Son buluşmamızın ardından ansızın ortadan kaybolduğundan[258] bu yana, ilk kez eylül başında senden hem de hiç hoş olmayan bir şekilde haber alıyorum. Bu esnada temmuzda benim için önemli bir şey oldu, ne çok önemli şeyler var. En büyük kız kardeşimin yardımıyla[259] Baltık Denizi kıyısında Muritz'e gitmiştim. En azından Prag'dan uzakta, tıkılıp kaldığım odamın dışında bir yer. İlk başlarda kendimi çok kötü hissettim. Sonra Müritz'deyken aniden Berlin'e gitme durumu ortaya çıktı. Ekimde Filistin'e gitmek istemiştim, bundan bahsetmiştim sana, tabi ki hiçbir şekilde gerçekleşmeyecek bir fanteziydi, yataktan bir daha hiç çıkamayacağını düşünen birinin fantezisiydi. Eğer yataktan bir daha çıkamayacaksam neden en azından Filistin'e kadar gidemeyeyim ki? Ama Müritz'de Berlin Yahudi Evi'nden bir Yahudi gezgin grubuyla karşılaştım, çoğunluğunu Doğu Yahudileri oluşturuyordu. Berlin bana çok cazip geldi, yolumun üzerindeydi. Berlin'e taşınma ihtimalini düşünmeye başladım. İlk başlarda bu ihtimal Filistin'e gitme fikrime oranla daha güçlü değildi ama daha sonra güçlenmeye başladı. Tabii ki benim için Berlin'de tek başıma yaşamak (her açıdan) imkânsız, sadece Berlin'de değil, bu anlamda herhangi bir yerde yalnız yaşamam mümkün de-

---

258 Kafka bu mektubunda tekrar Milena'ya "sen" diye hitap etmektedir.

259 Kafka, Temmuz 1923'te ablası Elli ve onun çocuklarıyla Müritz'e gitti. Orada karşılaştığı Berlin Yahudi Evi Tatil Kolonisi'yle, Koloni'nin ilk kurulduğu 1916 yılında, Felice Bauer aracılığıyla tanışmış ve çalışmalarını desteklemişti.

ğil. Ama Muritz'de de yine beklenmedik bir şekilde bir yardım[260] geldi. Daha sonra ağustosun ortasında Prag'a gittim ve Schelesen'de küçük kız kardeşimin yanında bir aydan fazla kaldım. Orada yanan mektup konusunu duydum, çaresizdim, sıkıntımı biraz olsun azaltmak için hemen sana yazdım, senden hiç haber alamadığım için mektubu postalamadım ve en nihayetinde Berlin'den ayrılırken ben de mektubu yaktım. Bahsettiğin üç mektuptan da bugüne kadar hiç haberim olmadı. Birisine karşı yapılan terbiyesizlikten dolayı üzgündüm, bu işin içindeki üç kişiden hangisinin yaptığını net olarak bilmiyordum. Ama her halükârda yine üzgün olurdum, başka bir şekilde olsa bile üzüntüm geçmezdi, Müritz'deyken mektubu almış olsaydım bile.

Daha sonra eylül sonunda Berlin'e gittim, yola çıkmadan kısa süre önce de İtalya'dan yolladığın kart elime geçti. Yolculuğa gücümün kalan son kırıntısıyla çıkabildim, aslında hiç gücüm kalmamış bir şekilde, adeta canlı cenaze gibi gittim.

Ve işte şimdi buradayım, şu ana kadar işler senin düşündüğün kadar kötü gitmedi, neredeyse şehir dışında, bahçeli, küçük bir villada[261] yaşıyorum. Hatırladığım kadarıyla, daha önce hiç bu kadar güzel bir evde oturmamıştım, eminim yakında bu evden ayrılmak zorunda kalırım, benim için fazlasıyla güzel bir ev (bu arada, burada oturduğum ikinci ev bu). Şu ana kadar yemekler genel olarak Prag'daki yemeklerden pek farklı değil, tabi benim yemeklerim. Sağlığım için de aynı durum söz konusu. İşte böyle.

---

[260] Kafka yaşamının son yılında kendisiyle beraber yaşayan Dora Dymant'tan (1898-1952) bahsetmektedir. Muhafazakâr, Doğu Yahudisi aileden gelen Dora o dönem yirmi dört yaşındaydı.

[261] Kafka, 1923 kasım ortasından 1924 ocak sonuna kadar Dora Dymant ile birlikte Berlin-Steglitz, Grunewald Caddesi 13 numaradaki evde yaşamıştır.

Daha fazlasını anlatmaya cesaretim yok, zaten anlattıklarım bile çok fazla, esasen havadaki hayaletler yazdıklarımı yakalayıp, doymak bilmeyen midelerine indiriyorlar. Öte yandan, sen mektubunda benden çok daha az şey anlatıyorsun. Genel durumun nasıl, zorlanmıyor musun? Anlayamıyorum. Tabi insan kendi durumunu bile anlayamıyor, korkuyu da.

BERLİN-STEGLITZ'DEN
25.12.1923'TE POSTALANMIŞ KART

Bayan Milena Pollak,
Viyana VII, Lerchenfelder Caddesi 113/5

Sevgili Milena, sizin için yazılmış mektubun bir bölümü uzun zamandır duruyor ama bitiremiyorum, çünkü bitmeyen dert, eski acılar burada da beni buldu, hücum etti ve beni biraz yere serdi. Her şey için çaba sarf etmem gerekiyor, kalemi her oynatışım, kâğıda yazdığım en ufak şey bana oldukça zor geliyor, gücümün çok üzerinde görünüyor ve "en içten selamlarımla" yazdıktan sonra bu selamların benim gitmemin ve nefes almamın imkânsız olduğu yırtıcı, gürültülü, kirli bir şehir gibi olan Lerchendfeld Caddesi'ne gidebilecek kadar gücü olacak mı? İşte bu nedenle yazmıyorum, daha iyi ya da daha kötü zamanları bekliyorum ve bu esnada dünya üzerinde en iyi bakım nasılsa burada da o kadar iyi bakılıyorum. Dünya hakkındaki tek haber kaynağım -oldukça canlı bir kaynak- artan hayat pahalılığı, Prag gazetelerini alamıyorum, Berlin'dekiler ise çok pahalı. Bana ara sıra Narodni Listy'den kupür kesip göndermeye ne dersin, hani bir zamanlar bana oldukça haz verenler gibi. Bu arada son birkaç haftadır şu adresteyim: Steglitz Grunewaldstrasse 13 Bay Seifert eliyle. Ve şimdi de "en iyi dileklerimi" gönderiyorum, bahçe kapında yere yığılsalar ne olur, belki gücünüz de bir o kadar artar.

K.

- EK -

MİLENA JESENSKÁ'NIN MAX BROD'A YAZDIĞI MEKTUPLAR[262]

[262] Max Brod, Milena'nın 1920-1924 yılları arasında kendisine yazdığı mektuplar ile bu mektuplardan bazılarından yapılan alıntılara, Kafka'nın biyografisinin üçüncü baskısında (New York, 1954) yer vermiştir. Mektuplar sınırlı sayıda da olsa, Kafka'nın mektuplarında yer alan birçok konu hakkında Milena'nın görüşleri yer almaktadır. Ayrıca, mektuplar Milena'nın gözüyle Kafka'nın sıradışı karakterinin yanı sıra, üçüncü bir kişiye yazılmış olmasına rağmen Milena'nın Kafka'ya karşı duygularını ve sevgisini de yansıtmaktadır.

21 TEMMUZ 1920

Sayın Doktor Bey,

Benden Bay N.N.'ye[263] Veleslavin'de yapılan haksızlık konusunda kanıt bulmamı istemişsiniz. Bu konuda yardım etmeyi çok istememe rağmen, korkarım yetkili makamlar tarafından kabul edilebilecek nitelikte kesin bilgi çok sınırlı. Haziran 1917'den Mart 1918'e kadar Veleslavin'deydim, onunla aynı villada yaşıyorduk, onun için yapabildiğim tek şey ara sıra kitap ödünç vermek ve karşılığında zaman zaman ceza olarak odama kilitlenmek oldu, tahmin edeceğiniz üzere kimseyle konuşmasına izin verilmiyordu, herhangi bir kimseyle konuştuğu görülürse, konuşmanın içeriği çok önemsiz olsa bile veya görevlinin yanında konuşmuş olsa bile, konuşan herkes odasına kilitleniyor, görevli de işten atılıyordu.

[...][264]

Tabii ki psikoloji yanlış uygulandığı zaman korkunç olur, her şey çığırından çıkar ve her bir kelime işkenceci için yeni bir silah olur. Bay N.N.'nin bu dünyada farklı bir şekilde yaşam sürebileceğine yemin edebilirim ama diğer yandan bu konuda bir kanıt ortaya koyamam.

263 Max Brod, Kafka'dan Milena'nın Veleslavin Sanatoryumu'nda kaldığını öğrendikten sonra aynı sanatoryumda kalmış olan arkadaşı Karl Pribram (N.N.) hakkında bilgi istemişti.

264 Burada Max, Milena'nın Pribram'ın genel durumuyla ilgili görüşlerinin genel havasını aktarmak amacıyla bu bölümle ilgili mektuptan tek bir paragrafı almıştır.

[...][265]

Benim de sizden önemli bir ricam var Doktor Bey. Frank'ın nasıl olduğunu kendisinden öğrenemediğimi eminim biliyorsunuzdur, çünkü daima "mükemmeldir", o iyi adam turp gibidir güya çok iyi dinleniyordur vs. Benim yüzümden onun zarar gördüğünü, fiziksel acı çektiğini görürseniz, hissederseniz bana bildirmenizi talep ediyorum, rica ediyorum, yalvarıyorum, sizden öğrendiğimi ona söylemem, eğer bu konuda bana söz verirseniz biraz olsun rahatlayacağım. Ona nasıl yardım edebileceğimi bilmiyorum ama eğer bunu yaparsanız ona yardım edebileceğimden eminim. Frank "sizi sevmek gerektiğini, sizinle gurur duymak ve size hayranlık beslemek gerektiğini söylüyor" ve ben de size karşı tüm bu duyguları besliyor, size güvenebileceğim için şimdiden binlerce kez teşekkür ediyorum,

---

265 Max mektubun önceki bölümlerini atlayarak, Milena'nın kendi mektuplarında da Frank olarak bahsettiği Kafka hakkında yazmış olduğu sonuç bölümünü aktarmıştır.

29 TEMMUZ 1920[266]

Gerçekten şok oldum, Frank'ın hastalığının bu kadar ciddi olduğunu bilmiyordum, buraya geldiğinde oldukça sağlıklı görünüyordu, hiç öksürdüğünü duymadım, çok canlı, neşeliydi, uykusu da iyiydi.[267]

Tüm bu zaman süresince onun yanında olmayıp, burada oturup sadece mektup yazdığım için beni kınamanız gerekirken sevgili, candan Max bana teşekkür ediyorsunuz. Yalvarırım size, yalvarırım size ne olur benim kötü biri olduğumu, işin kolayına kaçtığımı düşünmeyin. Burada çok eziyet çekiyorum, tamamıyla umutsuzum (Frank'a söylemeyin), ne yapacağımı, kendimi nasıl bu durumdan kurtaracağımı bilmiyorum. Ama Frank'a bir şeyler verdiğimi, onu iyi yönde etkilediğimi yazıyorsunuz, Max bu gerçekten benim için çok büyük bir mutluluk. Eminim Frank bir yere gidecek,[268] sonbaharda Prag'a gelmem gerekse bile gelip bunun olması için elimden geleni yapacağım ve sonra onu göndereceğiz, değil mi, umarım orada dinlenir ve sağlına kavuşur. Söylememe gerek var mı bil-

---

266 Milena'nın ilk mektubuna yanıt olarak Max "hasta adama daha iyi davranması gerektiğini" belirtmişti. Yukarıdaki mektup Milena'nın altını çizdiği yerler haricinde herhangi bir kısaltma yapılmadan bire bir alınmıştır.

267 Milena, Kafka'yla birlikte Viyana'da geçirdikleri dört günden bahsediyor (4 Temmuz 1920 ve 15 Temmuz 1920 tarihli mektuplar).

268 Milena, Max'in Kafka'nın işinden ayrılıp bir sanatoryuma yatmasıyla ilgili çabalarına ilişkin olarak bunu yazmaktadır (Kafka'nın 4 Temmuz 1920 tarihli mektubu).

mem ama bunun olması için elimden gelen her şeyi yapacağım.

Evliliğimin hikâyesi ve kocama olan sevgim burada anlatılamayacak kadar karışık. Sadece şunu söyleyebilirim, şu an gelemem, belki de hiç gelemem, ben -hayır, yazmak anlamsız. Ama sürekli olarak kendim için bir çıkış yolu arıyorum, uygun ve doğru şeyi yapmak için sürekli bir çözüm bulma çabası içindeyim. Frank'ın acı çekmesine izin vermeyeceğim, lütfen buna inanın Max, benim için bunun dünyadaki her şeyden çok daha önemli olduğuna lütfen inanın.

Şimdi siz orada yanındasınız ve söylenmesi gereken bir şey olursa bana hemen söylersiniz, bana bu konuda dürüst ve gerekirse katı olacaksınız, değil mi? Bugün biraz daha rahatladım çünkü siz varsınız, artık yalnız değilim.

Lütfen geri döndüğünüzde seyahatle ilgili uyulması gereken şartları (mesela büro), nasıl ve ne yapılması gerektiğini yazın, en önemlisi iyileşmesiyle ilgili doktorun hiç umudu var mı? Bunların hepsi önemsiz, neden buraya yazıyorum ki? Asıl önemli olan yola çıkması ve eminim bunu başaracak.

Size çok çok teşekkür ediyorum. Gerçekten minnettarım, mektuplarınız benim için gerçekten çok önemliydi. Size Max diye hitap ettiğim için beni bağışlayın, Frank hep böyle söylediği için ben de bu şekilde alıştım.

En iyi dileklerimle.

Milena P.

AĞUSTOS BAŞI 1920[269]

Mektubunuzu cevaplamak günler, geceler sürer. Frank'ın nasıl olup da aşktan korktuğunu ama yaşamaktan korkmadığını soruyorsunuz. Ama sanırım bu farklı bir şey. Hayat onun için diğer tüm insanlardan çok farklı, özellikle para, borsa, döviz kuru, daktilo onun için tamamıyla esrarengiz şeyler (gerçekten de öyleler ama bizler için değil), bir nevi çözümü zor bir bilmece gibi, bu nedenle yaklaşımı bizimkinden çok farklı. Bürodaki işini klasik yöntemlerle yaptığı söylenebilir mi? Küçük bir çocuğun lokomotif karşısındaki tavrı gibi, herhangi bir makam, kendisininki de dahil, onu şaşırtır, onda hayranlık uyandırır. Dünyadaki en basit şeyi anlayamaz. Hiç onunla postaneye gittiniz mi? Telgrafı yazdıktan sonra, en beğendiği gişeye gider, sonra neden veya niye yaptığı hakkında en ufak bir fikri olmadan, başını sallayarak bir gişeden diğerine, ta ki doğru olanı bulana kadar gezer durur ve parayı ödeyip, üstünü aldıktan sonra parayı sayar, 1 kron fazla olduğunu fark eder ve 1 kronu gişenin arkasındaki kıza geri verir. Sonra yavaşça yürümeye başlar, parayı tekrar sayar ve merdivenin en son basamağını inerken verdiği 1 kronun aslında kendisine ait olduğunu fark eder. Ve siz onun yanında, şaşırmış bir halde beklerken, o ağırlığını bir ayağından diğerine vererek ne yapacağını bilmez bir halde düşünür. Geriye dönmek zor, yukarısı birbirini itip kakan insanlarla dolu. "Boş ver" diyorum, dehşet içinde bana bakıyor. Nasıl boş verirsin? 1 kronu düşündüğü için değil, bu tür bir davranış doğru

[269] Çekçe yazılmış ve çevirisi Max Brod tarafından yapılmış mektubun Brod'un mektubunu öven ilk satırları çıkarılmıştır.

olmadığı için. Ortada eksik 1 kron var, böyle bir şey nasıl gözardı edilir? Uzun bir zaman, hiç durmadan bu konu üzerinde konuştu, benim yaklaşımımı beğenmemişti. Bu durum benzer şekilde, her mağazada, her restoranda ve her dilencinin önünde tekrar yaşandı. Bir defasında bir dilenciye 2 kron verdi ve 1 kronu geri istedi, kadın hiç parası olmadığını söyledi. Orada en az iki dakika durup, konuyu nasıl çözeceğimizi düşündük. Sonra 2 kronu kadına bırakmaya karar verdi.[270] Ama daha bir-iki adım atmadan hemen suratı asıldı. Öte yandan aynı adam, ne için olduğunu bile sormadan, büyük bir heves ve memnuniyetle bana 20.000 kron verirdi. Ama ondan 20.001 kron isteseydim ve döviz bozdurmak zorunda kalsaydım ve nerede bozduracağımızı bilmeseydik, o hakkım olan 1 kronun üzerinde epey düşünürdü. Parayla ilgili duyduğu bu sıkıntı ile kadınlar karşısında duyduğu sıkıntı hemen hemen aynıdır. Büroyla ilgili sıkıntısı da aynı şekildedir. Bir defasında bir günlüğüne gelip beni görmesi için ona telgraf çektim, telefon ettim, mektup yazıp yalvarıp yakardım. O dönem gerçekten buna ihtiyacım vardı. Ona lanet edip, sövüp saydım. Günlerce uyumadı,[271] kendine işkence etti, kendine kahrettiğini belirten mektuplar yazdı ama yine de gelmedi. Neden? Çünkü izin isteyemedi. Müdürüne soramadı, çok hızlı daktilo kullandığı için içten içe hayranlık duyduğu (ciddiyim) müdürüne beni görmeye gideceğini söyleyemedi. Başka bir şey söylemek mi, mümkün mü bu? Yalan mı yani? Müdüre yalan söyleyecek, öyle mi? Mümkün değil. Ona ilk nişanlısına neden âşık olduğunu sorarsanız "İşinde çok iyiydi"[272] şeklinde cevap verecek ve yüzü beğeniyle dolacaktır.

---

[270] Kafka'nın 18 Temmuz 1920 tarihli mektubu.

[271] Kafka'nın 15 Temmuz 1920 tarihli mektubu.

[272] Milena, Kafka'nın Grillparzer'in "Fakir Çalgıcı" adlı öyküsüyle ilgili sözlerine atıfta bulunuyor. Max Brod bunun Milena tarafından yanlış yorumlandığını, Kafka'nın bu sözleri nişanlısını övmek için değil meca-

Hayır, yaşadığımız bu dünya onun için karışık bir yer ve böyle olmaya devam edecek. Gizemli, sırlarla dolu bir yer. Elde edemediği, "işinde iyi olduğunu" düşündüğü için, hüzünlü, içten bir saflıkla fazla itibar gösterdiği bir şey. Beni yılda yüz kere aldatan ve birçok kadını bir şekilde büyülemeyi başaran kocamdan ona söz ettiğimde, yüzü, aynen hızlı daktilo yazdığı için mükemmel olan müdüründen ve "işinde iyi olan" nişanlısından bahsederken olduğu gibi aydınlanmıştı. Bunların tümü ona yabancı. Hızlı daktilo yazabilen bir kişiyle ve dört metresi olan adam onun için anlaşılmaz, tıpkı postanedeki 1 kron ve dilenci olayındaki 1 kronun anlaşılmaz olduğu gibi, bunlar onun için anlaşılmazlar çünkü hayatın içinde olan canlı şeyler. Ama Frank yaşamaktan aciz. Yaşama gücü yok. Frank asla iyileşmeyecek. Frank yakında ölecek.

Açıkça görülüyor ki hepimiz yaşam gücüne sahibiz, çünkü hepimiz az veya çok bir şekilde yalana sığınırız, körlüğümüz, coşkumuz, iyimserliğimiz, kötümserliğimiz, inancımız veya herhangi başka bir şeyimiz olur. Ama onun sığınacağı, tutunacağı hiçbir şeyi yoktur, bir tane bile yoktur. Hiçbir şekilde kesinlikle yalan söyleyemez, tıpkı sarhoş olamadığı gibi. Sığınacağı en küçük bir şey, onu koruyacak bir barınağı yoktur. Bu nedenle bizim kendimizi koruyabildiğimiz birçok şeye karşı o savunmasızdır. Giyinik insanların arasında çıplak birisi gibidir. İçinde olduğu, söylediği ve yaşadığı her şey gerçek bile addedilemez, mutluluk veya sıkıntı içerisinde olsun veya olmasın önceden belirlenmiş bir yaşam, kendi başına bir yaşam, yaşadığı dünyayla ilgili sahip olduğu algıyı değiştirecek herhangi bir şeyin olmadığı bir yaşam bu. Yaşadığı bu çileli hayat bir kahramanlık gösterisi değil, onu büyük ve benzersiz kılan

---

zi olarak kullandığını belirtmiştir. Ama yine de Milena'nın tespiti doğruydu, Kafka kendinde olmayan özelliklere sahip insanlara karşı hayranlık duyuyordu (4-5 Temmuz 1920 tarihli mektup).

da bu özelliği. Her türlü "kahramanlığın" temelinde yalan ve korkaklık vardır. O çile çekmeyi bir amaca ulaşmak için araç olarak kullanan birisi değil, öngörü yeteneğinin çok az olması, masumluğu ve taviz vermez kişiliği nedeniyle çile çekmeye zorlanan birisi.

Taviz vermekten kaçınan maharetli insanlar da var. Ama onlar taktıkları sihirli gözlükleriyle her şeyi farklı görürler. Bu nedenle hızlı daktilo yazabilip, sevgilileri olur. O yanlarında durup, her şeye, daktiloya ve kadınlara bile hayretle bakar. O bunları asla öğrenemeyecek.

Kitapları çok olağanüstü, kendisi daha da olağanüstü. Her şey için çok teşekkür ederim. Her şey gönlünüzce olsun. Prag'a geldiğim zaman sizi ziyaret edebilirim değil mi?[273]

En iyi dileklerimle.

---

[273] Mektubun havası, Kafka'nın Milena'dan Max'la yazışmayı bırakmasını istemesinden çok kısa bir süre sonra yazıldığını gösteriyor (7 Ağustos 1920 tarihli mektup).

TAHMİNEN OCAK BAŞI 1921[274]

Sevgili Doktor Bey,

Almanca yazamadığım için beni bağışlayın. Belki beni, anlayabilecek kadar Çekçe biliyorsunuz, sizi rahatsız ettiğim için kusura bakmayın. Ne yapacağımı şaşırmış durumdayım, beynim herhangi bir duygu ve düşünceyi algılayamıyor artık, hiçbir şeye akıl erdiremiyorum, hiçbir şey bilmiyorum, hiçbir şey hissetmiyorum, hiçbir şey anlamıyorum. Bu aralar bana bir şeyler oldu herhalde, ama ne olduğunu bilmiyorum. Dünya hakkında en küçük bir fikrim bile yok, ne olduğunu bilemediğim şeyi eğer bir şekilde anlayabilirsem kendimi öldürecekmişim gibi hissediyorum.

Size bunların neden, nasıl ve niçin bu hale geldiğini anlatabilirim, kendimle ve hayatımla ilgili her şeyi anlatabilirim ama bunların ne faydası olur bilmiyorum. Şu an elimde, içerisinde çok vahim bir istek, aynı zamanda bir emrin yer aldığı Frank'ın Tatra Dağları'ndan gönderdiği mektubu tutuyorum: "Görüşmemize engel ol ve bana yazma, lütfen bu isteğimi sessizce kabul et, yaşamımı sürdürmemi sağlayacak tek yol bu, bunun dışında her şey bana daha da zarar verir." Tek bir kelime yazmaya, tek bir soru sormaya cesaret edemiyorum, sizden ne isteyeceğimi de bilmiyorum. Nedir bilmiyorum, ne öğrenmek istediğimi de bilmiyorum. Yüce Tanrım, şakaklarımı bastırıp beynimin

[274] Çekçe yazılan mektup Max tarafından çevrilerek, hiçbir sözcüğüne dokunulmadan alınmıştır.

içine gömmek istiyorum. Son dönemlerde onun yanındaydınız, biliyorsunuzdur, lütfen bana sadece şunu söyleyin: Suçum var mı, yok mu? Lütfen, size yalvarıyorum beni teselli etmeye kalkmayın, kimsenin suçlu olmadığını söylemeyin, beni sakinleştirmeye çalışmayın. Görüyorsunuz muhtemelen bana yazabileceğiniz her şeyi zaten biliyorum. Size güveniyorum Max, hayatımın şu en zor zamanını yaşadığımı Tanrı biliyor, yalvarırım siz de bana güvenin. Lütfen ne istediğimi anlamaya çalışın. Frank'ın kim olduğunu biliyorum, ne olup ne olmadığının farkındayım, çıldırmanın sınırına geldim, vicdanım elverdiğince doğru davranmaya, yaşamaya, düşünmeye ve hissetmeye çalıştım ama burada bir yerlerde bir suç var. Bilmek istediğim şey bu. Beni anlayıp anlamadığınızı bilmiyorum elbette. Frank'a hayatında yer alan diğer kadınlar gibi acı çektiriyor muyum veya çektirdim mi bunu bilmek istiyorum, bu nedenle mi hastalığı kötüleşti, bu nedenle mi benden kaçıp korkularına sığınıyor ve bu nedenle mi benim de şimdi ortadan kaybolmam gerekiyor, bunlar benim suçum mu yoksa onun yaradılışının doğası mı böyle? Bunları öğrenmek *zorundayım*. Bu konuda bilen belki de tek kişi sizsiniz. Size yalvarıyorum, bana cevap verin, lütfen tüm çıplaklığıyla, yalın, ve gerekirse acımasız gerçeği anlatın, ne düşündüğünüzü söyleyin.

[...][275]

Cevap verirseniz minnettar olacağım. Cevabınız bana yol gösterecek. Lütfen nasıl olduğu konusunda da bilgi verin. Aylardır ondan haber alamıyorum.

[...][276]

---

[275] İki satırın üzeri çizilmiştir.
[276] İki satırın üzeri çizilmiştir.

Adresim: M.K.[277], Viyana VII, 65 Postane, Benno Sokağı. Lütfen bağışlayın, bu mektubu temiz bir şekilde yeniden yazabilecek durumda değilim, okuyamayacağım bile. Teşekkürler.

Milena

---

277 M. Kramer, Milena'nın postrestant mektuplar için kullandığı takma adıydı.

OCAK-ŞUBAT 1921[278]

Nezaketiniz için teşekkür ederim. Bu arada ben de biraz olsun toparlayabildim kendimi. Tekrar düşünebiliyorum artık. Ama bu durumun bütün sorunları çözdüğünü söyleyemem. Tabii ki Frank'a yazmayacağım.[279] Nasıl yazabilirim! İnsanların dünyada yerine getirmeleri gereken sorumlulukları olduğu gerçekse, Frank açısından ben bu sorumlulukları yerine getirmekte başarısız oldum. Ona yardım edebilecek güce sahip değilken neden bu kadar haddini bilmezlik ettim ve onu kırdım? Korkusunu çok iyi anlıyorum. Üstelik benimle tanışmadan önce, benden haberi dahi yokken de bu korku mevcuttu. Onu tanımadan önce korkusunu biliyordum. Korkusunu anlayışla karşıladım ama ona karşı tedbirimi de aldım. Beraber geçirdiğimiz o dört günde, benim yanımda korkusu kaybolmuştu.[280] Hatta buna gülmüştük. Hiçbir sanatoryumun onu iyi edeceğine kesinlikle inanmıyorum. Bu korkusu olduğu sürece hiçbir zaman sağlıklı olamayacak Max. Hiçbir ruhsal yardım da bu korkunun üstesinden gelemez çünkü korku yardım alınmasına da engel oluyor. Bu korku sadece bana yönelik değil, arsızca yaşayan her şeye karşı var, mesela ete de. Et o kadar çıplak ki onu görmeye bile tahammül edemiyor. O zaman ete karşı olan bu tiksintisini gidermeyi

278 Çekçe yazılmış, çevirisi Max tarafından yapılmıştır.

279 Milena söz vermesine rağmen, Kafka Matliary'deyken ona son bir mektup gönderir, daha sonra bir mektubunda bundan Max'a söz edecektir.

280 Viyana'da Kafka'yla birlikte geçirdikleri dört günden bahsediyor (4 Temmuz 1920 tarihli mektup).

başarmıştım. Ne zaman bu korkuyu hissetse, gözlerimin içine bakar, birimizin ayağı incinmiş ya da nefesimizi tutuyormuş gibi bir süre beklerdik ve o sürenin sonunda korkusu geçerdi. Bunun için en ufak bir çabaya bile gerek olmadı, her şey basit ve rahat oldu, onu peşimden Viyana'nın arkasındaki tepelere sürükledim, yavaş yürüdüğü için önden ben gidiyordum, o zorlanarak arkamdan geliyordu, gözlerimi kapattığımda hâlâ beyaz gömleğini, güneşten yanmış boynunu ve nasıl çabaladığını hatırlıyorum. Bütün gün boyunca, güneşin altında bir aşağı, bir yukarı dolaşıp durdu, bir kere bile öksürmedi, çok fazla yemek yedi, mışıl mışıl uyudu, oldukça sağlıklıydı ve o dönemki tek hastalığı küçük bir soğuk algınlığıydı. O zaman onunla Prag'a gitseydim onun için hep o yaşadığımız günlerdeki gibi biri olurdum. Ama o dönem iki ayağım da buraya bağlanmıştı, sımsıkı bir şekilde, kocamı bırakamazdım, belki de hayatımın geri kalanında çok fazla sıkıntı çekmemi gerektirecek bir yaşama kendimi adayacak güce bir kadın olarak sahip değildim. Ama yine de şu anda yaşamakta olduğum veya yaşayacağım hayattan tamamıyla daha farklı bir hayata, çocuklu bir hayata, yeryüzüne daha yakın bir hayata engel olmadığım, delicesine bir özlemim var. Ve bu özlem herhalde içimdeki diğer her şeye üstün geldi, aşka, uçma sevgime, hayranlığıma ve bir kez daha aşka (insan bu konuda ne söylerse söylesin hep manasız oluyor, belki bu söylediklerim en mantıklı olanı). Ve sonra her şey için çok geç oldu. Bendeki bu tutarsızlık açık bir şekilde ortaya çıktı ve bu onu korkuttu. Sonuçta bu her açıdan onun hayatı boyunca karşı olduğu bir şeydi. Benimle huzura kavuşabilirdi. Ama zaten benimleyken de bu duygu onun peşini bırakmadı. Benim iradem dışında. Artık geri dönülmesini imkânsız kılacak bazı şeyler olmuştu, bunun farkındaydım. Ona yardım edeceğini bildiğim tek şeyi yapmak, bu görevi yerine getirmek için fazlasıyla zayıftım. Bu benim hatam.

Siz de benim hatam olduğunun farkındasınız. İnsanları Frank'ın normal olmadığı düşüncesine sevk eden şey aslında onun dürüstlüğü. Onunla beraber olan kadınlar normal kadınlardı, sadece başka türlü bir yaşam olabileceğinin farkında değillerdi. Hepimizin, dünyadaki herkesin gerçekten hasta olduğunu ve bir tek onun sağlıklı olduğunu, her şeyi doğru bir şekilde anladığını, hissettiğini, tek saf insanın o olduğunu düşünüyorum. *Yaşamaya* karşı değil, sadece *yaşamın bu türüne* karşı olduğunu düşünüyorum. Onunla gitmeyi becerebilseydim benimle çok mutlu yaşardı. Ama bunların ancak şimdi farkına varabiliyorum. O zamanlar ben de normal bir kadındım, dünyadaki diğer kadınlar gibi zayıf, düşüncesizce hareket eden bir kadındım. İşte bu onun korkmasına neden oldu. Korkmakta haklıydı. Zaten bu adamın haklı olmadığı bir şey var mı? Dünya hakkındaki bilgisi herkesten on bin kat daha fazla. Korkusu yerindeydi. Yanılıyorsunuz, bundan sonra Frank bana kendi isteğiyle yazmayacaktır. Bana yazmasını gerektirecek bir durum mevcut değil artık. Korkusu nedeniyle bana artık bir kelime bile yazmaz. Beni sevdiğini biliyorum. Beni sevmekten vazgeçmek için fazlasıyla iyi ve mahcup bir insan. Bunu bir hata olarak görürdü. Sonuçta, kendini hep hatalı ve zayıf olarak değerlendirirdi. Ama dünyada onun kadar devasa gücü olan başka bir insan yoktur, o kusursuzluk, masumiyet ve dürüstlüğün, eşsiz ve değişmez örneğidir. İşte o böyle birisi. Bir damlacık kanım kalsa bile bu fikrim değişmez. Sadece bunu vicdanıma kabul ettiremiyorum. Ettirirsem müthiş olur. Sokaklarda dolaşıyor, geceler boyunca penceremin önünde oturuyorum, bazen düşüncelerim bıçak bilenirken çıkan kıvılcımlar gibi etrafa dağılıyor, kalbim bir olta kancasının ucuna asılıymış gibi bir duyguya kapılıyorum, çektikçe kesen, korkunç acı veren bildiğiniz şu ince uçlu kancanın ucuna.

Sağlığımı yitirme noktasına geldim, beni ayakta tutan neyse, bu benim iradem dışında gerçekleşiyor ve bu ana dayanmamı sağlayan bu şey tamamıyla bilinçaltımda, iradem dışında yer alan yaşam sevgisi. Geçenlerde Viyana'nın öbür tarafında bazı raylara denk geldim, kilometrelerce uzayıp giden caddeleri düşünün, dikdörtgen şeklinde bir çukur, altında raylar, kırmızı ışıklar, trenler, viyadükler, vagonlar, devasa bir yaratık, yanına oturdum, sanki bir şey nefes alıyormuş gibi hissettim. Üzüntü, özlem ve müthiş yaşama sevgisinden tamamen delireceğimi düşündüm. Dilsiz insanlar kadar yalnızım ve eğer burada durmaksızın size içimi döküyorsam, kelimeleri kontrol edemiyorum artık, kusuyorum isteğim dışında ağzımdan dökülüyorlar artık daha fazla sessiz kalamıyorum. Affedin beni.

Frank'a yazmayacağım, tek bir satır bile, daha sonra ne olur bilmiyorum. İlkbaharda Prag'a geleceğim ve sizi de ziyaret edeceğim. Ara sıra bana nasıl olduğunu yazarsanız çok mutlu olurum, her gün postaneye gidiyorum, alışkanlıklarımı değiştiremiyorum.

Tekrar teşekkür ederim.

M.P.

Bir ricam daha var, garip bir rica: "Hüküm", "Dönüşüm", "Ateşçi", "Gözlem" çevirilerim Neumann tarafından, Charles Louis Philip'in "Bubu"suyla (belki bu kitabı biliyorsunuzdur) benzer şekilde Cerven dizisinde yayınlanacak.[281]

İşte bu çevirileri tamamladım, geçen ay hem yüreğim hem de ruhum harap oldu, böylesine ümitsiz ve üzgünken

[281] Milena'nın planı hiçbir zaman gerçekleşmedi.

onun kitapları üzerinde çalışmak korkunçtu ama Neumann, Çek okur grubu için onunla ilgili bir şeyler yazıp göndermemi istiyor. Aman Tanrım, insanlara onun hakkında bir şeyler yazmak mı? Yapamam bunu. Siyasi olarak bir çekinceniz olur mu bilmiyorum, Cerven komünist, ama dizideki kitaplar tarafsız. Neumann bu diziyi yayınlamak için çok istekli ve sevinçli, çıkmasını dört gözle bekliyor, elbette kitapta sizin adınız da yer alacak, bu sizi rahatsız eder mi? Eğer etmezse, bunu sizin yapmanızı rica ediyorum. Üç dört sayfa civarında olacak, ben çevirisini yapacağım ve önsöz olarak kitaba ekleyeceğim. Daha önce bir kez yazdığınız benzer bir şeyi okumuştum, Laforgue[282] için hazırladığınız önsöz, çok çok güzel yazılmıştı. Bunu benim için yapar mısınız? Çok memnun olurum. Kitabın olabilecek en iyi haliyle çıkması gerekir, öyle değil mi? Çevirisi güzel, sizin yazacağınızla önsözle kesinlikle daha güzel olacak. Lütfen siyasi olarak bir çekinceniz yoksa bunu benim için yapın. Doğal olarak önsözün Çek okurları bilgilendirici nitelikte olması lazım. Ama siz bunu onlar için değil kendiniz için yazın, tıpkı Laforgue'ye yazdığınız gibi. İsteyerek yazıldığı zaman daha samimi ve daha bilinçli yazılıyor. O zaman, söylediğiniz gibi, çok daha güzel oluyor. En kısa sürede yazılması gerekiyor, size yalvarıyorum, bunu benim için yapın Max. Dünyanın gözü önüne yapabileceğimizin en iyisini hazırlayarak çıkmak istiyorum, bazı şeyleri savunmak, ispat etmek gibi bir düşünce içerisinde olduğumu biliyorsunuz. Size yalvarıyorum. Frank'a bir şey söylemeyin, ona sürpriz yapalım, olur mu? Belki, bir ihtimal bu onu birazcık olsun mutlu eder.

---

282 Jules Laforge (1860-1887), Fransız şair, Pierrot der Spassvogel.

İLKBAHAR-YAZ 1921[283]

Sevgili Doktor Bey,

Bu kadar geç cevap yazdığım için kusura bakmayın. Dün ilk kez yataktan çıkabildim, akciğerlerim bitik durumda, doktor buradan bir an önce ayrılmazsam sadece birkaç ay yaşayabileceğimi söylüyor. Bu esnada babama da yazıyorum, eğer para gönderirse, nereye ve ne zaman bilmiyorum ama hemen gideceğim. Ama önce kendime izin verip mutlaka Prag'a geleceğim ve sizi ziyaret edip Frank hakkında bilgi alacağım. Geleceğim zaman size yazarım. Ama hastalığım hakkında Frank'a hiçbir şey söylememenizi özellikle rica ediyorum.

Kitabın ne zaman çıkacağı hakkında hiçbir fikrim yok, büyük olasılık bu kış. Borovy Yayınevi'nin Cerven dizisinde bir kitap olarak K. St. Neumann tarafından yayınlanacak. Yayınevi Stefan Caddesi 37 numarada, belki kitap çıkmadan önce önsözü ayrıca yayınlayıp yayınlayamayacağınız[284] konusunu Neuman'la görüşebilirsiniz. Kâğıt ve para sıkıntısı olduğu için her şey normalden daha uzun sürüyor, önsözünüzden tek bir kelimeyi bile çıkarmak istemedim (o kadar güzel ki).

Bir şekilde bana kızgın olduğunuz izlenimini edindim. Neden mektubunuzdan böyle bir izlenime kapıldım bilmiyorum. Frank'la ilgili değerlendirmeler yaptığım için beni

283 Çekçe yazılmış, çevirisi Max tarafından yapılmıştır.

284 1921 yılında *Neue Rundschau* dergisinin Kasım 1921 tarihli sayısında Max tarafından "Yazar Franz Kafka" başlığıyla yayınlandı.

bağışlayın, çok utanç verici bir durum, böyle bir şey yaptığım için çok mahcubum ama o kadar baskı altındayım ki bazen patlamaması için beynimi avuçlarımla bastırmak zorundaymışım gibi hissediyorum.

Her şey için çok teşekkür ederim, şimdilik hoşça alın.

Saygılarımla,

M.P.

TAHMİNEN TEMMUZ ORTASI 1924[285]

Sevgili Doktor Bey,

Teşekkürlerimle size kitabı gönderiyorum, sizi ziyaret edemediğim için beni bağışlayın. Şu anda Frank hakkında konuşabilecek durumda değilim, eminin sizde şu anda benimle onun hakkında konuşmak istemezsiniz. Eğer izniniz olursa, eylülde Prag'a geleceğim zaman size haber vermek isterim. Lütfen beni hep iyilikle anın ve bir keresinde istemeden haksızlık etmiş olabileceğim eşinize en iyi dileklerimi iletin. Fırsatınız olursa lütfen Frank'taki mektuplarımı yakın, bu konuda size güveniyorum gerçi o kadar da önemli bir konu değil. El yazısı metinleri ile günlükleri (benimle tanışmadan önce yazıldıkları için hiçbirisi benimle ilgili değil, on beş tane büyük defter) burada,[286] bende duruyor, ne zaman ihtiyaç duyarsanız alabilirsiniz. Bu onun isteğiydi, onları sizden başka kimseye göstermememi, size de öldükten sonra göstermemi istemişti. Bir bölümü zaten biliyorsunuzdur.

En içten dileklerimle, dostunuz olarak kalmak temennisiyle.

Milena Polak

---

[285] Mektup Almanca yazılmıştır.

[286] Kafka 1921 ekim ayı başlarında günlüklerini Milena'ya vermişti.

27 TEMMUZ 1924[287]

Çok istememe rağmen size günlükleri vermek için Prag'a gelemedim. Onları emanet edebileceğim bir kimseyi de bulmadım, posta servisine de hiç güvenemedim. Prag seyahatimi ekime ertelemeye çalışacağım, umarım o zamana kadar siz dönmüş olursunuz ve her şeyi bizzat kendim teslim edebilirim. Sizden ayrıca mektuplarımı Kafka ailesinden almanızı rica edeceğim, bana büyük bir iyilik yapmış olacaksınız. Akrabalarıyla hiçbir zaman iyi ilişkilerim olmadığı için, bunu kendim yapmak istemiyorum.

Çok teşekkürler ve ekimde Prag'da görüşmek üzere hoşça kalın. Bir ihtimal o dönem Prag'da bulunmayacak olursanız, İtalya'dan ne zaman döneceğinizi bana Viyana'ya yazın lütfen.

En içten dileklerimle

Milena Polak

---

287 Almanca yazılan bu mektup Milena'nın Max Brod'a yazdığı son mektuptur. Max ve Milena daha sonra birkaç kez yüz yüze görüştüler. Milena günlükler ve el yazısı metinlerini -sonradan "Amerika" adıyla yayınlanan roman metinleri de dahil- Max'a teslim etmiştir.

Max Brod, 27 Mayıs 1884'de Prag'da doğmuştur. Kendisi çok üretken bir yazar ve müzisyen olmasına rağmen daha çok Franz Kafka'nın yakın arkadaşı, biyograficisi ve kitaplarını yayınlayan kişi olarak tanınmaktadır.

Babası bir bankacıydı, annesi ise kendini çocuklarına ve onların eğitimlerine adayan bir kadındı. Ailesinin de müzikle yakından ilgilenmesi, Max Brod'un ve kardeşleri Otto ile Sophie'nin müzikle ilgilenmelerinde önemli rol oynamıştır. Brod, 1950'li yıllara kadar bestecilik yapmış, çok önemli bestelere imza atmıştır.

Franz Kafka ile ilk kez 23 Ekim 1902'de, Prag'da, öğrencilerin katılımcı oldukları bir toplantıda karşılaşmıştır. Brod, o toplantıda konuşmacıydı. Kafka da katılımcılar arasındaydı. Konferanstan sonra Brod'la tanıştı ve Nietzsche hakkındaki düşüncelerini eleştirdi.

Daha sonraki günlerde de sık sık buluştular, zamanla çok iyi dost oldular. Kafka, Brod'un ailesinin yanında misafir olarak kalmaya başladı ve orada ilk sevgilisi ve nişanlısı olacak olan Felice Bauer ile tanıştı.

Brod, Kafka'nın önemli eserleri olduğunu ve daha da iyi eserler yazabileceğini biliyordu, bu yüzden Kafka'ya hep yol gösteren, ona cesaret veren, Kafka'nın yaşamında en önemli yere sahip olan kişi oldu. 1907 yılında üniversiteden mezun olduktan sonra edebiyatla ilgilenmesine olanak sağlayacak rahatlıkta olan işi sayesinde çalışmalarını sürdürdü ve o dönem çıkarttığı

Arkadia Yıllığı adlı dergide Kafka'nın ilk öykülerini yayımladı. Kafka ile birlikte İtalya, Almanya, Fransa ve İsviçre gibi ülkelere geziler yaptılar.

Kafka, Brod'a vasiyeti olarak, yazdığı edebi eserleri yakıp yok etmesini söylemiştir; fakat Brod, Kafka'nın vasiyetini yerine getirmek yerine onun yaşamının ve eserlerinin bütün dünya tarafından tanınmasının gerektiğini düşünmüştür. Brod Kafka'yı "zamanımızın en büyük yazarı" olarak gördüğünden Kafka'nın eserlerini yayımlamaya karar vermiştir.

1925 yılından itibaren Brod, Kafka'nın roman parçalarını yayımlamaya başlamış ve ileriki otuz yıl içinde Kafka'nın biyografisiyle birlikte birçok eserini yayımlamıştır. Brod, Kafka için söylenen "Kafkaesk" kavramından nefret ediyordu; çünkü Kafka'yı en iyi tanıyan kişi oydu ve Kafka kesinlikle bu tanıma uymuyordu.

Brod, Naziler'in Çekoslovakya'ya yaklaşması nedeniyle, 1939 yılında eşiyle birlikte Filistin'e kaçtı. Ölümüne kadar Tel Aviv'de serbest yazar, gazeteci ve ulusal tiyatroda dramaturg olarak çalıştı.

Prag'taki Yahudi mezarlığında, Kafka'nın mezarının karşısında Max Brod için yapılmış bir anıt vardır.